CB062643

GUIA DE UM INCENDIÁRIO DE CASAS DE ESCRITORES

Brock Clarke

GUIA DE UM INCENDIÁRIO DE CASAS DE ESCRITORES

Tradução
André Pereira da Costa

Título original
AN ARSONIST'S GUIDE TO WRITERS'
HOMES IN NEW ENGLAND

Copyright © 2007 *by* Brock Clarke

Embora tenha sido escrito como se fosse uma memória, nenhum dos acontecimentos retratados neste livro são remotamente verdadeiros. A casa da poeta Emily Dickinson mantém-se primorosa num ponto de uma agradável rua em Amherst, Massachusetts. Bem como, preservadas, estão as casas de Edith Wharton, Mark Twain, Robert Frost e tantos outros grandes literatos mencionados neste livro. Quanto aos personagens descritos e seus atos, são produtos da imaginação do autor ou foram usados de forma fictícia.

PROIBIDA A VENDA EM PORTUGAL

Direitos para a língua portuguesa reservados
com exclusividade para o Brasil à
EDITORA ROCCO LTDA.
Av. Presidente Wilson, 231 – 8º andar
20030-021 – Rio de Janeiro – RJ
Tel.: (21) 3525-2000 – Fax: (21) 3525-2001
rocco@rocco.com.br
www.rocco.com.br

Printed in Brazil/Impresso no Brasil

preparação de originais
MAIRA PARULA

CIP-Brasil. Catalogação na fonte.
Sindicato Nacional dos Editores de Livros, RJ.

C543g Clarke, Brock
Guia de um incendiário de casas de escritores / Brock Clarke;
tradução de André Pereira da Costa. – Rio de Janeiro: Rocco, 2011.
14x21cm

Tradução de: An arsonist's guide to writers' homes in New England
ISBN 978-85-325-2647-2

1. Ficção americana. I. Costa, André Pereira da. II. Título.

11-1214   CDD-813
                                     CDU-821.111(73)-3

Passada uma hora, vimos bem ao longe uma cidade dormindo num vale cortado por um rio sinuoso; e além dela, sobre uma colina, uma enorme fortaleza cinzenta, com torres e torreões, a primeira que eu já vira fora de um quadro.
– Bridgeport? – perguntei, apontando com o dedo.
– Camelot – respondeu ele.

– Mark Twain, *Um ianque de Connecticut na corte do rei Arthur*

As memórias escritas pelos membros da Associação Autobiográfica... já possuíam uma série de fatores em comum. Um deles era a nostalgia, outro, a paranoia, um terceiro era uma clara obsessão dos autores por parecer agradáveis. Acho que eles provavelmente passaram a vida sob o princípio de que tudo o que eram, faziam e desejavam deveria acima de qualquer coisa parecer bonito. Datilografar e dar sentido àquelas composições deixavam agoniada a minha alma, até que descobri o jeito de piorá-las habilmente; e todos os envolvidos ficaram encantados com o resultado.

– Muriel Spark, *Loitering with Intent*

PARTE UM

I

Eu, Sam Pulsifer, sou o homem que acidentalmente pôs fogo na Casa Emily Dickinson em Amherst, Massachusetts, provocando a morte de duas pessoas, motivo pelo qual passei dez anos na cadeia e, a julgar pelas cartas de especialistas em literatura americana, continuarei a pagar um alto preço nos dias não muito auspiciosos que virão. Esta história é bastante conhecida na região, por isso não entrarei em detalhes aqui. Talvez baste dizer que, no guia turístico do monte Rushmore de Massachusetts, entre as tragédias mais horripilantes, aparecem a dos Kennedy, a de Lizzie Borden e seu machado, a das bruxas em chamas de Salem, e em seguida venho eu.

Seja como for, cumpri minha pena e, como o juiz teve piedade de mim, cumpri a pena na prisão de segurança mínima de Holyoke. Em Holyoke havia analistas financeiros, advogados, operadores de mercado, autoridades governamentais, diretores de escola, todos apanhados com a boca na botija e que em nada se pareciam comigo, um incendiário acidental e assassino de dezoito anos de idade com sangue e fuligem nas mãos e um coração apertado com muito que aprender e sem diploma de segundo grau. Resolvi tentar. Fiz um cursinho de autoaperfeiçoamento de duas semanas chamado Faculdade de Mim, em que aprendi virtudes capazes de mudar uma vida, como paciência, trabalho árduo e atitude positiva, e no qual recebi meu certificado de Desenvolvimento Educacional Geral. Também me relacionei com o grupo de analistas financeiros de alto nível de Boston, que entraram em cana por vender informações privilegiadas. Enquanto estavam lá dentro, eles se propuseram a redigir as memórias afetuosas e espontâneas de seus crimes e contravenções e de todo o capilé – era como eles chamavam – que ganharam arrochando a aposentadoria dos velhinhos e a poupança para garantir a universidade das crianças. Aqueles caras pareciam saber tudo, o vocabulário inteiro do lucro e do enriquecimento material, por isso eu redobrava a atenção às sessões de *brainstorming* da memória que eles promoviam, ouvia atentamente suas discussões a respeito do quanto o público leitor precisava saber sobre suas infâncias atormentadas para entender por que eles tinham necessidade de ganhar tanto dinheiro daquela maneira. Eu tomava notas enquanto eles dividiam o mundo entre aqueles de quem se tiravam coisas e aqueles que as tiravam, entre os que faziam coisas más de um jeito bom – com elegância, sem esforço – e os trapalhões que abriam caminho pela vida aos trancos e barrancos.

– Trapalhões – disse eu.

– É – disseram eles, ou um deles disse. – Aqueles que se atrapalham.

– Podem me dar um exemplo? – perguntei, e eles me olharam fixamente com aquele olhar azul-aço de nascença, que não precisaram aprender nos melhores colégios, como Choate ou Andover, e que mantiveram sobre mim até que me dei conta de que *eu* próprio era um exemplo, e assim é que fui aprender com eles, naquele momento, que eu era um trapalhão, me conformava com o fato e não tinha ilusões quanto a batalhar para ser outra coisa – um analista financeiro ou um biógrafo, por exemplo – e me dar bem. Na vida, entenda-se.

Alguma coisa eu aprendi com cada um deles, mesmo quando estava ocupado rechaçando o indefectível sodomita do pavilhão, um contador da Arthur Andersen delicado mas corrupto que estava descobrindo seu verdadeiro eu sexual e me dizia com uma voz entrecortada e sentida que me desejava – me desejava, isso mesmo, até eu contar a ele que era virgem, e era mesmo, o que fez com que, por algum motivo, ele não me desejasse mais, o que significava que o pessoal não queria dormir com machos virgens de 28 anos, o que eu achei útil saber.

Por fim, aprendi a jogar basquete com um negro de nome Terrell, o que foi um dos grandes prazeres da minha vida na cadeia mesmo tendo acabado mal. Terrell, que passara cheques para si mesmo quando era tesoureiro da cidade de Worcester, chegou à prisão quando eu cumpria os últimos três dos meus dez anos de sentença, e toda vez que me vencia num mano a mano (o que não era muito frequente, mesmo quando eu ainda estava aprendendo a jogar, pois, embora ele fosse muito forte, era também mais baixo do que eu e luzidio como um hidrante; além do mais, tinha o dobro da minha idade e seus joelhos, completamente estourados, estalavam feito lenha seca quando ele corria), toda vez que me vencia, Terrell bradava: "Eu sou foda!" Aquilo me soava bem, e por isso, após nossa última partida, que venci facilmente, eu também bradei: "Eu sou foda!" Terrell achou que eu estava zombando dele e começou a me bater na cabeça, enquanto eu ficava passivo ante tamanha ira, parado, só apanhando de Terrell, sem procurar me defender. Enquanto os guardas o arrastavam para a solitária, ele jurou que me espancaria ainda mais assim que saísse, o que não teria conseguido, porque, é claro, os guardas o deixaram mais tempo na solitária do que o normal. Quando Terrell saiu da solitária, eu já havia sido solto da prisão e estava em casa, morando com meus pais.

Não funcionou muito bem, isso de morar com meus pais. Por um lado, o fato de eu ter posto fogo na Casa Emily Dickinson gerou neles um profundo desgosto, porque minha mãe era professora de inglês numa escola de ensino médio, meu pai era editor local da editora universitária, e se havia algo que interessava muito a ambos eram as belas palavras; não ligavam nem um pouco para cinema ou TV, mas um bom poema com certeza era capaz de levá-los às lágrimas ou a suspiros profundos. Por outro lado, os vizinhos em Amherst não se sentiam propriamente felizes por eu haver incendiado a casa mais famosa da cidade e, de quebra, ter matado dois de seus cidadãos, e descarregavam nos meus pais. As pessoas nunca tinham dificuldade para identificar nossa casa, antiga, com a madeira rangendo, na rua Chicopee: era sempre aquela cujas paredes viviam pichadas com as palavras ASSASSINO! (que eu entendo) ou FASCISTA! (que não entendo), ou com alguma citação da própria Dickinson que parecia jurar vingança, mas que nunca se sabia muito bem que vingança poderia ser, pois eram muitas palavras, o grafiteiro sempre acabava relaxando e a pichação se tornava ilegível devido ao cansaço ou, quem sabe?, à emoção demasiada. As coisas só pioraram quando eu fui para casa depois da prisão. Houve manifestações de protesto por parte do conselho artístico local e uma cobertura de imprensa desfavorável e hostil, e a garotada da vizinhança, que não estava nem aí para Emily Dickinson, começou a jogar ovos na nossa casa e a ornar nossas nobres bétulas com papel higiênico, e durante algum tempo foi como se ali todo dia fosse Dia das Bruxas. As coisas foram ficando cada vez mais sérias, furaram todos os pneus do Volvo dos meus pais, e certa vez, num acesso de fúria ou descontentamento, alguém atirou um chinelo por uma das nossas janelas. Era de homem, pé direito, tamanho 44.

Tudo isso se passou durante o primeiro mês do meu retorno à casa. No fim do mês, meus pais sugeriram que eu me mudasse. Lembro-me bem de que era agosto, pois nós três estávamos sentados na varanda da frente e as bandeiras dos vizinhos tremulavam a todo pano em comemoração ao Quatro de Julho e ao Dia do Trabalho, e a luz que atravessava as folhas da bétula e do bordo era espectral e tudo parecia tão maravilhoso. Dá para imaginar o quanto me magoou o pedido dos meus pais para que eu fosse embora de casa, por mais que a Faculdade de Mim tivesse me alertado de que a vida pós-prisão não seria nada fácil e que eu não deveria me enganar pensando de outro modo.

– Mas para onde eu vou? – perguntei a eles.

– Para qualquer lugar – disse minha mãe. Eu sempre achei que, dos dois, ela era a mais durona e quem depositava maiores expectativas a meu respeito, por isso para ela o desapontamento era mais pesado. Lembro-me de que no meu julgamento, quando o júri deu o veredicto, mamãe ficou impassível, enquanto papai chorava alto e abundantemente, e agora também ele já estava querendo chorar. Eu odiava vê-los assim: uma fria, o outro um autêntico manteiga-derretida. Houve uma época, quando eu tinha uns seis anos, em que eles me ensinaram a patinar num laguinho gelado do campo de golfe público de Amherst. O gelo era tão espesso, claro e luzidio que os peixes e as bolas de golfe perdidas sentiam-se felizes por congelar nele. O sol estava rachando a neve que caíra, deixando-a menos gelada. Quando eu finalmente consegui dar uma volta completa pelo lago sem cair, mamãe e papai me aplaudiram longamente; os dois formavam uma frente unida de paternidade orgulhosa e emocionada. Aquele tempo passou: passou, passou para todo o sempre.

– Talvez você possa ir para a faculdade, Sam – disse meu pai quando conseguiu se controlar.

– Boa ideia – disse minha mãe. – Ficaríamos felizes em pagar uma faculdade para você.

– Tudo bem – falei, porque ao olhar fixamente para eles, observando-os com real atenção pela primeira vez desde que saíra da prisão, pude perceber o que havia aprontado para os dois. Antes de eu incendiar a Casa Emily Dickinson, os dois pareciam normais, saudáveis, autênticos americanos contentes que tiram férias e cuidam do jardim e que haviam passado maus pedaços (quando eu era garoto, meu pai nos deixou durante três anos, e depois que ele saiu de casa mamãe começou a me contar histórias fabulosas sobre a Casa Emily Dickinson, e tudo isso faz parte da história maior a que já vou chegar e a que não poderia fugir por mais que quisesse). Agora eles pareciam esqueletos vestidos de veludo cotelê e mocassins. Tinham os olhos fundos, como se quisessem recuar para dentro do crânio. Minutos antes eu estava lhes contando sobre a minha virgindade e o lúbrico contador da Arthur Andersen. Meus pais, pelo que me lembro da época, eram ianques recatados que não gostavam de saber da vida particular das pessoas, mas a Faculdade de Mim insistia em que era saudável e necessário contar tudo às pessoas que amamos. Agora eu lamentava isso. Por que magoamos nossos pais desse jeito? Não há como perceber isso a não ser na prática, ou seja, magoando nossos filhos da forma como o fazemos.

– Tudo bem – repeti. – Vou para a faculdade. – E em seguida:
– Amo vocês.
– Oh, nós também – disse papai, recomeçando a chorar.
– É claro que nós amamos você – disse mamãe. E, voltando-se para meu pai: – Bradley, chega de choro.

Naquela noite, mais tarde, depois que mamãe foi se deitar, papai entrou no meu quarto sem bater, parou diante da minha cama, se debruçou – para me dizer alguma coisa, ou para ver se eu estava dormindo. Eu não estava dormindo: estava era pensando cheio de esperança no meu futuro, que iria para a faculdade, teria uma vida limpa, honesta e sem sofrimentos, e que meus pais se orgulhariam disso. Papai, com a cintura curvada tal como se encontrava, parecia um guindaste prestes a me erguer com seu gancho ou a me arrebentar com sua bola de aço.

– Vamos lá para baixo – sussurrou papai, com o rosto bem próximo ao meu no escuro. – Quero lhe mostrar uma coisa.

Pulei da cama e o segui escada abaixo. Papai entrou em seu escritório, que – como a maioria dos cômodos da casa – tinha estantes abarrotadas de livros do chão ao teto. Sentou numa cadeira, abriu a última gaveta da mesa e tirou dela uma caixa de sapatos, do tipo na qual se costumam guardar fotografias antigas ou cartões de Natal, e a entregou a mim. Eu abri a tampa e vi que dentro da caixa havia envelopes, abertos, todos endereçados a mim. As cartas ainda se encontravam dentro dos envelopes, de onde eu as tirei para ler.

Havia pelo menos uma centena de cartas. Algumas, como já mencionei, eram de especialistas em literatura americana que me mandavam para o inferno etc. Há qualquer coisa de decepcionante nas correspondências carregadas de ódio de gente erudita – as referências literárias melancólicas, a recusa ao emprego de abreviações – e por esse motivo não dei muita atenção a essas cartas. Recebi também diversas cartas dos piromaníacos de sempre, que eram variações menores sobre o tema *"Burn, baby, burn"*. Essas cartas igualmente me afetaram muito pouco. O fato de o mundo estar cheio de gente pirada não era novidade maior do que o fato de que o mundo está cheio de gente chata.

Mas havia outras cartas. Vinham da Nova Inglaterra inteira e de mais longe: Portland, Bristol, Boston, Burlington, Derry, Chicopee, Hartford, Providence, Pittsfield – de cidades de Nova York e até da Pensilvânia. Eram todas de gente que morava perto de casas de escritores e desejosa de que eu as incendiasse. Um homem de New London, Connecticut, queria que eu botasse fogo na casa de Eugene O'Neill porque ele não passava de um bêbado que dava um péssimo exemplo aos estudantes que visitavam sua casa, necessitados, acima de tudo, de modelos mais positivos no aqui e agora. Uma mulher de Lenox, Massachusetts, pedia que eu incendiasse a casa de Edith Wharton porque os visitantes estacionavam defronte à sua caixa de correspondência e porque Wharton sempre fora, na opinião dela, falsa e choramingas. Um pecuarista de Cooperstown, Nova York, queria que eu jogasse gasolina pela chaminé da Casa James Fenimore Cooper porque não podia apoiar as ideias de alguém de família tão rica quando a família dele era terrivelmente pobre. "Eu dei muito mais duro na vida do que o Cooper", escreveu o homem. "Minha família trouxe dinheiro para *cá* e eles cobram dez dólares a quem quiser entrar na casa deles, e as pessoas *pagam*. Você não quer, por favor, botar fogo na casa desses filhos da puta por nós? Nós pagamos, também; se for preciso, eu vendo umas cabeças do nosso rebanho. Aguardo sua resposta."

Havia mais cartas, todas querendo a mesma coisa. Todas queriam que eu queimasse as casas de uma grande variedade de autores mortos – Mark Twain, Louisa May Alcott, Robert Lowell, Nathaniel Hawthorne. Alguns missivistas pediam que eu ateasse fogo à casa de escritores de que eu nunca nem ouvira falar. Todos se dispunham a esperar que eu saísse da cadeia. E todos se dispunham a me pagar.

– Nossa! – exclamei ao terminar de ler. Papai não dissera nada até então. Era interessante: quando mamãe estava por perto, ele sempre se mostrava uma pessoa insegura e de coração mole – um ser humano frágil, dispensável, praticamente um idiota. Mas agora, naquele escritório, com aquelas cartas, meu pai parecia um sábio, sereno e sólido como um Buda, com seus óculos de hastes de metal. Eu senti a grandiosidade da situação, na garganta, no rosto, por todo o meu corpo. – Por que você não me falou dessas cartas quando eu estava na cadeia?

Ele me olhou, mas não disse nada. Era uma espécie de teste, porque, claro, é isso o que fazem os sábios: testam os ignorantes para pô-los para baixo.

– Você quis me proteger – disse eu, e ele concordou com a cabeça. Eu me senti encorajado ao perceber que conseguira acertar a resposta, e então prossegui: – Quis me proteger dessas pessoas que me consideravam um incendiário.

Essa meu pai não tinha como deixar passar. Ele entrou em luta violenta contra seu melhor juízo, num corpo a corpo com a própria boca, começando a falar e logo se detendo uma dezena de vezes. Ver aquilo era como observar Atlas se preparando para levantar este grande pedregulho em que hoje vivemos. Por fim papai deixou escapar, com muita tristeza, enorme tristeza: – Sam, você *é* um incendiário.

Oh, como doeu! Mas era verdade, e eu precisava ouvir, precisava que meu pai me dissesse aquilo, assim como todos precisamos que nossos pais nos contem a verdade, assim como algum dia eu também contarei aos meus filhos. E um dia meus filhos farão comigo o que eu fiz com meu pai: negarão a verdade.

– Você está enganado – falei. – Eu sou um universitário. – Tampei de novo a caixa de cartas, devolvi a ele e fui embora antes que pudesse dizer algo. Quando voltei para a cama, jurei jamais pensar novamente naquelas cartas. *Esqueça-as*, ordenei a mim mesmo, certo de que poderia fazê-lo. Afinal, o que fazia a universidade senão isso: esvaziar nossa mente das coisas que não queremos recordar e preenchê-la com coisas novas antes que as velhas, indesejadas, possam encontrar o caminho de volta?

Duas semanas depois parti para a faculdade; isso foi dez anos antes de eu ver meus pais novamente, dez anos antes de reler aquelas cartas, dez anos antes de encontrar algumas das pessoas que as haviam escrito, dez anos antes de eu descobrir certas coisas a respeito dos meus pais de que nunca suspeitara e nunca quis saber, dez anos antes de eu ir de novo para a prisão, dez anos antes de acontecer tudo que aconteceu.

Mas estou me adiantando. Faculdade: como já havia passado o período de matrículas, fui para a única escola que me aceitou – Nossa Senhora do Lago, em Springfield, a pouco mais de 30 quilômetros ao sul de Amherst. Era uma faculdade católica que estava apenas começando a aceitar alunos homens porque aparentemente não restaram mulheres católicas em quantidade suficiente no mundo ocidental dispostas a pagar um bom dinheiro para se educar sem homens por perto, a não ser Jesus e seus padres, e nem os padres que supostamente dirigiam a instituição queriam lecionar nela. Umas poucas freiras sem muito que fazer além de ministrar a comunhão às massas primitivas e malvistas davam algumas aulas – religiões do mundo I e II –, e o resto ficava a cargo de professores comuns, leigos, que não conseguiam emprego em qualquer outro lugar.

Minha principal área de estudo foi o inglês, porque eu sabia o quanto havia decepcionado e magoado meus pais e queria que eles se orgulhassem de mim apesar de tudo que aconteceu. Além disso, mamãe lia para mim o tempo todo quando eu era criança, e depois, quando fiquei mais velho, me fez ler todos os livros importantes e fazer relatórios detalhados sobre por que os livros eram tão importantes, e com isso eu pelo menos me dei conta de que tinha a qualificação e a formação necessárias para ser um vencedor. E havia ainda os analistas financeiros, com suas biografias e suas histórias; eles não se cansavam de falar de si mesmos. *De quem mais poderíamos falar?* parecia ser a atitude mental deles, e talvez tivessem razão. Quem sabe, pensei eu, ao ler essas outras histórias eu não seria capaz de entender algo a respeito de mim mesmo?

Não deu certo. Essas coisas nunca dão certo. Não se pode ficar sempre repetindo o passado, e os livros que um dia eu acreditei que eram tão importantes e sábios agora pareciam extremamente comuns, e eu não conseguia me concentrar neles. Em vez de refletir sobre como Gatsby era grande ou deixava de ser, eu me deixava hipnotizar pelos restos de queijo gratinado alojados no cavanhaque do dr. Melton. Depois teve uma vez em que líamos a poesia de Dickinson e a professora disse que levaria a turma para visitar a Casa Emily Dickinson se ela não tivesse pegado fogo anos antes, e enquanto a professora tentava se lembrar do nome do incendiário, eu percebi que não estava a fim de revelar a minha história – eu a conhecia bem demais. Assim, para interromper e escapar às perguntas intermináveis e inconvenientes e às recriminações que certamente se seguiriam, fingi um acesso de tosse, corri para o banheiro e não voltei àquela sala de aula pelo restante do semestre, e a única razão pela qual tirei D e não F nessa disciplina foi a mesma pela qual tirei D e não F nas outras matérias: a faculdade não queria ninguém reprovado, já que precisava das mensalidades de todos. A faculdade encontrava-se realmente em péssimo estado. Havia pilhas de reboco no chão dos corredores. Os tetos rebaixados estavam cedendo. Até os crucifixos nas paredes das salas de aula precisavam de conserto.

As notas ruins, portanto, foram uma das razões pelas quais eu abandonei o inglês, mas havia outra razão, bem maior: eu não conseguia me livrar da sensação de que devia estar fazendo alguma outra coisa, algo que não havia experimentado nem considerado, algo novo e melhor. Ficava ali, estudando literatura medieval, supostamente aprendendo o inglês arcaico falado por Beowulf e Grendel, mas o que eu escutava era aquela voz na minha cabeça dizendo: *Deve haver algo mais*. Perguntando: *O quê? O quê?* Isso me surpreendia, já que eu não era exatamente um obstinado e jamais havia feito a pergunta – *Fazer o quê?* – em voz alta em toda a minha vida. Mas a voz existia na minha cabeça, fazendo essa pergunta por mim.

Resumindo: abandonei o inglês e a literatura e quem a fazia – para sempre, assim eu pensava – para me especializar em ciência da embalagem. Foi uma boa troca, por três motivos. Primeiro: o pessoal da área de embalagens tinha muito menos probabilidade de saber que eu tocara fogo na Casa Emily Dickinson, ou até de saber quem foi Emily Dickinson e dar importância a isso. Segundo: eu tinha um jeito todo especial de reconhecer o material mais adequado para embalar qualquer objeto frágil, e entendia rapidamente por que era melhor que os sacos pequenos de batatas fritas fossem abertos na vertical, e os de tamanho família na horizontal, e onde deveriam se localizar as abas de forma a permitir a respectiva abertura do saco. Nunca tirei menos que B+ em ciência das embalagens, consegui fazer os quatro anos do curso em apenas dois e, imediatamente após me formar, consegui o emprego para o qual fora treinado, em desenvolvimento e teste de produtos na fábrica de embalagens Pioneer, em Agawam, periferia de Springfield. Essas foram duas das coisas positivas da minha transferência para a ciência da embalagem. A terceira foi que conheci minha mulher.

O nome dela era (é) Anne Marie, e eu a conheci no nosso seminário avançado em ciência da embalagem, no qual você finalmente mostra a que veio e escolhe seu caminho etc. Anne Marie era extraordinariamente bonita, muito bonita mesmo, alta, com umas pernas compridas que davam a impressão de estar prestes a fugir do tronco, cabelos pretos maravilhosos, ondulados, sempre arrumados e presos no alto da cabeça, e um sorriso inteligente tão lindo que você nem se incomodava por ele fazê-lo se sentir burro. Que mais? Nos momentos que exigiam contemplação, Anne Marie fumava aquelas cigarrilhas finas e elegantes que, segundo minha experiência como observador de mulheres, somente mulheres finas e elegantes costumam fumar. No todo, ela lembrava uma deusa italiana, o que era bastante adequado uma vez que seu sobrenome era Mirabelli e seus antepassados eram de Bolonha.

Quanto a mim, era alto e magro feito um adolescente, mas tinha cabeça grande. Parecia um palito de fósforo vertical. Levantei peso na cadeia, o que teve o efeito de acentuar músculos que eu nem sabia que tinha, e isso era outra coisa que me deixava com jeito de trapalhão. O rosto é o que logo se nota em mim: é vermelho, e se às vezes parece saudável e cheio do que se costuma chamar de vida, em outras dá apenas a impressão de estar afogueado. Se eu estiver ruborizado numa noite escura, você pode achar o caminho só pelo brilho do meu rosto. Mas a Faculdade de Mim alertara contra essa coisa de ser tão crítico consigo mesmo, e assim sendo devo dizer que sou provavelmente, tudo considerado, razoavelmente bem-apessoado. Meus dentes são só ligeiramente tortos, em sua maioria bem branquinhos. Conservo quase todos os meus cabelos castanhos ondulados. Quando criança tinha o tórax côncavo, mas, reparando bem, quase todas as crianças são assim, e o levantamento de peso a que me dediquei na prisão ajudou nisso e, embora hoje meu tórax não chegue a ser de barril, deve ser de meio barril. Minhas pernas não são nem de longe esqueléticas como eram, agora são musculosas e bem definidas. Meu nariz seria romano se minha cabeça fosse menor. Muito embora eu esteja perto de ser legalmente cego, não preciso esconder meus olhos azuis intensos atrás de um par de óculos, porque uso lentes de contato. Meus olhos são do tipo capaz de ver bem dentro da alma das pessoas, desde que eu esteja de lentes. Mesmo assim, nunca fui o que se costumava chamar de "boa-pinta". E ainda por cima era virgem, convém não esquecer, e por tudo isso é que eu nunca tive coragem de falar com Anne Marie, apesar de termos assistido a cinco aulas juntos: Anne Marie era bonita demais para que eu ousasse me dirigir a ela.

– Que bobagem – disse ela quando lhe contei isso depois que já estávamos casados. – Eu não era assim tão bonita para você não falar comigo. Nunca achei isso, nunca.

– Se você não se achava tão linda – perguntei a ela –, por que então *você* não veio falar *comigo* primeiro?

– Boa pergunta – respondeu ela, mas eu jamais soube a resposta.

Mas, voltando ao nosso seminário avançado, onde tínhamos que fazer nossas especializações, e a de Anne Marie eram as tampas – aquelas de plástico, que se usam para cobrir café e refrigerante para viagem. Isso foi na primavera do nosso último ano, e Anne Marie deu azar de fazer sua apresentação logo após James Nagali, o único outro aluno do sexo masculino da Nossa Senhora do Lago, que realizou uma exposição magistral sobre novas tecnologias para sabão líquido. James era da Costa do Marfim, e imediatamente depois de se formar foi trabalhar na fábrica de sabão Marfim, mas não creio que haja qualquer ligação entre uma coisa e outra.

Nosso orientador no seminário era o professor Eisner, um homem quase totalmente calvo que parecia uma propaganda ambulante de testa e que, segundo se comentava, havia estragado o projeto de uma embalagem supostamente revolucionária para absorvente higiênico que custara à Procter & Gamble cerca de dois milhões de dólares – motivo pelo qual, ainda segundo os rumores, ele acabou nos dando aula. O professor Eisner falou aos borbotões durante a apresentação de James, mas não na de Anne Marie. Apontou problemas estruturais em seu projeto de tampas; perguntou retoricamente se ela sabia o que era sentir café quente derramando pelo queixo e pelo pescoço em vez de pela boca; perguntou se Anne Marie não havia aprendido nada durante os quatro anos de estudo de ciência da embalagem na faculdade; e quis saber se ela possuía um plano B para o caso de não surgirem propostas de trabalho de empresas prestigiosas. – Porque com certeza não vão surgir – falou ele.

É verdade que Anne Marie não era propriamente o que se poderia considerar uma cientista da embalagem nata, e também é verdade que suas tampas, caso algum dia fossem fabricadas (nunca foram), teriam queimado alguns rostos e dado causa a alguns processos judiciais. Mesmo assim, eu não gostei do jeito como Eisner falou com ela. Olhei para Anne Marie, e apesar de ela não parecer nem um pouco aborrecida, muito menos perto de cair no choro – Anne Marie era durona, e ainda é –, ela *estava* mexendo nervosamente no crucifixo do seu colar de ouro, e eu senti que devia dizer alguma coisa em sua defesa.

– Ei, professor Eisner – falei. – Pega leve. Vai com calma. – É verdade que não gritei com toda a força dos meus pulmões, e também é possível que o professor Eisner não tenha escutado direito, porque passou direto para a exposição seguinte, mas o importante foi que Anne Marie ouviu.

– Obrigada – disse-me Anne Marie depois da aula.

– Por quê? – quis eu saber, embora soubesse, porque, evidentemente, eu tinha dito o que disse apenas para que ela me agradecesse, uma vez que não existe motivação pura, em mim ou em qualquer outro, eu acho.

– Por me defender.

– Não há de quê – respondi. – Quer jantar?

— Com você? – perguntou ela.

Foi bem assim que ela falou – francamente e sempre em busca da verdade pura e simples –, e isso não sugeria nada de negativo em relação a seus verdadeiros sentimentos por mim. A prova disso é que fomos jantar num restaurante alemão de Springfield chamado Student Prince. Anne Marie era uma daquelas raras garotas italianas magras que apreciava comida alemã; não dava para conversar com ela diante de um prato de salsicha de Munique, e essa foi somente uma das razões pelas quais eu me apaixonei. E assim, um mês depois, dormimos juntos, no meu apartamento, que por acaso ficava em cima do Student Prince. Algo eu devo ter herdado dos meus recatados pais, porque não vou dizer nada sobre o sexo, a não ser que gostei. Mas direi que perdi minha virgindade, talvez por ter convivido com ela durante tanto tempo, e logo em seguida – com o rosto tão quente e rubro que parecia ter algo de nuclear – contei a Anne Marie: – Eu era virgem.

– Oh, meu querido – falou ela. – Eu não era. – Anne Marie passou a mão pelo meu rosto em brasa, e era visível a tristeza meiga em seus olhos, o lamento pelo virgem-de-trinta-anos que eu tinha sido. Eu nunca vira uma pessoa com um coração tão imenso e ao mesmo tempo tão fragilizado por uma emoção autêntica, e por isso resolvi perguntar: – Quer se casar comigo?

– Quero – respondeu Anne Marie. Devia haver um pouco de compaixão por trás daquela resposta afirmativa, mas também havia amor: de acordo com a minha experiência, não se pode esperar que o amor não seja afetado pela compaixão, nem ninguém gostaria que fosse.

Agora indo mais rápido: nós nos formamos. Meses depois estávamos casados, com cerimônia na St. Mary's e recepção na Red Rose do South End. A família de Anne Marie bancou tudo e compareceu em peso (afinal de contas, eram a maioria), mas meus pais não foram, simplesmente porque eu não havia contado nada a eles. Quando Anne Marie perguntou: – Por que você não vai convidar seus pais para o nosso casamento? – respondi: – Porque eles morreram.

– Como? – quis ela saber. – Quando?

— A casa deles pegou fogo e os dois morreram no incêndio — disse eu, o que vem apenas comprovar que o ser humano possui uma quantidade limitada de ideias, e o que, como se verá, acabava ficando bem perto da verdade. Seja como for, minha resposta pareceu satisfazer Anne Marie. A verdade, porém, era mais complicada. A verdade era que eu podia escutar aquela voz na minha cabeça perguntando *Fazer o quê? O quê?* e não podia ter certeza se era a minha ou a dos meus pais. A voz, entenda-se.

Anne Marie e eu passamos a lua de mel na cidade de Quebec, e como estávamos em dezembro e fazia muito frio, nós fomos patinar, o que me fez lembrar dos meus pais me aplaudindo no laguinho do campo de golfe, tantos anos atrás, e de como tinha sido legal patinar ali. Isso também deveria fazer com que eu me lembrasse de como terminara mal minha relação com meus pais, mas eu era eu e Anne Marie era Anne Marie, não éramos meus pais, e aquele não era um lago e sim o imenso rio Saint Laurent, que estava congelado pela primeira vez em não sei quanto tempo e todo mundo ali falava francês e as coisas eram diferentes o bastante para fazer pensar que a história não necessariamente se repete e que é o caráter de um homem e não a sua herança genética que determina o seu destino. Conversávamos sobre isso naquela noite em nosso quarto no Château Frontenac e Anne Marie estava a fim, então resolvemos fazer um bebê.

Fizemos uma menina. Pusemos nela o nome de Katherine, em homenagem a ninguém em particular. Quando ela nasceu, eu já estava me destacando na Pioneer, ajudando a criar recipientes anticongelantes mais translúcidos do que até então se considerava possível. Katherine foi um bebê muito bonzinho: chorava, mas só para que soubéssemos que ela não tinha parado de respirar, e nunca nos incomodou muito, nem tampouco os clientes do Student Prince, lá embaixo. Muitas vezes mandaram pratos de bife à milanesa frio para ela mastigar quando seus dentinhos estavam nascendo. No nosso primeiro Natal penduramos nas janelas lâmpadas que piscavam intermitentemente, e na noite de Natal o sr. e a sra. Goerman, donos do Student Prince havia cinquenta anos, nos levaram pratos de peixe *à la créme* e várias garrafas de vinho branco alemão e nós brindamos ao nascimento do Menino Jesus, e no geral aquela deve ter sido nossa fase mais feliz.

Dois anos depois tivemos outro filho, um menino chamado Christian, em homenagem ao pai de Anne Marie, e de repente o apartamento de que tanto gostávamos ficou pequeno, de repente os cheiros que subiam do restaurante ficaram tão fortes que começamos a comer panquecas de batata em sonhos. Um dia Anne Marie veio a mim parecendo uma versão menos feliz e mais cansada daquela mulher com quem eu havia me casado apenas três anos antes, com Christian guinchando ao fundo como um dinossauro em luta contra a extinção, e disse: – Precisamos de uma casa maior. Tinha razão: precisávamos mesmo. Mas onde? Nós achávamos Springfield um ótimo lugar, mas os portorriquenhos haviam se mudado para lá e os pais de Anne Marie e os outros italianos estavam indo embora, para West Springfield, Ludlow e outros lugares, e, embora não quiséssemos morar onde eles moravam, também não queríamos morar em Springfield – não por causa dos portorriquenhos, que seriam nossos vizinhos, mas devido ao que os Mirabelli diriam quando fossem nos visitar. Essa era uma das coisas que a Faculdade de Mim preconizava – evite dores de cabeça, mesmo em detrimento dos princípios – e uma das poucas em que estava correta.

Assim, Springfield foi descartada, mas nós tínhamos que ir para algum lugar. Um dia Anne Marie falou: – Eu ouvi dizer que Amherst é legal. O que você acha?

É preciso que se diga aqui que eu não contara a Anne Marie sobre o meu passado, mas ali, naquela hora, quis contar, quis muito, quis contar tudo – sobre a Casa Emily Dickinson e como eu a incendiara, acidentalmente, e sobre as pessoas que eu matara –, por sinal, não era a primeira vez que eu queria contar tal coisa a Anne Marie. Devia ter contado logo, hoje eu sei disso, na época eu sabia, mas o amor recente é frágil e eu achei que podia esperar até que ele ficasse mais forte. Mas aí o tempo foi passando, passando e agora o meu crime original ficou agravado pelo crime de não ter contado a ela durante tantos anos, as coisas se complicaram demais e eu não conseguia mais contar a verdade a Anne Marie.

Então concordei. Amherst. Por que não? Botamos as crianças na minivan e partimos para Amherst. No caminho eu tentei ir me convencendo de certas coisas, coisas muito loucas. Dizia a mim mesmo que deveríamos ir à cidade e achar uma casa antiga e adorável, estilo Nova Inglaterra, na antiga e adorável Amherst na Nova Inglaterra, nos mudarmos, depois apresentar minha casa, minha esposa, meus filhos, meu emprego, eu próprio a meus pais, que a essa altura teriam começado a sentir minha falta. *Eu mudei*, diria. E eles diriam *Nós também. Bem-vindo ao lar*. Pois o coração quer o que o coração quer, e o coração estava me dizendo *Não seja ridículo, todo mundo já esqueceu de você, todo mundo*. Falando *Está na hora, está na hora, está na hora*.

Não estava na hora. Era sexta-feira, e Amherst estava exatamente como eu me lembrava dela: as ruas cheias de árvores, prósperas, com tantas camionetes Volvo estacionadas que pareciam cogumelos numa caverna; casas de duzentos anos com seus gramados requintadamente crescidos, seus lírios tigrados e seus crisântemos azuis, suas bétulas e suas placas históricas; os universitários brancos com cabelos rastafári praticando lançamentos complicados de frisbee na imensa área verde do parque municipal; as igrejas protestantes de madeira branca e as igrejas episcopais de granito, e os imponentes campanários do prédio da faculdade, visíveis de qualquer ponto por cima da linha das árvores; as garotas elegantes da faculdade com seus uniformes de ginástica; e os professores de mocassins ou topsiders tomando café nas cadeiras de ferro forjado do pátio externo em que sentar parece uma tarefa delicada mesmo para gente magérrima como a maioria das meninas da faculdade. Tudo isso me era familiar, mas não me deixava feliz, não me fazia sentir em casa. Eu me sentia como um primo distante, o que significava, suponho, que não era de fato um primo: estava alijado da relação sanguínea de forma permanente, e meu afastamento de Amherst se dera porque eu havia ateado fogo à mais representativa das suas casas, lindas, antigas, e por ter matado dois de seus cidadãos indolentes. Um primo uma vez alijado não era um primo; um cidadão criminoso não era um cidadão.

Isso foi uma grande decepção, a maior de todas, porque eu me dedicara à ciência da embalagem e esquecera minha literatura, esquecera que não se pode voltar para casa, e achei que Amherst – a cidade onde eu cresci, a cidade onde meus pais cresceram, a cidade onde as famílias de ambos viveram durante duzentos anos – ainda poderia ser minha terra natal. Como não? Afinal, eu não era o humilde filho pródigo daquela cidade? Toda cidade não precisava de alguém como eu, alguém – como diz a canção – que andara perdido, mas que agora fora encontrado? Porém, do banco do motorista da nossa minivan, eu tive a sensação clara de que Amherst jamais voltaria a ser a minha cidade, que a própria cidade não aceitaria isso, que eles não necessitavam de um filho pródigo, que um filho pródigo era exatamente aquilo de que eles *não* necessitavam. Passamos pela minha velha escola: havia grades nas janelas que não havia antes de eu ir para a cadeia, guardas uniformizados armados bem ostensivos onde antes senhoras monitoravam os corredores com apitos, e eu imaginei que as grades e os guardas estavam ali para proteger os alunos de mim e não de algum adolescente maluco com o casaco inflado de munição caseira. Dava para ouvir o diretor falando na reunião desta manhã: *Nós não estávamos vigilantes, e ele incendiou a Casa Emily Dickinson e matou duas pessoas. Mas agora estamos preparados para enfrentá-lo.* Eu imaginei que após a aula os alunos e seus pais, e nessa hora a cidade inteira, ergueriam – como em *Frankenstein* – tochas e forcados e me conduziriam até a saída da cidade onde me deixariam – cambaleante, grunhindo, monstruoso, o corpo marcado por cicatrizes e todo costurado, com um parafuso atravessando a cabeça – vagando, perdido no mundo estranho e cruel, de quem jamais se ouviria falar novamente.

– O que você acha? – perguntou-me Anne Marie , a fisionomia alegre e ansiosa, quase o oposto do que a minha certamente demonstrava.

– Forcados! – disse eu. – Tochas! Monstro!

– O quê? – perguntou ela. – O que é isso?

– Nada – falei, e segui dirigindo numa espécie de transe, como se os gritos de Anne Marie de "Espere!", "Para onde você está indo?" e "Nós ainda nem olhamos as casas – controle-se!" viessem do passado distante, imperceptível, e eu tivesse dificuldade de ouvi-los. Sim, eu segui dirigindo, direto pela rua Chicopee, onde moravam meus pais, e depois para fora da cidade, e durante mais cinco anos eu fiquei muito feliz por haver feito aquilo. Logo estávamos na Rota 116 e bem longe de Amherst, e aquela paisagem também me era familiar – as pequenas casas de fazenda de tijolos que alojavam os alunos asiáticos da universidade estadual, as lavanderias dos estudantes, as mercearias familiares e as videolocadoras independentes com seus acervos pobres e limitados em que nunca era possível encontrar os filmes desejados. Mas logo as coisas começaram a mudar. Primeiro veio a onda de superlojas: as superlojas de produtos de jardinagem, as superlojas de brinquedos, as superlojas de roupas infantis, as superlojas de materiais de construção, as supergalerias de móveis e os super-supermercados e assim por diante. Amherst não parecia tão grande a ponto de justificar todas aquelas superlojas e seus estacionamentos: era como construir um *metrô* sem antes construir a *metrópole*.

Mas essas lojas eram apenas uma introdução ao que havia *realmente* mudado: o que havia realmente mudado eram os loteamentos mais além das lojas, loteamentos que dez anos antes não passavam de plantações de tabaco e milharais, loteamentos com placas nos portões de acesso nas quais se lia MÔNACO e STONEHAVEN, e ruas com nomes como Princesa Grace e Planície das Ovelhas. Eu fui dirigindo por esses loteamentos, à procura de alguma placa de À VENDA sem achar nenhuma, até que demos com um loteamento denominado Camelot – assim dizia a placa de madeira entalhada em formato de castelo.

Camelot era lindo. Não havia árvores em parte alguma – era como se Camelot tivesse sido arrasado por armas nucleares ou quem sabe não passasse de uma invenção da indústria madeireira – e cada casa fosse exatamente a mesma, a não ser pelo fato de que algumas tinham as laterais em vinil azul-celeste e outras em bege. Havia playgrounds em madeira trabalhada nos quintais e miniparabólicas em todos os telhados, e cada entrada de garagem era um carpete macio de asfalto, não havia calçadas rachadas para se tropeçar porque não havia calçadas, e cada casa possuía uma garagem tão superdimensionada que poderia ser a própria casa.

Ouvia-se por toda parte um zumbido constante e tranquilizador, de manutenção de gramado, e muito embora a grama na frente da maioria das casas ainda nem houvesse brotado e eu não conseguisse localizar um cortador de grama em lugar algum, os sistemas de irrigação estavam todos ativados e, mesmo que já estivéssemos no final de setembro e fosse tarde demais para a rega da grama, os borrifos de água faziam um arco e bailavam sob as luzes da rua, cerca de 150 lâmpadas, todas acesas, apesar de estarmos no meio da tarde.

– Uau! – exclamei.
– Uau o quê? – disse Anne Marie. – Você está falando *disso*? – Ela apontava para uma casa bege que era exatamente como as demais, exceto por uma placa de À VENDA no gramado. Anne Marie e eu saltamos da van; as crianças estavam sentadas nos bancos traseiros, gritando por qualquer coisa, por causa de qualquer coisa, mas as janelas estavam levantadas e o berreiro que elas faziam era suave e bem-vindo como chuva no telhado.

– O que você está pensando? – disse Anne Marie, afinal. Sua voz tinha um tom cansado, suspiroso, que eu tomei como mera fadiga humana, mas que podia ter sido de resignação. Como eu gostaria de ter prestado mais atenção a Anne Marie naquela hora, mas não o fiz. Oh, e por que não o fiz? Por que não damos ouvidos às pessoas que amamos? Será porque só temos ouvidos, e coisas muito importantes para contar a nós mesmos?

– Sam, o que você está pensando? – perguntou Anne Marie outra vez, pois eu não havia respondido, ainda pensando em Camelot e na casa.

– Oi, minha vida – respondi.
– Você está chorando? – perguntou ela.
– Estou – falei. Eu *estava* chorando, porque estava muito feliz, porque aquela era minha casa nova, e porque ela era clara e perfeita e eu não conseguia imaginar que alguém me conhecesse, que alguém ali quisesse me conhecer. Meus vizinhos viriam se apresentar e, depois de saberem que eu era um incendiário e um assassino,

passariam a falar das virtudes da grama Bermuda em comparação com a Kentucky azul. Eu não podia ser normal em Amherst, mas podia ser normal em Camelot. Eu me sentia muito feliz, muito agradecido. Queria agradecer a alguém. Se houvesse algum vizinho à vista, agradeceria a ele. Mas não havia vizinhos à vista; estavam todos dentro de casa, cuidando dos próprios afazeres, e essa era uma das coisas pelas quais eu era grato.

– Muito obrigado – disse eu a Anne Marie.

– Imagino que não há de quê – falou ela, sem precisar perguntar o motivo do meu agradecimento, porque é assim o nosso amor.

Ligamos para o corretor de imóveis, compramos a casa e dissemos adeus ao apartamento em cima do Student Prince (seria um adeus para sempre, embora naquele momento eu não soubesse), nos mudamos para Camelot e durante cinco anos moramos lá, eu fazendo meu percurso diário de meia hora casa-trabalho-trabalho-casa, as crianças cresceram um pouco e Anne Marie conseguiu emprego de supervisora em meio expediente na superloja de artigos domésticos e durante cinco anos não tivemos do que reclamar, fomos bem felizes, felizes como todo mundo sonha ser. É verdade que Anne Marie levou algum tempo para descobrir a felicidade: chorou o primeiro ano ao perceber que a lareira era um item decorativo e que sempre seria; chorou o segundo ano quando descobriu que podia enfiar o dedo indicador inteirinho nas paredes surpreendentemente finas da casa sem ter que fazer muito esforço, e ela o fez repetidamente de tão triste que se sentiu, e a casa provavelmente ainda ostenta os inúmeros buracos de dedo para comprovar; e chorou o terceiro ano quando nossos vizinhos ainda não sabiam o nome dela nem ela o deles. Dessa vez chorou pra valer, sem parar, e eu tive que mandar as crianças para ficar com os pais de Anne Marie até ela conseguir se controlar. Mas até Anne Marie parecia feliz depois de algum tempo, e se a prisão foi meu primeiro exílio não totalmente desagradável do mundo, esse era o segundo, e sequer uma única vez eu fui reconhecido como o homem que ateara fogo à Casa Emily Dickinson etcetera e tal, e nem uma só vez escutei aquela voz, a voz dentro de mim perguntando *Fazer o quê? O quê?*. Nem uma vez, é verdade, até o dia em que o homem cujos pais eu havia matado acidentalmente no incêndio da Casa Emily Dickinson surgiu à minha porta e aí a voz retornou e eu voltei para a casa dos meus pais e reli aquelas cartas e os analistas financeiros apareceram para me azucrinar em nome de Deus e da pátria, e então as pessoas (não eu! não eu!) começaram a tocar fogo nas casas de escritores por toda a Nova Inglaterra e daí o problema todo começou.

2

Primeiro foi o homem, o filho cuja mãe (uma das guias turísticas da Casa Emily Dickinson) e cujo pai, por casualidade, estavam, sem eu saber, desfrutando de um momento íntimo e fora de hora na cama de Emily Dickinson quando eu acidentalmente pus fogo na casa e matei os dois, tantos anos atrás. Ele surgiu no começo de novembro, muito provavelmente num sábado, já que nunca acontecia nada em Camelot durante a semana. Durante a semana todo mundo trabalhava, ia para a cama cedo e acordava cedo, e ninguém cortava as unhas dos pés na varanda da frente com receio de incomodar a vizinhança com o barulho. Nos fins de semana era diferente, a chance de provar nossa capacidade de colocar gasolina por um buraco, estender um fio, fazer barulho e em seguida cortar um pouco de grama. Eu tinha acabado de cortar a minha. Não há muito o que dizer a respeito. A grama estava baixa, e eu a aparara com um cortador de grama do tipo que todos os meus vizinhos usavam: um com design espacial e autopropulsão, em que a gente fica de pé sobre uma plataforma e dirige por meio de alavancas de comando. O cortador se movia tão rápido que parecia flutuar e basicamente fazia todo o serviço. Mesmo assim eu conseguia suar bastante ao usá-lo, o que me obrigava a tirar a camisa e me deixava sem graça com meus vizinhos homens (nenhuma mulher cortava grama em Camelot; nesse ponto éramos bem parecidos com os muçulmanos), que usavam, todos, durante a operação de corte, fones de ouvido profissionais, bonés enormes, óculos de proteção e luvas de jardinagem grossas e resistentes, camisas sociais de manga comprida e calças cáqui salpicadas de tinta enfiadas dentro dos canos das botas de trabalho. Com exceção de pequenas amostras da face e do pescoço, não dava para ver a pele deles. Meu peito nu feria algum código comportamental implícito local e me fazia merecedor de olhares hostis e indignados por parte da vizinhança. Todo sábado eu lembrava a mim mesmo de permanecer totalmente vestido. Mas assim que começava a suar eu era incapaz de me lembrar de manter a camisa e não cair na minha pequena e involuntária manifestação de rebeldia. Eu parecia o patriota que vivia se esquecendo de *não* despejar o chá do rei nas águas do porto. Isso não significa que só porque suava e tirava a camisa e sem querer me rebelava eu fosse melhor que meus vizinhos. Não era. Não consigo me lembrar do nome de nenhum deles, mas eram todos gente boa. Espero que estejam bem.

Eu estava sentado na varanda, que não passava de uma laje de concreto a que dávamos o nome de varanda por gostar de sentar nela. Tinha acabado de desligar o cortador de grama, seu ronco ainda em meus ouvidos, por isso não ouvi o filho das minhas vítimas acidentais estacionar seu jipe na rua e vir caminhando pela entrada de garagem, e só dei por ele quando parou bem à minha frente. Seu nome era Thomas, Thomas Coleman, embora eu ainda não soubesse disso. Estava imerso em pensamentos, de cabeça baixa, quando ele se aproximou de onde eu estava sentado, e então pude ver seus pés antes de ver o restante dele. Usava botas de caminhada, do tipo impermeável.

– Você é Sam Pulsifer? – perguntou ele. Ao som da voz, um caroço ficou preso na minha garganta, porque achei que sabia a quem pertenciam aquela voz e aqueles pés. Tinha certeza de que se tratava de um repórter. Eu não conversava com repórteres havia anos, mas me lembrava muito bem de como eles agiam, sempre tentando fazer você trocar a sua própria versão da verdade pela deles; lembro-me muito bem dos seus bloquinhos de notas espiralados e da avidez com que faziam as perguntas, para as quais já sabiam as respostas, e do desapontamento com a forma como você as respondia.

– Sim, sou eu mesmo – falei, erguendo os olhos em seguida para encarar o repórter e descobrir que não se tratava de um deles, o que pude constatar logo à primeira vista. Em primeiro lugar, nenhum caderninho visível. Segundo, nenhum lápis ou caneta. E, diferentemente dos repórteres de que eu me lembrava, agora que havia feito a pergunta e eu a respondera, ele não se mostrara inclinado a fazer outra; ao contrário, ficou ali parado me olhando. Eu também olhei para ele. Não era muito alto, mas era magro, muito magro; dava para perceber mesmo com tanta roupa: estava de jeans forrado (eu podia ver o tecido vermelho se esgueirando por baixo da bainha e por cima das botas) e camiseta de flanela sobre a qual usava uma camisa de veludo cotelê e sobre ela um colete de lã, mesmo sob um calor incomum para o mês de novembro, e se eu conhecesse melhor o sujeito, teria dito que se ele comesse mais não precisaria usar tanta roupa. Disso eu era uma prova viva e descamisada. E havia ainda o rosto dele, que era macilento, pálido, muito pálido e também esburacado; se o meu rosto era o sol em chamas, o dele era a lua coberta de crateras.

– Eu me chamo Thomas Coleman – disse ele.

– Prazer em conhecê-lo – disse eu, estendendo a mão, que Thomas não apertou. Seu maxilar começou a se movimentar para diante, como se buscasse um pouco de saliva para cuspir na mão que eu lhe oferecia, e diante disso tratei de recolhê-la.

– Não está reconhecendo o meu nome, não é? – disse ele. E nisso ele tinha razão. Não havia nada, nem sinos, nem apitos; minha memória era um lugar feliz e vazio que ecoava.

– Bom, o nome Thomas sim – disse eu, tentando ser educado.

– Mas convenhamos que é um nome bastante comum. – Era mesmo, e eu falei com toda seriedade, mas ele tomou como sarcasmo. Pude perceber isso pela maneira como seu maxilar começou a trabalhar dobrado. Era um homem zangado, tudo bem, e talvez por isso fosse tão magro: remoía a raiva com tal força que não tinha tempo ou energia ou apetite para remoer mais nada.

– Thomas Coleman – enfim ele se apresentou. – Meus pais eram Linda e David Coleman, que você matou no incêndio da Casa Emily Dickinson.

– Oh! – exclamei, sem saber o que dizer, e em seguida, já que de repente a ocasião me pareceu mais formal, coloquei de novo a camisa. Uma vez totalmente vestido, e devido ao nervosismo, dei de cumprimentá-lo com efusão: apertei-lhe a mão – dessa vez me levantei e fui ao seu encontro, nada podia me deter – e dei-lhe um tapinha nas costas, perguntando: "Como vai? Que bom vê-lo. Como tem passado?" e assim por diante. Tudo isso pode parecer horrivelmente inadequado, mas o que eu *deveria* ter feito? Não existe manual de etiqueta para esse tipo de coisas; eu o estava escrevendo ali, de pé, naquele instante. Além do mais, Thomas não parecia achar que eu estivesse sendo tão inconveniente assim – depois de ter matado acidentalmente os pais de uma pessoa, talvez qualquer outra ofensa fosse comparativamente menor. Na realidade, o rosto do homem pareceu ganhar um pouco de cor quando eu lhe perguntei se queria beber alguma coisa – uma cerveja, um suco, disse a ele que podia pedir o que quisesse –, muito embora possa ter sido o brilho do meu rosto o que iluminou os buracos no dele. Eu estava realmente emitindo luz e calor; provavelmente teria sido capaz de energizar o loteamento inteiro caso tivesse ocorrido um apagão.

– Reconheceu meu nome agora? – perguntou ele. – Reconhece o nome dos meus pais?

– Mais ou menos – falei, embora realmente não reconhecesse; até no tribunal eu me esforçara para não saber os nomes deles, na medida em que meu futuro só parecia ter alguma perspectiva se eu me esquecesse dos detalhes do meu passado. – Na verdade, não me lembro muito bem de tudo o que aconteceu – disse eu a ele, o que, como já mencionei, é um dos meus talentos, além de ser a mais pura verdade. Mesmo agora, com Thomas diante de mim, o incêndio, a fumaça e os corpos em chamas dos pais dele eram algo tão distante que pareciam problema de outra pessoa, o que era uma coisa horrível de se dizer e nesse sentido perfeitamente coerente com a maioria das coisas verdadeiras.

– *Mais ou menos?* – repetiu ele. Um pouco mais de cor tomou o rosto de Thomas quando ele disse isso, e já dava para se perceber que de certo modo eu estava fazendo bem à sua saúde, e se as coisas continuassem assim eu conseguiria até mesmo fazê-lo comer alguma coisinha. – *Mais ou menos?* Será que você nunca se sentiu mal, nem um pouco, por ter matado meus pais?

– Foi um acidente – disse eu. Thomas respirou fundo ao ouvir isso e pareceu incrédulo, e em sua defesa eu podia ver como ele não acreditava em mim: porque quando você fica repetindo sem parar sobre o incêndio que provocou e sobre as pessoas que matou que "foi um acidente", isso soa como se você estivesse se desculpando, e se soa como se você estivesse se desculpando, também soa como se não tivesse sido um acidente, e aí não importa se de fato *foi* ou não um acidente. Se você diz, a respeito de algo terrível que fez, que "foi um acidente", você passa a impressão de covarde e de mentiroso. Eu me solidarizava totalmente com Thomas. Mas a verdade é a verdade, é a verdade, sempre. – Foi um acidente – repeti.

– Não existe isso de acidente – falou Thomas.

– Nossa, curioso você dizer isso – falei. Anne Marie dissera a mesma coisa inúmeras vezes: na nossa vida juntos eu havia estragado mais de uma festa-surpresa, tinha quebrado várias cadeiras de estimação, autênticas relíquias, dos nossos vizinhos, contara várias piadas de mau gosto, e depois de cada um desses comportamentos desastrados, inconscientes e não premeditados, ela me acusava de ter feito por querer, intencionalmente. "Não foi acidente", dizia ela. "Você fez de propósito." E eu sempre respondia: "Não fiz! Não faço!" E ela: "Não existe isso de acidente." E eu dizia: "Existe sim!" Mas talvez não existisse. Agora eu era capaz de entender do que ela estava falando, e Thomas também.

– Eu sinto muita falta dos meus pais – disse Thomas. – Já faz vinte anos que você os matou, e eu ainda sinto a falta deles, porra, muita falta mesmo!

– Oh, eu sei – falei, sentindo uma forte empatia por ele, profunda, visceral, e o fato de Thomas ter saudade dos pais me fazia ter saudade dos meus também, e de certa forma éramos ambos órfãos, estávamos no mesmo barco. – Ei, olha só – disse eu – tem certeza de que não quer beber alguma coisa? – Porque eu ainda estava com sede depois de ter cortado a grama, e além disso estava realmente começando a me sentir próximo e em dívida com ele por haver feito o que fizera com seus pais e com sua vida, e seria capaz de dar qualquer coisa que ele quisesse.

– Não – disse ele. E em seguida: – Você sabe o que faziam comigo na escola?

– Espere aí – disse eu. – Quem? Quando foi isso? Que escola? – Porque eu precisava conhecer as especificidades de uma história para poder dar a ela a devida importância. Quando criança, eu não conseguia sentir muita pena dos três porquinhos e suas casas porque não sabia se as casas – de palha, de tijolos ou de qualquer outro material – ficavam num vilarejo, numa cidade ou aldeia, ou se a localidade tinha nome, e sem um nome eu simplesmente não conseguia dar muita importância à coisa.

– Foi na Williston Country Day, logo depois que você matou meus pais. – Ele falou isso lentamente, como se ele próprio fosse meio lesado e precisasse de tempo para entender, o que eu agradeci. – Os outros garotos, alunos, até os amigos faziam piada com os meus pais.

– Você está brincando – falei. – Que coisa horrível, Thomas. Eles não eram seus amigos.

– Eram. Faziam piada com a forma como eles morreram, você sabe, na cama. – Ele se engasgou nestas últimas palavras e obviamente ainda estava sofrendo bastante e se consumindo com aquilo, pobrezinho.

– Durante muito tempo – prosseguiu ele – eu tive vergonha, tive ódio deles, pelo que estavam fazendo quando você os matou.

– É compreensível.

– Tinha uma garota na minha turma cujos pais morreram num desastre de automóvel – contou ele. – Os dois foram decapitados. Pois eu tinha inveja dela. Durante um bom tempo desejei que meus pais tivessem morrido daquele modo.

– Totalmente compreensível – disse eu.

– Durante um bom tempo – disse ele, puxando o fôlego – eu quis me matar.
– Não diga isso, Thomas, nem pense numa coisa dessas – falei. De novo tive a sensação de que precisava fazer alguma coisa por aquele sujeito. Se ele pegasse uma lâmina de barbear para cortar os pulsos, eu rasgaria minha camisa para fazer ataduras; se ele engolisse comprimidos, eu lhe faria uma lavagem no estômago, mesmo sem ter know-how ou dispor de equipamento médico adequado. Suponho que eu queria salvá-lo tal como queria me salvar. Nesse sentido, eu era como o espelho que queria salvar o sujeito que olhava para ele e dessa maneira salvar também a imagem do espelho. Era uma reação emocional complicada, tudo bem, e não tenho certeza de que eu próprio a entendesse, e por isso é que eu percebia o quanto era complicada.

– E quando eu não queria me matar – disse Thomas, me olhando por debaixo das sobrancelhas louras e finas, como seus cabelos –, queria matar você.

– Bom – disse eu, porque não tinha outra resposta a não ser que ficava feliz por ele não ter conseguido. Me matar, entenda-se.

– Não se preocupe – disse ele, embora o tenha feito num tom de voz profundo, soturno, que desmentia sua franqueza e sugeria que talvez eu *devesse* ficar preocupado. – Meu psicanalista me convenceu a não matá-lo.

– Você tem um psicanalista?

– Tive muitos. – Thomas falou isso como se estivesse cansado da própria tristeza, como se a mágoa fosse uma fantasia de Dia das Bruxas que ele continuava usando mesmo depois do feriado e da qual quisesse se livrar sem conseguir, e de repente tive uma visão muito clara da vida dele, que eu com certeza ajudara a construir da mesma forma como havia ajudado a construir a minha. Podia vê-lo indo de psicanalista em psicanalista, e fora esses psicanalistas, sua dor e seu passado terrível, Thomas estava totalmente sozinho no mundo. Eu duvidava que ele tivesse mulher e filhos a esperá-lo em casa, e aí pensei em Anne Marie e meus filhos, em seus passeios habituais dos sábados, colhendo maçãs em algum pomar, brincando com animais selvagens domesticados no zoológico, ouvindo histórias infantis em alguma biblioteca, e então me passou pela cabeça que o mundo não precisava ser tão grande para nós quatro apenas. Senti muita saudade deles e teria pegado a minha minivan – tínhamos duas – para ir encontrá-los no zoológico, por exemplo, só que a minivan estava quase sem gasolina e eu não sabia onde ficava o zoológico.

– De qualquer forma – disse Thomas, balançando a cabeça como se acabasse de acordar e tentasse arrancar um sonho de dentro dela –, é por isso que estou aqui. Meu psicanalista disse que eu devia vir vê-lo e pedir que você se desculpasse. Por ter matado meus pais.

– Oh, eu peço desculpas, sim, me desculpe – disse eu. – Lamento muito. – E de fato lamentava, mas ao mesmo tempo me sentia feliz por haver algo que pudesse fazer por Thomas após todos esses anos. É rara essa possibilidade de pedir desculpas por algo tão terrível e definitivo. Era como se Abel retornasse do mundo dos mortos e desse ao irmão Caim a oportunidade de se desculpar por tê-lo matado. – Oh, lamento muito ter matado seus pais – disse eu, tão arrependido que caí de joelhos em posição suplicante. – Eu lamento de verdade. Foi uma coisa horrível, que transformou muitas vidas, e que eu gostaria que jamais tivesse acontecido.

Thomas ficou de cabeça baixa enquanto eu lhe pedia perdão. Depois que acabei, ele a manteve abaixada como se esperasse algo mais ou como se refletisse sobre o que já havia recebido. Por fim, ergueu a cabeça e me endereçou um olhar sombrio que eu sabia que significava problema. – Então são essas as suas desculpas? – perguntou. – Só isso?

– É – falei, e acrescentei, por garantia: – Desculpe.

– Foi um pedido de desculpas lamentável –, disse Thomas. Seus olhos pareciam a ponto de saltar da cabeça e ele mantinha os punhos cerrados: estava realmente fumegando, sem dúvida. Thomas parecia exatamente como aquelas pessoas que a gente costuma ver na televisão, cujos entes queridos foram mortos e que têm a chance de falar com os assassinos no tribunal, e que dizem aos assassinos coisas que acham que devem e querem dizer para poder seguir em frente pelo resto de suas vidas e alcançar um pouco de paz etcetera, e só então descobrem que as palavras não significam nada e que nem sequer lhes pertencem, de fato, e então acabam se sentindo ainda mais desesperadas, atormentadas pela dor e tomadas pela ira depois de falar do que se sentiam antes. Thomas se parecia muito com elas. – Você não lamenta coisa nenhuma – disse ele.

– Lamento sim, lamento – disse eu, e lamentava mesmo, só que não sabia mais o que fazer para convencê-lo, porque o problema de se lamentar por algo é justamente esse: fica muito mais fácil convencer as pessoas de que você não lamenta do que de que lamenta de verdade.

– Seu babaca! – falou ele.

– Ei – falei. – Não há necessidade disso agora.

– Você é um babaca filho da puta – falou Thomas, dando um passo à frente, e por um instante pensei que ele fosse partir para cima de mim, mas não, talvez por ter percebido ou sentido meu cheiro de suor seco, ou talvez por eu ser maior que ele e pesar no mínimo uns trinta quilos a mais. Thomas não sabia que provavelmente *poderia* me dar uma bela surra, sem sequer se sujar: eu sentia a velha passividade chegando, podia ouvir meu coração batendo, *me bata, me bata, eu mereço, não vou reagir, me bata.* Mas Thomas não podia ouvir meu coração, o que é apenas um dos motivos que me deixam feliz de ter um. Em vez disso, ele deu um passo atrás e seu rosto também deu um passo atrás, e começou a parecer contemplativo, embora ainda furioso.

– Eu me pergunto quantos dos seus vizinhos sabem que você é um assassino e um incendiário – disse ele. – E me pergunto se seus amigos sabem. Seus colegas de trabalho.

– Bom... – disse eu.

– Aposto que você não contou nem para a família – disse ele, e então o mundo subitamente ficou meio distorcido e fora de foco, como se eu o estivesse vendo através de um calor extremo, não o reconhecesse mais, nem tivesse certeza de que se tratasse ainda do meu mundo.

– Eu sei que você não se lamenta nem um pouco por ter matado meus pais – disse Thomas. – Mas vai lamentar.

E aí ele foi embora: virou-se, atravessou a entrada da garagem, subiu no jipe preto estacionado junto ao meio-fio e saiu dirigindo. Depois que ele partiu, meu coração desacelerou e minha cabeça ficou um pouco mais clara, e pude escutar o ruído suave dos cortadores de grama dos vizinhos. Eu sabia que ninguém tinha visto Thomas, ou, se tivessem visto, os vizinhos não achariam nada de estranho na visita, sequer teriam prestado atenção. Na semana anterior, a ex-mulher do meu vizinho do final da rua começou a esmurrar a porta às três da manhã, gritando e ameaçando cortar fora suas partes vitais com o sabre da Guerra Civil do avô dela, ele chamou a polícia e, resumindo, eles armaram um barraco, mas um barraco distante, uma baixaria leve, a tal ponto que todo mundo pensou que alguém tinha deixado a TV ligada muito alto, até que lemos a respeito no jornal no dia seguinte. Nosso lema não escrito em Camelot era "Viva e deixe viver", contanto que se vivesse com a camisa devidamente vestida. Agora que Thomas fora embora, Camelot soava como num sábado normal. Como se nada do que aconteceu tivesse acontecido.

Mas aconteceu. O passado retorna uma vez e depois segue retornando, retornando, não somente uma parte dele, mas o passado completo, todas as pessoas esquecidas da sua vida escapam da galeria e vêm direto para cima de você, e não há como se esconder: elas vão achá-lo, porque é só por você que estão procurando.

Anne Marie e as crianças só estariam de volta lá pelas três da tarde. Eram duas ainda. Assim eu teria tempo de dar uma boa caminhada e tentar controlar os nervos para contar à minha família a verdade sobre meu passado. Eu sabia que era isso, afinal, o que tinha que fazer: contar a verdade. E como eu sabia disso?

3

Graças à minha mãe: ela sabia contar uma história, e as histórias que contava, depois que papai nos deixou, eram sempre sobre a Casa Emily Dickinson. Por exemplo, a história que ela me contou quando eu tinha oito anos, sobre um menino e uma menina, sempre tão bonzinhos, mas nunca muito mais velhos nem muito mais novos que eu. Os dois davam-se as mãos e apostavam corrida, implicavam um com o outro, trocando provocações e falando de coisas que tinham ouvido ou visto no cinema ou na televisão ou ditas por algum amiguinho, que as tinha escutado nos mesmos lugares e as havia modificado e se apropriado delas.

Eram crianças boas, o menino e a menina: um ia para a casa do outro depois da escola, nos fins de semana e nas férias escolares; trocavam cartões de aniversário e conversavam ao telefone durante horas. Um dia, quando passavam pela Casa Emily Dickinson, a porta dos fundos estava aberta, o que não era normal, e então os dois resolveram ir verificar. Quando cruzaram a soleira da porta, segundo o relato de mamãe, ela se fechou atrás deles e o casarão começou a zunir como o aquecimento de um triturador de lixo descomunal. Ouviam-se gritos, fracos mas nítidos, e quando mamãe concluía a história, eu deixava escapar um lamento longo e inconformado "Mas não é justo". E mamãe concordava com a cabeça, dizendo: "A casa de Emily Dickinson é como o último buraco de um minigolfe. Como a bola no último buraco, as crianças entram e aí o jogo fica à espera de outra pessoa." A analogia era feliz, porque naquela época mamãe e eu brincávamos muito de minigolfe.

Essa era a história da minha mãe (uma história que, por sinal, nunca deixava nenhum de nós muito feliz), mas agora eu ia ter a minha, que seria uma história verdadeira. Eu contaria a Anne Marie e às crianças a verdade a meu respeito e a respeito da Casa Emily Dickinson e de como eu a havia queimado completamente e matado os pobres dos Coleman. Eu já havia mentido por tempo demais. Agora que Thomas Coleman aparecera e ameaçara pôr a boca no mundo, eu sabia que tinha que contar a verdade à minha família enquanto a verdade ainda pudesse me fazer algum bem e enquanto de algum modo eu tinha controle sobre ela. E quem sabe a verdade pudesse me fazer feliz? Era o que os analistas financeiros diziam durante suas sessões de *brainstorming*: "Diga somente a verdade, maluco" (era assim que eles falavam: como surfistas com roupas da Brooks Brothers). "Depois você vai se sentir melhor." Parecia uma mera questão de causa e efeito, o tipo de coisa que eu, como cientista da embalagem, era capaz de entender e apreciar. Mas não ia ser nada fácil, e eu sabia disso. Na minha caminhada fora do condomínio, pela Rota 116 e dando voltas e mais voltas pelo estacionamento da superloja de artigos de jardinagem (eu teria caminhado pelo acostamento da Rota 116 ou pelas calçadas de Camelot, caso existissem), fiquei imaginando as carinhas dos meus bambinos enquanto tentava explicar-lhes que papai era um assassino e um incendiário, para não dizer um grande mentiroso, e isso abalou um pouco a minha convicção. Mas tudo bem, porque eu sabia que estava preparado para fazer o que iria fazer, e tinha determinação de sobra para me dar ao luxo de perder parte dela.

Então caminhei de volta para Camelot, segui pela entrada de garagem, e ali já perdi mais um pouco da minha determinação. A minivan de Anne Marie estava estacionada. Tal como Camelot, a casa, as crianças e a própria Anne Marie, a van estava bem conservada e eu gostava demais dela e deles, podia sentir meu amor crescendo, crescendo, podia sentir meu coração querendo ficar maior, maior até estar tão cheio de amor que era capaz de explodir para todos os lados e fazer um estrago e eu nem me importaria de morrer assim. Dei a volta pela casa e entrei pela porta dos fundos, pela cozinha, com seu piso reluzente de lajotas cerâmicas. Eu não fazia ideia do que queria dizer exatamente *lajota cerâmica*, achava apenas que tinha algo a ver com índios, com barro, com terra, e nada disso parecia ter algo a ver com o piso da minha cozinha. Aquele piso e seu nome eram misteriosos e inexplicáveis, como o amor, e meu coração continuava a aumentar, testando o limite de suas câmaras. Eu me curvei para beijar aquele piso, colei os lábios na lajota fria. *Você é minha*. Era tudo o que eu pensava daquela lajota. *Você é minha, e eu te amo*. Mas será que a lajota corresponderia ao meu amor depois que eu lhe contasse a verdade sobre meu passado? Podia sentir a lajota se crispando à simples ideia dos meus lábios. E minha família, será que faria o mesmo? Por que não? Oh, eu estava com medo, não de algo em especial, mas de tudo, muito embora um minuto antes estivesse cheio de coragem e determinação. Tinha medo até da lajota cerâmica, queria fugir para longe dela o mais rápido que pudesse, antes que ela me rejeitasse completamente. Esfreguei as marcas dos meus lábios na lajota e me levantei com o auxílio das mãos e joelhos, do mesmo modo como minha filha, Katherine, andava pela cozinha.

 Katherine estava agora com oito anos, era comprida e ossuda, uma garota tipo a mãe – do tipo que, na adolescência, vivia de macacão na transição da molecagem para a beleza. Ela aprendera em algum programa de televisão ou com suas amiguinhas a cumprimentar as pessoas não no estilo convencional, mas dizendo "Oieee", tal como dizia agora, para mim, na cozinha, e eu pensei em responder dizendo: *Oh, meu coração querido, minha primogênita, preciso lhe dizer uma coisa, e pode ser que você me odeie por isso, mas mesmo se o fizer, pelo menos me prometa nunca dizer 'Oieee' novamente?* Porém, em lugar disso, só perguntei: – Onde está sua mãe?

 – Está lá em cima, malhando. – Aquela era a hora do dia em que Anne Marie estaria no nosso quarto, em trajes de ginástica, uma lycra cor de carne com tiras brancas, cabelo preso no alto da cabeça e o lábio superior coalhado de gotinhas de suor, vendo televisão e se acabando de pedalar na bicicleta ergométrica. Às vezes eu me perguntava até quando a bicicleta permaneceria estática com ela pedalando com tamanha energia. Meu coração deu um triste solavanco ante a ideia de revelar a ela o meu verdadeiro eu; e como não tenho medo das grandes perguntas, fiquei pensando se ela teria sido mais feliz com outra pessoa, alguém que não fosse um trapalhão como eu. Na nossa vida juntos nunca houve escassez de trapalhadas. Por exemplo, certa vez recebemos para jantar um cara com quem eu trabalhava e a mulher dele, e nós acabamos enveredando por uma conversa sobre judeus, ou sobre judaísmo, algo assim, e Anne Marie perguntou à mulher (que era americana) se ela era judia; ela não era, e então, me dirigindo ao marido, com quem eu trabalhava, eu disse "Eu sei que *você* não é". Falei isso porque ele era alemão – chamava-se Hans –, e a pressuposição era de que, sendo alemão, ele deveria ser nazista. Mais tarde Anne Marie me fez ver isso. Eu disse que não tinha sido aquela a minha intenção, mas nossos convidados podem ter encarado a coisa dessa forma: foram embora às pressas, antes mesmo da sobremesa. Depois que saíram, Anne Marie ficou exasperada comigo – exasperação, a prima mal-humorada da resignação, que era o que Anne Marie parecia sentir por mim praticamente o tempo todo. Pedi desculpas. Mas, em minha defesa, adivinhe? Descobri depois que o sujeito não era. Judeu, entenda-se.

Mas eu suponho que não era essa a questão. Anne Marie era feliz? Eu a fizera feliz alguma vez? Ou só lhe dera trabalho: correr para lá e para cá com os filhos, ir trabalhar, fazer as coisas que precisavam ser feitas em torno da casa e que eu não fazia – o que (tirando o gramado e ficar vendo um pouco de televisão com as crianças na hora de dormir) era praticamente tudo –, e consertar minhas mancadas acidentais, tantas que ela nem acreditava mais que fossem acidentais? Eu era uma das coisas que a mantinham ocupada, tudo bem, eu e a bicicleta ergométrica. Será que atualmente ela parecia menos abatida e chorosa do que tinha sido por estar feliz e ocupada? Eu a fazia feliz, ou apenas ocupada? Havia alguma diferença?

– Terra chamando papai – disse Katherine, que tinha altura suficiente para alcançar minha cabeça e bater nela, como a verificar se eu estava em casa, e foi isso o que ela fez, me deu umas pancadinhas bem de leve na testa. – Você ainda está aí?
– Estou – respondi. – O que seu irmão está fazendo?
– Vendo televisão no quarto dele.

Eu podia imaginar Christian vendo televisão (todos nós tínhamos TV nos quartos, além de um aparelho lá embaixo, e outro no porão – nossa casa parecia um posto de controle de missão com tantos monitores). Quando Christian andava de velocípede, fazia sons felizes como os que ouvia quando bebê, barulhos tipo "Uiii". Quando ele assistia à televisão, parecia confuso e zangado com o que estava vendo, como um valentão meio abobado. Eu preferia vê-lo andando de velocípede, mesmo dentro de casa, o que normalmente nós não permitíamos, porque assim podia imaginá-lo fazendo isso em vez de parecer um brutamontes abobalhado diante da TV. Também gostaria de poder dar a Christian e a Katherine algo que os fizesse se lembrar de mim; era um desejo tipicamente paternal, reconheço. Por exemplo, minha mãe, durante a ausência do meu pai, me dera as histórias sobre a Casa Emily Dickinson para que eu tivesse alguma coisa além de um pai sumido. E eu ainda as conservo; guardo-as comigo esse tempo todo, na cabeça, porque eram boas histórias.

Mamãe sempre se referia à Casa Emily Dickinson como a casa dos últimos suspiros, de crianças desaparecidas e tristemente esquecidas, da última queda, queda, queda de corpos, pequenos e grandes, novos e usados, num abismo ermo e inexorável. Quando eu tinha nove anos, por exemplo, ela me contava histórias cada vez mais longas e pavorosas sobre homens estranhos, forasteiros de passado nebuloso, de calças jeans desbotadas, procurados pela justiça, e com um Marlboro nos lábios. Chegavam de carona ou saltavam de algum ônibus em busca de um lugar para dormir, de um lugar para trabalhar, não votavam nem pagavam impostos. Para eles, a Casa Emily Dickinson não assustava nem ameaçava, existia apenas para seu uso temporário: mais um velho casarão com trancas precárias, ocupação somente no período diurno e problemas de poeira. Suas invasões forçadas eram ocasionais, coisa de gente experiente, o que tornava as desaparições (segundo as histórias de mamãe, mal se conseguia ouvir seus gritos por sobre os rangidos da venerável casa diabólica) ainda mais terríveis: porque aqueles homens tinham visto muita coisa ruim mundo afora e sobrevivido a elas, mas não foram capazes de sobreviver à casa, que além de má e interessante, ficava logo ali, no final da rua. E havia meu pai, que não fumava e usava calça cáqui, nunca jeans, e que nunca antes passara por dificuldades: ele nem mesmo voltaria para Amherst e para a Casa Emily Dickinson; seria engolido pelo mundo antes de voltar para casa. Quando eu digo que tinha medo daqueles bandidos das histórias da minha mãe, na verdade tinha medo do meu pai, que eu acreditava estar sozinho em algum lugar deste mundo tão mau. As histórias da minha mãe sobre a Casa Emily Dickinson nada mais eram que histórias sobre o meu pai, razão pela qual eu pensava nelas, e nela (na Casa Emily Dickinson), na minha mãe e no meu pai, tanto tempo passado desde então, e pela qual continuo a pensar.

Mas já chega. Havia muito, muito mais histórias, eram o presente da minha mãe para mim, e veja só onde esse presente me trouxe – eis a questão. Eu não queria deixar para meus filhos algo parecido; mas também, estava percebendo, gostaria de lhes oferecer a verdade, o que era arriscado e poderia acabar magoando todos nós sem ajudar ninguém. Enquanto eu pensava em alguma coisa mais segura para lhes dar, Katherine abriu a geladeira, tirou de lá um copo grande de isopor e começou a sugar ruidosamente pelo canudinho da tampa.

– Que é que você está bebendo?
– Um frappé – disse ela.
– É parecido com milkshake?
– Não – disse ela.
– Qual a diferença de um frappé para um milkshake? – perguntei.

Katherine pensou por um momento e depois falou: – É mais suave.

– Que bom – disse eu, de verdade. Tinha voltado para casa determinado a oferecer a verdade à minha família. Mas, em vez disso, proporcionava à minha filha uma conversinha tola, factual, sobre frappés, algo para não ser lembrado, e, afinal, talvez isso seja o máximo que podemos fazer pelos nossos filhos: não ter nada o que lhes oferecer para que se lembrem de nós. – Que bom – repeti.
– Que que é bom? – disse Anne Marie, chegando à cozinha por trás de mim. Eu me virei para olhar para ela. Seu cabelo estava molhado; evidentemente acabara de sair do chuveiro. Engraçado: ela nunca secava o cabelo com secador, mesmo quando ele estava volumoso e comprido a ponto de deixar Rapunzel com inveja – seja como for, ela nunca teve secador de cabelo, e mesmo assim seu cabelo conseguia secar. Às vezes eu ficava imaginando, em meus momentos de ócio, que o cabelo dela devia ter umas bobinas elétricas próprias, que aqueciam por dentro, e só de olhar para ela eu sentia minhas próprias bobinas aquecendo por dentro, o calor subindo pelas minhas pernas e partes íntimas, pelo peito e chegando ao rosto. Tinha que resistir à vontade de agarrá-la ali mesmo, tomado de amor e desejo. Eu tinha feito isso uma vez, no shopping Pioneer Valley, dentro de uma loja de sapatos, onde Anne Marie experimentava um par de botas pretas de cano alto, virando para lá, virando para cá, como a modelo que ela poderia perfeitamente ter sido, e minha urgência por ela foi aumentando de tal modo que parecia não haver outra maneira de fazer justiça a tamanha intensidade a não ser agarrando-a. E foi o que eu fiz, esparramando para todo lado caixas, vitrines e outros clientes. Depois de arrumarmos toda a bagunça e de pedir desculpas à gerente e, claro, comprar as botas, Anne Marie me fez prometer nunca, nunca mais fazer aquilo de novo. Então eu me limitei a responder:
– Frappé.
– Frappé?
– Katherine está tomando um. Estávamos falando sobre frappé e milkshake. – Anne Marie olhava para mim com ar de curiosidade, como se eu estivesse falando um dos muitos idiomas estrangeiros

que nunca havia aprendido a falar. Então expliquei: – São coisas diferentes.

– Como foi seu dia? – perguntou-me Anne Marie. – Aconteceu alguma coisa de especial?

Era o momento, é claro, de eu contar a verdade. Ali estava ela bem à minha frente, como outro membro da família. Pensei nos analistas financeiros, podia ver as páginas de suas biografias se movendo como gengivas e me dizendo: *Diga a verdade, diga a verdade; você vai se sentir melhor, maluco.* Eu era capaz de fazer isso, não era? De contar a Anne Marie sobre o incêndio da Casa Emily Dickinson, sobre os Coleman e o meu tempo de cadeia; de contar a ela sobre meus pais e sobre como eu os havia magoado com aquilo, e como eles me mandaram para a faculdade por causa daquilo; de contar a ela como Thomas Coleman viera me ver. Contar a Anne Marie que eu mentira por amor e por medo de perdê-la, e que agora estava lhe contando a verdade por causa desse mesmo medo, e que se ela era capaz de me perdoar, por favor me perdoasse, eu nunca mais, nunca mais mentiria para ela.

O que então, na verdade, eu contei a Anne Marie? Contei outra mentira. Porque é isso que você faz quando é um mentiroso: conta uma mentira, depois outra e mais outra, e após um certo tempo espera que as mentiras acabem sendo menos penosas do que a verdade, ou pelo menos essa é a mentira que você conta a si mesmo.

– Nada demais – respondi. E então, antes que ela pudesse me fazer outra pergunta que me obrigasse a responder com outra mentira, eu disse algo verdadeiro: – Eu te amo demais, Anne Marie. Você sabe disso, não sabe?

Ela sorriu para mim, pôs a mão no meu rosto, que era seu gesto preferido de carinho, e disse: – Sei, eu sei disso sim.

– Estou faminto – falei. – Vamos preparar o jantar. – Preparamos: Katherine cortou a alface, lavou-a sob a torneira, depois colocou-a na centrífuga manual, que acionou violentamente, mudando de mão quando uma ficava cansada; eu pus a mesa, dispondo os utensílios nos lugares que eu achava que deviam ficar; Anne Marie fez a comida, que eu não me lembro exatamente qual foi, mas tenho certeza de que continha os grupos de alimentos mais importantes. Christian desceu, ainda meio atordoado de tanto ver TV, e tratou também de fazer sua parte, que era sentar na sua cadeira e ficar longe do caminho.

Durante a preparação do jantar, a cozinha foi tomada pela tagarelice costumeira: Anne Marie falava do clube do livro a que acabara de se associar; Katherine, do time de futebol do qual era a estrela maior; Christian, do desenho animado que havia assistido e parcialmente entendido. Eu não falava muito, sobretudo por causa daquela voz – *Fazer o quê? O quê?* – que me martelava a cabeça, a voz que eu não escutava havia muitos anos. Ela me perturbava, eu não entendia o que fazia ali. Tudo o que eu queria estava comigo, naquela sala, inclusive a própria sala. Seria possível ouvir aquela voz não quando estamos querendo algo, mas quando estamos arriscados a perder as coisas que já temos? A voz era tão alta que eu dei um tapa na lateral da minha própria cabeça para ver se me livrava dela, o que Christian viu e tratou de imitar, e aí, como bateu forte demais nele mesmo, começou a chorar e eu tive que acalmá-lo, o que pelo menos me ajudou a esquecer a voz por um segundo.

Finalmente nos sentamos. Depois do dia que eu tive, me parecia um milagre estarmos todos comendo à mesma mesa, como se supõe que faça uma família. Milagre é algo a ser celebrado com orações, assim nos ensinaram na faculdade; o problema é que eu não sabia nenhuma prece, havia me esquecido das poucas que as freiras tinham nos obrigado a decorar. Por isso me limitei a falar: "Eu sou o pai e o marido mais feliz deste mundo." E fui mesmo. Tinha sido feliz durante dez anos, fui feliz por mais quatro dias, mas depois minha sorte acabou e eu fiz uma coisa que não devia.

4

Eu viajei a trabalho. Meus chefes me mandaram a Cincinnati, para fazer a demonstração de um envoltório revolucionário para salsichas ao pessoal do frigorífico Kahn's. Correu tudo bem, e em menos de 36 horas eu dei por encerrado o compromisso (o envoltório praticamente falava por si e fez todo o trabalho). O único contratempo foi na volta, quando, depois de desembarcar e pegar minha van no estacionamento do aeroporto, no caminho para Amherst, parei para abastecer a pouco mais de três quilômetros de casa e acabei trancando o carro com as chaves dentro. Como não quis pagar alguém do posto para arrombar a fechadura, liguei para pedir a Anne Marie que me trouxesse a chave reserva.

Anne Marie atendeu. Era quarta-feira, por volta das quatro da tarde. Ela fuma um cigarro de manhã, outro antes do jantar e um terceiro e último à noite, e devia ter acabado de fumar um, porque sua voz me chegou como um trem distante, um rumor adorável e gutural derramando-se sobre mim através do aparelho, e me senti feliz e esperançoso só de ouvi-la dizer "Alô?".

– Oi, Anne Marie, meu amor. Sou eu, Sam.

– Sam, você está tendo um caso?

Essa pergunta foi como uma punhalada e mudou imediatamente meu humor. Oh, a felicidade pode virar desespero com tanta rapidez que é um milagre que não nos cause uma distensão muscular ou uma torção de pescoço. Já ia dizer *Não, claro que não,*

como você pode pensar uma coisa dessas?, quando me ocorreu que, pelo fato de nunca ter contado a Anne Marie o que fizera com a Casa Emily Dickinson e com Thomas Coleman e seus pais, eu estava, sim, tendo uma espécie de caso, um caso com a traição e com a culpa, se não com alguma mulher e o sexo. É verdade que eu estava mal, minha cabeça era um dreno entupido, por isso é possível que tenha demorado para responder, alguns segundos, talvez meio minuto, até que finalmente ela gritou:
– Você *está* mesmo tendo um caso, então é verdade!
– É – falei, e foi só mais uma das minhas trapalhadas. Quis dar um tom de pergunta à resposta, mas talvez tenha soado diferente, como uma afirmativa, uma confissão, pois Anne Marie começou a gritar mais.
– Não, não – disse eu, em tom um pouco mais firme. – Claro que não estou tendo caso nenhum. Por que você está achando isso?
– Bom, primeiro porque você viajou a trabalho para outra cidade.
– É verdade. Viajei, sim. Eu disse a você. Você *sabia*.
– Sam – falou ela, com aquele tom de honradez e absoluta certeza na voz que as pessoas adotam quando conhecem a outra muito bem e por muito tempo. – Eu pensei nisso enquanto você esteve fora. Nunca, nem uma única vez na vida você saiu da cidade a trabalho.

Isso não era totalmente verdade. No meu primeiro ano na Pioneer, me mandaram fazer uma demonstração de produto – o produto que eu tinha que demonstrar era um pote de maionese inquebrável. Eu fiz o diabo, não descansei enquanto não deixei cair o pote de lugares baixos e altos, sobre superfícies de cimento e de asfalto. Sem que eu me desse conta, a melhor parte do dia foi-se embora nisso, e os clientes potenciais, já cansados, acabaram não comprando o produto. Desde então os chefões da empresa sempre mandavam outra pessoa para visitar clientes e participar de convenções mundo afora, enquanto eu permanecia na fábrica. Portanto, no que se refere ao adultério, Anne Marie tinha mirado no que vira e acertado no que não vira, e quanto mais eu pensava nisso, mais a minha história verdadeira soava como uma mentira. Mesmo assim eu insisti.

– Mas é verdade, é verdade – disse eu, e comecei a falar sobre o envoltório de salsichas que eu havia projetado, sobre como ele preservava a integridade do alimento de uma forma como nenhum outro envoltório fizera antes, mas Anne Marie me interrompeu:

– Você está mentindo. Não acredito em você.

– Anne Marie, meu amor, você está enganada. Tudo isso não passa de um grande equívoco. Eu te amo muito, muito mesmo.

– Pode calar essa boca – disse ela. – Ele me avisou que você ia falar isso.

– Espere aí – disse eu. – Ele quem? Quem falou que eu ia falar o quê?

– O marido da mulher com quem você está dormindo. Ele me falou que você diria que era tudo um grande equívoco. Essa é a outra razão pela qual eu sei que você está tendo um caso. Porque ele me falou.

– Quem é esse sujeito? – perguntei, grato por ter outro mentiroso em quem pensar. – Qual o nome dele?

– Não vou lhe dar o gostinho de responder. Você *sabe* muito bem quem é.

– Não sei, não sei – disse eu. – Qual é o nome dele? Por favor, me diz. *Por favor!*

E talvez eu tenha mesmo parecido sincero; digo, eu estava sendo sincero, mas talvez tenha também transmitido de fato essa impressão. A gente nunca sabe como soa ao telefone, essa máquina infernal, que eu devia parar de usar, que aliás todo mundo devia parar de usar, não fossem as distâncias tão grandes que precisamos colocar entre nós e as pessoas com quem temos que falar. É bem possível que eu realmente tenha soado sincero ao telefone. Ou quem sabe Anne Marie estivesse alimentando a esperança de que eu não fosse o safado e o mentiroso que ela agora acreditava que eu era. Porque me disse o nome do homem, como se talvez eu não soubesse. Que, como se revelou, eu sabia.

– Thomas – disse ela, e sua voz soava mais doce, mais suave, mais esperançosa do que antes. – Thomas Coleman.
– Oh, não. Mas que merda! – disse eu. Era, claro, a coisa mais errada que eu poderia dizer e em nada serviu para convencer Anne Marie da minha inocência.
– Foi o que eu pensei – disse ela, com a voz novamente endurecida, como acontece depois que a gente chora e em seguida se dá conta de ter chorado por um bom motivo.
– Ele está mentindo – falei. – Não acredite numa só palavra que esse sujeito diz.
– Ele falou que você diria isso, e por essa razão me pediu para perguntar a você por que ele mentiria.
Oh, essa doeu! Thomas tinha me passado a perna, o que me fazia sentir péssimo. É doloroso você descobrir que é mais estúpido do que o outro. Mas também sempre existe alguém mais esperto que você; a gente acha que pode morrer da dor constante da inferioridade mental, só que na maior parte do tempo é estúpido demais para se sentir assim. Sim, Thomas Coleman era mais esperto do que eu, isso eu já sabia, e agora minha mulher também sabia.
– Foi o que eu pensei – repetiu Anne Marie. – Ele falou ainda que você diria que toda essa sua coisa com a mulher dele foi um acidente, que você nunca desejou que acontecesse.
– Isso tem a ver comigo – admiti. Era preciso dar a mão à palmatória: Thomas realmente me conhecia, por dentro e por fora, e sabia como usar esse conhecimento contra mim. Eu não imaginava por que ele contara a Anne Marie que eu a estava enganando, em vez de contar a verdade, que eu botei fogo na Casa Emily Dickinson e matei os pobrezinhos do pai e da mãe dele, mas sem dúvida havia um motivo, um bom motivo, que ele era suficientemente esperto para saber, e eu não. Como é que Thomas ficou assim, tão tremendamente esperto, tão determinado? Talvez devido à dor que eu lhe causara e, se isso fosse verdade, eu era um pouco responsável por tê-lo tornado tão esperto e ladino. Eu estava realmente começando a ter nojo desse cara. Mas também me sentia um pouco orgulhoso, tal como o Dr. Frankenstein deve ter se sentido quando seu monstro se voltou contra ele, porque, afinal,

foi o dr. Frankenstein quem fez o monstro suficientemente forte e astuto a ponto de se voltar contra ele.
– Quer saber o que mais ele falou? – perguntou Anne Marie.
– Conte-me – respondi. Eu não queria saber, claro, mas ela ia me contar de qualquer maneira, então por que não pedir o inevitável? Não é essa a razão por que, no cinema, os vampiros precisam ser convidados a entrar por suas próprias vítimas, e sempre o são?
– Ele falou que nós nunca fomos mesmo um do outro, e que já era hora. Disse que eu sou linda demais para ser de um homem como você.
– Ei, Anne Marie, eu sempre disse a mesma coisa. Muitas, muitas vezes.
– E tinha dito mesmo. Mas com Thomas dizendo era diferente. Quando eu dizia que Anne Marie era linda demais para mim, era como se só eu soubesse e visse a verdade. Agora que Thomas dissera a mesma coisa, entretanto, eu podia nos ver como qualquer outra pessoa sem dúvida via: nós dois formávamos o casal que ninguém era capaz de entender. *O que é que ela vê nele?* era a pergunta irrespondível.
– Escuta – falei. – Sei que você não acredita em mim. Mas não acredite nesse tal de Thomas; ele não é flor que se cheire!
– Você deve saber – disse ela.
– Devo?
– Flor-que-não-se-cheira conhece flor-que-não-se-cheira... – disse ela. Eu a ouvi acendendo outro cigarro, o que significava que ia ultrapassar sua marca de três por dia. Anne Marie não gostava de fumar perto das crianças, por isso achei que talvez pudesse conversar com elas enquanto a mãe terminava o cigarro. Eu a perdera, era o que parecia. Mas ainda não tinha perdido meus filhos, eu achava. Aparentemente é isso que fazem as pessoas quando perdem alguém que amam: tratam de se mexer para não perder todas as pessoas que amam.
– Escute, as crianças estão por aí?
– Estão.
– Posso falar com elas?
– Não – disse ela.

Depois disso, o silêncio se estendeu entre nós, grande, escancarado, muito maior do que os três quilômetros reais entre o posto de gasolina de onde eu estava ligando e nossa casa a oeste. O abismo era tão grande que dava a impressão de que não havia nada que eu pudesse fazer para fechá-lo, absolutamente nada. Essa era a pior sensação do mundo. Imagine a Califórnia finalmente se separando do restante do país e as pessoas em Nevada vendo isso acontecer da sua nova faixa litorânea. Era como eu me sentia.

Então o que foi que eu fiz? O que, no desespero, os analistas financeiros diziam uns aos outros para fazer? Contei a verdade a Anne Marie? Não. Isso seria o mesmo que arrancar de dentro de mim um órgão – o fígado, o baço, ou um de seus vizinhos vitais – e eu simplesmente não era capaz de fazer isso. Mas poderia contar a Anne Marie o que ela pensava ser a verdade. E foi isso que resolvi fazer, bem ali ao telefone: contar a Anne Marie que tive um caso com a mulher de Thomas Coleman. Afinal, não era melhor passar por mulherengo do que por incendiário e assassino? Não seria sorte minha Anne Marie me achar um mulherengo e não outra coisa bem pior? Não era melhor – já que sua mulher o achava um mulherengo e não queria se deixar convencer do contrário – simplesmente ir em frente e confessar a verdade, para depois pedir desculpa e implorar seu perdão, e aí então deixar tudo voltar ao normal? Era assim que eu pensava quando admiti para Anne Marie:

– Está bem, é verdade, eu enganei você. Sinto muito. Por favor, me deixe voltar para casa para conversarmos melhor.

Eu podia ouvir Anne Marie respirar fundo, uma, duas, três vezes, como se estivesse aspirando as palavras *amor*, *honra* e *carinho* antes de respirar alto no bocal do telefone, transmitindo essas palavras pelas misteriosas fibras óticas entre nós:

– Adeus. Não ligue novamente. Estou falando sério. E também não volte para casa – disse ela. Fez outra pausa dramática, deu mais uma respirada e então falou: – Dessa vez você estragou tudo mesmo, Sam.

– Espere... – disse eu, mas ela desligou.

Fiquei parado ali, no posto de gasolina. Era um posto grande, na beira da estrada, com muitas bombas. De repente o lugar pareceu se encher de famílias, pais com os filhos, mas também famílias maiores, avós com a bexiga frouxa necessitados de um *pit stop*, todos felizes e agradecidos por ter prole própria. Eu senti ódio deles, como se odeia a manhã que se segue a uma noite maldormida, quando ela chega embaçada e nítida ao mesmo tempo. Isso me deu vontade de uivar – uivar para o mundo que não era mais meu e mostrar como o odiava, uivar para a verdade e para a minha falta de coragem de contá-la –, e foi isso exatamente o que eu fiz: uivei ali mesmo, no posto de gasolina, com os outros usuários mantendo uma boa distância de mim.

Mas o uivo teve o efeito fortuito de chamar a atenção do frentista. Eu parei de uivar o tempo suficiente para contar que havia trancado o carro com as chaves dentro, e ele então abriu a porta com um engenhoso arame fino. Eu lhe dei um dinheiro, entrei na van, liguei o motor e fiquei sentado. Tinha um tanque cheio de gasolina e nenhum lugar para ir. Nenhum lugar para ir! Então recomecei a uivar, só que, com os vidros fechados, era como se eu estivesse uivando na minha própria cripta, com o motor funcionando. Oh, que solidão! Ali, naquela hora, entendi Thomas Coleman, mesmo ele tendo arruinado a minha vida. Porque a solidão que eu sentia era a solidão de alguém completamente abandonado, a solidão de um órfão.

A diferença é que eu não era órfão. Essa ideia me fez parar de uivar, porque afinal eu tinha pai, tinha mãe e, pelo que sabia, os dois estavam vivos, o que era uma vantagem. Assim eu podia contar com eles, mesmo que não me quisessem. Além do mais, eu não tinha mais para onde ir.

5

Foi assim que me vi dirigindo pelas ruas de Amherst pela primeira vez em cinco anos, apesar de morar somente a pouco mais de três quilômetros do centro da cidade. Aprendi que podia cortar caminho evitando o centro para ir ao trabalho, e que a escola de Katherine, que se chamava Escola Primária de Amherst, era na verdade um prédio novo e esparramado de tijolos vermelhos na periferia de Amherst, e também que todas as superlojas onde fazíamos compras não ficavam em Amherst, mas sim na Rota 116, ou seja, não eram de fato em lugar nenhum. Hoje em dia é assim: é possível morar num lugar sem verdadeiramente viver ali.

E a voz estava de volta, perguntando alto, como sempre, *Fazer o quê? O quê?* Como a van estava terrivelmente calma e solitária, sem as crianças fazendo barulho e Anne Marie dizendo para elas pararem, para preencher o vazio eu resolvi escutar a voz mais atentamente, talvez atentamente demais, e não prestei a atenção devida ao trânsito, e desse modo acabei batendo numa picape velha à minha frente. Felizmente foi uma batida leve: a velhota que dirigia a picape não se machucou, e tampouco o carro, e depois de uma pequena confusão inicial ela pareceu se lembrar de que o parachoque já estava solto e pendurado *antes* de eu me chocar contra ele. Eu *havia*, no entanto, derrubado umas sacolas de legumes e frutas que estavam no banco de trás, e assim me debrucei no interior do carro para tentar recolocar os produtos dentro das sacolas. As sacolas, porém, tinham rasgado e as compras acabaram rolando pelo banco traseiro e caindo no chão. Apesar de tudo, a senhora foi muito gentil e, embora eu tivesse quase certeza de que me lembrava dela da minha juventude, ela não reconheceu o rapaz que eu era então, o rapazinho que tocara fogo etc., o que considerei um bom presságio. Trocamos informações – coisa que a lei exigia – e seguimos cada qual seu caminho. No final, foi um acidente bem interessante, civilizado esse que me ocorreu a caminho da casa dos meus pais. Enquanto a senhora ia embora, eu via as frutas e legumes rolando pelo banco de trás do carro e me lembrei de que papai gostava tanto de hortaliças frescas que chegara a começar uma horta, a qual, porém, não foi adiante como ele planejara.

Vejamos alguns fatos a respeito do meu pai e sua horta fracassada. Papai era editor local de uma editora universitária de porte médio. Ele basicamente publicava livros sobre a história americana, mas sua outra especialidade era a relação entre música popular e cultura. Além dos livros, papai também cobria o festival anual de acordeão para o jornal local.

Certa vez ele me perguntou:

– Sam, você sabe por que o acordeão é tão importante?

Na época eu tinha sete anos. Não sabia nada de nada e disse isso a ele.

– Porque é parte da história da música e da imigração – disse ele. – Os acadianos tocavam acordeão, e o trouxeram quando vieram do Canadá para a Louisiana. O acordeão é o instrumento deles, seu legado ao mundo.

– Ele faz doer meus ouvidos – disse eu a papai.

Esse comentário simples e aparentemente inocente deixou meu pobre pai arrasado. Ele não conseguia aceitar que seu filho não admirasse sua ocupação. Eu tinha sete anos, convém lembrar, e nada sabia sobre a relação entre o ofício de um homem e seu senso de autoestima, e papai devia ter me ignorado. Mas não: em vez disso, parou com a edição e a musicologia e buscou outra coisa para fazer, algo que fizesse com que eu o respeitasse. Não sei por que razão ele achou que eu o respeitaria se virasse agricultor.

Amherst não é propriamente uma zona rural, mas papai transformou os dois mil metros quadrados do nosso terreno numa minirregião agrícola. Durante seis meses – de maio a outubro – ele plantava beterraba, abobrinha, tomate, abóbora, alho. Nosso quintal era fértil. Mas nunca comemos nada dele, porque papai não deixava. Dizia que não podíamos "fazer a colheita" antes do tempo certo.

– E quando será o tempo certo? – queria eu saber.

Quando eu perguntava isso, papai me olhava com absoluta surpresa, como se desde o início ele estivesse esperando que *eu* dissesse a *ele* quando deveria colher seus legumes. Eu estava então com oito anos, mas até eu seria capaz de jurar que papai não sabia o que estava fazendo, e também que estava com algum problema emocional sério. Ou quem sabe ele não quisesse fazer a colheita por medo de que seus legumes pudessem de algum modo estar *errados*. Seja como for, naquela noite papai disse a mamãe (e ela depois me contou) que precisava sair pelo mundo e encontrar algo que valesse a pena fazer, alguma coisa que fizesse com que nós – ela e eu – sentíssemos orgulho dele.

A resposta que aparentemente minha mãe deu a meu pai foi que se ele se rasgasse todo e se fizesse rechear com seus acordeões, concertinas e legumes podres, e depois se pendurasse num poste no meio de sua lamentável hortinha, provavelmente daria um espantalho inútil e de triste figura.

Papai foi embora no dia seguinte e só retornou três anos mais tarde, quando foi recontratado pela editora universitária. Mas logo após sua partida, mamãe começou a me contar histórias sobre a Casa Emily Dickinson e seus terríveis mistérios, e se foram essas histórias que me levaram finalmente a irromper pela Casa Emily Dickinson adentro no meio da noite e acidentalmente tocar fogo nela e matar os pais de Thomas Coleman – se foram as histórias da minha mãe que causaram tudo isso *e* me levaram à prisão, e consequentemente a perder dez anos da minha vida –, então tinham feito o que se esperava delas.

Fui ficando cada vez mais zangado no carro, só de pensar nessa triste história familiar, e quando cheguei à casa dos meus pais, estava pronto para descontar toda minha raiva em alguém ou em algo. Então descontei na porta da frente. Bati, bati, bati na porta até machucar o punho. Como ninguém vinha atender, gritei bem alto: "Sou eu, Sam, estou aqui!" Ninguém atendeu e minha raiva se transformou em pavor, aquela espécie de pavor que a gente sente quando volta para casa e se pergunta se alguma coisa tinha ou não mudado.

Então abri a porta – não estava trancada – e descobri que tudo havia mudado: a casa em nada se parecia com a casa de que eu me lembrava. A casa de que eu me lembrava tinha aquela desordem peculiar às pessoas cultas e supereducadas: na casa de que eu me lembrava havia livros e revistas por todo lado, mas tudo o mais – pratos, copos, roupas – estava em seu devido lugar. Esta casa, por sua vez, parecia ter sido arrasada pelos vikings. Havia garrafas vazias – de gim, cerveja, vinho tinto – por todo canto. Havia até garrafas de batida de pêssego, cooler de vinho e cidra espalhadas aqui e ali, entre as almofadas do sofá, dentro da lareira, em cima do micro-ondas – o que me deixou pensando se meus pais andaram bebendo na casa em companhia de garotas de colégio ou de universitárias. Houve um tempo em que meus pais eram fiéis partidários do artesanato em madeira – talhas, corrimãos, amplos parapeitos –, mas agora os móveis tinham um aspecto pálido e doentio, como se estivessem virando linóleo. Havia cinzeiros em cima de quase todos os tampos e superfícies – aquela espécie de cinzeiro de metal raso e estreito que só se pode ter roubando de bares e restaurantes –, mas, como estavam todos transbordando, algumas garrafas tinham guimbas de cigarro boiando nos restos de bebida. Havia pilhas de pratos na pia e panelas e caçarolas sobre o fogão, nenhuma lavada; a comida cozinhara e ressecara por tanto tempo dentro delas que o molho do espaguete e as manchas de legumes e carne pareciam parte integrante das panelas e caçarolas como os cabos e as tampas. As prateleiras da despensa achavam-se completamente vazias, exceto por certas coisas – açúcar de confeiteiro, palitos de dente, marshmallows – das quais a gente nunca consegue se livrar, além de caixas e mais caixas dessas barrinhas energéticas que para mim são algum tipo de comida saudável para mulheres, já que as caixas exibiam desenhos altamente estilizados de mulheres fazendo caminhadas em volta da lua. Os únicos itens na geladeira eram uma garrafa pet meio vazia de água tônica e um pote de maionese light que provavelmente estava ali há vários mandatos presidenciais. A casa inteira cheirava a cachorro perfumado, muito embora meus pais, pelo que me constava, jamais tenham tido cachorro, e minha mãe, pelo que me constava, jamais tenha usado perfume. Uma bicicleta ergométrica estava estacionada diante de um gigantesco e impossivelmente fino aparelho de TV, que se achava empoleirado em cima da prateleira do meio de uma estante vazia de tudo – vazia de livros, e vazia de outras prateleiras. Essa era a maior de todas as mudanças: na casa de que eu me lembrava, havia livros por toda parte, mas agora eu não conseguia ver nenhum, sequer um *TV Guide*. Eu já estava até começando a duvidar se de fato entrara na casa certa quando ouvi um barulho – um grunhido ou um chiado – vindo do quarto de hóspedes. Segui o som, e foi então que vi papai.

Estava inválido e em péssima forma física; isso era evidente à primeira vista. Seu rosto estava murcho e chupado, e tinha um cobertor de lã xadrez nas costas. Quando me viu, papai deixou escapar um ruído de animal ferido que eu interpretei um terço por surpresa, um terço como um *Bem-vindo a casa*, e um terço como um *Por favor, não olhe para mim, estou horrível*, e o cobertor escorregou de suas costas para o chão, levantando um montão de poeira que flutuou à luz do sol como algo belo e precioso antes de mergulhar rumo ao assoalho de largas tábuas de pinho.

Eu devolvi às suas costas o cobertor de lã e perguntei: "Oh, papai, o que houve com você?", apesar de ser óbvio o que acontecera com ele: um derrame. Não há como não reconhecer uma vítima de derrame, mesmo quem nunca viu uma, o que era o meu caso. Não sabia o que dizer, e então repeti: "Oh, papai." Ele pareceu aprovar minha confusão, pois repetiu o ruído de animal ferido, mas dessa vez de uma forma bem mais reconfortante, o que acabou me deixando mais calmo também.

"Não diga mais nada", disse eu a ele. "Relaxe. Deixe que eu fale e ponha você a par de tudo." Contei da faculdade e da minha transferência do curso de inglês para o de ciência da embalagem, contei sobre Anne Marie, Katherine e Christian e sobre meu trabalho na Pionner, sobre nossa casa em Camelot e sobre a saudade que senti dele e de mamãe. Não falei, porém, da voz que perguntava *Fazer o quê?* ou de Thomas Coleman e Anne Marie me mandando passear, porque imaginei que ele já tivesse o bastante com que se preocupar. Ainda assim, porém, esses relatos devem ter sido um pouco detalhados demais para ele porque, quando terminei, pareceu ter adormecido. Sacudi papai pelo braço, primeiro delicadamente, mas logo com firmeza, mais firmeza, até que ele acordou com um ronco alarmado. A partir dali só fiz perguntas curtas e factuais, como "Onde está mamãe?", a que ele respondeu com um grunhido monossilábico que tomei como "*Saiu*".

Ficamos ali sentados em silêncio. Foi escurecendo e eu acendi a luz. Não sentia necessidade de falar, talvez porque qualquer coisa que eu viesse a dizer não poderia ser tão inteligente quanto o silêncio. Meu pai tinha a qualidade dos homens santos: ele me impressionava por ter aquela espécie de sabedoria profunda que os deficientes físicos parecem tirar de sua incapacitação, e eu estava preparado para me sentar ali e absorver todo conhecimento que ele pudesse emanar. Era bom. Mas o lugar estava realmente uma bagunça só. Até a cama de papai estava coberta de latas de cerveja e garrafas de vinho, e havia até caixas de vinho, do tipo que já tem seu próprio bico servidor. Eu tinha certeza de que eram de mamãe porque ela costumava tomar uma bebidinha no jantar, enquanto meu pai nunca o fazia. Além do mais, eu não conseguia imaginá-lo agora bebendo qualquer coisa sem canudo e não via nenhum nas imediações.

E por falar em mamãe, onde diabos ela estava? Onde se metera, deixando meu pai inválido sozinho na condição em que estava e sem sequer limpar a casa antes de sair? Será que seu marido inválido não merecia um pouco mais de dignidade, um pouco menos de imundície? Quanto mais eu ruminava a respeito, mais compreendia o quanto isso era típico da minha mãe. Como já mencionei, ela foi sempre a de coração duro, e mesmo quando papai nos deixou durante aqueles três anos, ela não verteu uma lágrima.

Minha mãe não foi exatamente um comitê de boas-vindas no regresso de papai, e meu velho realmente se desgastou muito tentando cair novamente nas graças dela. Ao pensar nisso agora, concluí que havia também uma relação direta entre o derrame e aqueles tempos difíceis. E então me vieram aquelas histórias da Casa Emily Dickinson que ela costumava me contar, histórias que arruinaram tantas e tantas vidas, e agora eu estava perdendo a cabeça com ela, minha mãe insensível, que aparentemente abandonara papai quando ele mais precisava. Onde ela se metera? Devo ter falado em voz alta, porque papai meio que ergueu as sobrancelhas na minha direção e por um segundo eu pensei que ele fosse me castigar por estar sendo grosseiro com minha mãe, mas em vez disso ele falou: "Homem."

– Que homem? – perguntei.

– Crescido – disse papai, ou ao menos foi isso o que eu entendi, e aí ele levantou o dedo como se o apontasse para mim. Ou foi isso que eu achei que ele estava fazendo. O dedo cumpriu apenas cerca de um centímetro de sua curvatura e então caiu novamente. Claro que tudo pode ter sido apenas um grande mal-entendido. Mas, pensando bem, talvez o mal-entendido seja, acima de qualquer outra coisa, aquilo que torna possível estar em família. Afinal, quando eu tinha oito anos, entendi meu pai muito claramente: ele estava apavorado, e por isso nos deixou. Minha mãe ficou só e com muita raiva, e por isso me contou todas aquelas histórias sobre a Casa Emily Dickinson. Isso também eu entendi muito claramente. Talvez nós tenhamos nos entendido demais uns aos outros; talvez se não nos entendêssemos, tivéssemos sido mais do que uma família. Talvez se tivéssemos sido mais do que uma família, eu tivesse visto meu pai nos últimos dez anos e ele não precisasse ficar espantado com o quanto eu estava crescido. Talvez, talvez, talvez.

– Eu *sou* um homem crescido – disse eu a papai. E aí, lembrando-me de Terrell na cadeia, esclareci: "Eu sou *foda*."

Papai me olhou fixamente por cerca de meio minuto, até o cobertor deslizar novamente das suas costas. Ele se inclinou ligeiramente para diante na cadeira para pegar o cobertor antes que caísse no chão, e esse movimento, essa coisa mínima, me fez recordar de algo que durante tantos anos venho procurando não lembrar: aquele momento em que papai se inclinou para a frente, abriu a última gaveta da mesa, tirou de lá uma caixa de sapatos e me mostrou aquelas cartas que me pediam para incendiar as casas dos escritores. A mesa continuava ali, no mesmo lugar, e a gaveta na mesa. Estaria a caixa de sapatos ainda lá dentro? Estariam as cartas ainda na caixa de sapatos? Havia anos que eu não pensava naquelas cartas, mas agora elas estavam novamente na minha cabeça, vivas, fazendo barulho, unindo-se ao coro dos cortadores de grama dos meus vizinhos, ao incêndio da Casa Emily Dickinson e a outros sons do passado. E em meio a esses sons, estava a voz de papai, dizendo-me tantos anos atrás: "Sam, você é um incendiário", motivo pelo qual eu agora deixava escapar, tantos anos depois e sem razão aparente:

– Você está enganado.

– Enganado – repetiu papai, fazendo o possível para me acompanhar.

– É, você se enganou – disse eu. – Eu trabalho na empresa Pionner, fazendo recipientes, e dos bons.

Papai franziu os lábios e fez um som de zombaria; uma bolha de cuspe pousou em seu queixo e eu precisei me esforçar muito para não limpá-la para ele.

– Sei que não parece grande coisa – disse eu. E não pareceu, nem quando eu contei com detalhes sobre a lata para bolas de tênis que acabara de projetar, uma lata selada a vácuo por um plástico macio e não com aquela tampa metálica afiada que sempre corta o dedo da gente. Ele fez outro som zombeteiro e mais cuspe foi parar em seu queixo.

– Não... há... grandeza... alguma... em... latas... para... bolas... de... tênis – disse ele no transcurso de quase meia hora. Grandeza! Eu! Que filho não deseja ouvir o pai dizer que ele poderia ser grande, se é que era isso o que ele estava dizendo? Que filho não sonha com algo assim? O que não faria ou não daria um filho para ouvir tais palavras da boca do próprio pai, especialmente um filho como eu num momento como este, em que me sentia tão para baixo e tão necessitado de palavras carinhosas do papai? Era como se eu tivesse selecionado as palavras que mais precisava ouvir, as tivesse colocado na boca do meu pai e as visse sair de novo, lentamente, hesitantemente e cobertas de saliva.

– Você está mesmo dizendo que eu sou grande? – perguntei a ele.

– Não – disse ele, muito claramente. E em seguida: – Poderia... ser.

– Poderia ser o quê?

– Você... poderia... ajudar... as pessoas – disse ele.

Esse negócio de ajudar-as-pessoas era uma ideia sedutora, tenho que admitir, porque até hoje eu não havia feito muito mais do que existir, e quando não estava existindo, estava causando algum sofrimento às pessoas. Houve, é claro, a Casa Emily Dickinson e o sofrimento que agora todo mundo conhece bem. E depois Thomas Coleman, que ainda sofria tanto após todos esses anos – eu não poderia esquecê-lo, sobretudo depois que ele parecia determinado a arruinar minha vida daquele modo. E havia Anne Marie, que eu magoara tanto e com quem durante anos eu exercitara minha capacidade de impor sofrimento. Como aquela vez, por exemplo, na festa pelo horário de verão do nosso vizinho de porta, quando eu flagrei Sheryl (não me lembro do sobrenome dela, e se posso confiar na minha memória, ela talvez nem tivesse um) chorando na despensa porque (como fiquei sabendo) o marido acabara de trocá-la por outra mulher, e agora ela estava tendo que enfrentar a barra pesada daquelas noites escuras completamente só e não sabia se iria aguentar. Eu a abracei – me pareceu a coisa certa e generosa a fazer – e, ao final do abraço, beijei-a também. Foi uma espécie de beijo de consolo, mas confesso que, no movimento para alcançar seu rosto, posso ter tocado seus lábios, de leve. Aquilo me pareceu errado, muito errado, e então, para aliviar meu coração e minha consciência, procurei Anne Marie na festa, interrompi sua conversa e contei – na frente de meia dúzia de pessoas – que havia beijado Sheryl, que fora um acidente e tudo com a melhor das intenções, mas que achei que devia contar por causa da culpa que senti pelo fato de nossos lábios terem se roçado, e talvez até ido um pouco além – apesar de ter sido algo acidental e na melhor das intenções – e pude notar breves murmúrios de constrangimento vindos de alguns convidados que tinham escutado tudo. Imediatamente me dei conta de que fizera algo errado, por causa dos murmúrios e também por causa do sofrimento que notei na fisionomia de Anne Marie pouco antes de se virar e voltar à conversa. Era aquela mesma mágoa que eu pude perceber na voz de Anne Marie, ao telefone, quando ela me chamou de mentiroso e me disse para não voltar para casa. Era eu o responsável pelo sofrimento de Anne Marie, tão certo quanto era eu o responsável por aquele pote de maionese que não era nem de plástico nem de vidro, mas de qualquer modo era inquebrável. Era sólido, o pote, não muito diferente do sofrimento. Sim, seria bom ajudar as pessoas em vez de magoá-las.

– Mas, espere – disse eu, me recuperando rapidamente. – Eu não consigo ajudar as pessoas. Sou um trapalhão. – Papai pareceu não entender – seus olhos ficaram ainda mais opacos –, e aí eu disse, tentando me explicar: – Sou desajeitado.

– Ser desajeitado – disse papai – não é... uma... condição... permanente.

– É claro que você ia dizer isso – falei. Porque estava pensando na horta que papai havia estragado e em como ele nos abandonara durante três anos para tentar provar que não era. Um trapalhão, entenda-se.

E por onde papai andou durante aqueles três anos? Esteve em vários lugares, fez de tudo, e depois nos enviava cartões para que soubéssemos exatamente onde andara e o que fizera.

Primeiro ele foi para a Carolina do Sul, porque nunca estivera na Carolina do Sul e sua voz interior dizia que ele tinha que – tinha que! – visitar todos os cinquenta estados no restante da sua existência. Também assistiu a uma partida em cada estádio da liga nacional de beisebol. Viajou para Yosemite, Badlands, Sequoia e todos os parques nacionais de importância. Esteve em cada um dos sítios de batalha da Guerra Civil considerados cruciais e especialmente sangrentos. Fez questão de ouvir atentamente os fantasmas sussurrantes de nossos rapazes mortos em Gettysburg, Antietam e Vicksburg, mas só conseguiu escutar a voz chiada das fitas cassete de aluguel vinda dos outros carros que percorriam em velocidade reverencial os campos de batalha e os cemitérios. Meu pai pesquisou bem em seu mapa rodoviário e fez questão de passar de carro por cada uma das estradas famosas que o sistema federal de superrodovias tornara obsoletas e que eram objeto de lamentação diária nas emissoras da rede nacional de rádios públicas. Alugou uma canoa e remou 25 quilômetros pelo canal Erie. Caminhou pela Trilha Apalache da Geórgia à Pensilvânia até ter que abandoná-la após ser ameaçado por dois caçadores à espreita de cervos ao sul de Carlisle. Ele desviava da sua rota para tomar alguma coisa em cada bar da América do Norte em que, segundo se dizia, Hemingway havia bebido. Subiu de carro o monte Washington em New Hampshire e comprou um adesivo como prova. Mantinha um registro de todas as marchas comemorativas de vitórias contra atentados aos direitos humanos e depois se assegurava de participar delas, não importando os transtornos necessários para fazê-lo. Papai foi ao local onde estava ocorrendo um vazamento de óleo perto da costa de Washington e comprou um frasco do óleo e um pôster de um filhote de foca com o olhar tristonho e trágico atolado na lama oleosa. Foi a Wounded Knee, e para sua enorme surpresa se viu dividido com relação às lições a tirar dali. Visitou o depósito de livros e o outeiro gramado em Dallas, e comprou o que se supunha ser uma cópia autorizada do filme de Zapruder, apesar de não ter ideia de quem dera a autorização. O próprio Zapruder, supôs papai, ou quem sabe algum parente próximo.

Mas meu pai não era um diletante, ou não queria passar por um, e precisava ganhar a vida de algum modo. Ademais, fora justamente a insegurança quanto ao seu propósito aqui neste planeta que o tirara de nós. Sim, ele era editor por formação, mas podia fingir ser outras coisas e depois nos contar a respeito nos cartões-postais. Fingiu ser veterinário de animais de grande porte em Enid, Oklahoma, e achou o trabalho menos pesado e sujo do que se imagina. Fingiu ser controlador de tráfego aéreo em Newark e ganhou a admiração dos colegas pelo autocontrole e sangue-frio e por suas novas versões de velhas piadas indecentes. Fingiu ser professor de música no Mississippi e levou a banda do colégio

Dream of Pines ao campeonato estadual. Fez escavações de ossos de dinossauros em Dakota do Sul como integrante do Departamento de Arqueologia da universidade estadual. Passando-se por cirurgião de unidade de emergência, fez cirurgias menores em quatro estados das Montanhas Rochosas, sem errar uma só sutura. Foi agente funerário em Delray Beach, Flórida, e achou os cadáveres inofensivos, mas seus sobreviventes uma gente insuportável. Foi pediatra em Ypsilanti, Michigan, e descobriu que esse trabalho era mais perigoso e menos gratificante que o de veterinário de animais de grande porte em Enid, Oklahoma. Foi comandante de um barco de pesca em Rumson, Nova Jersey, e batizou o barco de *Angry Clam*. Para surpresa de meu pai, seus clientes não davam a mínima para pegar peixes, só queriam saber de comprar camisetas com o nome do barco gravado em silkscreen – um marisco jovem e carrancudo com um charuto pendurado na boca – a dezesseis dólares cada. Foi corretor de imóveis em Normal, Illinois, e encontrou casais altamente eróticos sussurrando nos banheiros e halls de entrada sobre o que podiam e o que não podiam bancar financeiramente. Foi sacerdote católico em Platteville, Wisconsin, e descobriu que podia ficar escutando confissões durante horas sem ouvir um único pecador confessar alguma coisa além da masturbação de sempre. Foi piloto de stock car em Fayetteville, na Carolina do Norte, e achou aquilo uma ocupação mais tediosa e sem sentido do que jamais imaginou que pudesse ser.

Quando eu era garoto e lia aqueles cartões-postais, sabia exatamente por que meu pai estava fazendo o que estava fazendo: ele estava experimentando a grandeza, desde que se entenda grandeza apenas como uma outra palavra para se fazer algo diferente do que já se fazia – ou quem sabe como aquilo que queremos ter para que outras pessoas nos queiram ter, ou quem sabe grandeza seja meramente o santo graal para nossos eus infelizes e esforçados, aquilo que julgamos precisar, mas que não conseguimos obter de jeito nenhum. De qualquer modo, eu sabia que grandeza era aquilo que papai queria encontrar e pela qual havia nos abandonado.

E então ele voltou. Talvez *Fazer o quê? O quê?* tenha sido a pergunta antes de papai nos deixar, e talvez ele achasse que nos

deixando responderia à pergunta ou pelo menos parasse de escutá-la, e talvez ele nunca tenha parado de ouvi-la; talvez nenhum de nós jamais consiga. Não sei dizer ao certo; nenhum dos meus pais mencionou por que ele voltara para casa, e eu nunca perguntei. E juntos, em meio ao silêncio, nós conspiramos para fazer disso um daqueles segredos de família que devem permanecer em segredo se queremos permanecer como uma família. Minha mãe me contou, depois que papai voltou, que ele era "sensível" em relação ao que fizera quando partiu e que eu nunca deveria falar com ele sobre os cartões-postais. Ela nunca me contou por que papai seria tão "sensível" em relação aos cartões-postais, mas por via das dúvidas eu nunca perguntei. Pus os cartões dentro de um envelope e guardei-os no fundo da prateleira mais alta do meu guarda-roupa e nunca mais toquei no assunto. Mas não importam suas razões, o fato é que papai havia retornado e ganhara de volta seu emprego na editora universitária, e nós o perdoamos, ou pelo menos eu o fiz. Porque ele era meu pai, e eu sentira muita falta dele.
– Eu senti sua falta – disse.
– Mamãe – disse ele.
– E ela?
– Sim, Bradley – disse uma voz às minhas costas. – E eu?

Claro que era minha mãe, eu sabia sem precisar me virar, e por isso mesmo não o fiz a princípio. Fiquei ali sentado de costas para ela, imaginando todas as coisas que lhe diria, toda a mágoa bem merecida que endereçaria a ela por conta do coitado do meu pai, inválido, e da casa imunda em que ela o deixara e das histórias que havia me contado quando eu era garoto e da ruína em que elas me transformaram e à minha vida e tudo o mais. Quando me voltasse para encará-la, seria eloquente e firme, disso eu sabia muito bem. Talvez tenham sido minha lembrança das cartas incendiárias e sua possível proximidade que me deram tamanha coragem – as cartas e o que dissera meu pai sobre como eu poderia ser grande. Talvez tenha sido por ter visto tantas vezes esse momento mãe-filho nos livros que ela me fizera ler, por isso eu sabia como a coisa se daria. Fosse qual fosse a razão, eu me senti poderoso e moralmente fortalecido, como um anjo vingador ou algo do gênero. E o que faz quem se torna um anjo vingador? Vira para a mãe e fala sobre isso com ela.

Assim, eu me virei para falar com minha mãe sobre essas coisas todas. Lá estava ela, de pé na soleira da porta. Não consegui vê-la bem – talvez porque fosse tarde e minhas lentes de contato estivessem ressequidas e embaçadas, ou porque a luz do corredor por trás de mamãe a fizesse parecer nebulosa, misteriosa e banhada em branco, como a Dama do Lago, sobre a qual mamãe também me fizera ler tantos anos antes. Eu não conseguia vê-la com clareza, eis a questão, e por isso não consegui ver a expressão do rosto de mamãe quando ela falou: – Sua mulher botou você para fora de casa a pontapés, foi?

Uma das coisas que as mães fazem muito bem, claro, é ir direto ao assunto, e ao ir direto ao assunto mamãe havia igualmente feito em pedaços boa parte da minha autoconfiança. Fosse eu ou não um anjo vingador, minha mulher ainda me achava um safado e um mentiroso e ainda me odiava. Eu ainda não podia ver meus filhos, e ainda não podia voltar para Camelot. Anne Marie me expulsara de casa, talvez para sempre. Essa era a verdade, minha mãe percebeu isso, e subitamente eu me senti cansado, muito cansado.

– Estou tão cansado, mamãe – falei.

– Tudo bem – disse ela. Minha mãe se virou e foi andando da soleira da porta em direção ao corredor, e eu segui atrás dela, sem dizer uma palavra, pelos cômodos escuros, escada acima, até meu antigo quarto. Pois essa é outra coisa que as mães fazem como ninguém: sabem como chegar à verdade, e quando essa verdade deixa você cansado demais para ouvir qualquer outra coisa, elas sabem quando guiá-lo em meio à escuridão e colocá-lo na cama. Mamãe abriu a porta do meu quarto, virou-se para mim, pôs a mão no meu rosto e disse: "Durma um pouco, Sam." Eu fiquei tão agradecido, mas tão agradecido que, para expressar minha gratidão, fiz exatamente o que ela me dizia para fazer. Fui dormir.

PARTE DOIS

6

Agora que eu voltara ao lar, ao mesmo quarto onde minha mãe me contava todas aquelas histórias sobre a Casa Emily Dickinson – histórias que, como já disse, me levaram, inadvertidamente, a incendiá-la –, talvez seja hora de esclarecer certos mal-entendidos ou acontecimentos mal contados sobre esse famoso incêndio.

Ao contrário do que afirmou o promotor no meu julgamento, eu não fiz "reconhecimento prévio do terreno" no dia do incêndio. Apenas participei da visita guiada à Casa Emily Dickinson, a excursão oficial de dois dólares, junto com um grupo de alunos, e seu professor, de uma escola chamada Dickinson College ("Nada a ver", brincou o professor, e oh!, todos riram muito). O professor passava uma caneta de uma das mãos para a outra enquanto caminhava. Os alunos usavam, todos, casacos impermeáveis. Se eu era culpado de "reconhecer o terreno", eles também.

Eu não era, conforme sugeriu o *Hampden County Eagle*, um sulista que odiava os ianques. É verdade que, antes de começar a visitação, eu realmente assinei o livro de visitas como "Sidney", de Baton Rouge, Louisiana, mas só de brincadeira, para parecer misterioso. Como a sra. Coleman poderia testemunhar caso eu não a tivesse matado no incêndio, me arrependi imediatamente da brincadeira porque ela leu o que eu assinara e disse: "Prazer em conhecê-lo, Sidney", e não abri a boca durante toda a visita com receio de não parecer do sul.

Tampouco era correto, como testemunhou no tribunal um dos alunos do Dickinson College, que eu tenha me mostrado nervoso e até meio histérico durante a visita. Eu era normal, um rapaz normal como qualquer outro da minha idade, tão normal quanto sou agora. No entanto, é provável que estivesse um pouquinho *inquieto*. Estava inquieto porque, depois das histórias da minha mãe, eu esperava encontrar naquela casa alguma coisa excepcional, sinistra e misteriosa. E não encontrei nada disso. Vimos uma caixa envidraçada que exibia uma das cartas de Dickinson; mostraram-nos a colcha de sua cama, que era vermelha com margaridinhas brancas; fomos apresentados aos móveis de Emily, que, como explicou a sra. Coleman, na realidade não eram os dela, e sim réplicas fiéis. Oh, era tudo muito chato! Nada parecido com as histórias de minha mãe. Por isso eu provavelmente estivesse inquieto – lembro-me de ter dado um enorme bocejo de tédio e que todo mundo ficou me olhando –, e foi provavelmente por isso que invadi a casa mais tarde naquela mesma noite: para ver o que poderia ver sem a guia, os alunos e o professor por perto.

Não é verdade, como mais uma vez afirmou o promotor, que eu tenha matado os Coleman "a sangue-frio". Eu nem sabia que os dois estavam na casa. Repeti isso inúmeras vezes, embora aparentemente não deixasse ninguém satisfeito ou feliz, mas era a pura verdade, o que faz a gente se perguntar por que todo mundo deseja tanto ouvir isso.

Não é verdade, como correu o boato na minha escola (eu voltei às aulas enquanto estive sob fiança, e foi assim que fiquei sabendo desses boatos), que tudo não passara de uma espécie de orgia sexual que acabou dando horrivelmente errado. É correto que *cheguei a pensar* em convidar a tal garota, China, que eu conhecia bastante bem e em quem estava muito interessado, da maneira como os rapazes costumam se interessar por garotas com nomes exóticos e carro próprio, que China também possuía. E é verdade que, no que se refere à China, era mesmo sexo o que eu tinha em mente, bem no lobo frontal. Mas não a convidei para invadir comigo a Casa Emily Dickinson naquela noite. Eu é que sei! Vocês acham que eu ia querer fazer sexo com alguém naquela casa depois das histórias que minha mãe me contara? Especialmente a história dos dois garotos de colégio (na verdade um garoto e uma garota – "não passavam de crianças", como dizia mamãe) que compraram meia dúzia de cervejas e resolveram invadir a Casa Emily Dickinson. Essas crianças eram as mesmas agora crescidas, ainda bonitas mas não tanto quanto devem ter sido. Minha mãe enfatizou que os dois pensaram muito bem no que estavam fazendo e no que gostariam de fazer. O mal deles foi calcular demais, eu aprendi a lição de "não calcular", e até hoje procuro não fazê-lo. Eles iam caminhando e se bolinando ao mesmo tempo, uma verdadeira arte, sem dúvida. O garoto carregava as cervejas numa sacola plástica com alças; levava camisinhas na carteira e um pequeno pé de cabra no bolso do casaco. Ia confiante em sua capacidade física e em seu equipamento, e calculava que, se não conseguisse derrubar a porta, poderia forçar a fechadura. Mas normalmente a porta cedia com facilidade; estava velha, meio podre, e se escancarava toda logo na primeira investida, como eu bem sei.

Mamãe me contou essa história quando eu tinha catorze anos, depois que papai voltou, e depois que papai voltou as histórias de minha mãe, ao mesmo tempo que se endureceram, foram ficando mais fáceis, menos tensas, porém mais repugnantes, como nesse caso da história sobre o garoto e a garota com a meia dúzia de cervejas e os preservativos. Oh, que confusão! Eles entraram na casa e foram logo dando início à coisa, e não muito tempo depois pedaços de ossos, de carne, de tendão saltaram das paredes, arrastando-se por baixo de armários, entrando pelo orifício da caixa de correio e ficando entalados: uma cruel notificação de mudança de endereço. Anéis de ouro falsos, bonés de beisebol, fitas de cabelo, preservativos e latas de cerveja cheias foram encontrados bem à vista, restos de comida, o arroto após um longo gole. Uma visão demoníaca do sexo ilícito e seu castigo. Foi uma cena, digamos, um autêntico banho de sangue em que aquelas crianças se meteram, e me pareceu óbvio que se alguma vez eu fosse fazer sexo, nunca haveria de ser, jamais, na Casa Emily Dickinson.

Portanto, nada de sexo, muito menos de orgia sexual. Claro, eu não sei dizer até onde o sr. e a sra. Coleman foram naquela noite.

Depois de apagado o incêndio, deles restaram apenas ossos e tecido conjuntivo. Até aí eu sei.

E não é verdade que eu era, como testemunhou minha professora do primeiro ano, um "piromaníaco contumaz". Não era verdade! Como prova, ela contou no tribunal sobre uma vez, no playground, quando eu tinha seis anos, em que me pegou botando fogo num formigueiro com uma lente de aumento, ou tentando (havia muitas nuvens naquele dia). Permitam-me dizer que eu não era o único menino na turma da sra. Frye que tentara tacar fogo num formigueiro e que, de quebra, aprendera alguma coisa sobre energia solar. E permitam que diga que o que aconteceu no primeiro ano não tinha qualquer relação com o que aconteceu na e com a Casa Emily Dickinson. Eu havia me esquecido totalmente daquele formigueiro, e nem estava pensando em incêndio naquela noite ao invadir a Casa Emily Dickinson. Estava pensando, sim, nas histórias da minha mãe – como aquela em que o cadáver de Emily Dickinson, escondido em um dos muitos aposentos secretos da casa, só ressuscitava (ou pelo menos se tornava ambulante) na lua cheia. Aquela noite era de lua cheia e o nervosismo me levara a fumar um cigarro – um hábito novo, recente – quando escutei um barulho. O que seria? Podia ter sido a casa rangendo ou uma árvore agitada pelo vento. Podiam ter sido os Coleman desfrutando de seu derradeiro momento íntimo na Terra. Ou podia ter sido Emily Dickinson, com os olhos vidrados típicos de algum filme de zumbis, deixando seu cômodo secreto e partindo célere em direção ao meu sangue quente. Seja lá o que tenha sido, atirei longe o cigarro ao ouvir aquele barulho, e saí em disparada da casa e, dessa forma, nem me dei conta de que o cigarro que eu jogara fora havia ateado fogo a uma pesada cortina da sala de estar, que, por seu turno, ateou fogo ao tapete e assim por diante. Portanto, incendiário acidental? Sim. Piromaníaco contumaz? Não.

Mas, querem saber da verdade? As histórias da minha mãe eram boas, ou devem ter sido. O próprio juiz assinalou isso no meu julgamento, na hora da sentença, quando meu advogado mais uma vez tentava explicar por que eu me encontrava na Casa Emily

Dickinson e eu, mais uma vez, dava explicações sobre as histórias da minha mãe. O juiz interrompeu e disse: "Devem ter sido ótimas histórias."
– Imagino que sim – disse eu.
– Mas, afinal – disse o juiz (e aqui ele estava na realidade dando uma opinião, mas suponho que sua toga, sua cadeira no alto e seu lindo martelinho de madeira lhe conferiam esse direito) –, se uma boa história leva o senhor a cometer coisas ruins, pode ser considerada uma boa história?
– Poderia repetir? – falei. – Não estou entendendo.
– Receio que eu também não, Meritíssimo – disse meu advogado.
– Concordo – disse o promotor, que era exatamente igual ao meu advogado, a não ser pelo fato de seu terno ser mais barato e isso deixá-lo melindrado.
– Acompanhem meu raciocínio – disse o juiz. – É uma questão interessante. Uma história é boa somente quando gera um efeito? Se o efeito for ruim, mas o pretendido, a história conseguiu atingir seu objetivo? Seria, então, uma boa história? Se a história gera outro efeito que não o pretendido, seria por isso uma história ruim? Pode-se dizer que uma história deve necessariamente gerar algum tipo de efeito? Devemos esperar que assim seja? Podemos culpar a história por alguma coisa? Uma história é realmente capaz de *fazer* algo? – E quando nessa hora ele me olhou com ar de sabichão, por cima dos óculos, eu pude perceber de imediato que ele sempre sonhara em ser professor universitário e não juiz e que era assinante dos melhores jornais e revistas literários. – Por exemplo, sr. Pulsifer, uma história pode realmente ser acusada de incêndio criminoso e homicídio?
– Huh – disse eu, e agi como se estivesse refletindo sobre a pergunta, o que de fato era o que eu deveria estar fazendo; em vez disso, me virei e olhei para minha mãe, sentada atrás de mim na sala do tribunal. Devia haver em sua testa uma placa de néon com as palavras PROTESTO, ULTRAJE, REMORSO piscando, mais ou menos como nossa entrada de garagem se cobriria com as palavras ASSASSINO e FASCISTA nos anos vindouros.

– Huh – fiz novamente.

– O senhor terá tempo suficiente para refletir sobre essa questão na cadeia, sr. Pulsifer – disse-me o juiz. – Lembre-se de fazê-lo.

– Vou me lembrar – respondi. Pois afinal, segundo o juiz, tratava-se de uma questão interessante.

Mas eu não tinha refletido sobre a questão, nem estava realmente pensando nela de manhã, quando acordei no meu velho quarto pela primeira vez em dez anos. Não estava pensando em nenhuma das coisas em que deveria: na minha mulher, nos meus filhos, em Thomas Coleman e em seus pais mortos. Não, estava pensando era naquelas cartas, não conseguia parar de pensar nelas – talvez porque eu próprio tivesse deixado de pensar nelas por tanto tempo. Ou talvez estivesse pensando nas cartas porque era mais fácil e seguro pensar nas coisas em que não deveríamos do que nas coisas em que deveríamos pensar. A voz perguntando *Fazer o quê? O quê?* também sabia dessa verdade. Ali estava eu, deitado na cama da minha infância, e quando a voz me perguntou *Fazer o quê?* não queria dizer *E sua mulher, seus filhos? Que tal ir para casa e contar-lhes a verdade?*. O que a voz queria dizer era *E as cartas? Onde estão as cartas?*. Sim, a voz era bem covarde, como eu.

Vesti a mesma calça e a mesma camisa do dia anterior e desci a escada pé ante pé até o quarto de papai. As luzes estavam apagadas, a cama feita, meu pai não se encontrava lá, eu não o via nem ouvia. Abri a última gaveta da mesa e lá estava a caixa de sapatos, e dentro dela as cartas, exatamente como eu me lembrava. O momento era mais reconfortante e tranquilizador do que propriamente dramático: afinal, a casa e papai haviam mudado, mas pelo menos as *cartas* se achavam no mesmo lugar. Estavam mais remexidas, amassadas e *usadas*, se bem me lembro, e eu era capaz de ver papai sentado na cadeira lendo, lendo e relendo as cartas e pensando em mim, que andava perdido no mundo. Na minha cabeça, tratava-se de um momento tocante entre pai e filho. Mas aí escutei um barulho – como uma tosse – vindo da sala de estar, que me pareceu uma espécie de aviso. Então devolvi as cartas à sua caixa, recoloquei a caixa na gaveta, fechei a gaveta e fui ver que barulho era aquele.

A sala de estar se achava bem mais arrumada do que no dia anterior. Não havia mais garrafas à vista, nem forno elétrico em cima da mesa, nenhum sinal deles, como se tivessem atendido à ordem materna de ir já para casa. Um único cinzeiro, de vidro, estava sobre a mesinha de centro da sala, mas sem cinzas dentro. A bicicleta ergométrica continuava na sala, mas a um canto e não postada bem diante da TV como antes. A TV não estava ligada, mas papai se encontrava sentado à sua frente no sofá.
 – Pai – falei. – Bom-dia.
 Papai se virou para me olhar. Estava com a barba grisalha e irregular, vencida havia pelo menos umas doze horas, desde que eu o vira pela última vez, e tinha os olhos opacos e meio fechados, ou meio abertos, dependendo de como se quisesse vê-los. Papai estava com uma perna cruzada sobre a outra, o que eu considerei uma verdadeira vitória para alguém lesado pelo derrame como ele. E tomava uma lata de cerveja. Consultei meu relógio. Eu levantara tarde, é verdade. Já eram duas da tarde, mas ainda assim muito cedo para beber cerveja. Meu velho, porém, tinha sofrido um bocado, e quem era eu para dizer a ele de onde tirar seu prazer e se ainda era ou não muito cedo para tal. Afinal ele tinha conseguido cruzar as pernas, o guerreiro, e quem sabe a cerveja fosse em comemoração a essa enorme conquista?
 – Boa-tarde – disse minha mãe, vindo dos bastidores, como o fizera na noite passada. Eu me voltei para encará-la. Mamãe também estava com uma cerveja na mão, e diferente da noite anterior, hoje eu podia vê-la claramente, podia ver claramente que ela mudara desde que eu a vira pela última vez. Estava mais bonita. Eu me lembrava do seu rosto severo e impressionante, capaz de intimidar mais do que provocar admiração, mas em absoluto era o que se poderia chamar de bonito. Mamãe sempre fora uma dessas belezas rudes, típicas da Nova Inglaterra, cujos olhos alarmantemente azuis pareciam estar olhando através da decepção que era o outro e em seguida retornar à sua própria natureza puritana de olhos claros. Mas agora havia suavidade em seu rosto, não, contudo, como se ela tivesse aumentado de peso, mas como se ela e sua fisionomia houvessem pedido uma trégua e estivessem à vontade:

seus olhos azuis pareciam estar em casa em cima do nariz, o qual se projetava como uma marquise por sobre a boca que sorria para mim. O nome de minha mãe é Elizabeth, e ela sempre parecera Elizabeth, mas agora estava mais parecida com Beth. Como Elizabeth, ela sempre pareceu o que era, uma rígida professora de inglês do ensino médio, mas, como Beth, parecia bem mais simpática e gentil. Uma enfermeira, talvez, mas uma enfermeira especialmente bonita.

– Você está parecendo a enfermeira Beth – disse-lhe eu.

– Ah – disse ela, toda coquete ajeitando o cabelo, preto como sempre foi, e comprido, atrás das orelhas. Mamãe foi até papai, tirou a lata de cerveja vazia da mão dele, abriu outra lata e a colocou no suporte de copos de cortiça junto à sua mão direita. Ele grunhiu um polissílabo, que eu traduzi como *Obrigado*.

– Você vai dar mais uma cerveja para ele? – perguntei. Mamãe não respondeu com palavras ou expressão facial, e então eu acrescentei: – Não deveria, por causa do derrame.

– Você escutou isso, Bradley? – falou mamãe para o papai, com um sorriso ainda mais suave, cheio de algum prazer secreto.

– Eu não devia lhe dar mais cerveja porque você teve um derrame.

Meu pai não disse nada em resposta, mas enviou um olhar que ela interceptou a meio caminho e que ali permaneceu, no meio da sala, como um outro filho, outro ser humano com alguma relação misteriosa e instável com os dois seres humanos adultos que o haviam gerado. Porque talvez seja esse o significado de ser filho. Não importa a idade, você estará sempre um passo atrás das duas pessoas que o geraram, as duas pessoas que sempre sabem algo que você também precisa saber – por exemplo, como mamãe soubera que Anne Marie tinha me expulsado de casa, ou que existia uma Anne Marie, ou até mesmo uma casa?

– Ontem à noite você disse que minha mulher tinha me chutado para fora de casa. – Como soube disso?

– O quê? – falou mamãe, alto, porque papai havia começado a beber a cerveja, sorvendo-a heroicamente e em alto volume, por

isso eu tive que gritar a pergunta "Como é que você sabia que minha mulher me chutou de casa?", e desta vez ela conseguiu ouvir apesar do ruído de papai entornando a cerveja.
– Oh, Sam, essa é uma velha história – disse ela.
– Uma velha história – repeti, *agora* pensando no que o juiz me dissera no tribunal a respeito de histórias boas e ruins, e, pela primeira vez em anos, me dei conta de que as histórias estavam por toda parte e que eram importantes, todas elas. Havia as cartas guardadas na caixa de sapatos, toda aquela gente querendo que eu incendiasse casas de escritores por causa das histórias que os escritores contavam; havia a história que Thomas Coleman contara a Anne Marie e que a fez me expulsar de casa; havia as histórias que os analistas financeiros contavam sobre si mesmos em suas memórias, caso algum dia as escrevessem (uma delas parece que tinha sido escrita, mas eu ainda não sabia); e havia as histórias de mamãe, que todo mundo conhece, e de repente eu soube a resposta à questão do juiz, ou pelo menos parte dela. É claro que toda história é capaz de produzir um efeito direto. Caso contrário, por que alguém a contaria?

Mas qual era o efeito direto? Eu não conhecia suficientemente bem as histórias – novas ou velhas – para saber que efeito teriam. Mas mamãe sabia, evidentemente, e eu a odiava por isso, a odiava mais do que já a odiava pelo que suas histórias haviam feito comigo, e a odiava por saber algo que eu não sabia e por me fazer sentir impotente por causa disso, e talvez seja esse também o significado de ser criança: sempre precisar dos pais e odiá-los por isso, mas ainda precisar deles, e talvez precisar odiá-los também, e é bem provável que *essa* igualmente seja uma velha história.

– Uma velha história – repeti, e de repente isso me fez lembrar do que o juiz dissera anos antes acerca das histórias e do que elas eram capazes de fazer ou não fazer, e de como eu ainda não sabia e precisava saber: pois se o fato de minha mulher ter me colocado para fora de casa fosse uma velha história, então o fato de ela me aceitar de volta (ou não, ou não!) também era uma velha história, e eu precisava saber. Será que mamãe ia me ajudar? – É importante

– disse eu. – Por favor. – Eu estava pronto para me rebaixar e até a chorar um pouquinho, e também pronto para odiá-la por fazer com que eu me rebaixasse e chorasse.

– Você está falando com a mulher errada – disse minha mãe. – Eu parei com essa coisa de livros. Parei com as histórias, de qualquer tipo.

– É mesmo? – falei. Aquilo era novidade, sem dúvida. Eu não conseguia imaginar minha mãe sem suas histórias, histórias que tinham significado tanto para ela a ponto de tê-las inculcado em mim. Era como imaginar um mosqueteiro sem sua espada, seu mosquete ou sem os outros mosqueteiros – um francês sozinho e desarmado, com seu bigodinho extravagante, seu chapeuzinho de penas e sua afetação. Então olhei em torno e notei algo que já notara no dia anterior: não havia livros em parte alguma da casa.

– O que houve com seus livros? – perguntei.

– Dei um sumiço neles – respondeu ela.

– Por quê?

– Por quê?! – disse ela, e neste momento sua voz se tornou áspera, seu rosto se tornou áspero, e eu pude ver minha nova mãe, Beth, voltar a ser a mãe antiga, Elizabeth; era como ver os rostos dos presidentes esculpidos no monte Rushmore transformando-se novamente na grande rocha que haviam sido. – Você quer saber por quê?

– Quero – disse eu, pois de fato queria.

Mamãe olhou para mim por um longo tempo e, ao fazê-lo, sua fisionomia foi outra vez se suavizando. Dava para ver a piedade, o amor e o sofrimento tomando conta dela, subindo da ponta dos pés, preenchendo os dutos ocos de suas pernas e de seu tronco e estabilizando-se em seus olhos, onde eu podia assistir às emoções esguichando pelas pupilas. Mamãe ergueu levemente o braço direito, como se fosse acariciar meu rosto, e mais do que nunca eu senti necessidade dela, mas essa necessidade era algo mais próximo ao amor do que ao ódio. Eu queria dizer *Oh, faça um carinho no meu rosto, mãe. Você me contou aquelas histórias e arruinou minha vida, e eu também arruinei a sua, mas se você acariciar meu rosto...*

Não cheguei a concluir o pensamento, e mamãe também não acariciou meu rosto. Em vez disso, arrancou a lata (vazia) de cerveja da mão de papai e foi à cozinha. Então eu e papai ficamos outra vez sozinhos, apenas dois homens numa sala esforçando-se para entender a mulher que acabara de deixá-los a sós. Esta poderia perfeitamente ser uma batalha sem-fim. Eu podia nos ver sentados naquela sala por séculos e séculos, tentando – sem conseguir – compreender as mulheres que amávamos. O passado me invadiu naquela hora, é impossível detê-lo, e lá estava Anne Marie, em meu coração, meus olhos, ouvidos e cérebro, querendo saber o que eu estava fazendo ali com meus pais quando deveria estar em casa, implorando-lhe que me deixasse voltar para a nossa casa, para ela, para as crianças, para nós.

– Você acha que eu deveria voltar para casa, pai?

– Casa? – perguntou ele, confuso, como se dissesse, acho eu: *Casa? Por quê? Você já está nela.*

– Minha outra casa, quero dizer. Será que eu não devia simplesmente voltar para Anne Marie e as crianças? – perguntei. – Não seria melhor assim? As coisas não teriam sido melhores para todos nós se você não tivesse demorado três anos para voltar para casa?

– Espere... Espere... – disse papai.

– Esperar o quê?

– Tempo – disse ele.

– Quanto tempo? – perguntei. – Não sei se consigo esperar três anos. Terei que esperar três anos como você fez comigo e com mamãe?

Foi só falar em mamãe e lá estava ela de novo, na sala de estar, segurando um triângulo de cervejas com as duas mãos. Pôs uma lata na garra já pronta de papai e ele de imediato começou a beber, violentamente, como se tentasse sorver um pouco do alumínio da lata juntamente com a cerveja. Em seguida mamãe tentou me dar uma, mas eu levantei as mãos em sinal de recusa dizendo: "Não, eu não."

Eu e as bebidas: nunca fui lá muito chegado, e tinha uma história curta, porém bastante desagradável, com a bebida. Nas poucas vezes em que tentei beber – no colégio, em churrascos de amigos

–, ou eu ficava exatamente do jeito que sou ou nem tanto, mas de um modo ou de outro, era sempre calamidade em cima de calamidade e eu acabava falando muito sobre coisa nenhuma e fazendo coisas erradas nos lugares errados. Certa vez, na festa de Natal do meu chefe (tomei vodca, mais de dois copos, o que para mim era muito), eu desmaiei por um minuto – estava desmaiado, mas de pé, feito um zumbi, cambaleante e em estado quase normal – e, quando dei por mim, estava na cozinha da casa, com a porta da geladeira aberta e eu ao lado, na bancada, espalhando maionese sobre duas fatias de pão de forma, lambendo a faca e enfiando-a de novo no pote. Ouvi alguém tossir ou pigarrear, e então olhei e vi que havia uma pequena multidão na cozinha – inclusive meu chefe, o sr. Janzen, um homem alto, austero, com um nariz tão grande que não podia evitar de, fisicamente falando, olhar as pessoas de cima para baixo – olhando fixamente para mim, todos de boca aberta e frouxa, obviamente se perguntando o que eu achava que estava fazendo ali, e tudo que consegui pensar em dizer foi "Sanduíche". E, para comprovar, comi. O sanduíche, entenda-se.

– Eu não bebo – disse eu a mamãe.

– Hoje você vai beber – disse ela, com tamanha segurança que tive que acreditar. Peguei a latinha e nós três tomamos nossas cervejas, uma após outra, e descobri que minha mãe tinha razão: eu bebia, sim, e aprendi que, quando a gente bebe, as coisas acontecem praticamente por si mesmas. Escureceu, alguém acendeu a luz; ficou tudo muito silencioso e alguém ligou a televisão; a televisão fazia muito barulho e alguém a desligou; ficamos com fome e alguém trouxe comida – biscoitinhos salgados, batatas fritas, pipoca, *coisas* que se comem direto do saco. Coisas acontecem, e perguntas também, perguntas que não seriam feitas não fosse a cerveja. Eu perguntei a mamãe: "Você se livrou dos seus livros por causa de mim, pelo que eu fiz e pelo que aconteceu comigo, não foi?", e ela: "Ah!", e aí eu perguntei: "Você ainda é professora de inglês?", e ela: "Uma vez professora de inglês, sempre professora de inglês". E aí eu perguntei: "Como você pode ensinar inglês se sumiu com os livros?", e ela: "Talvez assim seja mais fácil." E então eu perguntei: "Aquelas histórias que você me contava, os livros que me obrigou a ler, era tudo para me fazer feliz?", e ela: "Eu não sei o *que* era para eles fazerem." E aí eu perguntei: "Por que então você me contava aquelas histórias? E por que me fez ler todos aqueles livros se não era para me fazer feliz?", e ela: "Por que você não me faz umas perguntas que eu possa responder?", e eu disse: "Papai é um velho durão, não é?", e ela: "Não, não é." E aí eu disse: "Você algum dia vai perdoá-lo por nos ter abandonado?", e ela: "Está tudo perdoado", e ergueu sua cerveja; por um segundo, pensei que ela a derramaria sobre a cabeça de papai como em alguma espécie de perdão batismal. Mas ela não o fez, e eu perguntei: "As pessoas são capazes de se conhecer tão bem por tanto tempo?", e ela disse: "São." E aí eu perguntei: "O que acontece com o amor?", e ela: "Pergunte ao seu pai." E aí eu disse: "Pai, o que acontece com o amor?", e ele disse algo que me soou como "Urt", e então mamãe me perguntou: "Você tem um emprego, não é? Vai trabalhar amanhã?" E eu disse: "Acho que vou pedir demissão", e foi o que fiz. Peguei o telefone e, ali mesmo, liguei para a Pioneer e disse à secretária eletrônica que estava me demitindo. E aproveitei para acrescentar mais uma série de coisas que eu odiava em relação a eles e ao emprego que me davam lá. Coisas que eram totalmente mentirosas e que eu não seria capaz de desmentir depois e de que me arrependeria imediatamente se não tivesse tomado tanta cerveja. Dessa maneira eu descobri mais uma coisa que a bebida torna possível: ela faz a autodestruição parecer algo sedutor e deixa que a gente diga coisas que não queria dizer e de que pode se arrepender, mas ao mesmo tempo deixa a gente tão bêbado que não é capaz de se lembrar de nada. Quando eu pus um fim definitivo à minha carreira na área das embalagens, mamãe disse: "Você vai ficar aqui por algum tempo?", e eu disse: "Você quer que eu fique?" E ela: "Senti saudades suas, Sam. Lamento tanto tudo isso", o que eu tomei por *Sim, eu quero que você fique um pouco*. E eu disse: "Alguém aí está precisando de mais cerveja?" Todos estávamos, e então todos tomamos mais uma, e mais uma, até eu me esquecer de que fora expulso da minha casa, da mesma forma como papai pareceu se esquecer de que estava incapacitado: quanto mais cerveja ele tomava, mais seus movimentos pareciam melhorar, e lá pela sexta latinha estava andando por ali e indo à geladeira e voltando por suas próprias forças, e até sua fala não parecia tão comprometida quando ele perguntou se alguém queria mais cerveja, coisa que todos queríamos. Bebemos juntos, como uma família, até não haver mais nada para beber e nada mais a fazer a não ser cair desmaiado, bem ali em cima do sofá. Nem uma única vez enquanto bebia eu pensei em Anne Marie e nas crianças, a somente alguns quilômetros dali, e essa foi outra coisa que aprendi naquela noite: beber ajuda a gente a esquecer as coisas que precisa esquecer, pelo menos durante algum tempo, até desmaiar e depois acordar duas horas mais tarde e vomitar sobre si mesmo e no corredor e depois no banheiro.

Porque beber era outra coisa em que eu sou muito trapalhão e em que nunca fui muito bom. Enquanto a cerveja saía de mim, todos os meus fracassos entravam, numa espécie de retaliação por eu me achar capaz de esquecê-los: aquelas cartas, minha mulher, meus filhos, meu emprego, meus pais, Thomas Coleman, os pais dele, suas mortes, minha vida! Estavam todos falando comigo, suas vozes berrando por sobre os sons da minha ânsia de vômito, um coro regular de recriminação ecoando pelas lajotas de cerâmica. E então outra voz surgiu, uma voz que tinha uma mão gentil às minhas costas, e que dizia: "Está tudo bem, está tudo bem."

– Está? – perguntei.

– Você vai se sentir melhor pela manhã – disse ela.

Era minha mãe. E como se tratava da minha mãe, eu senti que poderia dizer qualquer coisa sem ficar muito envergonhado, e então disse:

– Oh, mãe, estou com muito medo de tê-los perdido para sempre. Sinto muito a falta deles.

– Sei disso – falou ela.

– Essa também é uma velha história?

– É – disse minha mãe. – A mais velha de todas.

– Histórias... É como se eu não soubesse nada a respeito delas. Por favor, me ensine alguma coisa sobre essas histórias.

– Já tentei – disse ela, e em seguida me levou para a cama, onde eu me decidi: teria que aprender algo sobre histórias, e bem rápido. Mamãe não me ensinaria, isso era muito claro. Meu velho pai se achava totalmente impossibilitado, e isso também era muito claro. Eu tinha que ir a algum outro lugar para aprender, e achava que sabia onde.

7

Iria a uma livraria. Não podia ir a uma biblioteca, disso eu sabia, porque bibliotecas exigem silêncio e compostura e eu não me sentia exatamente disposto a isso: quando menino fui infernizado até não poder mais por bibliotecárias esqueléticas com seus suéteres de lã, e lá não voltaria, tal como um elefante inteligente nunca mais volta à loja de louças após a primeira, a segunda, a terceira experiência desastrosa. Mas não me constava que as livrarias exigissem tamanha sutileza, embora, verdade seja dita, eu não pusesse os pés em uma fazia vinte anos.

Antes, porém, eu precisava fazer algo em relação à minha ressaca. A história da primeira grande ressaca de uma pessoa é comprida e bem conhecida, e nada tenho a acrescentar a ela, a não ser dizer que a sensação é a de que alguém pegou sua cabeça doente e a pôs no lugar da minha, que estava saudável. Levantei da cama, entrei no chuveiro, o que não fez desaparecer minha ressaca, mas a deixou bem molhada. Alguém – minha mãe, eu pensei e continuo pensando – pegara minha mala (a que eu levara para Cincinnati) no carro e a trouxera para o quarto. Desfiz a mala, me vesti e desci as escadas. A casa estava vazia – a gente sempre sabe quando uma casa está vazia, especialmente depois de berrar várias vezes "Oi, mãe? Pai? Alguém em casa?" e de verificar cada cômodo em busca de sinais de vida. Os dois tinham saído, tudo bem. Mais uma vez eu levantara tarde: já passava do meio-dia. Minha mãe fora trabalhar, não havia dúvida, mas onde estaria meu pai? Será que a editora da universidade o havia mantido no cargo por compaixão e para fazê-lo se sentir de certa forma normal? Oh, na mesma hora eu senti falta da Pioneer, senti falta da sensação de normalidade que ela me dava. Afinal, não é para isso que serve o trabalho? Não se trata apenas de uma forma de se ganhar dinheiro, mas de se sentir normal, mesmo (especialmente) quando se sabe que não se é? Eu estava com aquela ressaca, uma depressão de desempregado, é verdade, e talvez papai soubesse disso, porque na mesa da cozinha havia um copo grande cheio de uma coisa escura, turva e forte e ao lado um bilhete dele, escrito à mão, com a letra meio tremida mas definitivamente a letra dele – eu reconheci graças aos muitos cartões-postais que me mandara – que dizia: "Beba-me." Como Alice, eu bebi. Por um segundo me senti muito pior, mas no minuto seguinte já me senti bem melhor. Fosse o que fosse aquela cura pela bebida, era muito parecido com beber em si, o que me fez sentir subitamente pronto para mais assim que voltasse da livraria.

A livraria: eu passara pela Book Warehouse muitas vezes. Ficava a pouco menos de dois quilômetros da minha casa, seguindo direto pela Rota 116. Eu sabia que Anne Marie e as crianças iam lá com frequência: para a hora da leitura, o círculo de leitura, o relato de histórias e outras atividades relacionadas ao contar de histórias, todas, aparentemente, com finalidades próprias e funções definidas. Mas eu nunca tinha ido, e como isso era possível? Esta era a pergunta que eu me fazia enquanto procurava uma vaga no enorme estacionamento, próximo a uma infinidade de outros terrenos igualmente imensos que serviam às superlojas vizinhas. Como é que eu, que morava ali perto havia anos e cuja vida fora regulada por histórias e livros – como nunca havia entrado naquele lugar? Eu parecia o velho pescador que nunca havia nadado e que, na iminência de dar seu primeiro e revigorante mergulho, se perguntava o que o fizera perder tanto tempo.

A livraria era grande, foi a primeira coisa que notei. Muito bem iluminada. As livrarias a que minha mãe me levava quando eu era criança cheiravam a fundo de armário úmido, eram escuras, apertadas e cheias de prateleiras transbordantes de livros que se debruçavam por sobre os corredores escurecendo as lâmpadas tremeluzentes do teto. A Book Warehouse não era nada assim. Não, andar por aquela livraria era como andar por um centro cirúrgico, com música ambiente agradável e cartazes roxos pendentes do teto que mandavam você LER!!! Só que não havia livros, pelo menos que eu visse, pois, ao entrar na loja, a gente dava direto num café. Não há muito que dizer do café propriamente dito. Não me lembro realmente com o que ele se parecia, nem se serviam comida também, e, se o faziam, se havia alguém que servisse. Era o tipo de lugar em que você entra e se sente desfalecer por um segundo, e de repente, ao se recobrar, está com uma xícara de café nas mãos. O grão do café era escuro, de uma espécie nativa da África Ocidental. Não sei lá muito bem o que isso significa, mas o café era excelente, vinha numa canequinha de louça charmosa, bem encorpado e equilibrado. Disso me lembro bem.

Eram três da tarde e o café estava vazio, à exceção de um grupo composto basicamente de mulheres sentadas em círculo, em cadeiras confortáveis, tomando café com livros no colo. Essas mulheres lembravam nossas vizinhas de Camelot, com seus cortes de cabelo comportados e suas roupas caras, informais e folgadas o suficiente para esconder o quão magras eram (ou não), e sapatos que ficavam em algum ponto entre tamancos e tênis de corrida, mas que, em ambos os casos, tinham boa tração. Na realidade, eu nunca tinha pensado muito nessa espécie de fêmea camelotiana, nada tinha a favor ou contra, mas Anne Marie as detestava antes de se transformar numa delas. E como eu era casado com Anne Marie e estava ao seu lado, também as odiava, embora sem motivo ou sentido. Afinal, elas seriam assim tão diferentes de mim? O que havia de errado com elas? O mesmo que havia de errado comigo? Como é que os livros seriam capazes de ajudar todos nós a nos tornarmos melhores? Resolvi me sentar, escutar discretamente a conversa delas sobre o livro esparramado em seus colos, e descobrir.

Elas não falavam sobre o livro, não exatamente; essa foi a primeira coisa que percebi. Em vez disso, falavam de como se sentiam. Quando me sentei, uma das mulheres com um casaco

esvoaçante cor de canela e olheiras escuras falava de como um determinado personagem do livro fazia com que ela se lembrasse da própria filha.
– Oh, foi de cortar o coração – disse a mulher. – Cheguei a chorar. – E ao falar isso, começou a chorar; e como o choro é contagioso como o riso, ou os piores tipos de doenças, eu também quase comecei a chorar. Mas me controlei e consegui reverter as lágrimas, e por fim a mulher também – seus soluços viraram choramingos, que viraram fungadas, que viraram suspiros altos e entrecortados. A mulher secou os olhos com as costas das mãos, enxugou as mãos no casaco e disse de novo: – Cheguei a chorar. Amei. É só o que tenho a dizer.
– Ei, espere aí – disse eu. Tinha uma série de perguntas a fazer: o que exatamente no livro fez a mulher se lembrar da filha? E por que isso a fez chorar? Será que a mulher de casaco canela costuma soluçar alto, sem se sentir envergonhada, em lugares públicos, ou silenciosamente, trancada no banheiro com a água correndo para que ninguém possa ouvi-la? Eu me lembrei de mamãe me indicando livros e pedindo, depois que os lesse, para lhe dar detalhes. Detalhes, ela sempre queria detalhes, e aparentemente eu era mesmo filho da minha mãe, mais do que desejava, porque agora eu também estava querendo detalhes. Mas eu já havia falado demais, isso era óbvio: as outras mulheres, na maioria, estavam olhando fixamente para mim, como se eu houvesse assassinado as duas, a mulher e sua filha, com minha intervenção explosiva, e a própria mulher olhava como se estivesse à beira de outro acesso de choro. – Desculpem – falei, e em seguida afundei novamente na cadeira jurando a mim mesmo ficar ouvindo em silêncio, absoluto silêncio, e com a mente o mais aberta possível.

Então ouvi e aprendi algumas coisas. Outra mulher, vestindo um conjunto esportivo de veludo azul-celeste, insistiu em que a raiva podia ser uma coisa boa, positiva (não disse o que isso tinha a ver com o livro); um homem (era o único outro homem ali presente; achei significativa aquela ausência masculina quase que total, muito embora sem saber bem o que ela significava) na casa dos cinquenta, trajando uma jaqueta reluzente cheia de aberturas de zíperes e velcros, disse que lera o livro de uma sentada e logo em seguida foi visitar o jazigo do pai. Explicou que odiara o pai durante anos por motivos que não era capaz de se lembrar muito bem, e que tinha também odiado o pai por morrer dentro dele antes que os dois pudessem conversar a respeito desse ódio e das misteriosas razões por trás dele. "Eu me senti perdido, completamente perdido", disse o homem, "e era tudo culpa do meu pai". Em seu ressentimento, ele havia deixado o túmulo do pai num estado de quase ruína. O homem disse que se abraçou à tumba por muito tempo, para que seu pai soubesse que ele o amava e que estava totalmente perdoado. "Fiquei todo sujo de tanto abraçar aquele jazigo, mas não faz mal. É bom ficar sujo."

– Dá-lhe *sujeira* – disse uma das mulheres. Era branca e vestia um conjunto de veludo cotelê e mocassins, e tinha um corte de cabelo dos mais austeros, mas falou "Dá-lhe *sujeira*" num estilo vagamente *black-gospel*. Isso claramente levou a única mulher negra do grupo a fazer uma pausa. A negra pigarreou e se levantou para pegar mais café, deixando seu livro sobre a cadeira. Eu me certifiquei de que ninguém estava olhando e peguei o livro. A capa era um desenho de uma xícara de café, com o café fervendo de dentro do livro. O título era *Ouça*. Na contracapa havia um retrato do autor, um homem de barba e aspecto bonachão com um boné de pescador sentado numa confortável cadeira de madeira e tomando uma xícara de café. Na orelha da quarta capa havia uma lista de temas para discussão, e o primeiro era "Como este livro faz você se sentir em relação à Condição Humana?".

Aquilo fez com que eu me sentisse bem, muito bem em relação à Condição Humana e também às mulheres (a maioria). Eu não lera o livro, é claro, mas, pelo que dava para perceber, ninguém mais ali o havia lido, além do que não era para isso que ele estava ali: o livro estava ali para dar às mulheres (à maioria delas) um pretexto para confessar os sentimentos que já possuíam antes de ler o livro, que pelo jeito elas realmente não haviam lido. As confissões faziam com que todas se sentissem melhor, aparentemente, porque o café agora fora invadido por uma animada tagarelice que não tinha qualquer relação com o livro. O livro as havia deixado felizes! Isso foi uma revelação para mim porque me fez lembrar de como a leitura me fizera infeliz – os livros eram cheios de coisas que eu não entendia inteiramente, que jamais entenderia, e que deixavam minha cabeça doendo. Os livros fizeram igualmente infelizes os meus pais, por mais que tenham professado amor a eles. Minha mãe, por exemplo, todo ano lia e trabalhava em classe *A letra escarlate*, e todo ano, após ler e lecionar o livro de Hawthorne, ficava arrasada, deprimida e *irritada* com Hester Prynne, seu A e seu Dimmesdale, a ponto de querer bater com o livro na própria cabeça e depois ir à procura da Condição Humana para bater na cabeça dela também. A fisionomia de mamãe me dizia que ela tinha certeza de que a Condição Humana ficaria muito agradecida pela surra. *Livre-me dessa desgraça*, esse seria o sentimento da Condição Humana, segundo minha mãe.

Mas isso só acontecia se você *lesse* o livro, ou determinados tipos de livros. As mulheres (a maioria) deixaram o livro de lado e conversavam sobre coisas prosaicas – dinheiro, roupas, comida – e pareciam mais felizes agora após terem se confessado e tirado um peso de cima. E não se mostravam apenas mais felizes: elas pareciam mais *leves*, e não fosse pela lei da gravidade, eu tinha certeza de que estariam flutuando em algum ponto bem próximo do teto com suas xícaras de café. Eram vozes claras e otimistas, sem qualquer sombra de medo ou de choro; eram aquelas vozes do tipo que faz a gente se esquecer de que há sofrimento, insatisfação, medo e desonestidade no mundo. E ao menos por ora eu também me esquecera de que todas essas coisas existiam.

Havia apenas mais um assunto que eu precisava esclarecer. Fui até a mulher que tinha dito "Dá-lhe *sujeira*", apontei para o seu exemplar de *Ouça* e perguntei:

– Esse livro é verdade?

– É uma biografia – respondeu ela.

– Sei – falei, não muito seguro de que essa resposta quisesse dizer sim, é verdade, ou não, não é verdade. Os analistas financeiros trabalharam em suas biografias na cadeia, mas eu não estava certo se eram verdade ou não, e os analistas financeiros, que também nunca se mostraram muito claros quanto à diferença, haviam passado muitas horas debatendo a relação entre licença poética e verdade literal. Eu achei melhor não ir mais a fundo na questão, porque quando fiz isso com os analistas financeiros, ao lhes perguntar se estavam contando ou não toda a verdade em suas biografias, eles riram de mim como se a pergunta fosse apenas mais uma prova de que eu era mesmo um trapalhão. Por isso preferi simplesmente perguntar à mulher se ela gostara da biografia.

– Oh, gostei sim – disse ela.
– Por quê?
– É tão útil – respondeu ela sem hesitar.

– Era isso que eu precisava ouvir – disse-lhe, pois agora sabia a resposta à pergunta do juiz: os livros eram úteis, eles eram capazes de gerar um efeito direto – claro que eram. Por que mais as pessoas os leriam se não fossem capazes disso? Mas se esse era o caso, por que então mamãe havia se livrado de seus livros? Seria porque alguns eram úteis e outros não, e não estivessem fazendo bem às pessoas e, sendo assim, por que não lhes dar sumiço? Minha mãe certamente havia lido os livros errados. Mas eu não cairia nesse mesmo erro.

Eu me despedi das mulheres (a maioria) e do café e comecei a flanar pela livraria propriamente dita, buscando a seção de biografias. Não demorei a encontrar. A seção de biografias se revelou de longe a maior de toda a loja e era, à sua maneira, como a União Soviética da literatura, tendo praticamente engolido os Estados menores e obsoletos da ficção e da poesia. A caminho de lá, passei pela seção de ficção. Senti imediatamente pena dela: tão pequena, tão abandonada e com suas prateleiras tão pobremente abastecidas que quase comprei um romance de tanta pena, mas a única coisa que prendeu minha atenção foi algo intitulado *The Ordinary White Boy*. Eu puxei o livro da prateleira. Afinal, eu também tinha sido um rapaz branco comum, antes de matar e incendiar, e quem sabe voltasse a sê-lo algum dia, e quem sabe esse livro pudesse me ajudar nisso, mesmo tratando-se de um romance inútil, genericamente falando. A contracapa dizia que o autor era repórter de um jornal do norte de Nova York. Abri o livro, que começava assim: "Eu trabalhava como repórter de um jornal do norte de Nova York."

Então fechei o livro e devolvi-o à estante de ficção, que talvez não fosse tão diferente assim da estante de biografias, e resolvi que nunca mais teria pena da seção de ficção, da mesma forma que a gente deixa de ter pena da Lituânia por se entregar tão facilmente e por ter passado a falar russo logo após ter sido anexada.

De todo modo, me dirigi à seção de biografias. Após observar bastante, percebi por que aquela seção precisava ser tão grande: quem poderia saber que havia tanta verdade a ser contada, tanto conselho a ser dado, tantas lições a ensinar e a aprender? Quem poderia saber que existiam tantas pessoas com tantas coisas indispensáveis a dizer sobre si mesmas? Percorri rapidamente as biografias sobre abuso sexual, conquistas sexuais, inadequação sexual, orientação sexual. Examinei relatos de viagens, biografias encomendadas de atletas profissionais, biografias de astros hedonistas do rock arrependidos, biografias de alcoólatras, biografias sobre leitura (*Uma vida de leitura: livro a livro*). Havia cinco biografias de uma única autora, uma mulher que escreveu as memórias de sua relação conturbada com o pai, um romancista famoso; uma biografia sobre sua relação conturbada com a mãe; uma biografia sobre sua relação conturbada com os filhos; uma biografia sobre sua relação conturbada com a garrafa; e finalmente uma biografia sobre sua relação amorosa consigo mesma. Havia diversas biografias sobre a dificuldade de escrever biografias, e até mesmo um número razoável de biografias sobre como-escrever-uma-biografia: *Guia de um biógrafo para você escrever sua biografia* e coisas do gênero. Tudo isso me fez sentir melhor comigo, e agradeci aos livros por me ensinarem – sem que eu tivesse precisado lê-los – que havia no mundo gente mais desesperada, mais autocentrada e mais desinteressante do que eu.

E foi então que encontrei a biografia que estava procurando, sem nem saber que a estava procurando ou que ela existia: *Um guia para quem eu sou e quem eu fingi ser*, escrita por Morgan Taylor, um dos analistas financeiros.

Só que, segundo o livro, ele agora era um *ex*-analista financeiro. Essa foi a primeira coisa que eu descobri sobre a vida dele pós-prisão (me sentei ali mesmo no chão e comecei a ler o livro, como quem reencontra um amigo perdido há muito tempo): Morgan não voltou a ser analista financeiro. "Essa vida morreu para mim", afirmava ele na biografia, sem dizer por que ela morrera agora nem como estivera especialmente viva antes. Em todo caso, porém, em vez de retomar sua carreira de analista financeiro, Morgan se transformara no que ele próprio chamou de "pesquisador". A primeira coisa que fez após sair da prisão foi ir à Carolina do Sul porque nunca tinha estado na Carolina do Sul e sua voz interior dizia que ele tinha que – tinha que! – visitar todos os cinquenta estados no restante da sua existência. Também assistiu a uma partida em cada estádio da liga nacional de beisebol. Viajou para Yosemite, Badlands, Sequoia e todos os parques nacionais de importância...

– Ei, espere aí – disse eu ao livro, e a Morgan também, onde quer que ele estivesse. Porque reconheci logo: era a história do meu pai. Ele me havia contado aquelas coisas em seus cartões-postais, durante aqueles três anos em que nos abandonara, a minha mãe e a mim, e eu, por meu turno, contara a história das viagens do meu pai aos analistas financeiros na prisão. E eles se mostraram especialmente interessados, agora também me lembrava disso.

Se eu estava zangado? Claro que sim. É isso o que fazem os biógrafos? Roubam a história verdadeira de alguém e a passam adiante como se fosse deles? Fiquei tentado a devolver o livro à prateleira e não comprá-lo, só que queria ver se Morgan captara corretamente a história de papai e, ainda, se eu também estava na biografia. Na página de agradecimentos eu não aparecia, isso era evidente: verifiquei bem, ali mesmo na livraria, antes de me dirigir ao caixa.

DEPOIS QUE COMPREI a falsa biografia de Morgan Taylor e saí da loja da Book Warehouse, fiz exatamente o que meu pai dissera que eu não devia fazer: não esperei. Pelo contrário, peguei o carro e segui na direção de Camelot. Pois essa é outra coisa que o americano médio em crise costuma fazer: tenta ir para casa, esquecendo-se, momentaneamente, de que o principal motivo de ter saído de casa é ele mesmo, de que a casa não é mais sua, e de que a crise está nele. Àquela altura passava um pouco das quatro, mas com o fim do horário de verão o tempo estava escuro, ficando subitamente frio e excepcionalmente sombrio e invernal. Camelot exibia um espírito festivo que nunca pareceu ter quando eu morava lá, com suas luzes e seus refletores, e em algumas casas podiam-se adivinhar, pela chama regular, sem fumaça e sem luzes piscando, as lareiras a gás sem dutos de ventilação aparentes. Sei que a nossa lareira não estaria ligada – Anne Marie gostava mesmo era do fogo autêntico, o fogo da madeira –, mas embaixo, nas salas de estar e de jantar e na cozinha, as luzes estariam acesas. Estacionei do outro lado da rua de maneira a poder ver pelas imensas janelas da nossa sala de estar, apaguei os faróis e fiquei observando cada membro da minha família passar pela janela, um de cada vez, como num desfile particular só para mim. Primeiro foi Katherine, carregando aquele fichário espiralado gigantesco com os deveres de casa que para ela eram tão fáceis que já deveria ter acabado de fazer; depois Christian, erguendo seu martelo de brinquedo acima da cabeça como se fosse um operário se preparando para descer o braço; e lá estava Anne Marie, gesticulando por algum motivo, com a mão livre se agitando em volta da cabeça como se estivesse se defendendo de abelhas, ora sorridente, ora carrancuda, falando o tempo todo com alguém na sala, eu não sabia quem. Não era com as crianças, porque eu podia vê-las sentadas à mesa, e Anne Marie estava de costas para elas. Ela estava falando sozinha ou *com alguém*. Mas quem? Eu não sabia, porque ali estava eu, Sam, sentado na minha van e não em casa, olhando para eles três (e mais essa pessoa invisível) e me sentindo tão distante, com saudade deles, mas com medo de bater à porta e descobrir que não estavam com saudade de mim. Sim, eu me achava do lado de fora olhando para dentro, tudo bem, o que não difere muito da condição de leitor (era só nisso que eu pensava!) e, talvez, esse fosse outro motivo para minha mãe ter desistido de ler: tinha se cansado de ficar do lado de fora de casa. Talvez quisesse estar lá dentro, com meu pai confuso, bebendo cerveja até não haver mais cerveja para beber e nada para esquecer que já não tivesse sido esquecido. De repente eu também queria isso, tanto, mas tanto que fui embora de Camelot, voltei para minha família, a família da qual não precisava sentir saudade, minha única família, com a qual podia beber até cair adormecido e me esquecer da minha outra família.

8

Em muitos dos livros de mamãe, o narrador atormentado tem um sonho revelador num momento crucial, e por isso eu não me senti nem um pouco surpreso naquela noite quando tive um. Um sonho revelador, entenda-se. No meu sonho eu estava numa espécie de domo, a quatro andares do chão, no cume de uma mansão espraiada, de telhas cinzentas. A mansão dava fundos para o mar, e havia uma tempestade. As ondas com seus lábios brancos açoitavam sem parar os barcos, lançando-os descontrolados contra a arrebentação, as cordas se rompendo como elásticos superesticados. A água era uma equimose, o céu, de um azul mais escuro e mais violento. Lá em cima, no meu domo, eu dava as costas para a água, olhando terra adentro para um complexo de cinco mansões com telhados ligeiramente menores, e segurava um galão de gasolina de plástico vermelho, delicadamente, pela alça, como se fosse uma bolsa de mulher. As mansões menores estavam em chamas: havia mais chamas do que madeira, mais fumaça do que estrutura. Mas ainda havia gente dentro das construções, pessoas se penduravam nas janelas, agarravam-se aos peitoris. Todas seguravam livros; estavam sobrecarregadas por livros. Algumas jogavam os livros pelas janelas, outras desciam sacolas transbordantes de livros pelos peitoris abaixo, na direção de homens que as aguardavam em terra. Uma mulher em cima de um telhado, vestida com uma camisola de gaze quase transparente, estava com os cabelos pegando fogo: as chamas envolviam seu crânio como uma coroa, gotejando como cera por suas mechas compridas e encaracoladas. Eu não conseguia ver-lhe o rosto, mas era óbvio, na lógica do sonho, que a mulher era linda e necessária. Ela se encostava à chaminé, batendo com um livro na cabeça como se pretendesse apagar o fogo. O livro, contudo, era de capa dura e com as pancadas a mulher rapidamente perdeu a consciência. Encostada à chaminé como se encontrava, eu podia perceber que a mulher não usava nada por baixo: seus pelos púbicos, pretos, lembravam uma tatuagem sobre o abdômen e as coxas brancas como pérola. Um dos homens no chão também via isso. Ele se distraiu, o que era compreensível, e sem conseguir tirar os olhos das partes íntimas expostas da mulher, foi também nocauteado por uma sacola de livros atirada de cima. Outro homem se ajoelhou para atender o colega caído, em seguida olhou para o alto e apontou para a mulher no telhado. A camisola dela se agitava e chiava ao fogo; o livro, ainda em sua mão direita, pegou fogo e explodiu. Ouviu-se um grito forte e agudo dos homens lá embaixo, dos homens e das mulheres nas janelas e nos peitoris. Aquele parecia ser o primeiro livro a se perder no incêndio. Um imenso desespero se abateu sobre todos. Homens e mulheres abandonaram toda esperança e se atiraram pelas janelas e dos peitoris. Os homens que estavam lá embaixo, no chão, não tentaram escapar à queda dos corpos e foram esmagados.

Era apenas um sonho, certo, e nem de longe do tipo que eu costumava ter. Geralmente eu sonhava com gente conhecida aparecendo em lugares improváveis, como naquele em que eu encontrava meu chefe sentado na mesa da cozinha da minha casa, tomando café, o que eu considerei interessante – meu chefe jamais fora à minha casa e muito menos tomara café –, mas ninguém mais achou, e quando eu relatava esse tipo de sonhos aos meus familiares, os olhos deles ficavam esgazeados como se eles próprios estivessem sonhando. Não, esse sonho era diferente, e como eu gostaria que minha família estivesse por perto, para que eu pudesse contá-lo e provar que espécie de vida de sonhos fantástica o velho Sam Pulsifer era capaz de ter – embora fosse preciso cortar a parte dos pelos púbicos para as crianças. Ou talvez eu não lhes teria contado, porque, afinal, o sonho não me deixou assim tão animado: minha cabeça doía e eu respirava com dificuldade. Após um sonho como esse, a gente agradece por ter sido só um sonho, pelo fato de a vida de verdade – não importa o quanto ela seja ruim – não poder ser pior do que a vida do sonho. Era assim que eu me sentia até descer as escadas (a casa estava outra vez vazia, minha ressaca mais familiar e menos terrível, a poção antirressaca mais uma vez sobre a mesa, menos urgentemente necessária, mas eu a tomei mesmo assim), abrir o *Springfield Republican* e descobrir que alguém pusera fogo na Casa Edward Bellamy, em Chicopee, Massachusetts, a menos de vinte minutos de onde eu estava sentado, lendo a respeito.

De início não me lembrei de que Bellamy foi um escritor e, por extensão, que sua casa era uma casa de escritor. A manchete dizia PATRIMÔNIO LOCAL RECEBE DANOS MENORES COM INCÊNDIO, como se os danos menores tivessem chegado pelo correio. Só depois de ler um pouco mais é que eu descobri que Bellamy tinha sido um escritor e que seu livro mais famoso era *Daqui a cem anos*. Só então os nomes do autor e de seu livro romperam o nevoeiro da minha ressaca e surgiram em meu banco de memória. Baixei o jornal, fui até o quarto de papai, abri a última gaveta da mesa, remexi nas cartas dentro da caixa de sapatos e finalmente encontrei: uma carta do sr. Harvey Frazier, de Chicopee, Massachusetts, em que ele me pedia para pôr fogo na Casa Edward Bellamy. A carta fora postada há somente quinze anos (assim constava do selo no envelope), mas estava tão enrugada, amassada e manchada que mais parecia uma relíquia. Eu pus a carta no bolso da camisa, recoloquei a caixa em seu esconderijo não-tão-secreto e depois voltei à matéria do jornal: lá dizia que os danos do incêndio eram secundários e que o corpo de bombeiros informara que a origem do fogo era "suspeita". Eu sabia o que isso queria dizer: também haviam chamado o *meu* incêndio de "suspeito", mesmo depois de se saber que fora eu que, acidentalmente, o ateara.

Uma confissão: minha mãe nunca me deixou ler romances de detetive quando eu era criança, nem mesmo os *infantis*. Uma vez, quando me pegou lendo um volume da *Enciclopédia Brown* (acho que era sobre o gato do vizinho e o responsável pelo seu desaparecimento), ela o confiscou dizendo: "Se você quer ler história de mistério, leia essa aqui." E me deu uma novela de Mark Twain chamada *Pudd'nhead Wilson*, que, segundo me constava, não era uma história de mistério e sim sobre negros que não eram negros e brancos que também não eram brancos, um exilado nova-iorquino que virou especialista em impressões digitais e alguns europeus e virginianos no Missouri, e cujo único mistério, pelo que entendo, era como esse pessoal tinha chegado ao Missouri e por que acabou ficando tanto tempo por lá.

Minha opinião: caso eu tivesse lido uma autêntica história de detetive, sobre um mistério de verdade, talvez pudesse saber o que fazer depois. Em vez disso, continuei procurando o melhor que pude. Eu me lembrava de ter ouvido, ou talvez visto na TV, que detetives bebem de forma impressionante, mesmo (sobretudo) durante o trabalho. Então peguei uma bebida, a última cerveja na geladeira, que sobrara do porre em família da noite passada. Enquanto bebia, eu pensava em quem poderia ter posto fogo na casa de Bellamy. Thomas Coleman foi a primeira pessoa em quem pensei, obviamente. Eu sabia que ele iria aprontar mais e maiores problemas para mim, e esse talvez fosse um deles. Thomas incendiou a casa de Bellamy e jogou a culpa em mim. Mas como é que Thomas ia saber que alguém queria que eu ateasse fogo à casa de Bellamy? Afinal, a carta estava aqui, no bolso da minha camisa; para me certificar, levei a mão até ela.

Mas se não fora Thomas Coleman, quem então? O próprio sr. Harvey Frazier? Afinal, ele estava esperando havia muito tempo, e talvez tenha sentido que não dava para esperar mais. Ou talvez alguém totalmente desconhecido, alguém que evidentemente eu nem imaginava. Eu não sabia, mas resolvi visitar Harvey Frazier e descobrir. Como, eu não tinha a menor ideia. Mais uma vez: se eu tivesse lido os livros certos, poderia saber como ser um bom detetive. E se não tivesse me demitido do meu emprego na Pioneer e tivesse alguma outra coisa para fazer, talvez estivesse ocupado demais para tentar ser um. E se eu não estivesse tão sozinho, se houvesse mais alguém na casa, talvez alguém me tivesse avisado: talvez alguém tivesse me aconselhado a não chegar perto da Casa Edward Bellamy, simplesmente ficar na minha e não ir a *parte alguma*. Mas, pensando bem, talvez ser um detetive não passe disso: alguém sem muito mais o que fazer a não ser agir como detetive e sem ninguém por perto para lhe dizer que não.

O sr. Harvey Frazier, de Chicopee, Massachusetts, era excessivamente desconfiado para uma pessoa de idade avançada e inicialmente fingiu não reconhecer nem a minha pessoa nem o meu nome. Era um *velho*, teria no mínimo oitenta anos, e era também meio assustado, pois abriu a porta quando eu ainda me preparava para bater, como se estivesse me esperando *exatamente naquela hora*. Embora meio aturdido, eu consegui dizer: "Senhor, sou eu, Sam Pulsifer", e em seguida descerrei o punho e lhe estendi a mão. Ele não a apertou; em vez disso, falou: "Eu vou dar uma caminhada", e foi isso o que fez, bem ali na minha frente, rua abaixo. Frazier era uma pessoa difícil de entender, certo, e de repente me vi querendo não só saber se ele tinha ou não provocado o incêndio, mas *conhecê-lo*, *conhecer* realmente por que ele queria o que queria, conhecê-lo de uma forma que eu não conhecera mais ninguém – nem meus pais, nem Anne Marie, nem as crianças – e era possível dizer que ao ir atrás do sr. Frazier eu estava compensando o tempo e as oportunidades perdidos.

Ele também era bem rápido. Para um velho. Ou talvez a velocidade fosse parte da raiva que estava sentindo por eu não ter respondido sua carta. Acelerei até emparelhar com ele e então falei: "Uma caminhada, é?", e como ele não engoliu a minha isca, perguntei: "Para onde está indo?"

– Loja – respondeu ele, com aquele sotaque ianque sério, conciso que sempre me fazia sentir como se tivesse feito alguma coisa errada, e quando ele disse "loja", aquilo soou tão antigo e formal que imaginei que ele estava a caminho de uma loja fora de moda de propriedade familiar, alguma espécie de bazar ou armarinho, onde compraria algo obsoleto, como artigos para cavalheiros, seja lá o que isso queira dizer, ou quem sabe fumo, possivelmente de cachimbo, de aroma agradável. Mas pode esquecer: o sr. Frazier não fumava e nunca havia fumado, isso eu podia apostar, mesmo antes de saber que fumar podia causar câncer, pois o fumo era caro ou no mínimo uma despesa extra, e o sr. Frazier era um mão de vaca. Eu percebi isso porque o sr. Frazier vestia uma calça marrom de lã e um suéter marrom e um casaco esporte fora de moda e surrado até a última fibra de tecido. Ele provavelmente não comprava uma peça nova de roupa há pelo menos trinta anos, e tinha comprado as roupas que estava usando provavelmente em alguma loja de departamentos cujo nome nem ele era capaz de lembrar, nem a localização, embora sem dúvida tenha sido em algum lugar do centro da cidade, e que sem dúvida agora já nem existia mais. O sr. Frazier acharia a ideia de roupas novas absolutamente tola e ridícula. Sobretudo se fossem roupas de tecido bom e durável, de que provavelmente suas roupas tinham sido feitas antes de serem usadas à exaustão, e era por isso tudo que eu sabia que ele era um mão de vaca. Não se trata de desrespeito. Quando eu digo isso estou meramente tentando entrar na cabeça dele, tentando compreender plenamente sua psicologia.

– O que o senhor vai comprar na loja?

– Jornal – disse ele, e então notei que ele também não usava artigos, e acrescentei isso ao seu perfil psicológico. Alguns quarteirões adiante pude ver uma grande loja de uma cadeia de supermercados, e não uma mera "loja". Se era para lá que estávamos indo, eu teria que acrescentar um *fantasioso* ao seu perfil, enquanto estava tratando do assunto.

Mais uma coisa a respeito da apresentação do sr. Frazier: eram trajes excessivamente pesados para o autêntico verão indiano que fazia naquele dia de novembro, além de excessivamente formais para uma simples ida ao supermercado, loja ou fosse qual fosse o lugar para onde nos dirigíamos. Ou quem sabe fossem apenas nossas imediações que dessem essa impressão. Porque a vizinhança havia de fato desaparecido, e o sr. Frazier parecia a coisa mais bem-apessoada por ali. Havia lixo por todo lado – garrafas, caixas de ovos, fraldas descartáveis – e quase nenhuma lata para vazá-lo. Na calçada alguém havia escrito com giz cor-de-rosa "Shamequa come boceta". Aquilo não era nada bom porque a vizinhança já fora muito fina, pode acreditar. As grandes casas brancas, que provavelmente um dia tinham sido vitorianas, foram tão modificadas que hoje desafiavam qualquer classificação arquitetônica. É verdade, aposto que essas casas já tinham pertencido a famílias boas, respeitáveis, e que provavelmente se vestiam como o sr. Frazier, e essas famílias tinham se responsabilizado em fazer com que as casas tivessem cumeeiras inteiriças, chaminés bem postas, olmos e esquilos, e elas, as famílias, tinham como fazê-lo porque trabalhavam na Pratt & Whitney construindo aviões ou na fábrica de motocicletas Indian produzindo motocicletas Indian, ou na Monarch, vendendo prêmios de seguros. Mas em algum ponto do período entreguerras, as pessoas começaram a perder seus empregos. É uma velha história. Elas perderam seus empregos e aí não puderam mais manter suas cumeeiras inteiriças nem suas chaminés eretas nem suas residências unifamiliares, e dessa forma os olmos começaram a morrer, assim como as pessoas, ou então elas se mudavam e *aí mesmo* é que morriam, e as casas foram virando apartamentos – as caixas de correio múltiplas, as linhas de energia e telefone cheias de fios emaranhados, e os carros enferrujando em terrenos mais afastados mostravam isso. A vizinhança não era mais a do sr. Frazier, não precisava dele, e como isso poderia não deixá-lo louco de raiva?

Bem nessa hora topamos com nossos primeiros seres humanos: dois garotos sentados nos degraus da frente de uma dessas residências multifamiliares. Estavam sem camisa e vestiam shorts que não eram propriamente shorts, porque iam até bem abaixo dos joelhos. Os garotos eram macilentos e tinham tórax côncavo como o meu fora um dia, e ambos ostentavam piercings de argolas de prata nos mamilos. Fiquei curioso em saber se não escapava ar dos peitos daqueles garotos através dos piercings.

– Boa-tarde – disse o sr. Frazier ao passar por eles.

– Vai se foder – xingou um dos garotos. Pronunciou a palavra "foder" enfatizando bem o *e*, enquanto o outro garoto não dizia nada, só ria e balançava a cabeça. Eu quis dizer alguma coisa, algo tipo: *Ei, que é isso? Que foi que você falou?*. Ou então: *Por que não mostra um pouco de respeito, seu moleque?* Mas eu estava acompanhando o sr. Frazier, e como ele seguiu seu caminho eu me limitei a ir atrás dele. Algo estava mesmo fodido, isso estava bem claro, e não era o sr. Frazier, não importa o que os garotos disseram. Se algo estava fodido, eram aqueles garotos. Talvez nem fossem propriamente garotos: talvez fossem homens adultos usando roupas de meninos e se comportando como meninos, não como adultos trabalhadores, que não sustentavam as famílias, se é que tinham família, e xingando como negros, mesmo parecendo garotos brancos. A expressão *branco-de-alma-negra* me passou pela cabeça – eu a ouvira certa vez na televisão –, mas rapidamente a descartei sem mencioná-la ao sr. Frazier. Não, o sr. Frazier não queria saber de palavras ou expressões novas; eu podia notar isso sem precisar perguntar a ele. Já havia palavras suficientes no mundo, e muitas delas eram termos chulos que a garotada repetia sem que fosse possível discernir o objeto do xingamento e de tal maneira que levava a gente a pensar que se tratava simplesmente do seu jeito de falar – uns com os outros, com gente estranha – e isso dificultava reconhecer se o palavrão era uma coisa cordial ou ameaçadora, se o xingamento era jargão de negros ou de brancos, se é que havia diferença, se quem estava sendo xingado se incomodava ou não, se é que estava verdadeiramente sendo xingado. Eu fiquei imaginando o coitado do sr. Frazier sozinho à noite em casa, com as luzes apagadas e à janela, sem conseguir dormir, só olhando a vizinhança, que é mais escura que sua casa e muito, muito estranha para ele. Em algum lugar longe dali, Shamequa está comendo uma boceta e depois dando testemunho disso em alguma calçada com seu giz cor-de-rosa, e todo aquele lixo tomando as ruas como erva daninha, e as palavras "vai se foder, foda-se, está fodido" tremulando ao vento, e a gente sem ter como se livrar delas, nem sequer saber se elas são endereçadas a você ou a alguma outra pessoa. Certo, era foda. Para o sr. Frazier, não saber se fora ou não xingado deve ter sido o mais foda de tudo.

Quando chegamos à loja – era uma superloja, mas como agora eu estava ao lado do sr. Frazier, era uma loja – eu meio que concordei com os garotos: estava tudo *fodido* mesmo, o tudo no caso sendo a própria loja, que na verdade mais parecia um terreno de estacionamento do que um prédio. E era foda que aqueles garotos pudessem falar com o sr. Frazier, um cara tão gentil, da maneira como o tinham feito sem sofrer nenhuma consequência. O sr. Frazier *tinha que* ficar zangado, pelo menos o suficiente para pôr fogo a uma casa ou para desejar que alguém o fizesse. Mas por que a Casa Edward Bellamy? Era isso que eu não conseguia entender.

– Ei, sr. Frazier – falei. – Tenho umas perguntinhas para lhe fazer, tudo bem?

O sr. Frazier não respondeu. Comprou o jornal na máquina do lado de fora da loja (quem sabe por quê? Talvez porque, enquanto não entrasse no prédio, ele pudesse continuar de boa-fé chamando aquilo de loja), em seguida se virou e começou a caminhar de volta para casa. Estava imprimindo um ritmo acelerado e eu tive que suar para acompanhá-lo. Logo após emparelhar com ele, passamos novamente pelos garotos, ainda sentados nos degraus, como se estivessem à nossa espera. Nem sempre a gente tem uma segunda chance na vida de dizer o que se queria dizer, ou de perguntar o que se queria perguntar. Por isso parei diante deles e agarrei o casaco do sr. Frazier para fazê-lo deter-se também. O sr. Frazier não se virou para encarar os garotos, mas, como um cavalo assustado, olhou-os de esguelha. Eu, porém, me virei para olhar bem para os dois e, sentindo meu rosto arder, torci para que ele refletisse nos garotos como um sinal vermelho.

– Agora há pouco – disse eu aos garotos – você falou alguma coisa para o sr. Frazier aqui.

– É verdade – disse um dos garotos. Os dois pareciam exatamente iguais, com seus bigodinhos, suas barrigas murchas de alabastro, as argolas nos mamilos brilhando e cintilando ao sol.

– Muito bem, eu quero que vocês peçam desculpas. Acho que ele merece.

Um dos garotos balançou a cabeça e falou "Vai se foder", sem malícia, sem má intenção, sem qualquer emoção particular. Saiu como uma declaração de fato.

– *Ei!* – disse eu, porque não deu para segurar. O sr. Frazier ainda estava muito vivo, mas mesmo que não estivesse, mesmo quando os velhos estão tirando espaço e ar, eles passaram por muita coisa e é preciso dar-lhes um mínimo de crédito e respeito. Parti para cima dos garotos no que eu achava ser uma atitude ameaçadora. Quando o fiz, eles se levantaram – também de forma ameaçadora – e eu notei que suas meias brancas estavam puxadas bem para cima, provavelmente até os joelhos (não podia dizer exatamente, devido ao tamanho dos shorts). Por que puxar as meias tão no alto? Eu só podia pensar numa razão: aqueles garotos eram do tipo que levava facas nas meias, só que as meias estavam tão puxadas para cima que provavelmente eles podiam esconder ali até um punhal. Quanto a mim, não tinha arma em parte alguma. Além disso, minhas meias eram do tipo tradicional, batiam um pouco acima dos tornozelos, e possivelmente não tinham como abrigar qualquer objeto perigoso. Eu recuei, com as palmas das mãos viradas para fora, e enquanto retrocedia sussurrei para o sr. Frazier: – Vamos sair daqui.

Mas o sr. Frazier me ignorou. Virou a cabeça leve e lentamente para encarar os garotos. Sua virada de cabeça foi um gesto impressionante. Eu me perguntei se aqueles garotos se davam conta do quanto eram inferiores a ele. Era como observar um colosso entediado virando-se para perguntar aos aldeões maltrapilhos por que o estavam apedrejando. – A que você está se referindo? – disse o sr. Frazier ao garoto que havia falado.

– Está calor e você aí usando essas roupas de *piloto de trenó*, maluco – disse o garoto, e em seguida se abanou com a mão esquerda como para lembrar a todos do calorão que fazia.

– Tá fodido – disse o outro garoto.

– Sei – disse o sr. Frazier, e retomou sua caminhada, batendo o jornal agora dobrado contra a perna e controlando a indignação, que deve ter sido imensa. Eu dirigi um último olhar firme para os garotos e aí, antes que pudesse ver como eles iriam reagir, me virei e corri até emparelhar o passo com o sr. Frazier.

As roupas dele: eram elas que estavam fodidas, e de repente o sr. Frazier foi ficando quente, muito quente, com o rosto vermelho como o meu nunca havia ficado. Parou de dar com o jornal na perna e começou a usá-lo como abanador. Abanar não adiantaria nada; eu sabia disso por experiência própria, pois ambos tínhamos mecanismos potentes de aquecimento dentro de nós, enormes fornalhas de pudor e fúria localizadas em algum ponto próximo do nosso coração, fígado e outros órgãos internos, e não dá para se esfriar o interior a partir do exterior. O sr. Frazier aprendeu rapidamente essa verdade. Havia uma lata de lixo abarrotada na esquina e ele jogou o jornal em cima daquela montanha de lixo e atravessou a rua com o sinal fechado, desafiando os motoristas a atropelá-lo, a nos atropelar. Mas não havia tráfego e chegamos do lado de lá sãos e salvos.

Ele continuou caminhando, agora batendo com a mão na perna (aposto que já sentia falta do jornal). Eu não dizia uma palavra; estava me sentindo mal por ele. O velho se achava em pior forma do que antes de eu chegar, dava para se ver, e como para ilustrar isso, ele se sentou ali mesmo no meio-fio. Eu me sentei ao seu lado, feliz com o descanso. Como eu, o sr. Frazier respirava com dificuldade, e mais uma vez temi pelo coração dele e o que eu lhe causara. Sim, eu me sentia mal por ele, e por mim, o que vem a ser a espécie mais autêntica de empatia. Queria ajudá-lo, mas não sabia como. Será possível que eu era incapaz de ajudar alguém? Não parecia justo. Será possível que não existisse isso de justo? Eram essas as minhas perguntas, e estava me preparando para pensar em outras quando olhei para cima e me dei conta de que estávamos sentados em frente à Casa Edward Bellamy. Uma bela placa de madeira escura, bem grande, informava isso. Podia-se ler claramente do lugar em que estávamos, no meio-fio.

– Ei – disse eu –, aqui está ela. – E, na minha excitação, levantei o sr. Frazier. Não foi difícil: por baixo daquelas roupas não lhe sobrava muito peso. Eu o coloquei de pé e o arrastei pela calçada até a casa. Não sei como eu tinha perdido aquilo. Ao lado do sr.

Frazier se achava a coisa mais linda da vizinhança, mesmo depois de alguém ter tentado incendiá-la: era cinza com detalhes em verde, tinha um gramado artisticamente aparado, velas elétricas brilhando nas janelas, uma cerca de madeira do lado de fora e até uma relíquia de ferro preto junto à porta da frente para se limpar os pés. Era linda. Muito, muito linda. Ninguém notaria que havia algo de errado não fosse a casa estar isolada por fitas amarelas da polícia e alguns vestígios de queimado perto das fundações. Era como olhar para uma bela mulher cujos cabelos tinham acabado de ser cortados de forma desastrada. Depois de toda a feiura que tínhamos visto nas vizinhanças, a beleza daquela casa era como uma brisa fresca e suave num dia quente, e eu ainda não era capaz de imaginar por que o sr. Frazier haveria de querer botar fogo nela. Por que não queimar a casa dos garotos se eles o estavam perturbando tanto? Incendiar uma casa antiga e maravilhosa como essa era uma loucura e não fazia o menor sentido.

– Por quê? – perguntei a ele. – Por que o senhor ia querer incendiar uma casa linda como essa? – Só quando fiz a pergunta é que fui compreender que a resposta estava bem ali em sua carta, que eu lera superficialmente, mas o bastante para saber *o quê* o sr. Frazier queria que eu incendiasse e não *por quê*. Então peguei a carta do bolso do casaco. Mas antes que eu a puxasse totalmente para fora do bolso, o sr. Frazier arrancou-a da minha mão, sem que eu percebesse seu movimento. Ele tinha reflexos incríveis para um velho.

Mas ele não conseguia ler bem sem os óculos. E levou quase meia hora para terminar a carta, que mantinha colada ao rosto.

– Sr. Frazier, por que não me deixa ler para o senhor? Iria mais rápido...

Ele me ignorou, e tinha razão em fazê-lo. Porque eu me enganara sobre sua visão, ou talvez estivesse certo, mas não tinha nada a ver com o ritmo glacial de sua leitura. Era óbvio que o sr. Frazier simplesmente adorava o que estava fazendo. Era como a minha mãe nesse aspecto. Ele sabia realmente ler e tirar algo disso, também, e à medida que lia, sua fisionomia ia mudando de fase, como a lua. Ele fazia a leitura parecer uma atividade nobre e gratificante

– capaz até de mudar uma vida. Mais uma vez eu me amaldiçoei por ter desistido da leitura tantos anos atrás e jurei retomar a biografia fraudulenta de Morgan Taylor assim que o sr. Frazier terminasse a carta. Finalmente ele acabou de ler. Eu percebi porque embora parecesse que ainda estava lendo – seu rosto continuava muito próximo do papel –, eu ouvi aquele som, familiar, repetitivo, gutural, e quando olhei melhor, vi que o sr. Frazier estava chorando, e suas lágrimas derramavam-se por toda a carta.

– Por favor, sr. Frazier, não faça isso, não faça... ei, o senhor está chorando?

– Eu sinto sua falta – disse ele em meio aos soluços.

E, oh, isso era terrível, muito pior do que o choro! Só que eu não podia imaginar de quem ele sentia falta. Não era eu, disso eu tinha certeza. Primeiro, porque eu estava bem ali, a seu lado; depois, porque ele não estava olhando para mim. De início ele olhou fixamente para a carta; em seguida ergueu a cabeça e pareceu olhar para uma bandeira americana tremulando no mastro do terraço. "Eu sinto sua falta", repetiu ele, desta vez na direção da bandeira. Então eu fui até lá, arranquei a bandeira do mastro e a entreguei ao sr. Frazier. Mas aquela bandeira não parecia ser a coisa de que ele sentia falta: imediatamente a estirou na calçada e recomeçou a chorar, a chorar pra valer. Eu tive certeza de que dessa vez seu coração não resistiria, que simplesmente cairia do peito direto sobre a calçada.

– Oh, estou tão só, tão só – disse o sr. Frazier. Então eu achei que o meu coração é que não iria resistir. E então fui eu que caí no choro: éramos uma dupla de chorões, tudo bem; provavelmente pusemos para correr os gatos da vizinhança.

– Estou tão só – disse ele novamente.

– Eu sei – disse eu. – Eu também estou só. – Porque efetivamente ninguém era mais especialista em solidão: nada é mais solitário do que ser um incendiário acidental e um assassino, preso e virgem de dezoito anos de idade. Então eu lhe contei essa história, que evidentemente ele já conhecia em parte. E como eu tinha muito mais histórias para contar e muito mais palavras com as quais contá-las, entrei numa espécie de surto filosófico e disse a ele que passamos a maior parte da vida fugindo da solidão, apenas para dar a volta e ir atrás dela, e, como prova, mencionei como havia mentido para a minha família durante anos por medo de ficar sozinho, e como depois menti novamente pelo hábito de mentir e como, ao fazer isso, eu tinha praticamente assegurado que *seria* só. Sim, mesmo se eu não soubesse o que dizia a carta, eu sabia do que o sr. Frazier estava falando e por que ele ia querer tocar fogo na Casa Edward Bellamy e deixá-la coberta de cinzas. Eu próprio tinha visto e ouvido os motivos: os garotos disseram ao sr. Frazier que ele não se parecia com eles, ou, eu supus, como todo mundo da vizinhança, disseram a ele com os termos mais obscenos que ele não se encaixava mais, que estava completamente só. Foi quando o fogo surgiu, porque afinal ninguém se sente só sentado, exibindo o dedão dos pés, em frente a um incêndio. Isso era um fato conhecido: mesmo se você estiver sozinho no mundo, enquanto houver um incêndio (e a casa de Bellamy era a maior e a mais bonita do bairro, e assim, logicamente, daria o maior e mais lindo incêndio) pode-se ficar de olhos vidrados nele e sentir seu calor, e isso irá relembrá-lo de outros tempos, mais felizes, de uma época há muito passada, quando o mundo pertencia a você, quando você o compreendia, quando você podia viver nele por apenas uns breves *minutos* e não se sentir tão sozinho, apavorado e zangado. – Não está só, Harvey – disse eu a ele. – Não está mesmo.

Qual foi a resposta do sr. Frazier? Ele disse (com expressão fechada e contida): – Você me chamou só de Harvey?

Achando que ele não tivesse apreciado minha informalidade, falei: – Chamei. Desculpe, sr. Frazier.

– Harvey era o meu irmão – falou ele. – Meu nome é Charles.

A princípio eu pensei que o sr. Frazier estava mentindo, que estava tirando um irmão da cartola como representante dos seus próprios desejos. Quando criança eu mesmo havia recorrido inúmeras vezes a esse truque do irmão inventado, como naquela vez em que joguei uma bola de beisebol na janela de alguém, ou quando acidentalmente comi o almoço de outra pessoa na lanchonete, ou acidentalmente entrei na traseira de outro carro no estacionamento da escola depois do baile de formatura, e que também teria usado depois de ter acidentalmente ateado fogo à Casa Emily Dickinson se tivesse pensado rápido. Mas percebi que o sr. Frazier não estava inventando um irmão; inventar um irmão é fácil, muito mais difícil é chorar convincentemente a falta do irmão inventado depois que ele se foi.

– Tudo bem – falei. – Mas por que exatamente seu irmão queria que eu pusesse fogo na Casa Edward Bellamy?

– Por que ele era... – E aqui fez uma pausa como se estivesse tentando entender os motivos do irmão. – Porque ele era meio esquisito – disse afinal o sr. Frazier. – Tinha problemas.

– Aposto que esse seu irmão gostava de ler, como o senhor – falei.

– É – disse o sr. Frazier. – Ele lia muito. Esse era um dos problemas do Harvey. O mundo não era como os livros. E sempre o decepcionava. Mas pelo menos ele tinha o trabalho na casa de Bellamy...

– Deixe-me adivinhar – falei, espantado com tantas coincidências. – Ele era guia turístico.

O sr. Frazier fez que sim com a cabeça. – Ele foi guia turístico, até que a prefeitura teve problemas orçamentários e cortou o emprego dele.

– E isso o deixou muito desapontado – completei.

– Sim.

– Quer dizer então que ele quis que eu incendiasse a Casa Edward Bellamy porque foi demitido.

– Suponho que sim.

– E agora está morto – disse eu, querendo obter o máximo de respostas possíveis enquanto o sr. Frazier mostrava disposição para fornecê-las. – Ele morreu e o senhor sente saudade dele.

Por um minuto eu pensei que o sr. Frazier fosse começar a chorar de novo, mas não. Ele me olhou por um bom tempo: mais uma vez seu rosto começou a se alterar, da raiva para a tristeza, daí para a resignação, e daí para a nostalgia – ele percorreu rapidamente toda a gama de emoções humanas. Pode até mesmo ter dado um discreto sorrisinho, o que não era pouca coisa para o velho ianque sisudo que era. Por fim o sr. Frazier disse, melancolicamente: – Sinto, sim.

– E aí, finalmente, não podendo mais esperar por mim, o senhor se encarregou pessoalmente de atear fogo à casa de Bellamy. – A frase saiu assim, pura e simplesmente, da minha boca, como se eu soubesse a verdade e estivesse apenas à espera de que o sr. Frazier me parabenizasse por sabê-lo.

Mas ele não o fez. – Não, não – disse o sr. Frazier, parecendo verdadeiramente surpreso que eu pudesse pensar tal coisa. Chegou a escovar a frente do seu casaco esportivo com o dorso de ambas as mãos, como se minha acusação fosse alguma sujeirinha.

– Bom, então quem foi?
– Eu achava que tinha sido você – disse ele.

Eu lhe assegurei que não tinha sido eu, e ele me assegurou mais uma vez que não tinha sido ele, e nisso ficamos até afinal nos convencermos um ao outro da nossa inocência (seria um ponto negativo de um detetive, eu me perguntava, deixar-se tão facilmente convencer da inocência de um suspeito?) e não haver mais nada a dizer. Eu me despedi, apertei sua mão e fui me encaminhando para a van. Mas aí me lembrei de que tinha mais uma pergunta. Quando me virei, o sr. Frazier já estava na varanda – agora eu via que a casa dele distava apenas três casas da de Edward Bellamy – e perguntei:

– Ei, qual é mesmo o livro mais famoso que Edward Bellamy escreveu?

Isso deixou o sr. Frazier realmente animado; quase dava para sentir o cheiro do livro lhe saindo pelos poros. – Ele escreveu o romance *Daqui a cem anos*. Entre outras obras menores.

– *Daqui a cem anos* – repeti. – Sobre o que era?
– Uma utopia – disse ele antes de fechar a porta de casa. O sr. Frazier levara com ele a carta do irmão, me dei conta depois que a porta se fechou, mas resolvi deixá-lo ficar com ela. Talvez ele gostasse dela, da mesma forma como papai obviamente gostava de todas aquelas cartas endereçadas a mim. Talvez o sr. Frazier

guardasse a carta do irmão bem perto dele e assim se sentisse menos só. De qualquer modo, deixei que ele ficasse com ela. Isso se revelaria, muito mais tarde, um erro da minha parte, mas como é que eu iria saber naquele momento? Como é possível que reconheçamos nossos erros antes que eles se transformem em erros? Onde está o livro capaz de nos ensinar *isso*?

Quando cheguei em casa já passava das cinco. Encontrei meu pai na sala de estar, sentado na bicicleta ergométrica. Estava com um short cinza e uma camiseta sem mangas vermelha e desbotada, e se usasse uma fita na cabeça, estaria muito parecido com esses instrutores de academia tão obviamente gays que a gente chega a pensar que talvez não sejam. Papai não estava pedalando – estava simplesmente sentado na bicicleta com os pés nos pedais –, mas eu considerei que já era uma enorme conquista o fato de ele ter conseguido montar naquela coisa. Ele até chegara a suar um pouco. Meu pai estava bebendo uma cervejinha (alguém deve ter ido comprar, a menos que ele tivesse um estoque particular); à sua frente, no porta-trecos da bicicleta, estava o livro de Morgan Taylor. Papai estava folheando o livro, saltando cem páginas e voltando cinquenta, como se nunca tivesse lido um livro antes e não soubesse bem como se fazia. Eu não saberia dizer quanto do livro papai havia lido de fato, mas podia garantir que estava lendo: a metade boa de sua boca se movia junto com as palavras, palavras que Morgan roubara dele.

– Oh, pai, lamento muito, de verdade – falei. Ele olhou para cima quando eu falei e derrubou o livro do porta-trecos atirando-o ao chão, que era o lugar onde merecia estar. Eu peguei o livro do chão, fui até o corredor e o joguei dentro do armário aberto, só para mostrar o que eu pensava a respeito. – Aquele cara não tinha esse direito.

– Não... direito – repetiu papai: a repetição, eu havia aprendido, era a versão dele para a comunicação normal, da mesma forma como as piadas o são para certas pessoas e a linguagem de sinais para outras.

– A culpa é minha – disse eu. – Fui eu que contei a ele essas histórias sobre você.
– Sobre... mim?
– Sobre onde você esteve, o que você fez quando nos abandonou.
– Você... fez isso? – perguntou papai. Só então, como se ele estivesse em delay, seus olhos lentamente se movimentaram pelo ar, acompanhando a trajetória do livro. Seus olhos pousaram por um minuto no armário, como se tentassem localizar o livro em meio a casacos de inverno, arquivos e pés de sapatos solitários que ele sabia que ficavam lá dentro. – Não... direito – disse ele de novo. Papai me olhou com ar desgostoso, em seguida deu um gole particularmente irritado na cerveja.
– Eu sei – disse eu, curvando a cabeça. – Desculpe.
Ficamos ali sentados em silêncio, eu me sentindo culpado, papai com raiva, esperando que o nosso terceiro membro chegasse para acabar com o impasse. Pois ser uma família também significa isso: dois dos membros rompem o vínculo familiar e ficam à espera de que o terceiro venha reatá-lo.
Finalmente, após uns quinze minutos mais ou menos (papai tinha um isopor cheio de cervejas ao pé da bicicleta ergométrica, bebera duas, mas não me ofereceu nenhuma e não o culpei por isso), mamãe deu as caras. Não estava com roupa de ginástica; vestia uma calça de veludo cotelê verde e uma camisa branca que alguém, por algum motivo, poderia chamar de blusa e não de camisa, e botas de couro marrom. Estava classuda, imponente, como um homem, mas sem aparência masculina, como Katherine Hepburn sem os tiques nervosos ou Spencer Tracy. Também parecia jovem, não a mulher de 59 anos que eu sabia que ela era. Seu rosto estava corado, saudável e esportivo, de uma forma que faz pensar naqueles comerciais de protetor labial do tipo mais caro e recomendado pelos médicos. Mamãe carregava uma embalagem de uma dúzia de cervejas: tirou uma lata, jogou-a para mim e disse: – Não quero nem saber por que você está assim tão jururu, mas pode parar.
– E depois se virou para o papai dizendo: – E o senhor também.

– Está bem – disse eu, e papai grunhiu alguma coisa que soou igualmente afirmativa. Abri a cerveja, tomei um longo gole e perguntei "O que vocês fizeram hoje?", porque me pareceu que era isso o que os familiares se perguntam uns aos outros depois de um dia longo, e também porque me ocorreu que eu não fazia ideia do que mamãe havia feito nos três dias em que eu estava em casa.

Minha mãe tomava um gole de cerveja quando eu fiz a pergunta, e foi curioso: ela se deteve por um breve instante, como se algo a impedisse de engolir, uma leve mas perceptível parada no movimento de absorção da bebida, antes de prosseguir e terminar a cerveja de um só gole. "Trabalho", respondeu ela, e sem me olhar, atirou outra lata de cerveja cheia para mim, muito embora eu ainda estivesse na metade da primeira.

– E você, pai? – perguntei. – O que *você* fez hoje?

Foi mais difícil entender a reação do meu pai, já que ele tinha muito poucas e ainda por cima eram espasmódicas e incompreensíveis. Mas eu não percebi isso: papai voltou os olhos suplicantes para a televisão, como se lhe pedisse ajuda. Em seguida olhou para o isopor, que estava aparentemente vazio, e para o isopor ele disse, finalmente: "Trabalho." Como para recompensá-lo por ter dado a resposta correta, mamãe lhe jogou uma cerveja, da maneira como um adestrador joga um peixe para a foca. Meu pai a pegou habilmente no ar, embora ao fazê-lo quase tenha derrubado a bicicleta, e eu tive que correr para pegar os dois antes que se estatelassem no chão.

– E você, Sam – perguntou minha mãe. – O que *você* fez hoje?

Na época eu não sabia se meus pais estavam ou não mentindo, mas sabia que *pareciam* estar, e concluí ali, naquela hora, como um detetive despreparado que aprende na prática, que o segredo para se contar mentiras é agir da forma oposta àqueles que podem ser mentirosos. Olhei bem nos olhos de mamãe e disse: "Nada", em seguida olhei nos olhos de papai e disse: "Nada", muito embora ele não tenha perguntado, o que, devo admitir, provavelmente me fez perder um pouco de credibilidade. Mas enquanto eu os olhava nos olhos, também me perguntava se os dois haviam lido o jornal pela manhã (eu o deixara sobre a mesa da sala de jantar, mas não estava mais lá), e se tinham sabido do incêndio da casa de Bellamy, se meu pai sabia que eu andei mexendo naquelas cartas e inclusive tirara uma (agora perdida), se mamãe sabia a respeito das cartas. Quem sabia o quê – esta era a pergunta mais significativa para todos nós.

– Ou seja – disse mamãe –, nós fomos trabalhar e você não fez nada. Outro dia normal.

– Exatamente como sempre foi – disse eu, pensando em quando eu era garoto e eles iam trabalhar, ou diziam que iam, e eu não fazia nada, ou dizia que fazia. Nós brindamos a isso, como não fazíamos quando eu era criança, bebemos um pouco mais, e eles pareceram esquecer. Meus pais eram muito sábios em matéria de esquecimento, é claro, sendo a amnésia, como uma hipoteca quitada, aquilo que conserva a sua casa como sua casa. Mas eu não tinha essa sabedoria. Não esquecia. Fui ficando cada vez mais bêbado, mas mesmo assim o tempo inteiro eu pensava nos dias normais dos meus pais e se eles tinham alguma semelhança com o meu dia normal, e continuei pensando nisso quando subi para o meu quarto. Tirei o relógio de pulso antes de cair na cama. É um desses relógios caros, indestrutíveis, que dizem tudo, pressão barométrica, velocidade do vento, maré alta na segunda maior cidade do Sri Lanka, por exemplo, coisas que ninguém tem necessidade de saber, mas duas coisas úteis que ele diz são a hora e o dia da semana. E meu relógio estava dizendo que eram 23:21 e o dia da semana era sábado. Era sábado. "Hoje é sábado", falei bem alto, tornando a coisa oficial. Meus pais tinham ido trabalhar num sábado, ou assim disseram. Para papai isso não era tão estranho: aparentemente ele podia editar ou não editar livros no dias que bem entendesse, e além do mais sempre tivera horários e dias de trabalho irregulares. Mas que espécie de professora vai trabalhar num sábado? A pergunta me deixou tão exaurido que adormeci antes de poder começar a respondê-la. Eu já havia investigado o incêndio na Casa Edward Bellamy e agora teria que investigar isso também. Como todos sabem, uma vez que se começa a investigar uma coisa, não se tem outra saída a não ser começar a investigar outras.

9

Quando você começa a investigar outras pessoas, não parece mais capaz de impedir que outras pessoas investiguem você. Essa verdade eu aprendi no dia seguinte, ao acordar e me deparar com Thomas Coleman debruçado sobre a minha cama, com o rosto bem próximo ao meu, como se estivesse tentando se assegurar de que eu continuava respirando.

– O que é que você pensa que está fazendo? – perguntou ele.
– O quê? – falei, e em seguida: – Ei! – E aí pulei da cama, enfiei umas roupas (a primeira vez em que vi Thomas eu estava semivestido, por isso achei que talvez nosso segundo encontro fosse melhor se eu estivesse devidamente trajado), fui ao banheiro, escovei os dentes e desci as escadas, com Thomas me seguindo por toda parte, até que me sentei à mesa da sala de jantar, onde a poção antirressaca e o bilhete "Beba-me" já me aguardavam. Eu me sentei e fiz o que mandava o bilhete. Thomas continuou de pé; parecia mais robusto do que na primeira vez que o vira, menos de uma semana atrás. Dava a impressão de ter engordado um pouco; até os cabelos pareciam mais ralos e agora faziam uma ondinha, seu rosto ganhara um pouco de cor e, no geral, tinha a aparência de uma celebridade quase completamente recuperada do câncer e da químio.

– O que é que você pensa que está fazendo? – perguntou ele de novo.

Eu não respondi, por se tratar de uma das perguntas mais difíceis de responder, sobretudo para quem não está fazendo nada ou acha que não está fazendo nada.

– Você saiu do emprego – disse Thomas, mal controlando a impaciência. Eu quase podia vê-la, lutando poderosamente para escapar por entre seus dentes à mostra.

– É verdade – falei.

– Liguei na sexta-feira para a Pioneer para contar que você tinha incendiado a Casa Emily Dickinson e matado meus pais, e perguntar se eles sabiam que tinham um assassino e um incendiário em seu quadro de funcionários, mas antes que eu pudesse falar, me disseram que você já tinha pedido demissão. – Aqui ele se deteve, como para me permitir embarcar no trem-bala do seu pensamento, o que eu agradeci. – O que é que você pensa que está fazendo?

– perguntou ele pela terceira vez.

– Eu estava bêbado! – disse eu, me dando conta pela primeira vez de que uma das coisas que a bebida podia transformar era a trapalhada. A trapalhada de uma pessoa sóbria é parente do fracasso, mas a trapalhada de um bêbado pode ser triunfal. – Pedi demissão porque estava bêbado! – acrescentei. – E você tinha razão: eles não sabiam que eu era assassino e incendiário. Mas me demiti antes que você pudesse contar a eles! E nem fiz de propósito!

Isso desarmou Thomas. Ele deu um suspiro e foi se sentar do outro lado da mesa; seu rosto perdeu um pouco da cor. A decepção ocupou seu verdadeiro lugar nele, expulsando a força e o otimismo. Eu senti uma certa tristeza por ele até me lembrar do motivo por que estávamos tendo essa conversa na casa dos meus pais e não na minha, e o que ele dissera a Anne Marie.

– Por que você mentiu dizendo que eu estava tendo um caso? – falei. – Por que contou a Anne Marie que eu estava de caso com a sua mulher?

A pergunta deixou Thomas mais animado. Seus olhos ficaram distantes e sonhadores, e isso me perturbou mais do que qualquer outra coisa que ele tivesse feito ou dito. – Ela é maravilhosa, como você sabe – falou ele. – Não consigo entender por que você a traiu.

– Eu *não* traí Anne Marie – falei eu, praticamente me debruçando sobre a mesa para livrá-lo de sua ficção e fazê-lo recuperar a nossa verdade. Ele deve ter percebido porque se levantou da cadeira e recuou alguns centímetros da mesa. – Eu incendiei aquela casa e matei seus pais – berrei. – Por que você não contou *isso* a ela?
– Por que você acha? – Thomas devolveu a pergunta. Eu podia perceber que ele também estava tentando bancar o detetive, quer dizer, se é que ser detetive significa fazer alguém responder perguntas que você deveria ser capaz de responder e não consegue. Isso não me fez sentir melhor. Será que ele de fato não sabia por que contara a Anne Marie uma coisa e não outra? Será que não sabia o que estava fazendo aqui? Seria ele algum destruidor de vidas amador e, nessa condição amadora, faria mais estragos do que se fosse um especialista? É claro que não havia como responder a essas perguntas e esperar uma resposta, por isso perguntei:
– Por que você pôs fogo na Casa Edward Bellamy?
– O quê? – disse ele. – Quem? – Thomas parecia genuinamente espantado: seus olhos recuaram ainda mais para o fundo das órbitas, deixando pequenas linhas no percurso, e sua boca franziu como se a perplexidade fosse algo muito azedo. Então, curiosamente, sua fisionomia relaxou: um sorrisinho cintilou iluminando seus lábios. Thomas ergueu a cabeça apontando na direção do quarto do papai e disse: – Seu pai está em casa?
– Não – respondi. – Está no trabalho. – E em seguida perguntei:
– Espere aí, você conhece meu pai?
– Até logo, Sam – falou ele, e em seguida girou nos calcanhares e saiu pela porta da frente. Fiquei ali sentado por muito tempo, me assegurando de ter fixado todos os detalhes na mente antes que eles se perdessem para sempre.

Thomas havia mencionado meu pai. Então, afinal, ele sabia onde me encontrar, e também sabia que eu tinha pai, como tantas outras pessoas, e ele, Thomas, não. Mas e aquela levantada de cabeça? Seria mera coincidência, ou só um cacoete? Ou será que ele levantara mesmo a cabeça na direção do quarto de papai, sabendo que se tratava de fato do quarto do meu pai? E nesse caso, como é que ele sabia *disso*?

Eu me levantei da cadeira e corri até a porta da frente, tentando alcançar Thomas antes de ele sair da minha vida quem sabe por quanto tempo dessa vez. E poderia tê-lo alcançado, caso os analistas financeiros não estivessem ali, na minha varanda, bloqueando a passagem.

Eu os chamo de analistas financeiros, mas claro que eles tinham nomes. Além do Morgan, havia ainda dois Ryans, o Tigue e o Geoff, que todo mundo só chamava de G-off. Ele é o único de quem me lembro direito, por causa dos cabelos pretos ondulados e porque parecia ligeiramente – por comparação e falta de palavra melhor – *étnico*. Os demais eu nunca fui capaz de distinguir bem, e, se os encontrasse agora, também não conseguiria. Não fazia tanto frio assim, mas eles estavam de botas de cano alto e calça cáqui e suéteres de gola rolê, e todos – exceto G-off – tinham os cabelos penteados para o lado naquele estilo juvenil de garoto-de-colégio-particular. Apoiavam-se ora num pé, ora no outro desconfortavelmente, como se procurassem um ponto mais elevado – talvez o para-choque de um carro, uma cerca de madeira ou a quilha da proa de um barco – onde pudessem colocar as pernas em cima. Tirando G-off, eles não paravam de afastar o cabelo do rosto com um movimento de pescoço. Desde a cadeia (e até o dia anterior na Book Warehouse) eu não pensava muito neles, o que evidentemente é um talento da minha parte, e a impressão era que o tempo igualmente não havia se lembrado deles: pareciam exatamente os mesmos de dez anos antes. Quanto a mim, estava com a barriga um pouco mais flácida e maior, e assim, com o peito murcho e de perfil, eu provavelmente parecesse uma versão disforme da letra *B*, e embora ainda conservasse a maior parte do cabelo na cabeça, também acrescentara um pouco em outros lugares. A questão é que os analistas financeiros não haviam envelhecido enquanto eu envelhecera, e esse era outro ponto em que eu me revelava um trapalhão.

– Olá, Sam – disse um deles, possivelmente Morgan. Digo isso porque ele sempre fora um espécie de líder, e os outros quatro tinham formado um V meio torto atrás dele, na varanda, o que eu achei simpático, de modo a dar destaque a Morgan como o mais importante. Outras coisas deveriam se organizar dessa mesma forma. A vida, por exemplo. – Há quanto tempo não nos vemos.

– Não quero ouvir isso – disse eu. No caso de Thomas e sua visita-surpresa, eu demorei alguns minutos para localizar minha raiva, mas com a visita-surpresa dos analistas financeiros eu mergulhei direto nela. Se continuasse recebendo visitas-surpresa, já me imaginava começando a ficar zangado por antecipação, tendo a sensação de que a raiva na verdade anunciava a chegada do visitante-surpresa e não que se seguiria a ela. – Vocês não têm o direito.

– O quê? – disse um deles, talvez o Tigue. – O que é que nós fizemos?

– O que é que nós fizemos? – disse G-off, e eu me lembrei de que um dos talentos deles era imitar um ao outro para reforçar determinado argumento.

– Vocês pegaram a história do meu pai e a publicaram como se fosse de vocês – disse eu, e apontei acusatoriamente para quem eu esperava que fosse Morgan. E era: ele baixou a cabeça por um instante, envergonhado, e eu aproveitei para dar uma boa examinada na linha que lhe repartia os cabelos, que era reta e profunda como um canal cortando a superfície territorial de seu cabelo.

– Está bem – disse ele, erguendo a cabeça. – Admito que agi errado.

– Muito errado – disse G-off.

– Mas paguei por isso – disse Morgan.

– O que você está querendo dizer? – perguntei.

– Como você sabe, eu escrevi a biografia e roubei a história do seu pai – disse Morgan. – Como também deve saber, eu estava em liberdade condicional quando escrevi o livro. Bom, meu supervisor da condicional leu o livro quando ele foi lançado.

– Um *monte* de gente leu – disse Tigue.

– Saiu até em formato de bolso – disse G-off.

– Não são todos os livros que saem, você sabe disso – disse Tigue.
– Seja como for – disse Morgan –, quando o supervisor leu o livro, pensou que eu tinha violado a condicional ao sair do estado. Queria me botar de novo na cadeia. Então tive que contar a ele que havia inventado aquilo tudo, que nunca havia saído de Massachusetts e jamais fizera aquelas coisas nem jamais tinha ido àqueles lugares e que, para começo de conversa, não era a minha história.
– Aí a notícia se espalhou – disse Tigue.
– O editor descobriu e ficou aborrecido – disse G-off. – Exigiu o adiantamento de volta, além de todos os direitos de autor.
– Precisei fazer um empréstimo para devolver o dinheiro – disse Morgan. – Tive até que ir morar novamente com meus pais por uns tempos.
– Ei, exatamente como eu – falei, me referindo à nossa experiência comum para deixá-lo mais animado. O que, é claro, não aconteceu.
– Foi humilhante – disse Morgan.
– Mas eu não entendo – admiti. – Em primeiro lugar, não entendo por que você teve que roubar a história. Por que não saiu por aí e fez algo por conta própria para, *aí sim*, escrever um livro a respeito? – Afinal, eu tinha estado na Book Warehouse e vi que isso podia ser feito. Pelo que pude avaliar na seção de biografias, um biógrafo faz alguma coisa, *qualquer coisa*, para só depois escrever um livro a respeito, só depois.
– É por isso que estamos aqui, Sam – disse Morgan. – Viemos aqui por um motivo.
– Um motivo específico – disse Tigue. Os dois Ryans ainda não tinham falado nada. No cinema esses caras teriam sido os músculos, com a diferença de que eram magros demais e escondiam as mãos nos bolsos em vez de bater ameaçadoramente com o punho na palma da mão.
– Qual? – perguntei.
– Conte a ele sobre a África – disse Tigue.

– Cale-se – disse Morgan, e tive a nítida impressão de que ele teria dado um murro na cabeça de Tigue caso os dois estivessem mais perto na formação em V. Mas Morgan não bateu na cabeça de Tigue. Ele se empertigou, como se fosse fazer um discurso ensaiado. – Antigamente – falou ele – homens como nós, de certos recursos e certa idade, se nos sentíssemos entediados, insatisfeitos ou inquietos, se precisássemos manter nosso sangue bombeando, assumir um risco grande e vital, ou algo assim, teríamos feito um safári na África. Contrataríamos guias nativos. Caçaríamos leões e gazelas; retornaríamos com chifres ou presas de animais. Poderíamos inclusive escrever um livro sobre a experiência depois de voltarmos. Não podemos mais fazer isso.

– Por que não? – perguntei.

– Eles estão protegidos – disse Morgan. – Os leões, rinocerontes, ocapis, não se pode mais tocar neles.

– A savana está fechada, meu irmão – disse G-off.

– Chegamos até a pensar em fazer *bungee jumping* – disse Tigue.

– Achamos que poderia ser algo bem arriscado.

– Você amarra uma corda elástica enorme nas pernas – disse Morgan. – Salta. E fica ali pendurado, à espera de que alguém apareça. É isso.

– É isso – repetiu Tigue.

– É humilhante – disse G-off – ficar pendurado assim.

– Vocês não querem entrar, beber alguma coisa? – disse eu, já começando a ficar nervoso, nós seis ali de pé na varanda. Em Camelot ninguém prestaria atenção, mas com os vizinhos dos meus pais era diferente, havia sempre alguém nos jardins das casas cuidando dos crisântemos e dos lírios, escutando o radinho de pilha e olhando em torno para ver se todo mundo estava sintonizado na mesma rádio educativa. Eu não queria chamar atenção; não queria que ninguém soubesse que o sujeito que pusera fogo na você-sabe-o-quê havia se mudado novamente para o bairro.

– Esqueça isso – disse Morgan. – O que nós queremos é que você nos ensine a incendiar casas como a que incendiou. Depois poderemos escrever um livro a respeito.

— *Guia de um incendiário de casas de escritores* — disse G-off.
— Já temos até o título.
— Por que é necessário ser um incendiário para escrever o livro? — perguntei. — Basta fingir que botou fogo nas casas e escrever o livro...
— Arghhh — disse Morgan. — Eu mereço...
— Vamos lá — disse Tigue —, seja camarada.
— Tem que ter um pouco de adrenalina — disse G-off. — O fogo, a fumaça, o calor. — G-off olhou para as próprias mãos como se elas pudessem lhe dizer o que fazer em seguida. — O fogo — repetiu.
— Você sempre pareceu tão feliz — disse Morgan. — Com esse jeito simples de ser feliz que têm as crianças, só que mais crescido.
— Com esse rosto vermelho de alegria — disse Tigue.
— Elementar — disse Morgan. — Primal. Exatamente como o fogo que provocou. Por favor, nós só precisamos de umas instruçõezinhas...
— De um empurrãozinho — disse G-off. — Da sua expertise e do seu know-how.
— Mas eu já contei tudo a vocês, lá na prisão — argumentei.
— Eu sei — disse Morgan. — Mas e esse incêndio de ontem?
— De anteontem — corrigiu G-off.
— A casa de Belmont — disse Morgan.
— De Bellamy — corrigiu G-off.
— Cale-se — disse Morgan. E para mim: — A casa de Bellamy.
— Pessoal... — comecei a falar.
— Sam, parceiro, nós estamos com um tremendo cagaço — disse Morgan. — Estamos apavorados, cara.

Eu acreditei. Eles estavam mesmo muito a perigo, dava para ver, porque os dois Ryans, mudos, já entreabriam os lábios, preparando-se para falar. Cheguei a ter pena deles, o que era novidade porque na cadeia sempre os admirara. Agora pareciam patéticos e desesperados, e eu não tinha como sentir raiva deles, nem mesmo de Morgan. Não, eu não podia ficar zangado com eles, mas sabia que eles ficariam zangados comigo quando eu lhes contasse o que estava para contar.

– Desculpem, rapazes, mas não fui eu que pus fogo na casa de Bellamy.
– Oh, deixe disso – disse Morgan. – Quem mais poderia ser?
– Essa é uma boa pergunta – admiti. – Mas seja lá quem tenha sido, não fui eu.
– Sam – começou Morgan, mas eu o interrompi.
– Não posso ajudá-los – falei.

Nem sequer ouvi o coro de ameaças, súplicas e novas ameaças, agora mais detalhadas, que se seguiu – eu conhecia essas coisas muito bem, desde a visita de Thomas Coleman a Camelot, sabia exatamente o que os analistas financeiros diriam e como diriam, e então, ali de pé, deixei que o ruído branco das suas acusações se abatesse como uma onda sobre mim até que eles se cansassem, rompessem a formação em V, descessem os degraus e embarcassem numa camionete Saab.

– Você vai se arrepender de não ter nos ajudado, Sam – bradou Morgan, e ele estava certo: poucos dias depois eu iria me arrepender de não tê-los ajudado. Para dar ainda mais ênfase, Morgan bradou mais uma vez: – Você vai se arrepender. – Em seguida engrenou a marcha e partiu.

Consultei meu relógio. Eram só onze da manhã. Eu tinha ainda um dia enorme e tedioso à frente, e muito tempo para que surgisse outro alguém do meu passado. Aparentemente restavam-me duas escolhas: ficar esperando sentado algum novo visitante-surpresa indesejado, ou sair.

10

Eu saí a pé. Pela primeira vez desde que me mudara de novo para a casa dos meus pais, me permiti caminhar pelas ruas de Amherst, para ver e ser visto, ser reconhecido e rejeitado, ou coisa pior. Continuava pensando naquele pé de chinelo, o direito, que alguém havia atirado pela janela muitos anos atrás. Não me saía da cabeça que quem fez aquilo guardara o pé esquerdo esse tempo todo, à espera do meu retorno. A cada esquina eu hesitava, achando que seria reconhecido por algum hippie de pés grandes que arremessaria o tal pé esquerdo do chinelo bem na minha cabeça.

Mas não. Era estranho. Quarteirão após quarteirão, ninguém me reconhecia, e então resolvi me expor abertamente ao reconhecimento. Parava diante das casas conhecidas – aqui era onde morava meu amigo de infância, Rob Burnip; ali era a do Shumacher, onde meus pais jogavam cartas toda quinta-feira – e me demorava na calçada, esperando que alguém saísse lá de dentro e dissesse *Ei, Sam Pulsifer. Não vejo você desde...* E assim por diante. As pessoas saíam das casas, mas não me reconheciam e eu não as reconhecia. Eram simplesmente versões mais jovens da gente que havia morado ali: professores adjuntos ou jovens quase milionários da geração pontocom, que se mudaram com as novas famílias de Boston ou de Nova York para Amherst por causa das boas escolas, do ar puro e da abundância de cafeterias, ou ecoinvestidores que poderiam também ter ido morar em Berkeley, como seus pais, se o seguro de seus Volvos não fosse tão absurdamente caro por lá. A cidade ainda era velha – cada casa ou cada igreja provavelmente conhecia alguém que conhecera Cotton Mather –, mas as pessoas que nela viviam, não. Até os produtores rurais tinham mudado. Era domingo, dia em que tradicionalmente eles vinham vender suas mercadorias. Eu podia ver a faixa – MERCADO DOS PRODUTORES RURAIS DE AMHERST – estendida sobre o estacionamento ao lado do parque municipal, e as lembranças me levaram para lá, da maneira como só as lembranças são capazes de fazer. Quando eu era criança, o mercado dominical era administrado pelos produtores rurais dos quais tirava seu nome, homens austeros que usavam macacões, tinham mãos e rostos rachados e que vendiam seus produtos na traseira das próprias picapes. Vendiam basicamente milho e tomate, mas também feijão e alho, pepino e abobrinha no verão, maçãs McIntosh no outono e caixas e mais caixas de folhas de tabaco, o que parecia bastante apropriado porque os agricultores fumavam enquanto vendiam as mercadorias, fumavam sem parar enquanto colocavam os produtos em sacolas de papel e enganavam meus pais no troco. Às vezes, quando meus pais não estavam olhando, eles me davam cubos de açúcar, provavelmente reservados para seus cavalos, os quais eu comia para depois ter desagradáveis encontros com o dentista. Mas, apesar disso, foram bons tempos. Muito bons tempos aqueles, muito bons mesmo, e na hora em que cheguei ao mercado, estava com saudade daquele mundo e daqueles tempos, e teria abraçado o primeiro agricultor que encontrasse. Por isso mesmo, talvez tenha sido bom não haver nenhum por perto.

Os produtores rurais eram, aparentemente, outro aspecto desse passado que se fora. Não havia picapes ou cigarros à vista. Os produtos eram orgânicos – como informavam as plaquinhas – e feios por não terem crescido à base de fertilizantes e inseticidas que dão às frutas e legumes aspecto e sabor tão bons. Fiquei triste ao ver as maçãs e os grãos de feijão retorcidos e infelizes, vendidos nas caçambas de Volkswagens, e também me deixou muito triste ver os homens e as mulheres que os vendiam, homens e mulheres obviamente ricos, mas nojentos, que podiam ter sido parentes próximos dos analistas financeiros, vestidos em uniformes sindicais, de barba, casacos grossos de lã, camisas largas e sandálias andrajosas, mas caras, não muito em moda. Perdi momentaneamente a respiração ao me dar conta de como o mundo muda rápido e sempre, e para o qual nem mesmo uma carreira profissional em algum dos campos mais avançados tecnologicamente, como a ciência da embalagem, é capaz de preparar as pessoas. Não é preciso ser um gênio para ver que um dia eu também seria como esses agricultores, descartado, obsoleto e absolutamente perdido, sem ter um mundo que precisasse de mim.

Mas ali também ninguém me reconheceu; ninguém parecia saber quem eu era. Ao sair do mercado de produtores rurais, cheguei a abordar uma mulher que achei que conhecia do colégio, uma mulher elegante com um par de tênis caros de corrida, que levava os três filhos num carrinho de bebê sofisticado, em estilo riquixá, cheio de bolsos e suportes para copos, dizendo: "Oi, eu sou o Sam Pulsifer."

– Que fantástico! – disse ela, e logo tratou de desviar de mim e acelerar o passo em seu caminho pelo mercado e pelo parque municipal.

– É fantástico – gritei para ela, que não me reconheceu; *ninguém me reconhecia*! Era como se Nero voltasse a Roma anos mais tarde e nenhum dos poucos cidadãos chamuscados remanescentes soubesse quem ele era.

Havia mais uma coisa a fazer para testar meu anonimato, mais um item da prestação de contas final. Caminhei dois quarteirões a leste, na direção de onde ficava a Casa Emily Dickinson. Os escombros carbonizados tinham sido totalmente removidos, claro, assim como as fitas amarelas de isolamento, mas ainda não haviam construído uma nova residência para ocupar o lugar da antiga. No local foram plantadas árvores, que eram agora respeitáveis bétulas, pinheiros-brancos e bordos de dezoito anos de idade, e no meio daquelas árvores fora instalada uma placa de bronze sobre uma coluna de metal de 1,20 m de altura, provavelmente explicando o que havia anteriormente ali e por que não estava mais. Eu não li o que dizia a placa, e quem não lesse provavelmente pensaria que não havia nada antes daquelas três árvores, a não ser outras árvores ainda mais velhas. Não teria sabido a respeito de Emily Dickinson e sua casa, nem que eu acidentalmente ateara fogo à casa e matara o coitado do casal Coleman.

Quem me visse ali de pé, muito provavelmente não reconheceria aquele rapaz que vinte anos antes etcetera, mesmo que, como já mencionei, eu já tivesse alcançado um razoável prestígio como celebridade local. Seria tão estranho assim? Afinal, eu não lembrava mais o mesmo sujeito que havia feito o que ele havia feito: meu rosto estava ainda mais vermelho do que era, com mais rugas, um pouco de flacidez e o início de uma papada; o cabelo estava mais alto e ondulado e penteado para trás; além disso, estava deixando a barba crescer, o que prometia em breve deixar grande parte do meu rosto totalmente coberto. Eu não parecia mais um rapaz em nada: parecia outra pessoa – um homem maduro, talvez, que tinha uma família que amava e magoara, e que fora exilado por causa disso, perdera o emprego e se mudara de novo para a casa dos pais e que agora estava pronto – mais do que isso, *determinado* – a se emendar. Finalmente eu era de fato um homem maduro, e já era tempo. Eu havia esperado muito tempo para me transformar num.

E o que faz um sujeito quando finalmente se torna um homem maduro? Claro, volta para as pessoas que amou e perdeu, e lhes conta, como diz o poeta, toda a verdade e nada mais que a verdade, e então se recusa a ir embora até ser perdoado por haver mentido. Era tempo. Tomara que não fosse tempo perdido. Fui me afastando da Casa Emily Dickinson e me dirigindo à minha van, estacionada em frente à casa dos meus pais. Ia voltar para Camelot, e nessa hora me passou pela cabeça que estava me afastando do passado e indo rumo ao futuro e que deveria me apressar e chegar lá antes que – como aqueles pobres produtores rurais e suas mercadorias tratadas a pesticida – não fosse mais necessário e lembrado, se ainda o fosse, tão somente como algo ruim.

Só que então, enfim, fui lembrado; fui reconhecido e tirei daí algumas informações úteis. Já havia quase atravessado todo o

mercado quando me deparei com Sandy Richards, professora de biologia do colégio regional Pioneer, onde mamãe lecionava inglês. Ela veio bem na minha direção, e eu não tive como evitá-la. Também não tive como evitar a constatação de que Sandy envelhecera diferentemente de minha mãe: seu rosto era um mapa de rugas e manchas; havia iniciado a rotina do permanente caseiro uma vez por semana para disfarçar a queda do cabelo; e mais grave: estava vestida com aquela espécie de traje esportivo que as pessoas usam não quando se exercitam, mas quando não se sentem confortáveis em mais nenhuma outra roupa.
– Sam? – perguntou ela. – Sam Pulsifer?
– Sou eu sim, sra. Richards – admiti.
– Eu quase não o reconheci – disse ela.
– Quase – rebati.
– Como você vai?
– Vou bem – respondi. Depois disso, um silêncio enorme e opressivo se instalou em torno de nós, um silêncio feito de todo o passado do qual não podíamos falar e de todo o presente e o futuro que o passado tornara inabordável. Era constrangedor. E para quebrar esse silêncio constrangedor, Sandy Richards falou uma coisa que acabou se tornando um fato importante que eu aprendi naquele dia.
– Sentimos falta da sua mãe – disse ela.
– É mesmo?
– Eu gostaria que ela ainda estivesse no colégio – disse Sandy.
– Sentimos falta do... – E aqui, traída pela formação em biologia, ela ficou procurando longamente a palavra mais adequada para descrever exatamente o que sentia falta em mamãe: – ... do espírito dela – falou finalmente.
– Aposto que sim – disse eu. – Agora, só por curiosidade: faz quanto tempo que vocês sentem falta dela?
– Há mais ou menos uns seis anos – disse Sandy.
– Sei – disse eu. – Deve ser por aí... mas, sabe como é, mamãe sempre foi um tanto vaga quanto aos detalhes da aposentadoria.
– Aposentadoria... – disse Sandy, claramente alarmada pelo rumo da conversa. As pintas e manchas do fígado pareciam aumen-

tar e pulsar junto com seu mal-estar. – Bom, suponho que tenham pedido a ela que se aposentasse, algo assim.
– Oh.
– Por causa da bebida – disse ela.
– Ah – disse eu. – A bebida.
– É uma doença – disse Sandy. – Tratar, não punir, esse é o meu lema.
– É um excelente lema – disse eu.
Depois disso, fomos envolvidos por outro silêncio – este mais gratificante para mim, embora eu não possa falar por Sandy. Minha mãe fora aposentada compulsoriamente do trabalho havia seis anos, mas não me contara, mentira para mim a respeito de ir trabalhar, e não só nos sábados. Por quê? Será que ela contou ao papai? Aonde mamãe ia todos os dias? E como eu poderia descobrir?
– Sam? – disse Sandy. – Oi? – Ela certamente estivera falando comigo enquanto eu me achava imerso nesses pensamentos, até que ouvi sua voz ao longe e a segui até sair do meu mundo e retornar ao dela.
– Oi – disse eu. – Voltei.
– Bom, é, eu preciso ir – disse Sandy, e aí balançou a sacola de compras de lona cheia de legumes orgânicos, como se os legumes estivessem atrasados para um compromisso. – Por favor, dê lembranças minhas à sua mãe.
– Darei, sim – disse eu. – Pode ter certeza.

11

Foi triunfal a minha caminhada de volta naquela tarde, do mercado dos produtores rurais à casa dos meus pais. Eu aprendera algo importante, mas não era a aprendizagem em si o que me deixava tão satisfeito, e sim o fato de poder voltar para casa e dizer à minha mãe que sabia a verdade sobre seu "trabalho", e em seguida dizer *Arrá!*. Era esse *Arrá!* que eu andava perseguindo há tempos, tanto que cheguei momentaneamente a esquecer meu plano de voltar para Camelot e pressionar Anne Marie e as crianças a me receberem de volta junto com minhas desculpas, confissões e mais desculpas. A perspectiva de dizer *Arrá!* à minha mãe tinha sobre mim um efeito parecido com a amnésia. Aposto que eu não era o único. Aposto que era esse triunfal *Arrá!* e não a verdade em si o que também alimentava todos esses detetives famosos da literatura, dos quais eu não sabia muita coisa além dos nomes – Philip Marlowe, Sherlock Holmes, Joe e Frank Hardy. Eu me sentia dando gritos de comemoração no caminho para casa, do tipo *Uau!* ou *Porra!*, tal como Marlowe teria gritado, tal como os Hardy teriam gritado, e quem sabe também Holmes, embora talvez por isso ele mantivesse Watson sempre por perto: para dizer a Holmes para baixar a bola e não se precipitar demais.

Porque talvez não haja um verdadeiro momento *Arrá!* para um detetive ou para qualquer outra pessoa. Para mim com certeza é que não houve naquela noite. Entrei na casa dos meus pais e encontrei os dois sentados juntinhos no sofá, conversando com – descobri em segundos – um policial. Ele estava sentado numa cadeira, de costas para mim: vestia um blusão de moletom cinza com capuz, o qual, abaixado, lembrava as dobras da pele de um elefante. Meus pais tomavam café, não cerveja, razão por que eu logo percebi que algo estava acontecendo e que a situação deles era complicada.

– Aqui... está... ele – falou papai. Sua mão tremeu um pouco quando falou, o café pingando pela borda da xícara. O policial se levantou e se virou. Parecia idêntico aos guardas dos meus tempos de cadeia, que eram gordos e cansados e, tirando as armas, exatamente como os treinadores de futebol americano das equipes colegiais. Só que este tinha uma aparência ainda mais jovem do que os guardas do presídio. Devia estar no final da casa dos vinte. Suas faces eram de um vermelho vivo, como se ele estivesse com frio ou ruborizado, tinha exatamente a minha altura e, no geral, parecia meu irmão mais novo, se meus pais tivessem tido um e o vestissem com cores totalmente neutras: além do blusão cinza, ele usava calça cáqui, botas de couro e uma jaqueta cor de canela.

– Estou aqui – disse eu, fazendo eco a papai, meu rosto quase automaticamente ardendo para combinar com o do guarda, como se o rubor dele desafiasse o meu.

– Sou o detetive Wilson – falou ele numa voz surpreendentemente fina para um sujeito tão grande. Apertou minha mão e a balançou vigorosamente, como querendo compensar o fato de nunca tê-la apertado antes. Suas mãos eram grandes e macias, como se feitas de alguma substância que já fora dura, mas derretera. – Estou fazendo umas perguntinhas aos seus pais.

– Sobre?

– Houve um incêndio na noite passada, Sam – disse mamãe. Sua voz estava calma, absolutamente calma, a mão que segurava a xícara estava firme, mas eu podia perceber que a outra mão, a direita, agarrava com força o braço do sofá, como se fosse a cadeirinha de uma montanha-russa. – Alguém tentou incendiar a Casa Edward Bellamy.

– Ok – falei, tentando agir como se estivesse ouvindo aquilo pela primeira vez. Mas era difícil, em parte porque eu sabia de tudo a respeito, mas também porque o detetive Wilson não desgrudava da minha mão. Não a balançava mais, apenas a segurava gentilmente, como se estivesse tentando me ajudar em um momento especialmente difícil. Ou talvez eu é que o estivesse ajudando; ele era jovem o bastante para que este fosse seu primeiro caso. Talvez por isso tenha se apresentado com o título – *detetive* –, e não com seu primeiro nome, porque ele próprio não conseguia acreditar que tinha um. Um título, entenda-se.

– Edward Bellamy foi um escritor – disse o detetive. – Escrevia livros. – E me deu um sorriso largo, como se aquela fosse uma grande novidade que ele tinha o prazer de ser o primeiro a revelar.

– Oh – reagi com indiferença, e em seguida, como se acabasse de compreender a importância da notícia, disse "Oh!" mais uma vez. Minha intenção era dar ao "Oh!" um tom de pânico, de sobressalto, e talvez até de certa indignação, nunca de culpa. Porém, parece que não fui bem: a interjeição soou meio débil e falsa a meus ouvidos, e por isso resolvi soltar um terceiro "Oh!" – dessa vez com um pouco mais de paixão, mais entusiasmo. Mas mamãe me lançou um olhar que mais ou menos me mandava parar de dizer "Oh!". Então eu parei.

– Aconteceu na noite passada – repetiu mamãe devagar, me ajudando a entender. – Nós dissemos ao detetive que você esteve aqui a noite inteira, conosco, nesta casa.

– É verdade – falei, e de fato era.

– Muito bem – disse o detetive Wilson, só agora soltando a minha mão. Eu a pus no bolso antes que ele resolvesse segurá-la de novo. Ele se voltou para o meu pai. – Então por que não me mostra aquela carta?

– Carta – disse papai, concordando com a cabeça. Tratava-se evidentemente de algo que eles haviam conversado antes da minha chegada: os três pareciam à vontade com o fato da existência dessa carta e com a possibilidade de o detetive Wilson dar uma olhada nela. Tratava-se evidentemente de alguma coisa em relação à qual eles haviam concordado previamente. Papai se levantou do sofá e foi se arrastando na direção do quarto, com o detetive Wilson atrás. De dentro do quarto eu podia ouvir o detetive Wilson perguntar ao meu pai: "O senhor sempre guarda as cartas nesta caixa? Nesta gaveta?" E podia ouvir papai murmurar algo afirmativamente. Mamãe permaneceu no sofá olhando fixa e desalentadamente para a xícara de café.

– Eu preciso de uma bebida – disse ela. – Uma bebida de verdade.

– Mas então – falei, tentando mais uma vez me mostrar indiferente e despreocupado, mas evidentemente fracassando, já que peguei um guardanapo da mesa do café e comecei a retorcê-lo nervosamente – que carta é essa que o detetive Wilson está procurando?

– Você se lembra da caixa de cartas que seu pai tem, daquelas pessoas todas que queriam que você pusesse fogo naquelas casas? – disse mamãe, sempre olhando com desgosto para sua xícara de café. – Tem uma lá de um homem que queria que você incendiasse a Casa Edward Bellamy. É essa tal que ele está procurando.

– Quer dizer que você sabe dessas cartas?

– Mas é claro – respondeu ela.

– E o detetive Wilson sabe?

– Mas é claro – repetiu mamãe.

– Como é que ele sabe? – eu quis saber.

– Seu pai contou a ele.

– Papai fez isso? – Alguma coisa deve ter soado estranha na minha voz, algo que, se eu soubesse exatamente o que era, talvez conseguisse manter distante dela. Porém, fosse o que fosse, minha mãe tinha percebido. Ela ergueu os olhos da xícara, me olhou primeiro com incredulidade, depois com pena.

– Você achava que eram só vocês dois, não é? – perguntou ela.

– Que as cartas eram o segredinho de vocês. – Antes que eu pudesse confirmar, mamãe balançou violentamente a cabeça, como se quisesse me arrancar lá de dentro, como se eu fosse mais um pensamento desagradável em que ela não queria se perder.

Mas eu, ao contrário, tinha uma infinidade de novos pensamentos desagradáveis nos quais me perder. Alguém mais, além de mim e de meu pai, e de quem escrevera as cartas, sabia da existência delas – por si só, isso já era novidade suficiente. Mas o que iria dizer o detetive Wilson quando descobrisse que estava faltando a carta do sr. Frazier? O que diriam meu pai e minha mãe? Eu deveria lhes contar a verdade sobre o sr. Frazier e que ele ficara com a carta? E se a verdade soasse como mentira para eles, como certamente ocorreria? Que mentira eu poderia contar capaz de soar menos mentirosa do que a verdade?

– Bom – disse o detetive Wilson, saindo do quarto de meu pai. Papai vinha bem atrás dele: seus olhos me dardejaram, depois se voltaram para mamãe, depois para mim novamente, depois para seu quarto, antes que ele fechasse aqueles olhos exaustos de tanto exercício. O detetive Wilson esperou que meu pai retornasse ao seu lugar junto à mamãe no sofá; em seguida olhou para nós, um de cada vez – primeiro com os olhos bem abertos, depois semicerrando-os, o que, suponho, deveria expressar suspeita, mas, em vez disso, dava a impressão de que ele estava tendo problemas com as lentes de contato. O detetive Wilson parecia à espera de que um de nós dissesse alguma coisa, da mesma forma que eu estava esperando que ele falasse *A carta não está lá*. O que, após mais algumas viradas de olhos, ele fez, afinal.

Meu pai não disse nada: ele estivera no quarto, claro, portanto já sabia que a carta não estava lá. Seus olhos continuavam fechados, e eu cheguei a pensar que ele havia adormecido. Mamãe e eu igualmente não abrimos a boca. Olhávamos direto para a frente, para o detetive, talvez para evitar olharmos um para o outro.

– Não está lá – disse o detetive Wilson, aparentemente respondendo a alguma coisa que ele tinha esperança de que um de nós dissesse. – Algum de vocês sabe onde está a carta?

– Não – disse papai. Seus olhos ainda estavam fechados, mas ele disse essa palavra com toda a clareza, embora um tanto agoniado. Abriu os olhos e olhou longamente em direção ao seu quarto, em seguida deixou escapar um som surdo sibilante pelo nariz. Parecia um trem lotado cruzando a noite.

– Não – disse mamãe.

– Não – disse eu, e acrescentei em seguida, sem a menor necessidade: – E também não faço ideia de onde está.

Depois disso, nenhum Pulsifer disse mais nada. O detetive Wilson ajeitou as mangas do casaco, depois ficou remexendo no capuz;

por algum motivo continuava de olho na porta, como se estivesse em cena e seu diretor nos bastidores, pronto a lhe dar as deixas.

– Muito bem, por ora isso é tudo de que necessito – disse ele finalmente, com os ombros visivelmente caídos. – Entrarei em contato. – E aí, sem apertar a mão de nenhum de nós ou mesmo entregar seu cartão, praticamente saiu em disparada rumo à porta e à noite. Papai igualmente disparou para o quarto, a fim de examinar novamente o estado de sua preciosa caixa de sapatos e a carta desaparecida. Mas minha cabeça continuava no detetive Wilson, que viera em busca de uma resposta e deixara atrás de si tantas perguntas. Por que não seguiu nos inquirindo até obter algumas respostas? Seria ele também um trapalhão? Alguém saberia dizer que diabos eles estavam fazendo por aqui? Que tipo de detetive ele *era*, afinal?

– De que departamento da polícia é o detetive Wilson? – perguntei.

– Sabe que ele não falou? – respondeu mamãe. Eu podia ouvir papai no quarto gemendo alto e forte, como uma vaca ferida. Mas mamãe não parecia notar. Ela me olhava fixamente, os olhos cheios de perguntas, perguntas que orbitavam os sóis estacionários de suas pupilas. *Você fez alguma coisa, Sam?*, queria ela perguntar. *Você mal acabou de se mudar aqui para casa e já fez alguma coisa errada? Oh, Sam, o que foi que você fez agora? Como me desapontou dessa vez?* Ela remoía essas perguntas na cabeça, tudo bem, mas não precisava fazê-las. Porque mamãe, graças a Deus, era uma bêbada, e essa era outra coisa boa nos bêbados: sempre têm uma pergunta capaz de vencer todas as demais.

– Quem quer uma bebida? – perguntou mamãe, e em seguida se levantou do sofá e foi até a cozinha antes mesmo de saber quem além dela queria uma.

Eu estava tão sobrecarregado de perguntas que ainda não eram cinco da manhã quando acordei me lembrando daquela que mais cedo me parecera uma das mais prementes. Por que minha mãe não tinha me contado que fora demitida do emprego? E o que é que ela fazia o dia inteiro quando devia estar trabalhando? Eu bem poderia esperar uma hora mais decente para lhe fazer essas perguntas, mas quem sabe que outras perguntas podiam precisar ser feitas e respondidas? Quem sabe que outros mistérios ainda poderiam pipocar e obscurecer os antigos?

Eu pulei da cama e fui tropeçando, meio grogue, escada abaixo, até o quarto da minha mãe, o quarto que meus pais haviam partilhado. Quando a gente é criança, existe algo de amedrontador e ilícito em ir se esgueirando para o quarto dos pais, e isso não é menos verdade quando se é adulto. A porta estava fechada. Fiquei ali de pé por um instante, buscando forças para ser furtivo, até que cuidadosamente girei a maçaneta e abri a porta. Mesmo no escuro, eu podia perceber que o quarto estava tal e qual eu me lembrava dele. Havia uma cômoda de madeira à direita da porta, onde meu pai guardava, ou costumava guardar, suas roupas; na diagonal dela, ficava o guarda-roupa espelhado onde mamãe acomodava seus vestidos e suas saias. Na diagonal do guarda-roupa havia uma mesa de canto com um telefone e um relógio digital, além de vários porta-retratos com fotos dela comigo. E entre a mesa e mim estava a cama, a enorme cama queen-size de meus pais, que estava vazia. Não havia ninguém na cama. Passei a mão pela colcha e em seguida me sentei nela para ter certeza. Não só não havia ninguém como também ninguém tinha estado ali. A cama estava feita, a colcha bem esticada, a não ser no lugar em que eu me sentara. Havia dois travesseiros na cabeceira, que nenhuma cabeça tocara, não esta noite, nem talvez na noite de ontem, nem na de anteontem...

Então, a despeito de todos os meus esforços, ali estava outra pergunta, e também a primeira coisa da manhã: onde diabos se achava minha mãe? Eram tantas as perguntas que eu comecei a me perguntar se algum dia eu obteria alguma das respostas, se é que eu sabia então com o que se parecia uma resposta. E foi nessa hora que escutei um baque surdo lá embaixo. Era evidentemente a queda do jornal na porta da frente da casa, e me dei conta de que, independentemente do que pudesse parecer, uma resposta sempre tinha o som de um baque. Era só nisso que eu pensava, ali de pé vestindo meu short. Desci as escadas, abri a porta, peguei o jornal e comecei a folheá-lo daquele jeito meio zumbi que a gente fica de manhã muito cedo, procurando achar alguma coisa que possa nos despertar.

E achei, bem ali no caderno de notícias locais. Ainda era madrugada quando alguém incendiara a Casa Mark Twain, em Hartford, Connecticut, a uns 45 minutos de distância da nossa cidade. A reportagem dizia que o incêndio era "suspeito", embora eu tivesse certeza disso sem que ninguém precisasse me dizer.

PARTE TRÊS

12

Se eu fosse escrever a biografia dos analistas financeiros, o *Guia de um incendiário de casas de escritores,* meu primeiro conselho seria o seguinte: Preparem-se. Pelo amor de Deus, preparem-se. Quem quer que tenha tentado incendiar a Casa Edward Bellamy não se preparou, isso era óbvio, e o mesmo se aplica a quem tentou incendiar a Casa Mark Twain. Mas antes de ir à casa de Twain naquela manhã e antes de ir até lá em memória aqui, eu primeiro tive que me esgueirar até o quarto de papai, abrir sua caixa de sapatos cheia de cartas e descobrir quem queria ver a Casa Mark Twain em chamas. Ao contrário de mamãe, papai estava em casa: dava para ouvi-lo no quarto, roncando tão alto pelo nariz que chegava a sacudir as telhas da casa. Abri a porta do quarto – que prendeu e depois rangeu um pouco, como costumam fazer as portas das casas velhas, mas o ruído não foi alto o bastante para ser ouvido por sobre o som do ronco – e me dirigi sorrateiramente à mesa de canto. Havia uma lâmpada acesa num poste bem debaixo da janela, que iluminava o quarto de papai deixando-o no lado claro da escuridão, e me permitia distinguir a silhueta do meu pai enrolado nos cobertores sobre a cama. Acordado, ele parecia pequeno, reduzido, mas ali naquela cama, àquela luz filtrada e sob as cobertas, parecia estranhamente grande e misterioso, muito mais homem do que de fato era. Eu me lembro de ter pensado como era triste isso: papai – e talvez todos nós – impressionava mais dormindo que acordado.

De todo modo, localizei a mesa naquele ambiente quase que totalmente escuro, abri a gaveta o mais silenciosamente que pude e retirei a caixa de sapatos da gaveta e a mim mesmo daquele quarto. Fui até a cozinha; havia meio bule de café do dia anterior, que eu esquentei e bebi enquanto remexia as cartas. Não obedeciam a qualquer tipo de ordem – Wharton vinha antes de Alcott, que vinha depois de Melville –, mas finalmente encontrei a carta da Casa Mark Twain. Levei-a comigo para cima e a coloquei no bolso do casaco que iria usar, em seguida tomei um banho, fiz a barba, me vesti e fiquei razoavelmente apresentável para o mundo que pretendia investigar. Depois desci as escadas. Lá pelo meio da descida, parei: papai vinha saindo da cozinha. Estava de short, e só, e parecia estranhamente viril para o sexagenário lesado por um derrame que eu conhecia: seus braços e peito estavam ainda bem definidos, e a pele sob os braços não era aquela pelanca caída que os homens dessa idade costumam ostentar; seu andar era mais saltitante que arrastado, e eu já ia quase gritando algo tipo *Ei, que cara boa!*, quando reparei no que ele estava carregando. Numa das mãos, é claro, ele levava uma lata de cerveja. Mas na outra estava a caixa de sapatos. Meu pai olhava com curiosidade para a caixa quando desapareceu no interior do quarto e fechou a porta atrás de si. Em que estaria pensando? Será que estaria se perguntando quem teria tirado a caixa do seu quarto e a levado para a cozinha? Será que desconfiava que tinha sido eu? Afinal de contas, de quem mais ele haveria de desconfiar? Ou quem sabe considerasse o fato de que ele, papai, fora quem fizera aquilo quando estava bêbado na noite passada – e simplesmente não se lembrava? Essa era outra das boas coisas da bebida, claro: não que beber fizesse alguém se esquecer das coisas, mas possibilitava que a pessoa *fingisse* convincentemente haver se esquecido delas. Seja como for, não havia por que ficar pensando nisso: papai retornara ao seu quarto com a caixa, e eu estava com a carta, que me dizia exatamente aonde ir e quem queria que eu fosse lá.

* * *

O PRÓPRIO DIA era bem diferente daquele em que eu visitara o sr. Frazier e a Casa Edward Bellamy. Parecia um dia de outono, de pleno outono: o ar cortava a garganta, o vento frio parecia estar em busca de algum cachecol para assoprar, e o céu estava tão azul que dava a impressão de ter sido quimicamente reforçado de maneira a alcançar o azul extremo. Era aquele tipo de dia em que a gente é capaz de sentir o cheiro de folhas sendo queimadas em algum lugar se a queima de folhas não estivesse proibida por lei. Eu me sentia nervoso, muito mais nervoso do que estava quando dirigia rumo à Casa Edward Bellamy, talvez porque eu tenha lido muito mais Twain por ordem de mamãe – ele era o seu preferido, e como eu sabia disso e queria agradá-la, procurava rir das coisas que ela me dizia que eram engraçadas, e balançava a cabeça com admiração para aquilo que ela dizia ser sinistro. Ou quem sabe eu estivesse me sentindo nervoso porque o caminho era mais longo do que o caminho para a casa de Bellamy e isso me desse mais tempo para ficar nervoso, e esta era mais uma coisa que eu incluiria no meu guia de um incendiário: para um incendiário iniciante, talvez seja mais fácil pôr fogo numa casa mais próxima de algum escritor obscuro do que pôr fogo na casa de um escritor mais famoso numa cidade mais distante.

Uma vez lá, entretanto, eu vi que ninguém havia realmente incendiado coisa alguma e que a Casa de Mark Twain se encontrava em perfeita ordem. Havia, como sempre, a fita amarela em torno do perímetro da casa; podia-se notar alguns pontos chamuscados próximos e em volta das janelas do primeiro andar, mas nada fora danificado mais gravemente, exceto alguns arbustos que tinham pegado fogo e, encharcados de tanta água, se achavam em péssimo estado. A casa em si era extraordinariamente larga e alta – uma residência tipicamente vitoriana com hormônios em crescimento – e estava rodeada por três outras casas ligeiramente menores, e o complexo todo me fazia lembrar das casas do meu sonho de algumas noites atrás, o sonho em que me apareciam várias casas, a mulher nua e os livros em chamas, e talvez tenha sido por isso que achei o lugar especialmente lúgubre, triste e inabitável. Talvez tenha sido isso também o que Twain sentiu: ele construíra a casa dos seus sonhos, que ficou tão impressionante e onírica que, finalmente, ele não quis morar nela. Não havia luzes em nenhuma das janelas da casa principal, e os únicos humanos na propriedade, além de mim, eram os repórteres: três ou quatro repórteres de TV com seus ternos justos, acompanhados pelos câmeras com suas tranqueiras high-tech, todos usando aquelas calças cáqui cheias de bolsos que pareciam perfeitas para um safári. Os repórteres e seus câmeras me deixavam nervoso também, não porque eu achasse que iam me reconhecer, mas porque pareciam muito mais bem preparados, organizados e equipados do que eu. Mas eles estavam prestando atenção à casa e não a mim. Além do mais, eu já vira o que tinha vindo ver, e sabia das coisas que agora achava que sabia: alguém com acesso à caixa de sapatos de papai havia memorizado ou copiado as cartas que me pediam para incendiar as casas de Bellamy e de Twain; e a Casa Mark Twain fora incendiada (ou não fora incendiada) pela mesma pessoa que também conseguira incendiar a Casa Edward Bellamy. Não me passava pela cabeça que pessoas diferentes pudessem igualmente fracassar em atear fogo a casas de escritores diferentes na Nova Inglaterra. É sempre bom esperar que um trapalhão se ache o único trapalhão; acreditar na condição de trapalhão é como uma impressão digital: algo específico de uma pessoa. A verdade é que o mundo está repleto de trapalhões exatamente iguais a você, e achar que é especial é apenas mais uma prova de que você é um trapalhão.

PELO MENOS NÃO me atrapalhei com a carta. Eu a li inúmeras vezes, e minuciosamente. Era de um professor de inglês do Heiden College, em Hartford, me pedindo para botar fogo na Casa Mark Twain como um presente para sua "amiga", que também era professora da faculdade. O nome dele era Wesley Mincher, e o dela, Lees Ardor. A carta era extremamente culta – tinha *cujos* aos montes e uma pontuação complexa –, mas era difícil dizer por que ele queria dar à amiga esse presente. E por que ela haveria de querê-lo? Por que não um colar, um cruzeiro, ou um carro? Mincher não podia dizer, ou pelo menos eu não fui capaz de entender o que ele estava dizendo: as idas-e-vindas professorais são muito mais densas do que as de um leigo, e eu precisaria de um desses grandes dicionários que só se consegue ler com o auxílio de uma lente de aumento para me ajudar a chegar ao âmago do que ele queria dizer. Ao final da carta, porém, o próprio Mincher ia direto ao ponto: "Então, em suma, eu gostaria que você incendiasse a Casa Mark Twain porque a professora Ardor acredita que o sr. Twain não passa de uma [e aqui era possível sentir a pausa envergonhada ocultando-se nas entrelinhas] genitália feminina."

Eu não sabia se os dois professores ainda estavam juntos (a carta fora escrita onze anos atrás) nem se ela continuava acreditando que Twain era uma genitália feminina. Mas eu sabia perfeitamente o que era uma genitália feminina, e sabia perfeitamente também onde encontrar o professor Mincher: ele incluíra na carta o número do telefone do seu gabinete. Eu liguei para o Departamento de Inglês (Mincher havia escrito a carta em papel timbrado do departamento, como se sua carta fosse de consulta, e eu algum periódico especializado). A mulher que atendeu a ligação disse que o professor Mincher não estava, mas depois eu perguntei pela professora Ardor, que, como ficou claro, estava atendendo no gabinete esta manhã.

LEES ARDOR era professora adjunta de literatura americana – era o que dizia a placa na porta do seu gabinete –, mas não gostava de literatura, não *acreditava* nela. Eu descobri isso depois que bati à porta, ela a abriu e eu fiquei ali de pé durante muitos segundos, olhando fixamente para o seu cabelo. Era comprido, ruivo e liso: o tipo de cabelo que necessitava ser escovado religiosamente, umas duzentas vezes por dia. Brilhava mais que um piso de cozinha recém-encerado, era tão hipnotizante quanto o vaivém do relógio de ouro de um hipnotizador, e a única característica física de Lees

Ardor que me impressionou. Tenho certeza de que ela possuía outras – tinha um corpo, por exemplo, e vestia roupas; tinha voz, que se achava em algum ponto da categoria vozes humanas normais –, mas era do cabelo que eu me lembrava. O cabelo de Lees Ardor falava pelo restante dela, assim como a perna de pau do capitão Ahab, de *Moby Dick*, o representava.

Seja como for, o fato é que devo ter passado tempo demais olhando fixamente para o cabelo de Lees Ardor porque ela pôs os dedos bem sob o meu nariz e os estalou duas vezes. Os estalos me tiraram do transe. Estiquei a mão e perguntei, certificando-me duplamente da veracidade da placa na porta: "Professora Ardor?" Sem estender a mão para apertar a minha, ela respondeu: "E o que, exatamente, eu deveria professar?"

Isso me deixou um tanto desconcertado, devo admitir, e por essa razão esqueci de me apresentar e dei uma gaguejada antes de dizer, finalmente: – A senhora professa literatura. – E em seguida apontei para a placa na porta, onde estava escrito isso.

– Eu não *acredito* em literatura – falou ela. – E também não *gosto* de literatura.

– Mas a senhora é professora de literatura...

– É verdade.

– Não entendo – falei. Eu sabia, por experiência própria, que é exatamente essa resposta que os professores mais desejam, porque os faz se sentirem necessários. Quando estive na Nossa Senhora do Lago, entendi tão poucas coisas que me tornei uma espécie de queridinho do professor.

– Faz todo o sentido – disse ela. – Não faz? – Sem esperar resposta, ela me deu as costas, caminhou para sua mesa e se sentou na cadeira, aquela espécie confortável de cadeira em que a gente pode recostar até ficar quase que totalmente na horizontal. A única outra cadeira no gabinete era uma dessas antigas de madeira, de encosto duro, que meus rígidos ancestrais ianques provavelmente conceberam para ser de tal modo desconfortável que a maneira puritana de se sentar nela se transformava em sofrimento tão grande que era preferível retornar ao trabalho. Foi nessa cadeira que eu me sentei, do outro lado da mesa de Lees Ardor. A mesa entre nós e a hierarquia de nossas cadeiras me deixavam inferiorizado, como uma forma de vida menor.

– Cite o nome de um livro de que eu devesse gostar – disse ela.

– Cite o nome de um livro que seja tão bom que eu devesse gostar.

Pensei muito sobre todos os livros que minha mãe me fizera ler, sobre determinados livros que todos concordavam que eram ótimos, e claro que logo me ocorreu *Huckleberry Finn*. Era o favorito de minha mãe: quando garoto, eu perguntei a ela por quê, e ela sempre respondia que se via nele, embora eu nunca tenha sabido se ela se via em Huck, Jim, Tom, Duke ou em algum dos personagens secundários. E mais, eu só estava ali porque o parceiro de Lees Ardor, Mincher, queria ver a Casa Mark Twain em chamas, e por isso achei que talvez eu aprendesse algo importante a respeito dela e do caso se dissesse "O que me diz de *Huckle-berry Finn*?".

– *Huckleberry Finn* é o cacete – retrucou Lees Ardor. Sorriu para mim, de um modo insinuante, como se tivéssemos chegado a uma espécie de entendimento mútuo, ainda que eu não entendesse o que "*Huckleberry Finn* é o cacete" significava, e acho que Lees Ardor também não sabia.

Não tive oportunidade, porém, de pedir a ela que se explicasse. Lees Ardor começou a juntar freneticamente livros e blocos de papel, depois se levantou, pôs-se entre mim e a mesa e disse por cima do ombro: "Estamos atrasados para a aula."

É claro, eu não havia me apresentado ainda e por isso ela deve ter pensado que eu era um de seus alunos, um aluno que ela não reconhecera e cujo nome sequer sabia, mesmo com o semestre já para além da metade. De qualquer forma, me levantei daquela cadeira desconfortável e a segui pelo corredor, o mais lindo corredor institucional que eu já vira, em nada parecido com os corredores da Nossa Senhora do Lago. Não havia goteiras nem manchas de infiltração nas paredes, era todo de mármore e madeira escura, com claraboias trabalhadas aqui e ali. Olhar o teto do Heiden College fazia a gente ter vontade de aprender, enquanto olhar o teto da minha *alma mater* fazia a gente não querer olhar para cima.

Os alunos da turma de Lees Ardor, no entanto, provavelmente se pareciam muito com os alunos da Nossa Senhora do Lago. Os rapazes usavam bonés de beisebol com a viseira para trás, e as garotas vestiam jeans de cintura baixa e camisetas curtas que deixavam à vista uma faixa de pele muito branca entre a camiseta e a calça. Além de mim, havia somente outros dois personagens de aparência aberrante naquela sala de aula: um sem-noção tipo Richard Nixon trajando terno cinza completo, com colete e tudo, e gravata vermelha de lã, e outra sem-noção que parecia a versão feminina do presidente Mao, com aquele célebre corte de cabelo em forma de cuia combinando com o conjunto de brim de operário, além de vários piercings pelo rosto, entre os quais uma argola que lhe atravessava o septo nasal e pelo qual, imagino eu, ela poderia ser conduzida para todo lado. Essas duas figuras sentavam-se na última fileira, no fundo da sala, e eu no meio. Nenhum dos dois se tocou quando eu perguntei à garota, e depois ao garoto: "Ei, que aula é essa, afinal?" Mesmo assim, senti uma afinidade implícita com ambos, do tipo que os intocáveis da última fileira costumam sentir.

Lees Ardor se posicionou à frente da sala e olhava para a turma, com o cabelo flutuando atrás dela como se sua cabeça tivesse uma toga acadêmica própria. Ela ficou assim, olhando, durante pelo menos uns três minutos. De início achei que estava fazendo alguma espécie de chamada silenciosa. Mas havia apenas catorze pessoas na sala – eu contei – e ela não precisaria de tanto tempo para verificar quem estava e quem não estava presente. Além disso, não olhava realmente para nós e sim para algum ponto na parede do fundo da sala, como se tentasse cavar um buraco nela. Finalmente, sempre olhando para a parede, falou: – Willa Cather é uma boceta.

– Uau! – falei, pelo visto alto demais, já que vários alunos se viraram e olharam para mim antes de retornar a suas posições originais de rosto para a frente. Não pareciam impressionados, entediados talvez, pela afirmativa de Lees Ardor, mas aquilo me atingiu, aquela palavra mais proibida entre as proibidas, mesmo que eu já tivesse lido a carta de Wesley Mincher e devesse estar preparado para isso ou coisa parecida. Eu me voltei para a semnoção vestida de Mao e sussurrei: – Ela disse mesmo... – E aqui parei, não ousando pronunciar a tal palavra, o termo mais além de todo limite de todos os termos além dos limites para genitália feminina, aquela *palavra*?

– Disse – respondeu ela, conferindo uma sibilância forte e seca à palavra, o que me fez desconfiar que a garota tinha um piercing também na língua, além de todos os outros. Ela poderia ser bem requisitada como modelo para a *Caras & Metal*, caso existisse uma revista com esse nome.

– Por quê?

– Estamos lendo *My Ántonia* – disse a presidente Mao. Meu rosto deve ter transparecido a confusão em que eu, seu dono, me encontrava, porque ela tratou de esclarecer: – É um livro. De Willa Cather.

– Isso eu sei – disse eu. *My Ántonia* era um dos livros que mamãe me fizera ler, e eu me lembrava bem dele: as vastas pradarias do Nebraska, a neve batendo na cintura, os imigrantes escandinavos e eslavos com sua ética do trabalho própria, as mulheres fortes com roupas estampadas sempre bebendo café forte. E havia a própria Ántonia que, se bem me recordo, era corajosa, entre outras notáveis qualidades. – Mas por que ela chamou Willa Cather – e aqui reuni toda a minha coragem para finalmente deixar sair – de boceta?

A presidente Mao nem piscou quando eu disse a palavra. – A professora Ardor acha que todos os escritores são uma boceta.

Eu me virei para o sem-noção do Richard Nixon para saber sua opinião a respeito, mas ele não estava prestando a menor atenção em nós. Seus olhos estavam cravados em Lees Ardor; estava com uma fisionomia vidrada, esgazeada e ficava alisando e amaciando a gravata, e não era preciso ser um especialista em literatura ou um leitor comum para saber o que *isso* simbolizava.

Nesse meio-tempo rolava uma discussão à nossa frente. Uma das alunas certinhas, em trajes sumários, disse de *My Ántonia*: "Eu gostei."

– O que você quer dizer com *gostar*? – perguntou Lees Ardor, no mesmo tom que usou quando me perguntou o que eu achava que ela devia *professar*. Seguiu-se um longo debate sobre o que significava *gostar* de algo. Não dei muita atenção àquilo, nem tanto porque não entendia a discussão, mas porque passava muito além do radar dos meus interesses. Finalmente elas exauriram o tema, literalmente: até o ar na sala de aula parecia exaurido.

– Lamento pela sua mãe – disse outra garota certinha em trajes sumários.

– Do que é que ela está falando? – perguntei à presidente Mao.

– A mãe da professora Ardor morreu – sussurrou-me ela em resposta. – Ela cancelou as aulas da semana passada para poder ir ao enterro. Foi em Nebraska. – Fez outra pausa, enfiou o dedo na argola do nariz como um touro pensativo, e só então acrescentou: – É lá também que se passa a história de *My Ántonia*, por coincidência.

– Isso eu também sei – disse eu. – Eu *li o livro*, fique sabendo.

– A mãe dela morreu de câncer – disse ela. – Daqueles brabos.

Eu percebi que algo havia mudado na voz da presidente Mao, percebi que o tédio e a arrogância intelectual iam dando lugar à empatia. Podia também perceber a mudança em suas coleguinhas de turma, que se sentavam inclinadas para a frente nas carteiras, em direção à professora, e quase dava para sentir fraquejar a aversão que sentiam por Lees Ardor. Os homens pareciam não se importar – largadões nas carteiras, como sempre, com os bonés de beisebol enfiados no rosto numa tentativa de ocultar e ao mesmo tempo chamar ainda mais atenção para sua apatia –, mas as mulheres da turma *importavam-se* com Lees Ardor: sua mãe havia morrido, afinal de contas, elas haviam terminado de ler *My Ántonia* e sem dúvida estavam pensando o mesmo que eu estava pensando. Sem dúvida elas estavam tendo visões do retorno da melancolia de Lees Ardor à vasta pradaria americana. Na pradaria, assim provavelmente imaginavam as alunas, havia mulheres fortes com roupas estampadas exibindo sua força durante o funeral da mãe de Lees Ardor e tomando café forte depois. E havia ainda a própria mãe de Lees Ardor, que (assim imaginávamos as representantes do sexo feminino da turma, entre as quais eu me considerava naquele momento) era forte e estoica como todas as mulheres do Nebraska: forte quando o marido morrera dez anos antes de ataque cardíaco e ela precisou vender a fazenda; forte durante os seis meses em que foi morrendo de leucemia. A mãe de Lees Ardor era tão admirada por todos que a conheceram que ninguém sentia necessidade de ficar repetindo isso, e não houve nenhuma manifestação lacrimosa em sua homenagem porque, conforme se concordara, a sra. Ardor detestaria tal coisa. Lees Ardor, eu imaginava, ficou tão comovida por essa demonstração estoica de respeito que chorou no funeral, chorou alto pela primeira vez, segundo se lembrava. Punha as mãos no rosto quando soluçava, e seu choro soava estranhamente longínquo, com se ela fosse uma princesa mantida reclusa em algum castelo distante. A mãe de Lees Ardor partira deste mundo e não haveria mais ninguém como ela, agora só existia a própria Lees Ardor. Lees Ardor jamais poderia levar avante o legado da mãe, e sabia disso. Como poderia competir com a mãe quando mal conseguia parar de chorar para aceitar o café forte das amigas da mãe, que também logo haveriam de morrer estoicamente? Eu imaginava isso tudo sentado ali na minha carteira, e aposto que as mulheres da turma também imaginavam e, ao fazê-lo, imaginávamos nosso progresso rumo à empatia por Lees Ardor. Alguém chegou a engolir um soluço, o que Lees Ardor não gostou. Sei disso porque ela olhou furiosamente para a classe – o cabelo reluzindo feito armadura sob as barulhentas luzes de teto – e falou: – Minha mãe era uma boceta.

Aquilo foi demais: ouviu-se um grito sufocado, e todas as mulheres da turma se retiraram em massa, até a presidente Mao com seu piercing na língua. Quase todos os homens também saíram, não por se sentirem ofendidos pela palavra "boceta", disso tenho absoluta certeza, mas porque não estavam prestando atenção e ao verem as mulheres saindo, provavelmente acharam que a turma havia sido dispensada mais cedo. Então ficamos somente eu, Lees Ardor e o Richard Nixon, que olhava para ela com um misto de medo e amor. Ele provavelmente era um desses almofadinhas incapazes de amar uma pessoa se não se sentir aterrorizado por ela.

O uso repetido da palavra "boceta" por Lees Ardor sem dúvida o levara a se apaixonar perdidamente por ela.

– Fora daqui – disse Lees Ardor para ele. O Richard Nixon se remexeu preguiçosamente na carteira e em seguida se levantou com as pernas ainda bambas e saiu da sala. Lees Ardor atravessou a sala e fechou a porta, depois se sentou em uma das carteiras dos alunos e começou a chorar tão forte que eu tive medo de que seus olhos fossem saltar da cabeça para a carteira, manchando o verniz. Em seguida, como se não bastasse o choro, Lees Ardor começou a bater com a cabeça, primeiro suavemente e depois com mais e mais força, como um picapau determinado a cumprir sua sina sem o bico. Tive medo de que ela acabasse causando algum dano, a si mesma, à sua testa e à carteira.

– Não chore, por favor – disse eu a ela. Tinha dito a mesma coisa ao sr. Frazier apenas dois dias antes. Era isso, afinal, o que fazia um detetive? Um detetive procura fazer com que seus suspeitos parem de chorar o tempo suficiente para perguntar-lhes as coisas que precisa saber? – Não, por favor.

– Eu a amava tanto – disse Lees Ardor.

– Sua mãe? – adivinhei.

– É – disse ela. – Por que fui chamá-la assim?

– Você não a acha de fato uma boceta, não é?

– Não – disse ela. – Eu a *amava*.

– Então por que a chamou disso?

– Não sei.

– Ah, sabe sim – falei. Porque eu já dera essa resposta ("Não sei") algumas vezes à minha mãe quando era garoto e me via confrontado com uma pergunta especialmente difícil, e também experimentara fazer isso com meus professores de ciência da embalagem, e nenhum deles aceitara um "Não sei". Aposto que Lees Ardor também não aceitava esse tipo de resposta dos seus alunos, e agora eu a estava recebendo da parte dela. – Diga-me por que você chamou sua mãe de boceta.

– Porque... – disse Lees Ardor. Sua cabeça estava abaixada sobre a carteira, e suas mãos se fecharam por trás da cabeça como se ela estivesse sendo presa, e assim as palavras saíam abafadas, mas com força, provavelmente porque ela havia esperado muito tempo para dizê-las. – Porque eu não queria ser um personagem do livro que meus alunos estavam lendo.

– Você não queria ser Ántonia – falei, embora não estivesse pensando realmente nesse livro, ou mesmo em Lees Ardor: estava pensando mais na minha mãe e em como ela desistira dos livros e se isso lhe tinha feito bem. Que personagem minha mãe não queria mais ser?, eu me perguntava. Será que havia tantos personagens nela que na hora em que deixou de ser um, imediatamente tornou-se outro?

– É isso – disse Lees Ardor. Ela endireitou a cabeça e olhou para mim com urgência, como se estivese dizendo algo importante pela primeira vez na vida. – Eu não queria ser a personagem sofrida que passou por uma desgraça e saiu dela como uma pessoa melhor, mais simpática.

– Por que não?

– Você não entende – disse ela, e recomeçou a se lamentar: – Eu quero ser uma pessoa *de verdade*.

– Agora entendo – disse eu. Porque estava absolutamente certo de entender, e também absolutamente certo de saber por que ela não acreditava nem gostava muito de literatura. Não acreditava nem gostava de livros porque receava ser um personagem deles e por isso mesmo não uma pessoa de verdade, fosse isso o que fosse, e não saber o que era uma pessoa de verdade a fazia odiar ainda mais os livros, os livros e as palavras dentro deles também, e aí esse ódio se estendia às palavras, a todas elas, por toda parte, como "boceta", que era uma palavra que ela detestava, mas que não podia parar de usar e que, como todas as palavras, era abominável e inadequada. Talvez fossem as palavras, todas elas, todas as que podiam acenar debilmente na direção da sua raiva, mas sem fazer justiça à complexidade dela, que a faziam – ou seu Wesley Mincher – sair e fazer contato com alguém totalmente estranho e pedir a ele que incendiasse a Casa Mark Twain. Essa teoria me veio à cabeça assim, pronta, como aquela filha do deus grego que saltou do seu crânio para o mundo antigo, plenamente formada.

Mas foi então que cometi um erro. A empatia nos leva a fazer coisas que não deveríamos fazer, o que faz pensar por que ela é uma das nossas emoções mais respeitadas. Foi a empatia que me fez tocar gentilmente nas costas de Lees Ardor, para que ela soubesse que eu entendia o que estava passando e que eu estava ali, como seu detetive, para confortá-la. Mas ela deu a impressão de que não queria detetive nenhum *nem* alguém que a confortasse. Ao meu toque, ela pulou da carteira e se virou para me encarar. Suas lágrimas desapareceram quase que de imediato, como se feitas de uma espécie de sal de secagem ultrarrápida. – Quem diabos é você, afinal? – quis ela saber.

– Eu sou Sam Pulsifer. Seu... – e aqui fiz uma pausa, como qualquer um faria – ... *amigo*, o professor Mincher, me escreveu uma carta faz muito tempo, me pedindo para incendiar a Casa Mark Twain.

Seu rosto se transformou dramaticamente. Indignação e desconfiança tomaram o lugar da tristeza, como acontece com frequência. – Então é você a porra do Sam Pulsifer...

– Sou eu – disse eu, embora seu jeito de falar tenha feito com que eu desejasse não sê-lo. Lees Ardor olhava para mim com tamanha incredulidade que pensei que poderia fazer a conversa prosseguir se lhe apresentasse um documento de identidade. Então peguei minha carteira de motorista e mostrei a ela. Que olhou para o documento, olhou para mim, olhou novamente para o documento e então disse em voz baixa, sibilante:

– Você nos deve três mil dólares.

– Devo? – disse eu.

– Deve. Não finja que não sabe do que eu estou falando.

– Não estou fingindo.

– Está.

– Não estou – disse eu, e ficamos nisso por algum tempo, como inimigos sem armas e equipados apenas com um vocabulário muito limitado. Finalmente resolvi fazer a pergunta capaz de acabar com a contenda: – Por que eu devo a vocês três mil dólares?

– Muito bem – disse ela. Em seguida adotou um tom simulado de tédio, para que eu soubesse que estava representando, mas não totalmente feliz por fazê-lo: – Você nos deve três mil dólares porque foi quanto nós lhe pagamos para pôr fogo na Casa Mark Twain. Coisa que você não fez...

– Vocês me pagaram pessoalmente? – perguntei, também representando.

– Não – falou ela. – Você mandou uma carta a Wesley dizendo que se dispunha a incendiar a casa por três mil dólares. Wesley concordou. Ele deixou o dinheiro num envelope dentro de uma caçamba de lixo perto de uma loja de conveniências na própria rua da Casa Mark Twain, a meia quadra dela. Isso foi ontem ao meio-dia. Você foi bem claro nas instruções.

– Imagino que sim – disse eu. – Só que não era eu. – E antes que ela pudesse responder: – Se tivesse sido eu, por que então eu daria as caras agora, depois de não ter conseguido atear o fogo pelo qual vocês me pagaram? Para me pedirem o dinheiro de volta? Agora que estou com o dinheiro de vocês, por que eu haveria de aparecer?

Ela pensou por um instante, com a testa franzida, como se eu fosse uma passagem especialmente complicada de um romance e ela estivesse tentando me decifrar. Quem sabe talvez estivesse tentando entender se eu também era um personagem e, nesse caso, qual (ou quais) deles?

– Merda – disse Lees Ardor por fim. – É melhor irmos falar com o Wesley.

WESLEY MINCHER E LEES ARDOR moravam em West Hartford, numa casa bem parecida com a dos meus pais: uma antiga residência em estilo colonial, mofada, cheia de cômodos que mais lembravam escritórios do que os salões e salas de estar e de jantar para os quais foram concebidos. Todos os cômodos tinham estantes cobertas de livros empilhados, iluminação fraca e aquela atmosfera de abandono e desgaste intelectual. Encontramos Wesley Mincher sentado na maior de todas essas salas, com as pernas em cima de um sofá, e imediatamente me deu a impressão de alguém que provavelmente não fazia exercícios e sofria de diabetes: seu rosto era amarelado, embora pudesse ser um efeito da iluminação. Estava lendo um livro de aspecto envelhecido e encadernado em tecido, de páginas tão amareladas quanto sua pele.

– Wesley – disse Lees Ardor. – Tem alguém aqui que quer vê-lo. – Ele não respondeu, mesmo os dois estando à distância de apenas um corpo. – Wesley – chamou ela outra vez, mas agora com mais doçura na voz, como se adorasse aquele jeito dele de não responder. Chamou-o pelo nome mais umas cinco vezes, com uma voz que parecia dizer "Amor, Amor" e não "Wesley, Wesley", e nada de resposta. Não que Mincher fosse surdo; não, ele era um desses intelectuais distraídos que ficam tão reféns da própria mente que costumam levar muito tempo para perceber que podem estar sendo necessários no mundo fora de seus cérebros. Mas finalmente ele escutou: ergueu os olhos, viu a mulher e abriu um sorriso largo e apaixonado. Baixou o livro, ou melhor, guardou-o em um invólucro plástico protetor, tal como Anne Marie fazia com o sanduíche do lanche de Katherine antes de colocá-lo na lancheira de plástico. Por sinal, fui eu que havia projetado os dois tipos de recipientes, ou pelo menos trabalhei com quem os fez.

– Wesley, este é Sam Pulsifer.

– Eu sou um Mincher de quarta geração, das montanhas Great Smoky, na Carolina do Norte – disse Wesley Mincher, sem o menor propósito, com aquele típico sotaque sulista manso e cadenciado. Papai havia organizado muitos livros de historiadores sulistas sobre a história sulista para a editora universitária, eu mesmo havia conhecido alguns deles, que papai chamava de "seus autores", e o ouvira falar deles, e por isso imediatamente reconheci em Wesley o personagem que ele era: aquele tipo de personagem sulista para quem ser um personagem sulista tinha a ver com linguagem ambígua e evasiva, com perder a Guerra Civil e não querer que os outros falem disso, mas não conseguir parar de falar, ter velhos companheiros sábios e soturnos e varandas na frente da casa para todos se sentarem, e ter negros, sempre negros, sobre os quais sabe tudo e sobre os quais ninguém mais sabe merda nenhuma, com a ideia de que autocrítica é uma arte, mas crítica alheia é hipocrisia, com xerifes sábios e simplórios, com Deus, com animais de fazenda, com boa comida, que não seria boa se servida em restaurante e não na cozinha da mamãe, e com uma pilha de pneus de banda branca encostados no celeiro que ficariam bem no Buick 1957 sobre o qual há muitas histórias engraçadas para se contar.

– O sr. Pulsifer tem algo a nos dizer sobre a Casa Mark Twain, Wesley – disse Lees Ardor delicadamente, muito delicadamente.

Dava para ver a ternura transbordando dela tal e qual as lágrimas uma hora antes.

– O que chamam de caipira dos Apalaches fala um inglês mais próximo do inglês escorreito do que qualquer ianque formado em Harvard.

– Ele afirma que não foi ele quem incendiou, ou tentou incendiar, a casa.

– Minha mãe sabia fazer um cataplasma com a seiva do pinheiro capaz de sumir com a dor de cabeça antes mesmo de você perceber que estava com ela, meu caro.

– Ele diz que não foi a ele que pagamos os três mil dólares.

– Nosso Bobby Lee guardava uma mecha do cabelo da filha em seu alforje. A mecha era mágica, e o protegia das balas dos fuzis Minié.

Eu fiquei ali de pé, meio sonolento sob aquela luz fraquinha, curtindo o espetáculo. Os dois poderiam ficar falando daquela forma durante horas, aposto, um mal escutando o que dizia o outro, até sempre acabarem chegando, no final da tarde, ao necessário denominador comum.

– Eu acredito nele, Wesley – disse Lees Ardor. – Acho que está nos contando a verdade.

– Então eu também acredito nele, meu amor – disse Mincher. Estendeu a mão, e ela a segurou. Os dois ficaram de mãos dadas o resto do tempo, como se eu não estivesse ali ou como se eu estivesse ali apenas para testemunhar suas mãos dadas.

Eu só obtive uma prova naquele dia, mas levei horas e horas para isso. Mincher, basicamente, me contou a história de como os dois se conheceram. Eles trabalhavam juntos no Heiden College havia oito anos, mas sem reparar um no outro porque cada um se deixara encerrar no gueto do próprio ressentimento, incapazes de ver qualquer coisa além. Lees Ardor era a única mulher do departamento, o que talvez (como ela mesma admitia) a fizesse dizer "boceta" com tanta frequência. Quanto a Wesley Mincher, era o único sulista da faculdade – o único que tinha bacharelado em Sewanee e Ph.D. em Vanderbilt e não em Amherst ou Harvard – e era difícil para Wesley Mincher ver alguém mais no departamento através das altas muralhas do seu defensivismo. Essa frase era dele – "as altas muralhas do meu defensivismo" – e sempre me lembrarei dela caso algum dia eu resolva erguer e depois descrever minhas próprias muralhas.

De toda maneira, foi Mincher quem primeiro notou Lees Ardor, numa reunião acadêmica cujo assunto era uma conferência a ter lugar em Heiden sobre o tema "Mark Twain: o Problema da Grandeza". A reunião se constituía de uma longa discussão em plenário e trabalhos de grupo com relatores, e, ao final das atividades, Lees Ardor disse, em voz alta: "Mark Twain é uma boceta".

Seus colegas, é claro, já haviam escutado Lees Ardor dizer esse tipo de coisa inúmeras vezes, e sua capacidade de chocá-los, assim como aos alunos, estava bem próxima do zero. Eles a ignoraram, mas Mincher não. Havia algo de adorável, frágil e misterioso no modo como ela falou aquilo, "Mark Twain é uma boceta," e depois que a reunião terminou, Wesley Mincher cercou Lees Ardor no corredor e perguntou: "Você estaria interessada em tomar um vinho tinto comigo e falar sobre a moeda confederada e, quem sabe?, conhecer minha litografia rara da casa da moeda confederada em Richmond, Virgínia?" Para sua grande surpresa, Lees Ardor disse sim (ela não se lembrava, conforme ela mesma admitia, da última vez em que dissera sim a alguma coisa). Ao longo dos seis meses que se seguiram, Lees Ardor disse sim muito mais vezes a Wesley Mincher (ela ruborizava ao dizer isso, mas não se sentia incomodada), até que afinal ele perguntou por que ela dissera o que dissera sobre Mark Twain.

– Tenho medo de virar uma Tia Polly – confessou Lees Ardor. Estava se referindo, é claro, à solteirona rabugenta d'*As aventuras de Huckleberry Finn* e *As aventuras de Tom Sawyer*. Eu lera aqueles livros e era capaz de perceber facilmente do que ela tinha medo, e me dei conta de que provavelmente tinha razão em temer. – Não quero ser uma Tia Polly – disse ela a Mincher.

– Eu também não – disse-lhe Mincher em resposta, e disse igualmente a mim, em sua casa, anos mais tarde. – Então eu banquei o cavalheiro, como sempre fazem os homens na minha família. – E em seguida começou a contar uma história comprida sobre os inúmeros cavalheiros Mincher ao longo dos tempos, até chegar, finalmente, a ele próprio, Wesley Mincher, que resolveu pôr fogo na Casa Mark Twain como prova de seu amor por Lees Ardor. Ele se lembrava de ter lido a respeito de um jovem que havia destruído a Casa Emily Dickinson em Amherst, Massachusetts (aparentemente ele levara um de seus colegas, especialista em poesia lírica, às lágrimas). Então escreveu uma carta e a enviou para o endereço residencial do incendiário e ficou esperando. Passaram-se meses, anos, e ele cada vez ficava mais apaixonado por Lees Ardor, e ela por ele. Mas no caminho havia a Casa Mark Twain: os dois passavam diariamente por ela quando iam para a faculdade (Lees se mudara para a casa dele um ano após se apaixonarem) e ela servia como um lembrete dos seus fracassos como homem, um lembrete de como Lees Ardor ainda não se achava totalmente livre dos pesadelos de sua Tia Polly.

– Espere um instante – interrompi nesse ponto da história. – Por que você simplesmente não a pede em casamento? Ela não tem como vir a ser uma Tia Polly se vocês se casarem.

– Eu primeiro queria provar que era merecedor dela – disse Mincher. – E a destruição da Casa Mark Twain provaria meu merecimento. – Isso me bateu como o sentimento mais ridículo de que eu já tivera conhecimento, o tipo de babaquice romântica absurda da qual Lees Ardor zombaria se partisse de seus alunos ou se lesse em algum livro. Mas quando Mincher disse isso, Lees Ardor não debochou. Ao contrário: levou a mão delicadamente ao pescoço amarelado dele e a deixou ali em repouso; ele visivelmente estremeceu, como se o toque dela fosse gelo da melhor qualidade.

— Mas por que você me esperou tanto tempo assim? — perguntei. — Por que simplesmente não tratou de incendiar a casa por conta própria?

Mincher não respondeu, limitando-se a me olhar com desdém. E eu sabia por quê: no mundo de Mincher, as pessoas eram ou não eram especialistas. Ele não se imaginava ateando fogo à casa, da mesma forma como não lhe passava pela cabeça que eu pudesse saber algo sobre a Causa Perdida confederada.

Tudo isso nos levou a avançar até a véspera do dia em que eu ouvi essa história, o dia em que a carta de alguém que se fazia passar por mim chegou à caixa de correspondência de Mincher no campus. Wesley pegou o carro e foi até a tal caçamba de lixo, onde depositou os três mil dólares, e depois foi para casa contar a Lees Ardor o que acabara de fazer, por causa dela. Lees começara a chorar, como costumam fazer as pessoas duronas como uma forma de autocompensação por parecerem duronas.

— O que aconteceu? — havia perguntado Mincher.

— Isso é tão bonito — dissera ela. — Mas não é o que eu quero.

— O que é que você quer?

— Quero que você me peça em casamento.

E assim ele fez. — Eu nunca fui tão feliz — disse Lees Ardor. Aqui, ela me mostrou um anel de noivado de diamantes que era a única coisa que eu já vira capaz de rivalizar com o brilho dos cabelos dela. — Ambos — o anel e os cabelos dela — pareciam duas estrelas-guias à luz baça e mortiça da sala de estar. — A única coisa que não me deixa feliz é você ter jogado fora todo aquele dinheiro.

— As mulheres da família Mincher sempre foram... como devo dizer?... *frugais* — disse Mincher. Ele sorriu para Lees Ardor, e eu não o censuro por isso: ela estava linda, mais linda que seu anel e seus cabelos somados. Naquele momento ela não podia estar mais distante daquela mulher na sala de aula, a professora Ardor que chamara a própria mãe morta de boceta.

— A carta ainda está com vocês? — perguntei aos dois.

– Como é? – perguntou Mincher. Ele havia recobrado a consciência, isso era certo, só que aposto que Lees Ardor estava lá dentro dela também, o que deixava ainda menos espaço para mim e minhas perguntas.
– A carta que supostamente fui eu que mandei pedindo dinheiro. Ainda está com vocês?
– Está – disse Mincher. Ele se levantou e foi até a escrivaninha no canto da sala, tirou uma carta de uma das gavetas, voltou e me entregou, sentou-se de novo na cadeira e retomou a mão de Lees Ardor, tudo isso sem tirar os olhos dela, como se ela fosse seu compasso, sua estrela polar. Eu tirei a carta do envelope. Era datilografada e dizia mais ou menos o que Mincher e Ardor tinham me dito que dizia. O envelope estava em branco. Não havia selo, nem nome ou endereço do remetente, nenhum sinal de onde viera ou de quem a havia remetido. Era certamente a prova menos valiosa que já se vira. Eu devolvi a carta ao seu envelope, em seguida coloquei-a no bolso, junto à outra carta, a que me conduzira inicialmente a Wesley Mincher e a Lees Ardor.

– Adeus – disse eu aos dois, que no entanto pareceram não me ouvir, e por que haveriam de querer? Por que eles haveriam de querer alguma coisa relacionada ao mundo exterior um do outro? Aí eles seriam pequenos seres humanos como todos nós, gente pela qual tanto se sente pena como asco. Individualmente, eram personagens, e não no bom sentido. Mas juntos eram algo em que se pensar e talvez até invejar. Ocorreu-me um pensamento bem pouco original enquanto caminhava em direção à porta de saída e rumo à minha van: o amor transforma, faz de nós pessoas que os outros desejam amar. É por isso que, para aqueles de nós que não o têm, o amor é a voz que pergunta *Fazer o quê? O quê?* E para aqueles de nós que conheceram o amor e o perderam ou o jogaram fora, o amor é a voz que nos conduz de volta ao amor, para ver se ele ainda pode ser nosso ou se de fato o perdemos para sempre. Para aqueles de nós que o perderam, o amor é também aquilo que nos faz falar por aforismos a respeito do amor, razão pela qual tentamos recuperá-lo, para poder parar de falar desse modo. Aforisticamente, entenda-se.

13

Ninguém estaciona na rua em Camelot. Não que seja ilegal: não existem placas dizendo que não se deve estacionar ali entre tais e tais horas em tais e tais dias por tais e tais razões. Mas ninguém estaciona, talvez porque as garagens das casas sejam suficientemente amplas e generosas para abrigar uma frota de picapes e minivans, as carruagens preferidas pela nossa tribo para transportar confortavelmente as famílias. Ou talvez porque haja algo aberrante, solitário e sinistro em um carro estacionado na rua, tal como encontrei o jipe preto de Thomas Coleman naquele fim de tarde quando cheguei em casa.

Se fiquei surpreso por ver o jipe dele lá? Não. Ou quem sabe eu estivesse tendo tantas surpresas nos últimos dias que já não tinha como ficar particularmente surpreendido por mais nada. A surpresa é mais ou menos como o seu oposto, algo familiar, como a própria casa. Estacionei minha van na entrada da garagem, ao lado da de Anne Marie, numa tentativa de marcar minha diferença (como marido e pai) em relação a ele (um estranho ameaçador) caso houvesse alguém observando pela janela da frente. Que, como se viu, não havia.

Mas eu, sim, fiquei observando, da segurança da minha van estacionada. Não as crianças – elas não estavam à vista –, mas Thomas e Anne Marie. Ele estava sentado num banco alto junto à bancada do café da manhã, com a palma da mão direita virada para baixo em cima dela. Anne Marie, de pé a seu lado, estava meio curvada, colocando o que parecia uma tira de gaze nas costas da mão dele, como para proteger uma nova tatuagem ou, talvez, algum ferimento. Uma queimadura, possivelmente. É claro, uma queimadura. Eu estava começando a ver as coisas mais claramente, e da minha perspectiva ali, dentro da van, a impressão era a de que Thomas causara mais estragos à sua mão do que à Casa Mark Twain. Anne Marie alisava e ajeitava o curativo tão delicadamente e tantas e tantas vezes que comecei a ficar com ciúme da gaze, depois da mão em que ela estava fixada, e depois da pessoa em cuja mão ela foi colocada.

O medo e o amor podem deixar um homem complacente, mas o ciúme sempre o fará sair da van. Eu saí da van e avancei a passos largos e determinados para a porta da frente. Desta vez eu realmente iria fazer isso: contar a Anne Marie a verdade, a começar pelo quanto eu a amava e como nunca, jamais a havia traído, não importando o que eu lhe tivesse contado e o que Thomas Coleman lhe tivesse contado, e como eu sabia onde Thomas Coleman tinha conseguido aquela queimadura na mão. Depois iria embora.

Só que não fui a lugar algum. A porta estava trancada. Experimentei minha chave, mas não funcionou: Anne Marie havia trocado a fechadura. Já era ruim demais saber que ela estava ali dentro, cuidando do braço de Thomas Coleman, que eu já estava passando a considerar menos minha vítima e mais um poderoso arqui-inimigo. Aquilo era muito ruim. Mas será que ela precisava mesmo *trocar a fechadura da nossa porta*? Eu não conseguia pensar numa traição mais grave do que a mulher trocar a fechadura por causa do marido, e não via nada demais em incendiar, matar e depois mentir a respeito. O que faz um marido quando é traído dessa maneira? Ele se enfurece. Então eu me enfureci, o que vale dizer esmurrei seguidamente a porta. Há qualquer coisa de humilhante num homem esmurrando a porta da própria casa, e quando Anne Marie finalmente veio abrir, a porta se sentiu menos minha do que nunca.

– Que é? – disse Anne Marie. Ela vestia uma saia comprida preta e as botas pretas que eu adorava, e um top branco, quase transparente, que realçava bem todos os pontos certos.

– Eu amo você demais – falei.
– Ótimo para você – disse ela, braços cruzados sobre o peito. Parecia um general MacArthur mediterrâneo com peruca e sem o cachimbo de sabugo de milho. Tinha uma postura militar, eu pensei. – Que mais?
– Thomas – disse eu, sentindo-me estranhamente sem fôlego, a palavra praticamente arfando em minha boca. – Ele não está dizendo a verdade para você.
– Ele me contou que você na verdade não dormiu com a mulher dele. E também que nem *tem* mulher. É verdade, Sam?
– Meu Deus – disse eu. – Claro que é. – De repente me senti tão cansado que precisei me sentar, ali mesmo na soleira da porta. A verdade deixa a gente cansado, mas não livre; essa é outra coisa que vou incluir no meu guia do incendiário – onde quer que ele seja relevante para incendiar casas de escritores na Nova Inglaterra, entenda-se.
– Então tudo bem – disse ela, e fez menção de entrar.
– Espere – disse eu, tropeçando na tentativa de me levantar. – Posso voltar para casa agora?
– Não – disse Anne Marie, de costas para mim. Sua mão estava sobre a porta aberta, preparada para colocá-la entre ela e mim mais uma vez.
– Por que não? – eu quis saber.
– Porque você mentiu para mim – disse ela, virando-se para me encarar. – Não sei por que você me mentiu, mas mentiu, e não confio mais em você. – A fadiga substituíra a ferocidade na voz de Anne Marie; talvez a verdade também a tenha deixado cansada.
– E *nele* você acha que pode confiar? – perguntei, sem precisar especificar quem era "ele".
– Eu não sei *o que* eu acho dele – admitiu Anne Marie, o que era sua forma de dizer que me conhecia muito bem, mas que Thomas ainda era um mistério e que o mistério às vezes está mais perto do amor do que a familiaridade – dependendo, é claro, da pessoa com quem se tem familiaridade.
– Por favor, me deixe explicar – disse eu, mas ela ergueu a mão para barrar minhas explicações.

– Thomas se machucou – disse ela. – Estou fazendo um curativo nele.
– Então por que você não pergunta a ele como foi que se machucou? – falei, com a voz ficando alterada, quase histérica. – Por que não pergunta agora?

Anne Marie me olhou com curiosidade, as sobrancelhas movendo-se na direção do nariz e transformando seu rosto num grande ponto de interrogação. – Está bem, vou fazer isso – disse ela, fechando e trancando a porta atrás dela.

Isso, para mim, queria dizer *Vou perguntar e depois volto para dizer a você o que ele respondeu*. Por isso fiquei ali na soleira à espera, por um longo tempo. A noite chegou e as luzes da rua se acenderam. Os vizinhos voltaram do trabalho, e, tratando-se de Camelot, fizeram o possível para ignorar o carro de Thomas estacionado no acostamento e eu ali sentado, na soleira da porta. Finalmente cansei de esperar, me levantei e bati à porta, bati, bati, bati, bati. Estava fazendo tamanho escândalo que me perguntei se até meus vizinhos camelotianos seriam capazes de me ignorar por muito mais tempo. Mas estava pouco me importando. Que me olhassem de suas janelas, que me olhassem batendo à porta. Eu me sentia forte; seria capaz de ficar batendo àquela porta a noite inteira.

Eu seria capaz de ficar batendo a noite inteira, entenda-se, se não ouvisse um carro embicar na entrada da garagem atrás do meu. Parei de bater à porta, me virei e vi um Lincoln Continental verde-escuro encostar atrás da minivan de Anne Marie. Era o carro do meu sogro; reconheci imediatamente porque ele sempre teve um Lincoln Continental e também porque meu sogro era um homem de princípios, e um dos princípios que ele mais prezava era o de sempre estacionar de ré numa vaga de estacionamento.

Mas não foi meu sogro quem primeiro emergiu do carro: **foi Katherine, minha filha**. Estava enfiada numa mochila tão grande que chegava quase à altura de sua cabeça. Ela veio vindo pela entrada da garagem com todo cuidado, talvez para que a mochila não a fizesse emborcar. Era como ver uma jovem guia Xerpa sobrecarregada de bagagens de gringos caminhando em sua direção, uma Xerpa que você amava e de quem sentia muita falta. – Eu amo você – falei quando ela chegou perto o bastante para escutar. – Estou com muita saudade. – Dei um abraço em Katherine e em sua mochila, e as duas retribuíram, com sentimento, pelo que fiquei muito agradecido.

– Você vai entrar, papai? – perguntou Katherine. Ela já estava suficientemente adulta para fazer perguntas para as quais já conhecia as respostas e em seguida fingir não reconhecer as mentiras que são tais respostas.

– Daqui a pouco – respondi.

– Está bem – disse ela. Katherine foi até a porta, girou e empurrou a maçaneta e descobriu, é claro, que ela estava trancada. Então se virou para me consultar com os olhos – *Você é meu pai*, eles pareciam dizer, *sua porta da frente está trancada e você não pode abri-la* –, em seguida abriu o fecho de um dos muitos bolsos da mochila em suas costas, tirou de lá um molho de chaves e habilmente destrancou a porta. Aquilo foi a coisa mais dolorosa que ela havia feito até aquele momento – não há nada mais triste do que uma criança com seu próprio molho de chaves – e eu teria caído no choro ali mesmo caso Christian não se metesse pelo meio das minhas pernas, puxando-as e a mim como se fôssemos retomar nossa velha brincadeira, na qual eu era o gigante saqueador, e ele o aldeão fracote decidido a me vencer.

– Ei, filho – disse eu, trazendo-o bem para perto de mim. – Ei, garoto. – Eu estava falando daquele jeito embaraçosamente fingido e artificial com que os pais falam com os filhos pequenos, ciente de que não demoraria muito para que os filhos crescessem o suficiente para dizer aos pais que parassem de ser tão artificiais e fingidos.

– Droga de cadeirinha – disse meu sogro. Ele agora estava bem à minha frente, com o bafo do café e do copo de isopor para viagem. – Que dificuldade para tirar o Christian dessa droga. – A voz dele teve um efeito imediato sobre Christian, que sumiu das minhas pernas e pouco depois se materializou na soleira da porta junto com a irmã. Os dois acenaram para mim e em seguida desapareceram no interior da casa.

Sobre meu sogro: ele era mais baixo que eu, magro, vestia – e tanto quanto sei, ainda veste – calça cáqui justa e mocassins leves comprados na seção de promoções-relâmpago do catálogo da L. L. Bean. Você nunca o verá com uma camisa sem colarinho e agora mesmo ele estava usando uma dessas, com listras vermelhas largas e mangas abotoadas. Eu nunca o vira usando joias, a não ser a aliança de casado. A mulher dele, Louisa, entra nessa história meio de passagem, mas tem um lugar importante na do marido: em jantares de família, eu frequentemente o flagrava olhando para ela, com os olhos úmidos e agradecido – agradecido, imagino eu, por tê-la como mulher, e também, quem sabe?, por ter os olhos com os quais olhar para ela. Ele olhava para Anne Marie, sua filha única, mais ou menos da mesma maneira. Era um bom marido e um bom pai, eis o que estou querendo dizer. É claro que era racista, como mencionei antes; provavelmente não é errado dizer que ele só era racista quando o assunto raça vinha à baila, e portanto só de vez em quando. Isso não significa que ele não fosse racista, mas que, quando o vejo agora, vejo seu racismo concorrendo com suas outras, e melhores, qualidades. Até que eu gostava dele, e queria que ele gostasse de mim, e acho até que ele gostava, pelo menos até agora.

– Por favor, deixe a Anne Marie em paz – pediu ele. A decepção era profunda em sua voz, levando-a aos níveis mais baixos. Seus olhos estavam empapuçados e ressentidos, e eu lamentava ter que arrastá-lo para dentro disso tudo. Meu sogro acabara de se aposentar após trinta e tantos anos investigando pedidos de seguro. Havia, finalmente, quitado a hipoteca da casa. O casamento da filha parecia estar indo bem; tinha dois filhos, casa própria, vida própria. E agora isso. Deve ser terrível para um pai e um avô idoso ter que enfrentar uma segunda carga de problemas familiares logo quando acabou de se livrar da primeira.

– Não consigo deixá-la em paz – disse eu. – Simplesmente não consigo.

– Mas você precisa – disse ele.

– Você não quer que eu a deixe com esse... – e aqui eu tive dificuldade para achar a palavra certa para fazer justiça ao sentimento específico que tinha a respeito daquela pessoa específica – *... sujeito*, quer?

– Eu sei – admitiu ele, o que me deu alguma esperança. – Ele me preocupa. Mas mesmo assim, Anne Marie quer que você a deixe em paz.

– Não consigo – repeti. – Eu amo a Anne Marie.

– Eu sei disso, Sam – falou ele, e eu tive aquela sensação horrível e assustadora que se tem quando as coisas são tão sérias que as pessoas usam seu nome na conversa. – Mas eu não sei se ela ainda ama você.

E com isso ele também desapareceu no interior da casa – deu uma batidinha na porta, que devia ser o código combinado, pois a porta abriu o suficiente para deixá-lo entrar e logo voltou a se fechar impositivamente atrás dele –, e eu, mais uma vez, me vi sozinho na porta. Suponho que se eu fosse um marido e um pai separado melhor, teria voltado e dado prosseguimento às minhas batidas na porta até receber algumas respostas, ali, naquele momento. Mas eu não era um marido e um pai separado melhor do que sempre fui, uma pessoa complacente. E ainda por cima havia a minha tristeza, que era imensa. Se tristeza fosse uma competição, eu teria batido o recorde da prova. Às vezes, quando se está triste – conforme vou escrever no meu guia do incendiário – é preciso sentar e esperar que a tristeza vire alguma outra coisa, o que certamente irá acontecer, sendo a tristeza, nesse caso, igual ao carvão ou a muitas espécies de larvas.

Mas nesse meio-tempo pelo menos eu tinha novos mistérios a acrescentar aos antigos. Por que Thomas contara a Anne Marie que eu na verdade não a havia traído? O que ele havia contado a ela sobre a tal queimadura na mão? E por que essas coisas não fizeram-na se livrar de Thomas e me aceitar de volta? Eu tinha esperanças de descobrir, como detetive, se não como marido. Porque talvez essa seja outra coisa que define você como detetive: não que você seja especialmente bom em *ser* um detetive, mas sim que você é muito, mas muito ruim em todo o resto.

14

Já passava das sete da noite quando eu cheguei à casa dos meus pais, na escuridão de novembro, escuridão ainda maior devido ao nevoeiro que baixara. Aquele tipo espesso de nevoeiro que prenuncia uma mudança radical do tempo, aquele tipo fantasmagórico de nevoeiro que faz a gente pensar ter ouvido ao longe o latido desconsolado de cães de caça. Era, ainda, aquele tipo de nevoeiro em que não se consegue enxergar a casa dos pais até se estar praticamente em cima dela, e em que quase esbarramos na própria mãe correndo apressada pela rua, saindo de casa rumo ao carro. Mas mamãe deve ter ouvido o ruído da minha freada, pois gesticulou ofensivamente na minha direção sem entretanto olhar na minha direção, e em seguida entrou no carro. O carro dela estava estacionado na contramão da rua e não na nossa entrada de garagem, porque já havia vários carros na entrada da garagem, e também vários carros ao longo da rua; nossa casa parecia estar com todas as luzes acesas, como se fosse um farol de três andares em meio ao nevoeiro, orientando algum navegante perdido. Eu queria ver o que estava acontecendo em casa, mas também queria saber onde mamãe estava indo com tanta pressa, e, além disso, por que mentira para mim dizendo que ainda trabalhava como professora de inglês, e onde havia se metido na noite passada. Por isso, quando ela deu partida em sua Lumina verde, eu fui atrás.

Segui-a bem de perto devido ao nevoeiro. Na realidade estava quase em cima dela, meus faróis em íntima relação com suas lanternas traseiras. Era provavelmente a vigilância menos discreta da história da espionagem; se eu tivesse uma licença de detetive, ela provavelmente teria sido suspensa. Minha mãe também não facilitava as coisas: ia dirigindo zangada, e segui-la naquele nevoeiro era uma verdadeira aula de acelera-freia-acelera-freia. Por sorte ela pareceu não me notar, e também não foi muito longe, só até o centro de Belchertown, a menos de dez quilômetros da nossa casa, onde estacionou em frente a uma dessas velhas e monolíticas lojas maçônicas que – como aparentemente vem diminuindo muito o número de maçons – abrigam atualmente escritórios, estúdios, teatros comunitários, apartamentos. Mamãe saltou do carro, ainda evidentemente sob efeito de alguma coisa; foi correndo pela rua e entrou pela porta da frente. Minha mãe tinha passadas largas e graciosas, o que fazia dela uma figura digna de ser admirada até desaparecer na neblina e no interior de uma velha loja maçônica.

Eu a segui, mas minhas passadas, não tão largas nem tão graciosas, me mantinham alguns passos atrás. Quando passei pela porta e cheguei a um saguão todo azulejado, já não a vi mais. Havia uma porta à minha esquerda e outra à direita. O sr. Robert Frost (cuja casa teria menos de um dia nesta terra como estrutura viável, como logo se saberá) dizia que pegar a estrada menos movimentada fazia toda a diferença, mas isso só valia se você soubesse qual era a estrada menos movimentada. Eu escolhi a porta da direita, sem qualquer motivo especial.

O que encontrei ao cruzar aquela porta não foi minha mãe, e sim um enorme salão que era sem dúvida onde os maçons iniciavam seus jovens membros e praticavam magia branca. O salão era do tamanho de um ginásio escolar, e totalmente recoberto de madeira escura: o assoalho era de tábuas largas e envernizadas, e as paredes revestidas com essa mesma madeira escura envernizada, enquanto o teto, muito alto, era todo ele, imenso, em tábuas macho e fêmea. Nas laterais havia grandes cabines verticais no tamanho e no formato de confessionário, do tipo que se costuma usar para que as pessoas votem ou confessem seus pecados. As únicas coisas que não eram de madeira eram um órgão de tubos e a plataforma de mármore em que se achava assentado. Ao pé dessa base de mármore havia um grupo de pessoas sentadas em cadeiras dobráveis formando um círculo. Elas não me ouviram entrar no salão, e assim pude me aproximar sem ser notado, na esperança de ver se minha mãe estava entre elas.

Não estava, percebi quando cheguei mais perto, e percebi também que o grupo se compunha tanto de homens como de mulheres – umas quinze pessoas, no total – que se vestiam como feiticeiros e feiticeiras, com chapéus pontudos, capas pretas ornamentadas com imagens de luas de colheita, varinhas mágicas, caldeirões ferventes e outros símbolos manjados do oculto. Aquilo me assustou por um momento, e me perguntei se os maçons teriam se reinventado e virado uma associação mista e neopagã no sentido religioso. Mas ao observar mais de perto, notei que cada homem e cada mulher estavam com um livro nas mãos, que reconheci imediatamente. Meus filhos tinham um exemplar daquele livro, inclusive Christian, que ainda nem sabia ler. Era um desses livros infantojuvenis tão populares que de certo modo nem são mais considerados para crianças e que, de todo modo, têm deixado seus leitores fanáticos a ponto de se vestirem como os personagens, madrugarem nas filas para o lançamento do volume mais recente da série e usarem a palavra "colete" em vez de "suéter".

Na realidade, Katherine e Christian levaram algum tempo se recusando, tal como os diabéticos com a insulina, a ir a qualquer lugar sem seu livro; eles se vestiam como personagens do livro no Dia das Bruxas e também no dia seguinte. Isso não me incomodava. É assim que se espera que as crianças se comportem: crianças ficam obcecadas, crianças usam fantasias. Mas com adultos a coisa é diferente, não é? Era isso o que o amor a um livro faz com a gente? O amor a um livro nos faz agir feito criança de novo? Ou é o amor que faz isso com a gente, seja o amor pelos livros ou não?

Pode ser. Mas não era por isso que aqueles homens e mulheres – da minha idade e pais como eu – estavam vestidos daquele jeito, reuniam-se daquela forma, se agarravam ao livro daquele modo. Não estavam ali pelo livro em si (agora eu ouvia escondido), mas para melhor entender seus filhos, para ocupar uma parte maior

da vida deles, como se pudessem ouvir a música hard-rock dos filhos ou ficar viciado em suas drogas pesadas.
– Precisamos dar apoio aos nossos filhos – disse um feiticeiro. Ele usava óculos grandes e alongados, que corriam o risco de virar óculos de proteção, e tinha uma barba ficando grisalha que alisava, todo sério, enquanto falava. – Se eles estão lendo e gostando tanto do livro, nós precisamos ler e gostar dele também.
– Mas e se o livro não for bom? – perguntou uma feiticeira de sandálias baixas. – Eu tenho que falar, li o primeiro capítulo e não vi nada demais. – Ela disse isso sem olhar ninguém no rosto: olhava somente para os próprios pés, que eram grandes, gordos e se esparramavam para os lados e para cima da sandália como se fossem queijo derretido.
– Não importa se o livro é bom ou não – retrucou duramente o feiticeiro. – Além do mais, num certo sentido, o livro sempre será bom, porque é parte da *cultura*.
Ouviram-se rumores e sussurros de concordância por parte do grupo, do que eu me aproveitei para encobrir meu próprio ruído ao recuar e retornar pela estrada menos ou mais movimentada, fosse qual fosse aquela considerada a estrada errada, e chegar ao corredor, onde experimentei a porta da esquerda, que estava trancada. O que é que eu ia fazer com essa outra porta trancada? Eu sabia, pela minha experiência recente, que bater numa porta trancada não era bom negócio. Mas o que mais poderia fazer? Onde estava o poeta para me dizer o que fazer quando a porta que leva à estrada menos movimentada se acha trancada? Onde estava o poeta para me orientar?
Estava em New Hampshire, ou pelo menos era onde estava a casa dele, na época, e por isso eu fiz o que sabia fazer, aquilo em que estava virando especialista: fui para o lado de fora e, em meio ao nevoeiro, fiquei procurando minha mãe nas janelas da frente do prédio, que eram, como o resto do prédio, maciças. E lá estava ela, no segundo andar. Sua janela era a única acesa, e mamãe estava sentada diante dela, a uma mesa, com o queixo nas mãos e olhos perdidos no espaço. A única coisa mais solitária do que uma pessoa sozinha consigo mesma numa sala sem ter o que olhar, fazer ou

segurar a não ser o próprio queixo é observar outra pessoa sendo essa pessoa. Eu queria correr de volta à velha loja maçônica e arrancar um exemplar daquele livro das mãos dos falsos feiticeiros e feiticeiras e jogá-lo para minha mãe pela janela, que eu primeiro teria que pedir que ela abrisse, tal como Julieta abriu a dela para Romeu e Rapunzel para o mancebo que desesperadamente queria que ela lhe jogasse as tranças. Ah, se pelo menos minha mãe tivesse um livro para segurar, não pareceria tão só. E talvez essa seja outra razão pela qual as pessoas leem: não para que possam se *sentir* menos solitárias, mas para que as outras pessoas achem que elas *parecem* menos solitárias com um livro nas mãos e desse modo não sintam pena delas e as deixem em paz. Será que não ocorreu aos feiticeiros e feiticeiras que seus filhos leem livros para que os pais possam pensar que eles não estão sós e assim os deixem em paz? Talvez eu lhes dissesse isso quando estivesse arrebatando das mãos deles um exemplar do livro para dá-lo à minha mãe.

– Sam Pulsifer – disse uma voz às minhas costas. Eu me virei e dei de cara com a voz e com a pessoa a quem ela pertencia: o detetive Wilson.

Desta vez ele lembrava mais um detetive: ainda usava a calça cáqui e as botas, mas trocara o casaco de capuz por uma camisa social azul e um casaco esporte também azul que fora provavelmente do pai ou de algum detetive mais velho. O casaco talvez caísse melhor no detetive Wilson se ele não teimasse em abotoá-lo. Mas ele teimava, castigando desnecessariamente sua barriga assim como o próprio casaco e seus botões. Além do mais, alguém obviamente lhe dissera que não poderia ser detetive se não bebesse muito, mas muito café. E ele estava com um copo enorme de isopor cheio de café, soprando a fumaça que saía pela tampa.

– O que é que você estava fazendo tanto tempo aí dentro? – perguntou ele. – Visitando sua mãe?

– Bisbilhotando os feiticeiros – respondi. – E as feiticeiras também.

– Como é?

– Acho que peguei a estrada menos movimentada – disse eu.

– Por falar em estrada – disse ele, tentando fazer a conversa retornar a um ponto que ele fosse capaz de compreender e controlar –, eu estava atrás de você no caminho até aqui. Você dirige muito mal.

– Estava seguindo a minha mãe.

– Isso é proibido, *merda*.

– Eu sei...

– Eu podia tê-lo multado – disse ele.

– Fico feliz que não tenha feito isso – falei, sobretudo porque, para me multar, ele teria que pedir para ver minha habilitação e eu não poderia mostrá-la, porque Lees Ardor nunca me devolvera, só agora eu me dava conta disso. Eu podia vê-la na sala de aula segurando minha carteira de motorista sem me entregá-la de volta, e esse, assim como não pegar de volta a carta com o sr. Frazier, era outro erro que eu lamentava. Porém eu tinha quase certeza de que cometeria mais erros, e portanto não podia perder tempo pensando em um que havia cometido tanto tempo atrás. Essa é outra coisa que vou incluir no meu guia do incendiário: se você cometer um erro, não fique pensando nele por muito tempo, pois ainda cometerá muitos mais.

– Se você tivesse tentado me multar – disse eu –, eu teria que pedir para ver seu distintivo. – Estava me lembrando de algumas coisas a respeito do detetive Wilson, e uma delas era que ele não havia contado aos meus pais de qual departamento da polícia ele era, se é que era de algum. – Será que você *tem* mesmo um distintivo?

– Aqui está – disse ele, exibindo o distintivo guardado numa carteira fina. O distintivo era dourado e tinha uma espécie de selo ou brasão em relevo no qual havia algo escrito que era ilegível à luz da neblina. Eu fingi examiná-lo mais de perto, como se soubesse a diferença entre um distintivo autêntico e um falso. Na aba da carteira havia um documento de identidade com foto e nome, Robert Wilson, e seu cargo: detetive, Unidade de Incêndio, Corpo de Bombeiros do Estado de Massachusetts. O documento parecia bem real: eu o observei atentamente sob a luz da rua e vi marcas d'água e hologramas aparentemente oficiais.

– Você é bombeiro – disse eu.

– Sou *agente de polícia* – disse ele com uma ênfase um tanto excessiva, revelando exatamente que nervo estava exposto e o quanto não lhe agradava vê-lo tocado.

– Tudo bem – disse eu, devolvendo-lhe o distintivo. O detetive Wilson o enfiou no bolso do casaco. Quando o fez, o casaco se abriu exibindo seu peito, onde pude ver o coldre de ombro e a culatra de uma arma aparecendo. Portanto, mesmo que não fosse policial, ele era um bombeiro armado, o que dava mais ou menos na mesma.

– Você sabia que alguém tentou pôr fogo na Casa Mark Twain ontem à noite? – perguntou ele.

– Não fui eu – disse eu.

– Eu não achei que foi – disse ele, embora o sorriso sabichão em seu rosto dissesse que ele realmente achava que tinha sido eu, o que me levou a acrescentar como medida de segurança desnecessária:

– E também não fui eu quem pôs fogo na Casa Edward Bellamy.

– Eu não achei que foi – repetiu ele, dessa vez com sinceridade ainda menor. Levou a mão esquerda ao bolso do casaco e ficou tamborilando os dedos no forro e na coxa.

– Claro que achou – falei. – É por isso que estava me seguindo até aqui.

– Talvez eu não estivesse seguindo só você. Talvez estivesse seguindo sua mãe também.

– E por que o faria?

– Talvez eu tenha lá as minhas razões – disse ele, e ficou esperando que eu fizesse a pergunta óbvia, que acabei fazendo.

– Quais são as suas razões? – perguntei. – Por que está seguindo minha mãe?

– Na noite em que alguém tentou incendiar a Casa Edward Bellamy, você estava na casa dos seus pais, certo?

– Certo.

– Eles também estavam lá? – quis ele saber, apontando o polegar na direção da minha mãe, sentada à janela iluminada. – Sua mãe estava lá naquela noite?

– É claro que estava – disse eu. Mas ela estava? Afinal, minha mãe tinha estado em casa? – Onde mais ela poderia estar? – falei comigo mesmo mais do que para qualquer outra pessoa, mas evidentemente que também falei em voz alta, perdendo desse modo meus direitos exclusivos.
– Talvez aqui – disse o detetive Wilson. – Talvez ela estivesse em algum outro lugar. Seja qual for, eu vou descobrir. – Ele parecia confiante, o que me deixou assustado. Não há nada mais assustador para quem é inseguro do que alguém cheio de confiança. E então eu disse uma coisa que, afinal, e mais uma vez, provavelmente não deveria ter dito e de que acabaria me arrependendo.
– Eu sei quem tentou incendiar a Casa Mark Twain – falei.
– Sabe? – disse o detetive Wilson. Sua segurança não desapareceu inteiramente, mas tive a impressão de tê-la abalado um pouco.
– Sei – disse eu. – Chama-se Thomas Coleman. Foi ele quem provavelmente também pôs fogo na Casa Edward Bellamy. Eu não sei onde ele mora, mas com certeza você poderá encontrá-lo na minha casa, em Camelot.
– Sua casa em Camelot – repetiu ele.
– Hyannisport Way, nº 113 – disse eu.
– E por que esse cara estaria na sua casa?
– Ele está dormindo com a minha mulher – disse eu, pela primeira vez admitindo aquilo para mim mesmo e para outra pessoa. – Ou pelo menos tentando.
Qual foi a reação do detetive Wilson a essa notícia? Inesperada. Ele não me fez mais nenhuma pergunta, não quis saber quem era o tal de Thomas Coleman nem por que ele haveria de querer incendiar essas casas ou como eu sabia que ele o tentara. O detetive Wilson não me fez mais nenhuma pergunta. Simplesmente se afastou de mim, caminhou para o seu carro, abriu a porta do lado do motorista e entrou.
– Espere – falei, indo em sua direção. O rosto do detetive Wilson parecia confuso, da mesma forma como parecera confiante poucos momentos antes; parecia mais jovem também, o que parece confirmar que a confiança envelhece as pessoas, enquanto a

confusão nos mantém jovens, tal como se espera do pensamento positivo e dos cremes faciais suecos, que, porém, nunca o fazem.
— Aonde você vai?
— Vou para sua casa conversar com sua mulher e com esse tal de Thomas Coleman.
— Só porque eu falei? — perguntei. Era assim tão fácil ser dedoduro? Quem diria que bastava dar ouvidos às próprias suspeitas e acusar alguém para obter resultados tão imediatos? — Só isso?
— É, Sam — disse ele. — Só isso. Mas é melhor que você não esteja mentindo. É melhor não estar me fazendo de bobo.
— Não estou — garanti a ele, apesar de ser eu quem de fato precisava ser tranquilizado. Thomas Coleman era realmente o meu suspeito número um, meu suspeito exclusivo. Meu coração dizia que ele é que havia provocado os incêndios; eu sabia que ele era o único culpado. Então fui em frente e contei ao detetive Wilson, e imediatamente fiquei em dúvida, com grandes dúvidas. Foi só eu dizer que ele era *culpado*, e imediatamente Thomas Coleman deu a impressão de poder ser inocente. Eu me perguntei se, caso eu dissesse *inocente*, ele poderia parecer outra vez culpado. Mas era tarde demais para dizer isso, então em vez disso perguntei: — Mas você não vai perguntar à minha mãe onde ela estava a noite passada antes de ir até lá? E também não vai perguntar a ela onde estava na noite do incêndio da casa de Bellamy? — Falei isso não porque quisesse que ele fizesse essa pergunta a ela, mas porque o detetive Wilson — com seu distintivo, seu documento de identidade, sua arma e seu café — estava cada vez mais parecendo um detetive de verdade, e eu queria saber o que um detetive de verdade deve perguntar, quando e a quem.
— Agora não — disse ele. — Além do mais, eu sei onde posso encontrá-la. — E com isso o detetive Wilson levantou o vidro do carro e partiu para dentro da noite enevoada, deixando para trás o cantar dos seus pneus, o cheiro do cano de descarga e mais a seguinte lição: ser um detetive de verdade significa saber onde se podem encontrar as pessoas. Agora eu sabia onde podia encontrar minha mãe. Mas por que ela estava ali? Era o apartamento dela? Estava ficando com outra pessoa? Seria aquela a sua *casa*? Estaria

ela no apartamento e não na nossa casa na noite do incêndio da Casa Edward Bellamy, e ontem à noite também? Ela estaria em algum outro lugar *que não* o apartamento? Corri a mão pelo bolso do casaco e senti as duas cartas: a de Mincher me pedindo para pôr fogo na Casa Mark Twain, e a outra, anônima e datilografada, cobrando a Mincher três mil dólares para provocar o incêndio. A carta não tinha selo, então significava que alguém fora lá em pessoa, provavelmente de algum lugar próximo. Mas por que uma carta? Por que não apenas ligar para Mincher e fingir ser eu ao telefone? A única resposta era que, quem quer que tenha datilografado e entregue a carta, não podia fingir ser eu ao telefone. Qualquer homem poderia fingir ser eu ao telefone, mas não uma mulher. E que mulher iria querer se passar por mim? Eu só conhecia de fato duas mulheres neste mundo: uma delas estava em Camelot, e a outra estava bem ali à minha frente, menos parecendo a mãe que eu pensava conhecer, e cada vez mais alguém que eu realmente não conhecia.

– Oh, mãe – disse eu, suavemente. Minha mãe continuava sentada à janela, não lia nem olhava para mim pela vidraça: pelo que dava para ver, ela estava meramente de olhos fixos no espaço.

Nesse momento, os feiticeiros e as feiticeiras do grupo de leitura saíram do prédio, cada qual mantendo seu exemplar do livro bem afastado do corpo, como se fosse um bastão detector de irradiações que os estivesse conduzindo diretamente ao âmago do coração de seus filhos. Pareciam superfelizes, como a gente fica quando acha que descobriu a resposta a uma pergunta especialmente difícil. Todos se sentiram como que forçados a me oferecer seus melhores "Alôs" e "Boas-noites" e em seguida passaram a conversar sobre o nevoeiro e como se tratava de um típico nevoeiro londrino, em seguida deu-se uma discussão longa e sincera sobre como se tratava de um nevoeiro extremamente mágico e como haveriam de despertar seus filhos quando chegassem em casa para lhes mostrar o nevoeiro e em seguida achar um trecho do livro que descrevesse um nevoeiro, para comparar o nevoeiro literário com o nevoeiro meteorológico, e em meio a isso tudo eu vi, perifericamente, uma centelha de luz. Voltei as costas para os feiticeiros e feiticeiras e me virei para a janela do apartamento da minha mãe, que estava agora totalmente às escuras, e não consegui mais ver mamãe em parte alguma. Devo ter ficado olhando para as estrelas durante cinco, dez, talvez quinze minutos. As feiticeiras e os feiticeiros entraram em seus veículos e saíram dirigindo na noite, mas eu continuei ali, à espera de que minha mãe acendesse novamente a luz, à espera de que ela saísse do prédio, à espera de *alguma coisa*. Mas esta é outra coisa que eu vou mencionar no meu guia do incendiário (que, como agora já se percebeu, é também um guia do detetive, guia do filho, um guia tão específico ou tão genérico quanto você e eu precisamos que ele seja): ninguém pode passar toda a vida à espera de que uma janela escura se ilumine. E quando começamos a nos perguntar se a janela voltará algum dia a se iluminar, e se estávamos vendo o que e quem pensávamos estar vendo quando ela *estava* acesa, é porque já esperamos demais, e o melhor a fazer é simplesmente ir para casa. Por isso eu fui para casa, simplesmente.

15

O que precisa ser dito a essa altura é que eu sempre soube que meu pai era um bêbado e que não sofreu derrame coisa nenhuma. Eu tinha que saber disso, como poderia não saber? Claro que sabia. Só estava *fingindo* acreditar que ele teve um derrame. Porque todos sabemos que ser filho é mentir para si mesmo a respeito do pai. Mas quando você começa a contar a verdade para si mesmo, isso quer dizer que já não é mais um filho, e que ele não é mais seu pai? E aí, o que você é? E ele, é o quê?

A verdade é que meu pai era um bêbado, e tinha havido uma festa na casa. Festa que deve ter terminado não muito antes de eu voltar para casa pela segunda vez naquela noite. O lugar estava uma bagunça ainda maior do que antes. Havia cinzeiros por todo canto, todos cheios até a borda, e desse modo, em vez de esvaziar os cinzeiros, os fumantes haviam recorrido a qualquer superfície disponível – chatas e côncavas, altamente inflamáveis e nem tão inflamáveis assim – para depositar suas cinzas. A sala de estar parecia pós-vulcânica. Sobre a mesinha de centro havia uma fileira de copos de suco, e dentro de cada copo resíduos líquidos de algo escuro e nojento, algo que ou se virava de um gole ou não se bebia de jeito nenhum. No sofá, alguém deixara uma viseira do tipo que um crupiê ou um repórter novato usavam nos filmes antigos. No chão entre o sofá e a mesinha havia um funil transparente. Eu o peguei e vi um pedaço comprido de mangueira ou cano branco balançando sugestivamente do fundo, e o pus novamente no chão.

A bicicleta ergométrica fora jogada a um canto da sala, virada de lado; um pedal apontava para o teto e ainda se movia. A televisão estava ligada, mas sem som; era um programa sobre cirurgia cardíaca, que mostrava em close detalhes de ferimentos torácicos abertos e depois fechados. Havia música tocando alto, tão alto que eu não sabia dizer de onde vinha ou de que se tratava, especialmente considerando-se que meus pais, pelo que eu sabia, não tinham um aparelho de som. Segui o som pela sala de estar até o quarto do meu pai. A cama estava um desastre, como o resto da casa: lençóis jogados sobre a cadeira, a mesa de cabeceira, por toda parte, menos sobre a cama. Havia um aparelho de som portátil no chão, vibrando com o próprio ruído. Por sobre o som da guitarra e do baixo eu consegui distinguir o cantor perguntar obscuramente "Alguém aí tem um canhão?". Desliguei o aparelho e escutei vozes humanas normais vindo da cozinha. Segui-as. Papai estava sentado à mesa da cozinha e do outro lado se achava um homem que eu nunca vira antes. Entre ambos, sobre a mesa, havia uma caixa de sapatos, e espalhadas sobre a mesa estavam as cartas. Naquele momento senti falta de minha mãe, muita falta, tal como a gente sente falta de um dos pais quando o outro não está fazendo o que dele se espera.

– Eu sei onde está a mamãe – disse eu a papai, mas ele não me escutou, ou fingiu. O outro homem, porém, escutou; ergueu os olhos para mim e sorriu daquele jeito vago e imperturbável dos autênticos beberrões. Tinha aproximadamente a idade de papai, talvez um pouco mais velho, vestia um blazer de veludo cinza meio surrado e tinha um nariz vermelho que bem poderia ser o da rena Rodolfo, caso Rodolfo fosse um (mau) lutador de boxe. Havia duas latas de cerveja na mesa diante deles, e várias vazias espalhadas pela cozinha.

– Agora essa aqui – papai estava dizendo – é uma das minhas favoritas. É de um homem de Leominster, que queria que meu filho incendiasse a Casa Ralph Waldo Emerson porque recebera o nome de Waldo por causa dele, do escritor, e ninguém jamais poderia fazê-lo se esquecer do nome estúpido que tinha. – Eu também me lembrava daquela carta: seu autor dizia que provavelmente deveria querer que eu incendiasse igualmente a casa de seus pais, por lhe terem dado o nome de Waldo, só que eles haviam morrido e ele agora estava morando na casa deles, cuja hipoteca estava paga, tudo certinho, e se eu a queimasse ele teria que pagar aluguel em algum outro lugar. Meu pai passou a carta ao homem do outro lado da mesa, que olhou para ela vagamente, como se fosse a foto de gente que não conhecia; depois deixou-a sobre a mesa. – E essa aqui – prosseguiu papai – é de uma mulher que queria que meu filho pusesse fogo na casa de Herman Melville, em Pittsfield... – E assim por diante. O que importa aqui não é apenas o que meu pai dizia, mas como o fazia. Ele arrastava as palavras ligeiramente ao falar, mas não havia nada de vacilante ou efeito do derrame em sua fala. Eu agora via, ouvia e entendia tudo claramente. Estava vendo meu pai, não sozinho ou com minha mãe, mas em seu elemento – e esta é outra coisa que vou colocar no meu guia do incendiário: ver o nosso pai em seu elemento nos deixará triste. Eu fiquei triste quando achei que meu pai havia sofrido um derrame e ficara parcialmente paralisado, mas pelo menos então ele podia ser considerado heroico. Mas este era um tipo diferente de tristeza, mais profunda, uma tristeza que a gente sente quando descobre que a pessoa que ama não é aquela que pensava estar amando. Será que eu acordaria na manhã seguinte e veria meu pai triste de um jeito totalmente diferente? Afinal, quantos tipos diferentes de tristeza existiriam no mundo?

– Mas essa é curiosa – estava dizendo meu pai, embora o homem do outro lado da mesa não estivesse mais escutando coisa alguma: sua mão continuava envolvendo a lata de cerveja, mas os olhos estavam fechados e o pescoço lutava uma batalha perdida na tentativa de impedir que a cabeça batesse na mesa. – Parece que tem carta faltando. – Papai juntou as cartas, empilhou-as e em seguida começou a correr os dedos entre elas, com os lábios se mexendo à medida que ia conferindo. Concluída a conferência, ele pegou outra carta. A cabeça do homem desabou sobre a mesa com um barulho surdo, *tummm*, mas papai nem percebeu. Talvez não querendo continuar a ser ignorado, o homem se levantou da mesa, com um galo já se formando em sua testa, e saiu da cozinha

e da casa: eu ouvi a porta da frente se abrir e em seguida se fechar. Mas papai não percebeu nada. Só dizia: – Não estou entendendo.
– Que cartas estão faltando? – perguntei delicadamente, porque, segundo me pareceu, ele não se dera conta da minha presença e eu não pretendia assustá-lo. Só que ele não se mostrou em absoluto surpreso ao ouvir o som da minha voz. Talvez soubesse o tempo todo que eu me achava ali, ou quem sabe nem desse a mínima.
– A carta da Casa Edward Bellamy, por exemplo – falou ele. – Mas estão faltando outras seis.
– Quais? – perguntei. Eu sabia muito bem que a carta sobre a Casa Mark Twain estava faltando, já que ela se encontrava no meu bolso. Sem hesitar papai mencionou-a, e em seguida acrescentou:
– Mas faltam ainda mais cinco. Só que eu não estou sabendo quais.
– Então como sabe quantas estão faltando?
Ele me olhou com pena. – Você recebeu 137 cartas. Aqui só há 130. – Bateu na cabeça, como se quisesse tirar de lá de dentro os nomes esquecidos.
– Você sabia que alguém tentou incendiar a Casa Mark Twain ontem à noite? – perguntei.
– Sabia – respondeu papai, virando-se para me encarar pela primeira vez, apesar de sua fisionomia revelar apenas preocupação e desalento. – É por isso que me lembrei da carta da Casa Mark Twain, porque sabia que alguém tinha tentado pôr fogo nela. Sua mãe me contou. E também me disse que quem quer que tenha feito isso, não fez um trabalho lá muito bom.
– E como ela sabia disso? – perguntei a ele.
– Imagino que tenha lido no jornal – disse ele. – E *você*, como soube?
– Também li no jornal – falei, o que era verdade, ou parte dela. E em seguida: – Pai, eu vi a mamãe sair de casa mais cedo.
– É, ela estava aqui – disse meu pai, começando a recontar as cartas. – E agora não está mais.
– Ela não parecia estar bem – falei.

– Houve um pequeno mal-entendido – disse meu pai. – Eu dei uma daquelas minhas festinhas das terças-feiras. Sua mãe suporta as festas quando sabe que elas vão acontecer, para não estar por perto. É por isso que são sempre às terças-feiras.
– Hoje é segunda – falei.
– Esse foi o mal-entendido – admitiu ele. – Eu pensei que fosse terça-feira e liguei para o pessoal, chamando: "Cadê vocês? Venham para cá."
– Pai, me fale dessas festas – pedi, apesar de ser capaz de imaginá-las perfeitamente. Eram frequentadas por homens como o velho de nariz vermelho que batera com a cabeça na mesa da cozinha, homens cujo hábitat natural e exclusivo era a faculdade local: alunos da graduação fracassados ou fracassando, professores bêbados ou editores de livros como meu pai, todos trajando blazers de veludo em diferentes estágios de desgaste. Esses caras todos tiveram um dia suas *especialidades* – literatura vitoriana, botânica tropical, a importância cultural da máquina de escrever –, mas certo dia descobriram que não *gostavam* mais de suas especialidades, não tanto quanto gostavam de beber. E a única coisa que gostavam tanto quanto de beber era de *esquisitices*, o que fazia sentido, já que eram tão esquisitos quanto bêbados. Meu pai, suas *bocas-livres* e seu filho, o incendiário e assassino, e todas aquelas cartas preenchiam ambos os requisitos. Eu podia imaginá-los, toda terça-feira, invadindo a casa de meus pais e bebendo tudo que havia, ouvindo meu pai ler aquelas cartas até exaurir toda a curiosidade e irem embora, até restar apenas um cara de nariz vermelho, sempre o mais bêbado, aquele sem ninguém com quem se encontrar e sem lugar nenhum para ir e nada para fazer a não ser sentar à mesa da cozinha e beber a última latinha e ouvir meu pai falar e falar e falar com voz monótona a respeito das cartas, das cartas, das cartas, tal como já ocorrera antes com tantos outros bêbados. Eu percebi isso sem que meu pai me dissesse, muito embora ele o tenha feito, com todas as letras.
– Quer dizer que a mamãe não gosta dessas festinhas... – falei. Dava para ver por quê, mas algo não fazia sentido para mim. Afinal de contas, mamãe não parecia ter problemas com bêbados em

geral, ela própria sendo uma, e mais, sendo casada com um, e mais, sendo mãe de um filho em vias de também se tornar um bêbado. Então por que mais uma meia dúzia de bêbados de blazers de veludo haveria de incomodá-la tanto assim? – Como é que ela passou a não gostar dessas festas? – perguntei a papai.

– Não tenho ideia – disse ele, e essa é mais uma coisa que vou incluir no meu guia do incendiário: cuidado com um homem que diz "Não tenho ideia" quando perguntado por que sua mulher não gosta de algo que ele tenha feito, o que, evidentemente, é apenas outra forma de dizer cuidado com os homens em geral. – Talvez ela não goste do que meus convidados fazem com a casa – sugeriu ele.

– Por falar em casa, pai, quanto tempo faz que a mãe se mudou?
– Sua mãe se mudou? – repetiu papai. – Eu não diria exatamente que ela fez isso. Afinal, as roupas dela continuam aqui, ou pelo menos a maior parte. E vem beber aqui quase toda noite.

– Pai, acabei de ver o apartamento dela. Agora à noite mesmo eu a vi em seu apartamento em Belchertown, no templo maçônico. Sei tudo sobre isso.

– Oh – disse ele. Sua fisionomia se abateu e começou a ficar mais parecida com a do pai que sofreu um derrame que eu acreditava e queria que ele fosse e que talvez ele quisesse ser também. – Lamento que você precise saber tudo sobre isso.

– Vocês ainda continuam casados?
– É complicado – respondeu ele.
– O quê? – disse eu.
– Casamento – disse ele.
– Você ainda a ama?
– Muito – respondeu papai automaticamente. Isso queria dizer que sim ou que não? Se ele tivesse me perguntado a mesma coisa a respeito de Anne Marie, eu teria dado a mesma resposta, e automaticamente. – Eu gostaria que sua mãe não estivesse naquele apartamento – disse ele. – Gostaria que estivesse aqui, conosco.

– E por que ela não está?

– É complicado – disse papai novamente. Dava para ver que "complicado" era a palavra que ele empregava para descrever o que não compreendia, da mesma forma como eu empregava "acidente". Papai baixou os olhos e logo os dirigiu para as cartas. Pegou uma e eu pude perceber que sua mão tremia. Parecia mais debilitado e disperso a cada segundo que passava, e achei melhor parar de fazer perguntas antes que ele retomasse plenamente a condição de pai-que-sofreu-um-derrame em que eu o classificava.

– Pai, quantas pessoas viram essas cartas?

– Tantas que já perdi a conta – disse ele, e isso parecia deixá-lo animado. Mais revigorado, ele saiu pela cozinha balançando latas de cerveja para ver se ainda havia alguma coisa dentro, bebendo as que tinham.

– Alguém sabe onde você guarda as cartas?

– Claro – disse ele. Sentou-se à mesa e começou a remexer nas cartas outra vez. – Muita gente sabe.

– Alguma pessoa suspeita sabe onde você guarda as cartas? – perguntei. Essa pergunta era meio idiota, e papai me deu uma olhada como quem diz *todas são*, e então fiquei pensando numa forma de ser mais específico. *Qual seria exatamente a aparência de uma pessoa suspeita?*, me perguntei, e imediatamente me veio à mente Thomas Coleman, sobretudo porque ele parecia conhecer meu pai, sabia onde era seu quarto e estivera nesta mesma casa no dia anterior. E mais: eu já o havia apontado como culpado ao detetive Wilson, portanto tinha um certo interesse em sua culpa. E mais ainda: eu achava que não tinha mais ninguém para mencionar além da minha mãe, e não queria mencioná-la, a não ser que tivesse que fazê-lo.

– Você conhece alguém chamado Thomas Coleman? – perguntei a ele.

– Conheço muita gente – papai respondeu.

– É louro – falei. – Magro, de olhos azuis. – Fiquei pensando um pouco mais a respeito, gostaria de ter mais formas de descrever fisicamente a pessoa que estava arruinando nossas vidas. –

Muito magro – disse novamente. – Isso lembra alguém que tenha visto as cartas?

– Um monte de gente magra já viu essas cartas – disse papai, dirigindo-se mais às cartas do que a mim.

– Pai, presta atenção! – esbravejei, tal como todo pai faz com o filho, e como todo filho acaba fazendo com o pai, para se vingar dos gritos de que foi alvo anos atrás, a vingança se constituindo em mais uma das inúmeras espécies de tristeza. A cabeça do meu pai deu uma balançada e ele teve que segurá-la para manter a atenção. – Os pais de Thomas Coleman morreram no incêndio da Casa Emily Dickinson – contei a ele.

– Morreram – disse ele.

– É – falei. – Eu os matei. – Era bom poder finalmente confessar isso, embora todo bom sentimento dure apenas o tempo suficiente para ser destruído, e eu destruí esse ao acrescentar: – Por acidente.

– Por acidente – repetiu papai.

– Você conhece Thomas Coleman? – perguntei. – Ele viu as cartas? Tenho quase certeza de que foi alguém que viu as cartas que tentou atear fogo às casas de Bellamy e de Twain. E provavelmente está também com as outras cinco cartas. Pai, por favor, pense bem: você conhece algum Thomas Coleman? Isso é muito *importante*.

Papai pensou bem; dava para ver pelas rugas de preocupação em sua testa, que se aprofundaram e se multiplicaram. Ele chegou a levar o indicador aos lábios, deixando-o ali até por fim dizer: – Não tenho ideia. Desculpe, Sam, mas não estou conseguindo.

– Tudo bem – falei, acreditando nele, e isso também iria para o meu guia do incendiário: não confie em um homem que diz "Não tenho ideia", mas não subestime sua capacidade de não ter uma. – Pai, você acha que pode ter sido a mamãe quem tentou pôr fogo nessas casas?

– Não – disse ele. – Por que você pergunta uma coisa dessas?

– Porque tenho quase certeza de que foi uma mulher – disse eu. – Se não foi esse tal de Thomas Coleman, tenho quase certeza de que foi uma mulher.

– Por que está dizendo isso?
– É complicado – devolvi sua palavra favorita. – Mas confie em mim, tenho quase certeza de que foi uma mulher.
– E por que seria sua mãe? – disse papai. Ele agora se achava de fato bem lúcido, com os olhos subitamente livres da bebedeira, das cartas e de sabe-se lá o que mais os estivesse embaçando.
– Não sei. Talvez ela não tenha ficado feliz por eu ter voltado para casa. Talvez seja por minha causa.
– Nunca mais diga isso! – berrou papai. Quero dizer, berrou mesmo, e em seguida bateu na mesa, dando ao punho a oportunidade de também berrar. Eu não me lembro de ele ter batido na mesa e berrado assim quando eu era criança; costumava se lamuriar e depois fugir. Eu não sabia qual dos dois era pior, ou melhor. Seriam essas as minhas únicas escolhas? Não deveríamos ter a chance de mais de duas escolhas? – Sua mãe jamais faria uma coisa dessas com você – garantiu-me. – Não seja ridículo.
– Tudo bem.
– Ela *ama* você, seu estúpido – falou ele. – Você não imagina quanto.
– Tudo bem, tudo bem. Mas continuo tendo quase certeza de que foi uma mulher.
– Então é outra mulher – disse papai. – Vá achar outra mulher.
– Claro que ele disse isso, e claro que eu escutei; *achar outra mulher* é a esperança que move a maior parte dos homens, assim como a esperança que finalmente os mantém onde estão.

Era o fim. Após me mandar achar outra mulher, papai deu a impressão de que ia ter outro derrame. Pôs as cartas de volta na caixa de sapatos, botou a caixa debaixo do braço, se levantou da cadeira e foi se arrastando para o quarto. Antes de sair da cozinha, porém, ele esticou a mão que estava livre e pegou um livro da bancada. – Por via das dúvidas – disse ele, exibindo a biografia de Morgan Taylor e em seguida jogando-a para mim. Minha reação não foi rápida o suficiente, e o livro me atingiu diretamente na barriga, que, por coincidência, era exatamente o lugar onde a contracapa do livro prometia que o livro iria me atingir. – Eu já li. Era para eu estar aqui?

– Bom, não você propriamente – disse eu. – Mas sim as coisas que fez, os lugares por onde andou depois de abandonar mamãe e eu. São histórias *suas*.

– Se você está dizendo – falou papai, dando de ombros e em seguida arrastando-se para a cama.

TAL COMO MUITOS narradores jovens e melancólicos dos livros que mamãe me fazia ler quando eu era um jovem melancólico, fui para a cama aquela noite sem jantar, e pior, sem ter almoçado também. Meu estômago se queixava zangado, em compasso com as queixas que me iam na cabeça. Havia tantas coisas em que pensar que eu não conseguia pensar direito em nenhuma delas. Quando isso acontece, a única coisa a fazer é definir um pensamento, o mais simples, o mais próximo e dar o melhor de si para eliminá-lo e, depois, avançar até o próximo pensamento que deseja eliminar.

O pensamento mais próximo de mim naquela noite era: Morgan Taylor havia roubado as histórias do meu pai para sua biografia. Meu pai leu a biografia e disse que não se viu nela, mesmo que os cartões-postais que me enviara revelassem o contrário. Quando eu era criança, guardava os cartões que papai me mandava no meu armário, na prateleira de cima, num envelope de papel pardo. Eu me levantava da cama, puxava uma cadeira para perto do armário, subia nela, alcançava a prateleira de cima e encontrava o envelope. Os cartões-postais estavam dentro: eu os lia ali mesmo, de pé sobre a cadeira. Eram exatamente como eu me lembrava, escritos a mão por papai, com a caligrafia que eu reconhecia dos bilhetes de "Beba-me" que ele deixava pela manhã ao lado da minha poção antirressaca. Em parte eu me lembrava com tamanha clareza da caligrafia porque foi a única vez que eu realmente tinha visto um dos meus pais escrever *algo*, excluídos os ilegíveis comentários à margem que faziam nos trabalhos e manuscritos estudantis, e até mesmo aquelas letras manuscritas não eram exatamente escrita, e sim símbolos que diziam ao autor que deveria ou não fazer parágrafo. Segundo eu entendia, meus pais rabiscavam tanto no trabalho que não conseguiam escrever mais nada em casa – sequer uma lista de compras de mercado ou um cartão de aniversário. A exceção eram os cartões-postais de meu pai. Papai podia não se lembrar deles claramente, mas aqui estavam seus cartões-postais como prova documental de que algo importante acontecera da forma como eu me lembrava que havia acontecido. Cada cartão vinha assinado "Com Amor, seu Pai".

"Também te amo", eu disse para os cartões-postais, devolvendo-os ao envelope e depois recolocando o envelope na prateleira de cima. Meu pai lá embaixo me era estranho e desagradável, mas o que eu conhecia dos cartões-postais continuava aqui comigo, em meu coração e na prateleira de cima do meu armário. Com uma coisa a menos em que pensar, voltei para a cama e tentei dormir. E consegui, durante três horas, até o telefone me acordar. Tocou, tocou, tocou – meus pais não tinham secretária eletrônica, o que me parecia de certa forma correto, porque não me lembro de o telefone ter tocado nem uma só vez desde que eu me mudara – até que finalmente me fez sair da cama e ir lá embaixo, onde ficava o aparelho. Levantei o fone e fiz a saudação de praxe, e em resposta ouvi uma voz masculina que não reconheci dizer "A Casa Robert Frost, Sam. À meia-noite" e, em seguida, desligar. Pus o fone de novo no gancho e fui até o quarto de papai. Estava determinado a acordá-lo, mas ele já estava desperto. O abajur na mesinha lateral estava aceso. Havia uma embalagem de vinho em caixa próxima ao abajur, com o vinho tinto escorrendo do suporte para o chão. Meu pai estava sentado em sua cadeira, com um copo de vinho numa das mãos e a caixa de cartas aberta no colo. Ele ficara até tarde da noite tomando vinho, preocupado com as cartas que faltavam, tal como um outro pai poderia ficar acordado até tarde, tomando café e preocupado com o filho ou a mulher que desaparecera.

– Pai – falei –, você ouviu o telefone tocar?

– Ouvi – respondeu ele, esvaziando o copo. Colocou o copo sob o suporte, encheu-o só até a metade, e então dirigiu à caixa um olhar desapontado que me fez entender que ela estava vazia.

– Era alguém me dizendo que ia incendiar a Casa Robert Frost. Com essas palavras.

– Peter Le Clair – disse ele automaticamente. – Número 10, Rodovia Estadual 18, Franconia, New Hampshire. – Olhou para mim meio constrangido e balançou a cabeça. – Eu devia ter me lembrado dessa.

PARTE QUATRO

16

New Hampshire estava linda. Começou a nevar assim que cruzei a fronteira estadual, o que me deu a sensação de que nunca parava de nevar em New Hampshire e que se eu me virasse para trás e olhasse novamente para Massachusetts, veria uma linha sólida de tempo – de um lado a nevasca, do outro somente palmeiras e brisa morna. Mas não olhei para trás para comprovar. Mantive os olhos à frente, na estrada, porque realmente nevava muito forte e mal dava para ver alguma coisa com tantos caminhões seguindo em alta velocidade para o norte, com a neve zunindo e soprando em suas traseiras para vir bater no meu para-brisa. Parecia que eu estava dirigindo atrás de uma tsunami feroz e terrível com placa de Quebec. Então um dos caminhões entrou num sulco de neve, deu uma guinada para a esquerda, na contramão, saiu da estrada e foi parar numa vala, após o que todos os carros se desgovernaram e começaram a derrapar aqui e ali, e foi como se aqueles carros elétricos de parque de diversões tivessem perdido suas barras de controle energizadas a mais de cem por hora, em plena neve, com visibilidade praticamente zero. Foi um verdadeiro estrago, e eu me dei conta de que, se permanecesse muito mais tempo naquela estrada, logo pararia também em alguma vala ou coisa pior, e por isso tratei de pegar a saída mais próxima.

Fora da estrada tudo era mágico; continuava nevando forte, mas não se viam caminhões pesados, nem altas velocidades, nada capaz de ofuscar a vista e pôr a vida em risco; em suma, era uma New Hampshire bem mais atraente. Passei por cerca de uma dúzia de belas cidadezinhas cheias de casas brancas de madeira, parques cobertos pela neve, igrejas protestantes brancas de linhas retas e pontes de madeira cobertas, e até por moinhos de cereais que tentavam romper a água congelada dos riachos, sem muito êxito, mas sempre com bravura e tenacidade. Quisera eu não estar ali apenas de passagem e sim aprender a pintar e assim poder virar artista e morar em New Hampshire para pintar todos aqueles lugares. Eram muito lindos. Passei por uma pousada em Red Bell com meia dúzia de carros estacionados na frente, todos com placas de fora do estado, gente obviamente em férias. Eu nunca tirara férias, de fato, e agora via que as pessoas tinham esse costume. As pessoas entram de férias não para dar um tempo longe de casa, mas para imaginar o que é ter uma casa nova, melhor, na qual terão uma vida melhor. Percebi isso porque, à medida que dirigia, o vazio em que eu e minha vida estávamos metidos ia ficando menor, cada vez menor, sendo preenchido por New Hampshire, ou talvez apenas pela ideia de New Hampshire, mas e daí que ela estivesse preenchendo o vazio? Talvez seja para isso mesmo que servem as férias: para preencher o vazio de quem não está de férias.

Pois era isso o que a Red Bell estava fazendo comigo: me preenchendo, e mais, me levando a refletir. Agora que eu via a verdade verdadeira, a New Hampshire de sonhos, podia ver Camelot como Anne Marie a vira desde o início: de mau gosto, estéril, solitária e, tanto quanto podem ser as casas, absolutamente incapaz de constituir refúgio para um mundo tão cruel. Mas se tivéssemos conseguido nos mudar para cá, para perto de um moinho de cereais, as coisas teriam sido bem diferentes. Seria tão tarde assim? Talvez não. Talvez Anne Marie e eu pudéssemos nos acertar em New Hampshire; talvez as igrejas de linhas retas a ajudassem a esquecer minhas mentiras e igualmente me ajudassem a finalmente contar a verdade; talvez aqui minhas trapalhadas não fossem tão graves, em Red Bell, ou nas imediações. Afinal de contas, o lugar era tão antigo e já passara por tanta coisa que provavelmente ninguém poderia fazer com ele algo que já não tivesse sido feito. Os muros de pedra, antigos e sinuosos, por exemplo: estavam por toda parte, e se os índios, os ingleses e gerações e gerações de animais de criação não foram capazes de destruí-los, eu não via como eu poderia lhes causar dano. Aqueles muros passavam uma impressão de solidez e permanência, mas, cobertos de neve, pareciam também macios, coisa que eu começava a pensar de mim mesmo – ou melhor, era como eu estava começando a pensar do meu futuro, em New Hampshire. Sim, New Hampshire já estava conseguindo fazer coisas estranhas comigo. Após somente uma hora ali, eu já havia imaginado a vida com Anne Marie e as crianças; isso era fácil, era fácil esquecer que Anne Marie agora estava com Thomas Coleman e não queria mais nada comigo. Eu me perguntei se tinha sido assim que papai se sentira em seus três anos de exílio – se ele se sentira otimista e sonhador em relação à perspectiva de uma vida nova com a mulher e um garoto em Duluth, Yuma, etcetera. A coisa não tinha corrido lá muito bem para ele, mas poderia correr melhor para mim e os meus – disso eu estava convencido. Porque todo mundo sabe que uma constante na história da humanidade é o progresso, e a Duluth de meu pai não era a minha New Hampshire, seu desastre familiar não era o meu, e assim jurei que iria me informar sobre os preços do mercado imobiliário local e as oportunidades de trabalho tão logo descobrisse quem me telefonou, pedindo que eu fosse ao seu encontro na Casa Robert Frost à meia-noite.

Mas continuei guiando rumo ao norte, subindo para as Montanhas Brancas, em direção a Franconia, até que a paisagem foi se tornando tão terrivelmente pobre e deprimente que nem mesmo a neve conseguia disfarçar. Primeiro, as casas de madeira perderam suas ripas e ganharam laterais de alumínio, ainda brancas mas meio sujas em contraste com o branco legítimo e natural da neve. Senti pena das casas, tendo que ser comparadas à neve branca e fracassando fragorosamente. Teria sido provavelmente melhor que as casas e as pessoas que nelas moravam se mudassem para o sul, onde não havia neve à altura.

De qualquer modo, acelerando no tempo (porque essa viagem levava horas e horas – dava para entender por que as pessoas com pressa e sem paciência para admirar detalhes locais são tão fiéis às rodovias interestaduais), eu segui ainda mais para o norte, onde os trailers iam surgindo aqui e ali, até haver apenas trailers e eu começar a sentir saudade das casas com laterais de alumínio. Oh, como eram tristes esses trailers, que faziam a vizinhança do sr. Frazier em Chicopee parecer uma Shangri-lá. Eles pareciam também gelados, assentados ali, ao ar livre, sem árvores para protegê-los do vento e da neve que se acumulava. Alguns trailers tinham compensados de madeira pregados na frente e nas laterais, que balançavam ao vento. Cada trailer tinha uma chaminé saindo pelo teto, furando o forro de papel impermeável como um dedo solitário. A fumaça saía furiosamente por esses dutos, a lenha queimando a todo vapor como se não quisesse perder um único minuto a mais nos trailers. Havia carros avariados em todos os quintais, ocupando o lugar das árvores, que também estavam cobertos de neve, tal como os muros de pedra mais ao sul. Mas enquanto a neve parecia suavizar as pedras, as latas-velhas pareciam cruéis com seus para-lamas enferrujados e empenados perfurando e abrindo buracos grotescos nos montes de neve. Agora eu estava em Franconia, com as Montanhas Brancas por todo lado, e a paisagem que deveria ser bonita não era. As montanhas pareciam impossivelmente distantes, como se não quisessem se aproximar dos trailers. Era horrível, muito deprimente, pobre, e agora o vazio dentro de mim – o vazio onde estavam Anne Marie e as crianças, o vazio que a beleza de Red Bell começara a preencher – estava maior do que nunca, e eu me esquecera inteiramente de Red Bell, não conseguia me lembrar do que a fazia tão bela, não era sequer capaz de imaginar um moinho de cereais. É isso, suponho, o que faz a pobreza: estraga a nossa lembrança das coisas mais belas, o que é mais um motivo para que façamos o maior esforço possível para acabar com ela.

Endereço de Peter Le Clair: Rodovia Estadual 18, nº 10. Encontrei o lugar por causa do 10 pintado à mão na caixa de correspondência, que estava virada para baixo, quase caindo no chão, como se tivesse vergonha do próprio endereço. O trailer era igual aos demais, salvo por uma coisa: Peter em pessoa estava à única janela da frente, me observando estacionar na frente do seu trailer. Seu rosto sumiu da janela e segundos depois a porta de compensado cor de canela fixada ao compensado preto se escancarou e Peter apareceu, com uma barba de cinco dias, uma camisa de lã fina e um revólver na mão. Só que não era um revólver – meus olhos e minhas suposições estavam me pregando peças –, e sim um desentupidor de pia (Peter tinha sérios problemas de encanamento, além dos demais). Ele parecia poderosamente ameaçador. Era alto, bem mais de 1,85m, com um tórax que dava dois do meu. Havia um cachorro na frente do trailer, bem ao lado da minha minivan, e um outro latiu lá de dentro, mas não veio para fora. Eu gostaria de estar na casinha de cachorro junto com aquele cachorro, que conhecia Peter melhor do que eu e poderia provavelmente me dar umas dicas sobre como agradar o dono. Ou talvez fosse o cachorro que estivesse tentando fazer isso, com seus latidos altos que vinham de dentro da casa de cachorro. *Vá embora*, ele parecia estar dizendo com seus latidos, *Vá embora, vá embora*.

Mas eu não podia ir embora. Primeiro porque eram só seis horas, e eu precisava fazer hora até a meia-noite, pelo menos, para descobrir quem me dera aquele telefonema e por quê. Depois, porque eu não tinha para onde ir, nada para fazer. Talvez o trailer de Peter em Franconia fosse a coisa mais próxima a uma casa que eu poderia conseguir. Talvez, para um homem como eu, não houvesse mais algo parecido com uma casa de verdade e por isso eu não podia ser muito exigente, não podia simplesmente me sentar na van e me recusar a sair porque as casas me deixavam deprimido e seus moradores eram avantajados e ameaçadores. Sim, eu precisava sair da van. Agora que eu sabia disso, o latido do cachorro ganhava outro significado, e em vez de *Vá embora, vá embora*, parecia dizer *Sai dessa van, sai dessa van*. Eu saí da van.

Caramba, que frio! Era de apertar o coração, um daqueles frios em que, depois de sair ao ar livre por um segundo, você não suporta outro. Até Peter e seu desentupidor assustavam menos que ele, o frio. Pior: continuava nevando forte e eu estava sem chapéu, e se ficasse mais tempo ali fora, eu acabaria soterrado como os veícu-

los avariados no quintal. Eram três, à esquerda do cachorro; dava para ver as antenas furando a neve.
— Sr. Le Clair, eu sou Sam Pulsifer — falei, caminhando em direção a ele. E em seguida — sem lembrá-lo de quem eu era ou da carta que me enviara sabe-se lá quanto tempo atrás, e sem sequer esperar uma resposta — disse: — O que acha de entrarmos? Meus dentes estão batendo, estão com muito frio. — E, dito isso, fui andando, passando por ele em direção ao trailer, não porque fosse corajoso, mas porque o medo congelara dentro de mim. Tal era o frio que fazia.

No trailer estava mais quente. Havia botas por todo lado, casacos, camisas de lã amassadas e blusões de moletom com capuz pendurados em cabides, nas costas das cadeiras e até na parte de trás da TV, para mantê-los aquecidos. Era um televisor velho, enorme. Nenhum controle remoto jamais havia ou haveria de controlá-lo. Viam-se ainda tapetes pesados e esfarrapados por todo canto — um, inclusive, pregado à parede da sala de estar, como a pele de um animal —, tapetes sem muito colorido (a maioria marrom e vinho) e podia-se imaginar a avó de alguém trabalhando neles durante anos. E havia os livros: a sala de estar — mobília, chão — estava toda tomada por uma camada de livros, feito poeira. Os livros eram todos de alguma biblioteca — podiam-se ver as etiquetas laminadas denunciadoras nas lombadas. Olhei para baixo, levantei o pé esquerdo e me dei conta de que estava pisando num exemplar de *Ethan Frome*, um romance que todo aluno de oitava série de Massachusetts, desde que Edith Wharton o escrevera, tinha sido obrigado a ler sem saber por quê. Chutei o livro para bem longe de mim, algo com que sonhava há 26 anos, e no ato me imaginei fazendo justiça a todos os inúmeros leitores adolescentes que o leram de má vontade. Eram tantos livros de biblioteca que fiquei me perguntando se Peter não teria tirado a biblioteca pública local do negócio e se sua sala de estar não se transformara na verdadeira biblioteca. Falei sala de estar, mas além de biblioteca e sala de estar era também sala de TV e sala de jantar. Havia uma cozinha separada, que era só um pouco maior do que o aparelho de TV, e entre os dois aposentos ficava o item mais importante da casa:

o fogão a lenha. O fogo estava alto e forte, e o ambiente tão seco que fazia com que os seios nasais irremediavelmente se fechassem. Meu rosto, ainda irritado com o frio lá de fora, não parecia menos vermelho agora que eu estava ali dentro, e o efeito do calor extremo não era muito diferente do que o frio extremo provocava.

A porta bateu e estremeceu nervosamente na esquadria. Eu me virei. Peter estava bem atrás de mim, de pé na entrada da sala. Continuava segurando o desentupidor – na verdade parecia estar agarrado a ele – e ainda não dissera uma palavra. Meu rosto parecia ficar mais vermelho só de ver como o dele não ficava. Cara, Peter era branco feito neve, porém muito mais pálido e não tão puro. Atingira uma certa brancura primordial, como um peixe pré-histórico numa caverna, a não ser pela roupa de lã e o metro-e-oitenta-e-tanto de altura. Eu estava assustado com ele, sempre estive. Havia uns caras como ele no meu colégio, rapazes do interior com mãos grandes cheias de cicatrizes, brucutus taciturnos que não eram de falar muito, e nem precisavam. Pareciam mais velhos, mais sérios, mais machos do que eu, e pareciam ter também propriedades, qualidades e outras coisas mais que eu não tinha, mesmo quando não tinham muito, caso obviamente de Peter. Dava para ver jornais e toalhas enrolados e enfiados nos buracos do fundo do trailer, onde os elementos da natureza haviam enferrujado o metal.

– Aqui está muito melhor – falei, esfregando as mãos para demonstrar a melhora da minha circulação sanguínea. – Nossa. – Peter continuava sem dar uma palavra, e agora que eu me sentia mais aquecido, e para acalmar os nervos e puxar o saco do meu anfitrião, acrescentei: – Que belo fogo... Isso, sim, é calor de verdade.

Nada de resposta. De repente eu me lembrei daquela vez no colégio quando terminei de comer uma maçã e arremessei os restos na lata de lixo a uma grande distância, ou melhor, tentei. Só que acertei o filho de um criador de gado leiteiro chamado Kevin. Eu tinha treze anos e Kevin também, mas parecíamos pertencer a planetas distintos, ele ao maior de todos, povoado por uma raça de guerreiros, e então ele partiu na minha direção quando viu quem tinha jogado a maçã. Quando me agarrou, ele me olhava com os mesmos olhos esgazeados com que Peter me olhava agora, e eu só consegui balbuciar mil desculpas e que tinha sido um acidente e que eu era mesmo muito ruim de arremesso (pode perguntar ao professor de ginástica), e aquele blá-blá-blá todo recheado de nervosismo e pavor, até Kevin me dar um murro na face direita que me nocauteou. Eu achei que ele me dera um soco porque eu tinha jogado restos de maçã nele, porém descobri, mais tarde, e de fontes fidedignas, que Kevin me batera porque eu simplesmente não parava de falar. Eu também não conseguia parar de falar com Peter, o que só vinha comprovar que a história se repete, saiba você ou não disso.

– Le Clair – falei. – É francês? Digo, franco-canadense? De Quebec?

Nada. Se fosse possível alguém passar do silêncio para o silêncio mais profundo, este seria o caso de Peter. Seus olhos, que eram de um azul pálido e naturalmente encovados, como que recuaram ainda mais para dentro da face. Sua testa e seu queixo se projetavam como armas apontadas para mim.

– Eu passei a lua de mel lá com minha mulher, Anne Marie. Nós estamos tendo uns probleminhas, espero que possamos superá-los, mas por ora está meio complicado acertar as coisas. Eu menti para ela, mas ela acha que eu menti sobre alguma coisa que eu não fiz, mas não posso contar isso a ela porque a mentira verdadeira é pior do que a que ela pensa que eu disse. Mas agora ela pode estar pensando que eu sou capaz de mentir sobre qualquer coisa. Olha, é complicado. Mas Quebec, foi lá que passamos a nossa lua de mel, apesar de eu não falar francês. Ainda não. Eu meio que me arrependo de nunca ter aprendido outro idioma, embora tenha muitos outros arrependimentos para fazer companhia a esse. Aposto que você fala francês, certo? Ou talvez não. Aprendeu na escola? Ouvi dizer que viver no país ajuda. Você já morou lá? Ou quem sabe foram seus pais que o ensinaram...

E nada. Ouvindo o cachorro latir lá fora, eu mais uma vez desejei estar com ele na casinha de cachorro e não no trailer com Peter, porque pelo menos o cão não era mudo e tinha algo a dizer.

– Qual é o nome do seu cachorro? – perguntei. – Qual a idade dele? Ou será fêmea? Eu nunca tive cachorro. Nem gato. Nenhum animal de estimação. Seu cachorro é castrado? Esterilizado? – E assim por diante, até que fui ficando cansado de mim mesmo e da minha própria tagarelice. Em seguida passei a ficar farto dele, Peter, e de seu silêncio, e depois cansei dos estoicos em geral. Será que essa espécie de gente, homens estoicos, não tem o que dizer? Será que têm muita coisa a dizer, mas não a coisa certa, ou será que não têm é capacidade de dizer as coisas erradas do jeito certo? Bom, e daí? Isso me faria parar de falar? Será que as pessoas não sabiam que falar faz bem, como remédio ou suco? Quem disse a Peter que para ser homem é preciso ser calado e taciturno? Foi isso o que ler um Ethan Frome melancólico e inarticulado lhe ensinara? (Eu já havia chutado esse livro da minha área de alcance, mas, por medida de segurança, chutei-o de novo, na minha cabeça.) Estava tão farto dessas pessoas caladas, era como se eu tivesse passado a vida inteira cercado por elas: sem gostar de silêncio, sem desejá-lo. O silêncio dessas pessoas era como um chapéu velho que alguém lhes mandara usar, e elas assim o fizeram, porém de cara amarrada. Eu estava quase com saudade de Thomas Coleman, que pelo menos sabia *conversar* e não tinha timidez em fazê-lo, mesmo que as coisas que dissesse fossem dolorosas e sinistras, além de soarem absolutamente mentirosas. E ele, é claro, andava dizendo esse tipo de coisas para minha mulher, e – agora eu me dava conta – talvez estivesse com ela *neste exato momento*. De repente fiquei farto também de Thomas, e talvez o problema não estivesse em eu me sentir farto somente dos homens calados, mas sim de todos os homens, o que era preocupante, na medida em que eu me incluía entre eles.

– Olha só – disse eu. – Como já lhe disse, eu me chamo Sam Pulsifer e preciso saber: você é Peter Le Clair? O Peter Le Clair que me escreveu há anos, pedindo que eu incendiasse a Casa Robert Frost?

Peter não largou o desentupidor ao ouvir isso, não sorriu nem disse nada. Só deu de ombros. Aquele era, como aprendi nas muitas horas que se seguiram, seu gesto preferido, que ele provavelmente usava para demonstrar conhecimento, confusão, sonolência, fome, lealdade, bebedeira, impaciência, empatia, desejo sexual. Era um gesto econômico, de que eu gostei tanto que pensei em repetir para ele. Mas aí me lembrei daquela vez na prisão em que eu disse "Eu sou foda" após um jogo de basquete e Terrell me bateu; desta vez não havia guardas para me proteger. Por isso, não dei de ombros. Mas bem que quis fazê-lo, e aposto que, se tivesse tido uma chance, a imitação teria feito muito bem à nossa relação. Porque me parece que o mundo seria um lugar melhor e mais agradável de se viver se nós apenas tivéssemos a oportunidade de imitar uns aos outros sem que a pessoa objeto da imitação a considerasse uma ofensa e ameaçasse reagir com violência.

– Você deu de ombros – falei. – Isso significa sim?

– Sim – disse ele, com uma voz áspera, mas um pouco mais alta do que eu esperava, como um Piu-piu durão. – Eu sou Peter Le Clair.

Bom, agora finalmente estávamos tendo uma conversa normal – os dois sentados, como se estivéssemos combinando alguma coisa – e eu com certeza não queria perder o fio. Por isso resolvi fazer perguntas simples que ambos pudéssemos acompanhar.

– Você sabe por que eu estou aqui?

– Sim – confirmou Peter, e em seguida, antes que eu pudesse responder, disse: – Quero que você ponha fogo naquela casa. Mas não tenho como pagar. – Quando ele disse isso, seus olhos baixaram para as botas e logo se ergueram para fixar os meus, como se dentro dele a vergonha estivesse em luta com o orgulho. Senti pena e quis dizer a ele que a luta não era parte apenas de sua condição pessoal, era a condição humana, e a minha condição também. Talvez fosse por isso que meu rosto estava tão vermelho. Eu queria dizer a ele todas essas coisas, mas também não queria sair do assunto, que era a minha fraqueza, assim como o dele era a dificuldade de falar.

– Você não pode me pagar – disse eu, só para ganhar tempo para pensar e prosseguir a conversa. – Você recebeu um telefonema dizendo algo sobre incendiar a Casa Robert Frost? – Eu estava pensando também no telefonema que havia recebido em Amherst.

A voz não era de Peter, isso eu via agora, mas talvez ele também tivesse recebido um telefonema.

Só que não recebera. – Nenhum telefonema – disse ele. – Nenhum. – E deu de ombros novamente. Tratava-se de um gesto definitivo, um dar de ombros que me revelou que não havia mais nada a dizer sobre telefonemas. Então eu não disse nada; ao contrário, avaliei em silêncio o que agora sabia ou pensava saber. Peter não recebera nenhum telefonema; eu sim, mas quem ligou não tinha pedido dinheiro para incendiar a Casa Robert Frost, considerando-se que fosse isso o que planejava fazer. A pessoa que tentou incendiar a Casa Mark Twain pedira dinheiro, mas o fizera através de uma carta, não por telefone, e muito provavelmente não era um homem e muito provavelmente também nada tinha a ver com a pessoa com quem eu deveria me encontrar à meia-noite na Casa Robert Frost. E nenhuma dessas pessoas parecia necessariamente ter algo a ver com quem quer que tenha tentado incendiar a Casa Edward Bellamy. Eu entrei em pânico ao me dar conta de todas as coisas que não sabia, o mesmo tipo de pânico que uma criança de escola sente quando pega num lápis para fazer uma prova para a qual não está preparada. E toda criança de escola sabe que o pânico é, para a bexiga, o que o amor, o ódio ou o exercício é para o coração.

– Volto já – disse eu a Peter, dirigindo-me um tanto indeciso ao banheiro, que ficava na primeira porta à esquerda. Era um cômodo interessante, com peças e equipamentos por todo lado – tubos de pvc, telhas quebradas, canos de chuveiro, cortinas e um pequeno armário de medicamentos sem porta. E, como numa arca de Noé, havia um par de cada item mais necessário: duas pias (uma fixada na parede e outra no chão), dois cinzeiros, duas toalhas, dois toalheiros e dois vasos sanitários, um azul e outro amarelo. Agora o desentupidor de Peter fazia mais sentido. Mas, na pressa, sem poder pensar em qual dos dois eu deveria usar, usei o azul em homenagem ao garoto que eu tinha sido e que essencialmente continuava sendo. Quando terminei, saí do banheiro às pressas e sem verificar se era o vaso correto, em funcionamento. Porque se fosse, ótimo; se não, bom, eu não queria nem saber.

– Não posso lhe pagar – repetiu Peter assim que voltei à sala. Eu me senti solidário: a falta de dinheiro era um peso muito grande do qual ele precisava se aliviar, e sua pobreza era para o vaso sanitário dele o que meu xixi acabava de ser para o meu.
– Não se preocupe com dinheiro – respondi. – O que acha de pegarmos o carro para ir à Casa Robert Frost ver com o que estamos lidando?
– A picape está enguiçada – disse ele.
– Qual delas?
– Todas – disse ele. – Vamos na sua van.

Em seguida, começou a me empurrar roupas – uma camisa térmica que um dia fora branca, agora suja a ponto de parecer amarela; uma blusa de lã amassada; um casaco azul grande, largo, que ficaria bem no Bibendum, aquele boneco da Michelin; uma touca de esqui preta com um pompom amarelo que cheirava como se um mês atrás o cachorro o tivesse usado para dar um mergulho no querosene. Peter bateu o pé: se íamos sair, era melhor eu me vestir direito. Estava escuro àquela hora e provavelmente fazia ainda mais frio, e eu estava vestido apenas com o que costumava usar: calça cáqui com muitas pregas, que se amontoavam de forma bem pouco elegante quando eu me sentava, um par de tênis de corrida e um pulôver de lã cinza, que não eram suficientemente quentes nem para o clima tropical de Massachusetts. Então eu pus as roupas que Peter me deu diretamente por sobre as minhas. Parecia que eu estava acrescentando mais uma camada de pele, e mais outra. Peter também estava vestindo algumas camadas extras de lã e uma parca enorme com capuz sobre elas, e em determinado momento, após concluída toda aquela pilha de roupas, nós nos viramos um para o outro como a dizer: *Confere!* E ali estávamos nós, lado a lado, com nossas barbas e nossas roupas de lã, como duas garotas prontas para sair para uma festa. A situação era insólita e encantadora, do jeito como só as coisas insólitas conseguem ser.

– Pronto? – perguntou ele. Eu estava, e foi o que respondi. Peter jogou o desentupidor num canto da sala e se inclinou na direção do sofá, onde um cachorro estava todo enrolado nas cobertas; eu entendi que era o mesmo que mais cedo latiu da casinha de cachorro. Peter obviamente o havia deixado entrar enquanto eu fui ao banheiro. Mal se conseguia ver o cão – que era, como tudo o mais no trailer, algo entre o marrom e o vermelho-escuro –, mas quando Peter pôs a mão em sua cabeça e a deixou ali por um instante, deu para ouvir o bicho suspirar de felicidade, e aquele som me deixou com a pior espécie de tristeza, a autopiedade. Como era possível que um vira-latas daquele tivesse o que há de mais precioso – o amor e o afago carinhoso de alguém, um sofá para dormir, uma casa (duas casas) para chamar de sua – e eu não? Era isso que eu me tornara? Será que eu valia menos e tinha menos sorte que um cachorro? Podia haver uma pessoa mais triste em toda a Nova Inglaterra, na *história* da Nova Inglaterra? O próprio Ethan Frome, em sua tristeza patética, olharia para mim e se sentiria sortudo por ter ao menos sua terrinha de merda, sua fazenda falida, sua casa cheia de goteiras e correntes de ar, sua mulher rabugenta, seu amor impossível, seu vocabulário pobre e limitado? Será que até Ethan Frome ficaria feliz por não ser eu? Sim, a autopiedade era quase palpável no ar; a sala estava cheia dela, como a minha bexiga minutos antes. Talvez o outro vaso sanitário servisse para isso. Era uma ideia bem interessante – ter um local onde depositar sua autopiedade – e ter pensado nisso fez com que eu me sentisse melhor, por um segundo.

Mas então, *uuuuuuuh*, saímos para o frio e a neve e entramos na van. Não consigo me lembrar de mais nada, a não ser que de início não estava nem um pouco mais quente dentro do carro do que do lado de fora. Oh, que frio fazia! É impossível dizer o quanto. Era aquela espécie de frio que deixa a gente louco e obstinado, só pensando em se esquentar, esquentar, esquentar. A calefação era muito lenta, e para não ficar pensando apenas no frio, eu me concentrei nas orientações de Peter para dobrar aqui e ali, nos faróis na neve, balançando e girando como moléculas, e, para além da neve, na escuridão, a profunda escuridão. Ao me lembrar hoje daquilo, percebo que foi bonito: o mundo parecia pequeno e familiar, só eu e Peter e a neve e a escuridão e a van e o calor – pois finalmente ele apareceu, soprando pra valer sobre nós, justo na hora em que estacionei diante da Casa Robert Frost. Era a casa de fazenda padrão, velha e branca – do tipo que não se consegue manter as vespas do lado de fora durante o verão, nem o calor dentro durante o inverno –, e as únicas coisas realmente notáveis a seu respeito eram o fato de ainda não ter sido incendiada, se ver cercada por carros estacionados e estar acesa como se fosse Natal. Todas as luzes da casa deviam estar acesas, e isso até o sr. Frost deve ter sido capaz de perceber de sua nova e mais permanente morada no Além.

– O que está havendo aqui? – perguntei.

Peter deu de ombros, o que para mim significava *Não sei*.

– Vamos lá ver – disse eu. Peter deu de ombros novamente, o que para mim quis dizer *Não*.

– Por que não? – eu quis saber, e pode-se imaginar qual foi a resposta, ou pelo menos como ele a deu, por isso não me darei ao trabalho de interpretá-la.

Mas, acontecesse o que acontecesse, eu ia entrar naquela casa: só naquela semana já ficara trancado do lado de fora da minha própria casa e do apartamento da minha mãe, e ninguém me deixaria de fora também desse lugar. Saltei da van, subi os degraus e entrei na casa, e então, adivinha só?, Peter veio atrás. E este é mais um conselho necessário que vou incluir no meu guia do incendiário: se você for na frente, as pessoas o seguirão, especialmente se lá fora estiver dolorosamente frio e se seus seguidores não quiserem ser deixados numa van sem aquecimento. Se você for na frente, e exatamente nesse tipo de circunstância, elas o seguirão.

17

Devo salientar que, entre o *antes* em que isso estava ocorrendo e o *agora* em que estou escrevendo, eu meio que me tornei um leitor. Naquele antes eu nunca ouvira falar do autor que havia na Casa Robert Frost, no máximo tinha notícia do seu mais recente livro, mas agora ouvira falar dele e também lera todos os seus romances. Todos são povoados por camponeses taciturnos do norte de New Hampshire com tendências violentas, que praticam violências contra suas camponesas e seus filhos, em seguida sentem-se incomodados com a própria violência e a forma como a paisagem inóspita do norte de New Hampshire é parte integrante dessa violência. O autor se mudou recentemente para o Wyoming fugindo da invasão de gente que está indo para New Hampshire, e agora vem ambientando seus livros no Wyoming, onde os homens também são taciturnos, violentos etcetera. Os livros ganharam vários prêmios e até se transformaram em grandes filmes – devo salientar isso também.

Foi bom Peter e eu termos chegado naquela hora, porque conseguimos os dois últimos lugares disponíveis. Dei uma rápida olhadela em torno à procura de incendiários ou de incendiários em potencial, mas não reconheci nenhum, absolutamente nenhum. Aqui e ali viam-se algumas mulheres, mas o público em sua maior parte era composto de homens. Alguns se vestiam como Peter, com casacos de caçador xadrez ou casacões pesados de pele ou ainda camisas de lã amarrotadas, mas todos de calças jeans e botas de trabalho. Alguns dos homens usavam casacos de esquiar, botas de caminhada e calças verdes do exército cheias de bolsos, do tipo que faz você querer sair da poltrona para aventurar-se no rappel. Outros usavam calças de veludo largas, botas, suéteres de tricô e cachecol. Compunham uma boa mostra das Nações Unidas do macho branco americano. Mas todos os homens, independentemente do que estivessem vestindo, estavam largadões nas cadeiras, com as pernas tão abertas que dava a impressão de haver algo de muito errado com seus testículos.

À nossa frente havia uma tribuna com um microfone afixado. Na frente da tribuna – e também nas laterais – havia cartazes anunciando a leitura e a condição de atual escritor-residente da Casa Robert Frost do leitor. Havia uma fotografia do escritor-residente no cartaz, e pela foto eu o reconheci em pessoa, sentado à direita da tribuna. Ele também usava um casaco de caçador xadrez e tinha uma barba ruiva grande e uns tufos de cabelo encaracolado ruivo já ficando grisalhos. Sentado a seu lado encontrava-se um homem magro e careca com óculos de aro metálico e uma camisa amarela de veludo que parecia ter acabado de sair da caixa de tão nova. O magro careca se levantou da cadeira, foi até a tribuna e se apresentou como diretor da Casa Robert Frost. Contou a história dos escritores-residentes da casa e de como eram escolhidos tendo em vista a maneira como autor e obra incorporavam o verdadeiro espírito de Robert Frost e da própria Nova Inglaterra. O diretor, em seguida, falou um pouco sobre o que era, exatamente, o verdadeiro espírito da Casa Robert Frost. Não posso afirmar que tenha ouvido tudo, ou mesmo parte, do que ele falou, do mesmo modo como ninguém dá muita atenção aos comerciais de automóvel que afirmam que determinado veículo incorpora o verdadeiro espírito da América.

De todo modo, o diretor prosseguiu por mais um bom tempo e, em determinado momento, deve ter apresentado o escritor-residente porque de súbito se sentou, ouviram-se alguns aplausos e o escritor-residente tomou lugar à tribuna. Tirando do bolso do casaco uma garrafa de Jim Beam do tamanho e formato de um cantil, deu uma golada e, sem nos dar uma palavra de agradecimento por termos comparecido, passou logo à leitura. A história era sobre uma pilha de lenha e a neve caindo sobre a pilha de lenha, e o velho que era dono da pilha de lenha e que na verdade não era assim tão velho, mas que tinha sido tão maltratado pela vida que parecia bem mais velho do que de fato era. O velho estava sentado à janela da cozinha bebendo uísque direto da garrafa e vendo a neve umedecer a lenha de que ele e sua família precisavam para se aquecer e que deveria ser cortada logo. O filho dele é que deveria fazer isso, como prometera, mas estava em algum lugar por aí arrumando confusão com uma certa garota a quem o velho não dava grande importância porque a considerava uma piranha (ela era piranha, ao que parece, não por ter feito sexo com alguém ou alguéns, mas porque quem mais a não ser uma piranha iria querer se encontrar com o filho do velho?). O velho odiava a garota, odiava o filho, odiava a neve, odiava a pilha de lenha intocada, o que era claramente uma espécie de símbolo de como a vida do homem não havia transcorrido da forma como ele planejara, e o velho odiava igualmente o uísque, que no entanto continuava bebendo. Eu não conseguia entender por que o velho simplesmente não tirava a bunda da cadeira e ia cortar ele mesmo a lenha, e também não conseguia entender por que o autor não recorria a metáforas ou comparações em sua história, que não passava de uma mera lista de supermercado das coisas que odiava. E por falar em listas de compras, a mulher do velho entrou na cozinha com *sua* lista de compras dizendo ao velho que estava indo ao supermercado, e de passagem olhou para o fogão apagado e falou: "Pa."O velho não respondeu, talvez porque não gostasse de ser chamado de "Pa", ou então porque gostasse tanto de ser chamado de "Pa" que queria que a mulher o chamasse assim novamente, ou ainda porque homens como ele só são chamados de "Pa" em livros e ele não se dava conta de que era um deles. Seja como for, a mulher disse novamente "Pa" e em seguida: "Está frio aqui. Por que você não vai lá fora e corta um pouco de lenha?"

    O velho não olhou para a mulher quando ela falou isso; olhou, sim, para o machado encostado a um canto, e o fez de uma forma tão resignada, tão significativa que ficou claro que não iria cortar lenha com ele, mas que o usaria para praticar algum ato terrível de violência contra a mulher ou contra o filho ou contra ambos, e que a violência era inevitável. A história terminou com ele olhando para o machado, e aí o escritor-residente desceu da tribuna e tomou seu assento ao lado do diretor.

Ouviram-se vários minutos de aplausos retumbantes e ensurdecedores, tal como ocorreu comigo no dia em que falei para a turminha da escola de Katherine. Eu levei o saco plástico com fecho que tinha inventado para fazer uma demonstração, e ensinei às crianças como se fechava, como se fechava, como se fechava, e depois expliquei como tinha feito o saco daquele jeito e por quê. No final, as crianças me deram uma verdadeira ovação, longa e estrondosa, não por terem ficado impressionadas com o meu saco plástico, mas porque estavam competindo umas com as outras para ver quem era capaz de aplaudir mais alto e por mais tempo. A ovação na Casa Robert Frost foi parecida. Até eu bati palmas, para entrar no espírito da coisa e parecer simpático.

A única pessoa na plateia que não bateu palmas foi Peter. A princípio achei que era o jeito dele de aplaudir, o mesmo como falava. Mas depois percebi que ele estava de olhos fixos no escritor-residente, de olhos cravados, melhor dizendo, e furioso, como se o escritor-residente fosse um exame de vista especialmente desagradável. Em vez de aplaudir, Peter amassava o punho direito na palma da mão esquerda de tal modo que me deu pena da palma da mão dele.

– Algum problema? – murmurei.

– Odeio esse cara – grunhiu ele.

– Por quê? – eu quis saber, mas ele não me respondeu. Sequer deu de ombros, o que dá a medida de como estava zangado.

E, após pensar alguns minutos – os aplausos prosseguiam, o que era bom porque eu penso melhor com o auxílio de um fundo sonoro, da mesma maneira como certas pessoas dormem melhor com a ajuda de um ventilador –, eu tive quase certeza de saber por que ele odiava o escritor-residente. Veio-me a imagem nítida de Peter em casa – o fogão crepitando, ele sentado com seu desentupidor e seu cachorro ao lado – lendo um livro atrás do outro.

Talvez ele também tivesse lido os livros do escritor-residente, os quais – com a ajuda de *Ethan Frome* – lhe estavam mostrando não o tipo de pessoa que ele *podia* ser, mas o que ele *era* e sempre seria: carrancudo, fracassado, violento, inexpressivo. Talvez fosse a isso que o diretor quis se referir ao falar no verdadeiro espírito da Nova Inglaterra, *espírito* não como aquilo que ajuda as pessoas a alçar voo, mas que as empurra para baixo. Talvez por isso Peter queria tanto que eu tocasse fogo na Casa Robert Frost: porque ela continuava a abrigar escritores-residentes como esse, gente que mostrava a Peter quem ele era e quem não era, e não quem ainda poderia vir a ser, e Peter estava farto daquilo. Eu estava certo disso, como se tivesse a carta de Peter à minha frente, a houvesse lido inúmeras vezes e soubesse de cor as razões dele, o que evidentemente não era o caso.

Porque se eu soubesse na época o que sei agora (eu recuperara a carta de Peter, uma história a que logo voltarei), teria sabido que Peter queria que eu incendiasse a Casa Robert Frost por causa do diretor, que, é claro, estava sentado bem ao lado do escritor-residente. Seis anos antes (Peter me escrevera depois que eu havia saído da prisão), o diretor contratara Peter para consertar uma infiltração no teto. Uma semana depois de Peter fazer o reparo e receber o pagamento pelo serviço, o teto voltou a apresentar infiltração, e Peter se recusou a consertar de novo, a menos que fosse pago de novo. O diretor não só não pagou de novo como ainda espalhou que Peter não era confiável e que ninguém deveria contratar seus serviços, e agora Peter não conseguia mais trabalho. Mesmo passados seis anos, ele aparentemente não arranjava trabalho. E por isso queria que eu incendiasse a casa, para se vingar do diretor. A carta não dizia por que razão ele próprio não queimava a casa, mas o mau estado do seu banheiro me deu uma ideia bastante razoável a respeito. Seja como for, o fato de ele querer que eu tocasse fogo na Casa Robert Frost não tinha relação alguma com o escritor-residente, assim como o escritor-residente nada tinha a ver com o próprio Frost, ainda que estivesse ali em função do nome de Frost. Eu me pergunto se não é por essa razão que os escritores morrem: para não terem que assistir às pessoas especulando sobre que espécie de escritor eles são. E me pergunto também se não é por isso que as *pessoas* o fazem. Morrer, entenda-se. Quanto à razão para Peter ler tanto e ter tantos livros espalhados pela casa, sua carta nada dizia. Talvez por não conseguir mais trabalho ele tivesse tempo bastante para matar, e a leitura o ajudasse nisso. Talvez se sentisse entediado. Talvez *gostasse* de ler. Talvez porque os livros fossem da biblioteca e de graça, como pouquíssimas coisas o são. Ou talvez se tratasse de razões particulares, se *particular* significa não que mais alguém não seja capaz de entender as nossas razões, mas que nós mesmos não as entendemos inteiramente.

Seja como for, eu achava que sabia quem Peter odiava e por quê, lamentava por ele e queria fazer algo para ajudá-lo, algo além do que ele queria que eu fizesse. Nesse meio-tempo, os aplausos prosseguiam, o escritor-residente parecia cada vez mais sério ali sentado bebendo uísque, e o diretor parecia cada vez mais satisfeito, enquanto o rosto de Peter ia ficando cada vez mais vermelho, e dava para ver que seu ressentimento ia aumentando, aumentando, e digamos que eu senti que precisava fazer alguma coisa. Se isso não basta, digamos então que se o espírito da Nova Inglaterra estava no escritor–residente, o espírito de minha mãe – leitora e contadora de histórias – estava em mim.

– Tenho uma pergunta – falei, me levantando. Não sei se alguém me ouviu falar em meio aos aplausos, mas cedo ou tarde as pessoas sentadas perceberiam que havia alguém de pé. Quando alguns minutos depois um grupo me notou ali, parou de aplaudir.

– Tenho uma pergunta – repeti.

– Sem perguntas, sem perguntas – disse o diretor, se levantando. Quando ele fez isso, Peter rosnou de modo audível, o que eu apreciei, e seguiu rosnando até o diretor se sentar. O escritor-residente não dava a impressão de se importar com nada. Parecia cansado e entediado, como se soubesse exatamente quem eu era, como se já houvesse representado muitas vezes antes o seu Mercúcio diante do meu Teobaldo. Até seus goles de Jim Beam pareciam ensaiados, obedecendo a intervalos regulares, como parte das marcações de palco.

– Por que esse seu personagem precisa ser um... – Aqui fiz uma pausa buscando as palavras corretas, mas, incapaz de encontrá-las, escolhi entre as muitas inadequadas ao meu dispor: – ... Um idiota raivoso?

O escritor-residente deu outra golada na garrafa de Jim Beam e respondeu que não cabia a ele explicar por que seus personagens eram do jeito que eram.

– Então cabe a quem?

– A ninguém, e me refiro a ninguém mesmo – disse o autor.

Aquela devia ser uma frase de algum dos seus livros, porque todo mundo em volta vibrou e gargalhou. Essa é a coisa mais aterrorizante do falar em público: não o fato de que o perdeu, mas de que nunca o teve a seu lado desde o início e nunca o terá. Senti meu rosto em brasa, de tão vermelho, e aposto que se tocasse com ele o chão, a casa inteira viraria fumaça, e Peter teria conseguido o que tanto desejava. Mas não fiz isso: me mantive de pé, aguardando a multidão finalmente silenciar, e então falei: – Mas o problema *é* seu. Foi você que o fez desse jeito.

– Eu não o fiz desse jeito – disse o escritor-residente. – Ele é assim.

– Ele é assim – repeti. Roubei da minha mãe essa tática. Quando eu era criança e dizia alguma bobagem, ela repetia o que eu dissera para que eu pudesse ouvir bem a bobagem que era.

– Ele é assim – repetiu de volta o escritor-residente. Talvez essa fosse sua tática também.

– Mas suponhamos que ele *não* seja assim – falei, e antes que o escritor-residente ou sua claque pudessem dizer qualquer coisa mais, prossegui: – Suponhamos que ele não seja um velho. Suponhamos que seja um rapaz. – O escritor-residente meneou a cabeça, como se a alternativa fosse viável, o que só me encheu de coragem. – Suponhamos que ele não seja tão raivoso. Suponhamos que tenha um emprego. Suponhamos que seja um fazendeiro... – E aqui fiz uma pausa, lembrando-me das sessões de *brainstorming* da memória dos analistas financeiros; eu me lembrei que eles, quando tentavam superar um bloqueio de escritor especialmente grande, encorajavam-se mutuamente a "escrever sobre o que sabiam". E em certo sentido os analistas financeiros escreveram mesmo o que sabiam – eles sabiam dos cartões-postais do meu pai, sabiam por onde ele andara e o que tinha feito – e por isso o conselho parecia bastante útil. Mas como eu não sabia nada de ser fazendeiro, tentei outra coisa: – Ou suponhamos que ele seja um lenhador. – Mas o problema continuava: eu não sabia nada de ser lenhador, nem mesmo o tipo de serra que deveria ser usado para abater determinado tipo de árvore. O único trabalho que eu conhecia era o de cientista de embalagens. Mas aí me lembrei da primeira reação de papai ao meu trabalho – "Não há grandeza alguma em embalagens de bolas de tênis" – e desconfiei que a reação do escritor-residente poderia ser a mesma, ou pior. E assim, em pânico, sem achar mais o que dizer, falei: – Ou suponhamos que esse rapaz seja um trapalhão e acidentalmente... – E então contei resumidamente a história que estou lhes contando. Foi uma versão muito mais curta, mas incluía a maior parte dos fatos e personagens: as histórias de mamãe, as casas incendiadas, os Coleman mortos e seu filho vingativo, minha mulher e meus filhos maravilhosos, meus pais bêbados e seu misterioso modo de vida, as cartas e os analistas financeiros. É verdade que a história não tinha um final apropriado – contei apenas até o incêndio da Casa Mark Twain, e então disse: "Continua no próximo episódio", mas tratei de manter as coisas bem próximas aos fatos. Na realidade, a única coisa que inventei sobre o rapaz foi que ele tocava guitarra de doze cordas, isso porque eu sempre quis tocar guitarra e a de doze cordas me pareceu melhor que a de seis.

– O que me diz? – perguntei após concluir. Na verdade me sentia bem satisfeito comigo mesmo e com a minha história, e com tudo o que acontecera nela. Porque ninguém pode deixar de se impressionar com a própria história. Porque se você não fica impressionado com sua história, quem ficará? – O que me diz sobre *esse* cara? – indaguei.

– Eu diria que não parece uma pessoa real – respondeu o escritor-residente.

— Não? — perguntei. Oh, que pena! No dia anterior mesmo, Lees Ardor tinha me dito que queria ser uma pessoa real, e agora eu sabia exatamente o que ela estava querendo dizer. Eu teria dado qualquer coisa para não ter contado a minha história. Teria dado qualquer coisa para retornar no tempo, antes de contar minha história, pegar Lees Ardor e levá-la ali para sentarmos juntos e ouvir o escritor-residente nos explicar o que era uma pessoa real.

— Ele não se parece nem um pouco com uma pessoa real — falou o escritor-residente. — Parece um truque barato. Basta de truques baratos.

— Basta de truques baratos — repeti, me deixando desabar de novo na cadeira, e aposto que a cadeira dobrável teria se fechado com o impacto, a não ser que tivesse escutado o que tinha acontecido e ficasse com pena.

— Basta de truques baratos — disse o escritor-residente, e em seguida tomou mais outro trago do seu uísque.

Nesse momento o diretor se levantou, foi até a tribuna e começou a agitar as mãos e os braços por sobre a cabeça, como se fosse um náufrago tentando chamar a atenção de um avião que estivesse sobrevoando por ali. — Creio que nosso tempo se esgotou — disse ele, e em seguida anunciou que o escritor-residente se sentiria feliz em autografar seus livros. Isso provocou uma corrida ensandecida para a frente do salão. Eu permaneci sentado no meu lugar, com a cabeça entre os joelhos, na posição de colisão. Só que a colisão já havia ocorrido e eu adotara a posição tarde demais. Peter estava sentado a meu lado — podia ouvir sua respiração indo e voltando, irada –, mas, diferentemente dele, eu me sentia completamente só. Até o espírito da minha mãe havia me abandonado, como se ele tivesse, feito o ianque de Connecticut, saído do meu corpo, daquele lugar e voltado ao seu próprio corpo.

Não sei por quanto tempo ficamos ali sentados assim: pode ter sido um minuto, pode ter sido uma hora. Finalmente Peter agarrou meu (seu) casaco e me puxou para trás. Como eu me recusasse a olhá-lo, ele precisou segurar meu queixo e virar minha cabeça e minha atenção na direção dele. Peter estava zangado, era evidente. Eu achei que fosse comigo: não só tinha bancado o idiota como, ao contar minha história, provavelmente atraíra uma atenção indesejada para mim, para ele e sua carta, e para o que ele queria que eu fizesse. Baixei de novo a cabeça, de vergonha; e mais uma vez ele pôs a mão no meu queixo e o ergueu, mas com uma delicadeza surpreendente.

– Agora você entendeu por que eu odeio esse sujeito?
– Entendi – disse eu. Porque achava que entendera.
– Tudo bem? – Peter quis saber, e em seguida deu de ombros. Eu sabia que ele estava me perguntando se eu ia incendiar a casa para ele, e de graça; eu sabia disso. Não tinha a intenção de fazer o que ele desejava, porém – e essa é mais uma das muitas coisas de que me envergonhava – me sentia tão agradecido por ele não estar zangado que resolvi fingir concordar, *fingir concordar* entendido como aquilo que nós costumamos fazer quando é muito difícil fazer o contrário e simplesmente dizer a verdade.

– Tudo bem – respondi.
– Ótimo – disse ele. – Então vamos.
– Para onde?
– Para o bar – disse Peter.
– Boa ideia – concordei. Nós nos levantamos para ir embora, mas antes eu me virei para olhar o escritor-residente. Ele ainda estava sentado na cadeira, ainda bebendo seu Beam. Havia ainda uma longa fila de pessoas segurando livros para ele autografar. O diretor ainda o rondava, sabe-se lá por que motivo. Mas o escritor-residente não olhava para o diretor ou para o público, nem mesmo para os exemplares de seus livros. Não, ele olhava nostalgicamente para nós, que saíamos da casa e, quem sabe?, talvez estivesse pensando que, afinal de contas, éramos pessoas reais.

18

O bar era um prédio cinza-escuro lembrando um rancho com um portão de compensado preto na frente e não nas laterais, como no trailer de Peter. Mas ambos eram da mesma família de construções humildes. Havia anúncios em néon de cerveja nas janelas, e em volta das janelas brilhavam lâmpadas de Natal, mas as lâmpadas travavam uma batalha perdida: metade delas estava queimada. Provavelmente tinham ficado acesas o ano todo. Não havia placa dando nome ao lugar, bar isso ou taberna aquilo, como se nenhum nome fosse suficientemente ruim. O estacionamento estava lotado, os caminhões – a grande maioria era de caminhões – estacionavam em ângulos agudos, agressivos, como se estivessem se preparando para um torneio de demolição ou tivessem acabado de participar de um. O bar era do tipo que dá o que pensar, sobretudo a quem, como eu, jamais entrara em um assim. Na verdade, eu já frequentei muitos "bar & grille's": havia dezenas deles perto da nossa casa em Camelot. Mas eram aquele tipo de estabelecimento que oferece canetinhas coloridas às crianças e toalhas de mesa descartáveis para elas destruírem, e que exibe nos cardápios avisos rígidos para não deixar que as crianças desenhem em outro lugar que não nas toalhas, e era ainda aquele tipo de estabelecimento que exibe avisos rígidos – nas toalhas descartáveis, nas paredes, nos uniformes dos garçons e garçonetes, *em todos os lugares* – proibindo fumar e tudo o mais, e nesses aspectos todo "bar & grille" é igualzinho ao mundo lá fora, só que com mais regras e menos meios de quebrá-las.

Esse lugar era diferente, e logo ao entrar eu compreendi por que os bares existem e por que as pessoas gostam tanto de beber neles: enquanto um "bar & grille" faz questão de nos lembrar de todas as coisas que não devemos fazer, um bar autêntico dá a impressão de que não há nada que você não possa fazer, e nenhuma consequência a enfrentar caso o faça. Minha primeira impressão foi enganosa; o lugar não tinha nada de deprimente. Em primeiro lugar, por dentro seu aspecto era melhor do que por fora. O assoalho era de pinho, liso como uma pista de boliche. O teto era rebaixado, com azulejos acústicos descascando que eu podia tocar, e toquei mesmo, o que me fez sentir agradavelmente realizado. Segundo: havia o Peter, estrategicamente posicionado perto do banheiro dos homens, vendendo drogas – *de dez*, como ele chamava seus sacolés de maconha a dez dólares – a um pessoal que se parecia muito com ele, porém mais feliz, mais sociável. Sob esse aspecto, Peter no bar parecia uma versão mais feliz e mais sociável dele mesmo, e essa é a razão pela qual eu digo que o bar não era deprimente. Estar ali parecia liberar Peter. Ou talvez fosse a maconha, que em grande parte ele reservava para consumo próprio. Ou talvez fosse porque eu havia concordado em fazer o que não tinha intenção de fazer de fato. Assim que entramos, Peter apontou para mim, dizendo: "É ele" e foi me apresentando a todo mundo: Barry, Mick, Shoe, Lyle. Claro, eu não guardei os nomes na hora, mas eles não pareceram se importar e me deixaram à vontade. Em determinado momento, Peter chegou a me abraçar e disse: "Nós *precisamos* de você, cara", o que quase me levou às lágrimas e me fez sentir como se precisasse deles tanto quanto eles de mim.

Mas pode muito bem ter sido a bebida o que me fez sentir assim. A todo instante Peter me trazia uma dose de uísque, e logo, logo eu já estava chamando a mim mesmo pelo nome errado, o que fazia com que todos rissem às gargalhadas, o que por sua vez me deixava alegre, tão alegre que ia bebendo mais e mais. Devo ter traçado no mínimo uma dúzia de doses bem medidas. Após certo ponto, eu não me lembrava mais de nenhuma conversa e nem de que o tempo havia passado, embora ele tenha passado, sim, porque, quando me dei conta, me vi sentado num banco do bar, os rapazes não estavam à vista e havia uma banda tocando.

Não existia palco, mas num canto do bar tocava uma banda, quatro caras – dois guitarristas, um no baixo e um na bateria – de cabelos compridos e sebosos que escapavam por debaixo dos seus gorros de lã, balançavam violentamente a cabeça ao ritmo de uma música que parecia não ter ritmo algum. O baixo estava tão alto que não era apenas o som, mas também um *feeling* o que subia pelo chão e penetrava pela minha virilha, meu coração, minha garganta. O som me conduziu na direção da banda, mas não sem antes eu pegar mais uma dose de uísque com o barman.

Tomei meu drinque e parei na frente da banda. Não reconheci a música que estavam tocando, mas quando terminou, alguém gritou "Creedence!". Isso parece ter encorajado os músicos porque eles embarcaram numa nova canção, aparentemente uma das favoritas, e a pista de dança foi logo invadida – mulher dançando com homem, mulher com mulher, homens sem parceiras sapateando e cantando, fazendo as garrafas de cerveja de microfone – e, sem perceber, eu também já estava dançando.

É, eu estava dançando, e imediatamente me lembrei de por que eu não dançava há tanto tempo. Porque quando eu danço eu sonho, ou pelo menos lembro, o que para mim é exatamente a mesma coisa que sonhar. Aí a banda começou a tocar "Creedence", se é que era essa a música, e eu comecei a sapatear e a agitar os braços e, de repente, comecei a sonhar com a última vez em que tinha dançado, na minha festa de casamento, com Anne Marie. Aquela era a música do nosso casamento, não me recordo bem qual – mais uma coisa de que me envergonho –, mas minha impressão era de que também se tratava da música do casamento de muitas outras pessoas. Notei que muitos casais mais velhos ficavam com os olhos marejados e batiam palmas. Era bom estar na companhia de tantos noivos igualmente bem-sucedidos, e, nesse caso, seria bom ter minha linda garota nos braços, minha garota maravilhosa, alta, que usava sapatos de saltos baixos para não ficar muito mais alta que eu, minha garota linda, alta, sensível, com o cheiro do bolo que tínhamos acabado de cortar. Tudo ia bem, salvo que nós estávamos dançando, e eu comecei a me lembrar e a sonhar com *aquele* tempo, também, a lembrar e a sonhar com meus pais, que não foram à festa de casamento, é claro, porque eu não lhes havia contado a respeito.

Estava me lembrando especificamente daquela vez em que espiei minha mãe e meu pai dançando. Isso foi um ano depois de papai ter retornado do seu exílio, e certamente foi a primeira vez que os vi dançar. Deve ter sido, inclusive, a primeira vez que eu os vi se tocando desde que ele tinha retornado. Os dois estavam dançando na entrada da frente da casa. Eu os observava da escada (devia estar na cama, mas ouvi a música – era Benny Goodman e sua banda, disso me lembro bem – e fui ver o que era). A dança era de certa forma altamente ambígua, pelo menos por parte da minha mãe. Uma hora seus olhos se fechavam, a cabeça repousava no ombro de papai como se estivesse dormindo em paz; no momento seguinte, os olhos dela se esbugalhavam e se mostravam zangados, as palmas das mãos empurravam o peito de papai como que tentando afastá-lo, e a única coisa que a mantinha junto a meu pai era... meu pai. Ele não a deixava sair, e ela dizia "Não sei, não sei", e ele dizia "Me perdoa, me perdoa, oh, meu Deus, me perdoa". Aí ela relaxava por um momento, para logo em seguida ficar novamente tensa, e assim por diante. Eu me senti triste por ter uns pais tão confusos e tive a clara impressão de que o amor, como o casamento e a dança, era como estar em guerra com seu melhor juízo. Ver meus pais dançar fazia a solidão parecer comparativamente alegre e relaxante, e então subi para o meu quarto e fui para a cama. Quando eu estava dançando com Anne Marie na nossa festa de casamento, ia me lembrando disso tudo e no momento em que lembrei de ter ido para a cama e ter ficado sozinho, embora feliz, soltei Anne Marie e dei um passo para o lado como se tentasse escapar. Os convidados prenderam a respiração, Anne Marie me segurou com firmeza, eu recobrei a razão, olhei para minha noiva tão linda e terminei a dança, e nunca mais falamos sobre isso. Ela me segurou com tanta firmeza que, mais tarde, notei duas enormes marcas de beliscão em meus bíceps, como se uma lagosta e não uma Anne Marie humana é que tivesse me impedido de abandonar a pista de dança e arruinar nosso casamento antes mesmo de ele começar e sem esperar oito anos para fazê-lo.

Estava me lembrando e sonhando com isso tudo também no bar. E tão profundamente que a canção terminou com um repique da bateria, um tremor do baixo e um guincho de guitarra, mas eu continuei dançando no meio da multidão. As pessoas olhavam para mim. Não as censuro, pois teria feito o mesmo. Dei um gole no meu uísque, como se isso pudesse fazê-las parar de me olhar. Mas não fez. Então olhei em volta em busca de ajuda, para ver se havia alguém por perto capaz de vir em meu socorro.

Havia: uma mulher à minha direita, com um baseado aceso na mão. Eu não a havia notado até aquele momento, e nunca a vira antes. Era exatamente da minha altura. Seus olhos castanho-escuros estavam cravados em mim com assombro, ou talvez fosse efeito da fumaça do baseado. Não usava brincos nem tinha orelhas furadas onde enfiá-los. Seus cabelos eram lisos e pretos e pareciam prestes a se soltar do rabo de cavalo, embora fosse quase certo que ela seria bonita da mesma forma, com os cabelos soltos ou presos, e que não dava muita bola para eles e que apenas coincidiu de estarem presos no alto da cabeça. Além desses detalhes, não sei mais nada sobre ela, nem mesmo seu nome, apesar de pensar nela o tempo todo, tal como a gente costuma fazer em relação às pessoas e às coisas que mudam a nossa vida para sempre – embora eu duvide que ela pense em mim, pois afinal a vida é mesmo assim, e é por isso que tenho certeza de que Noé jamais conseguiria deixar de pensar em seu Dilúvio, porém, depois que as águas baixaram, tenho certeza de que o Dilúvio não pensou sequer uma vez em Noé.

– Tenho a impressão de que você vai gostar disso – falou ela, pondo o baseado em minha boca. Dei uma tragada: era minha primeira tragada, tinha sabor de coisa suja, e me fez tossir, mas não teve qualquer outro efeito sobre mim que o uísque já não tivesse causado. Nesse momento a banda deu início a uma nova canção, que reconheci da minha época de colégio: era "Skynyrd", com a banda fazendo o possível para reproduzir o famoso ataque de três guitarras com somente duas guitarras. Mas dessa vez eu não dancei, portanto não sonhei nem lembrei – nem de meus pais, nem de Anne Marie, nem das crianças, todos aqueles que eu amava e por quem fui trazido a este planeta. Como é isso? Por que será que não temos sempre alguém ao nosso alcance para nos dizer: Não! *Pare com isso! Saia à rua e jogue-se num monte de neve até que sua capacidade de ferir e de ser mau se congele dentro de você!* Por que não temos *essa* espécie de voz, uma voz que em vez de nos dizer *Fazer o quê? O quê?* nos diga *Pare! Desista! Você vai acabar causando um estrago!* Porém, mesmo que houvesse essa voz, será que lhe daríamos ouvidos? O que nos faz ficar surdos a todos os avisos? Será a necessidade? Será a necessidade que nos deixa tão surdos, que nos enche os ouvidos a tal ponto que não somos capazes de ouvir nossos melhores impulsos? Será que somos tão cheios de necessidade, ou tão cheios de nós mesmos?

Eu não estava pensando em nada disso. Não estava pensando nem em Anne Marie e Thomas, não estava sequer mentindo para mim mesmo ao me ver mais como uma vítima com direitos do que como um algoz sem direito algum. Só pensava que havia uma mulher maravilhosa ao meu lado, sorrindo para mim, um sorriso que fazia aquela banda ruim parecer nem tão ruim assim, que tinha maçãs do rosto e que eu queria beijar a que estivesse mais próxima. Eu me inclinei e beijei sua face, e então ela virou os lábios para os meus, e eu os beijei também, com sentimento, e quando só beijar não parecia mais suficiente, nós nos atracamos, entusiasticamente, e sem pensar em mais ninguém no bar, como se nossas mãos tivessem ficado invisíveis ao contato. Isso tudo durou um bom tempo. Sei disso porque finalmente meus lábios estavam ficando cansados e ouviam-se muitos apupos e muitas palmas que não pareciam dirigidos à banda. Olhei em torno para descobrir quem estava fazendo toda aquela algazarra e vi meu sogro, o sr. Mirabelli, bem atrás da mulher. E a poucos passos dele vi minha mãe. Nenhum dos dois estava apupando ou aplaudindo. Ambos olhavam diretamente para mim com enorme desapontamento, como se o bar fosse um museu, e eu um quadro famoso que eles tinham pago muito caro para apreciar.

– Mãe! – gritei, interrompendo os beijos. – Sr. Mirabelli! – Isso deixou a mulher quase tão surpresa quanto eu me surpreendi com minha mãe e meu sogro.

– De que você me chamou? – perguntou a mulher. Ela recuou um pouco e eu também virei o corpo, de forma que minhas costas ficassem voltadas para minha mãe e meu sogro, embora a mulher continuasse agarrada ao meu bíceps. Ela também tinha uma boa pegada, que me lembrou a de Anne Marie na nossa festa de casamento tantos anos atrás, uma pegada que me faz pensar se todas as mulheres têm essa pegada, aquilo que mantém uma mulher inabalável enquanto decide se segura ou deixa ir o homem a quem está amarrada.

– Espere – disse eu, tentando escapar da sua pegada e ao mesmo tempo virar nossa posição para poder ficar outra vez de frente para minha mãe e meu sogro, e o movimento que daí resultou se mostrou de certa forma violento, porque a mulher disse: "Que *diabos* você pensa que está fazendo?" Ela fez a pergunta em voz alta, diversas vezes – a banda terminara a música e nos observava, já que tínhamos nos transformado na grande atração – e depois desapareceu, e então vários caras tomaram o lugar dela, uns caras que eu acho que tinham alguma relação com ela, ou queriam ter, todos me perguntando qual era o meu *problema*. Peter e seus amigos perceberam o que estava acontecendo, se aproximaram e perguntaram aos caras qual era o problema *deles*. Tudo isso levou algum tempo até se esclarecer, já que todos nós tínhamos muitos problemas, e quando a coisa se aclarou, minha mãe e o sr. Mirabelli já não se achavam mais ali. Corri até o estacionamento; eles também não estavam lá, e não havia sinal da Lumina dela e do Lincoln Continental dele. Mas, caminhando pelo estacionamento, eu passei pela minha van e vi que sob um dos limpadores de para-brisas havia um guardanapo de papel. Nele estavam escritas as palavras "Eu acho que conheço você". Tomei aquilo como um bilhete da minha mãe (a letra me era familiar na forma e na inclinação), embora eu não entendesse bem o que as palavras queriam dizer exatamente. Havia muita coisa que eu não sabia. Como é que minha mãe e meu sogro souberam onde eu me encontrava? Quem lhes contara que eu vim dirigindo até New Hampshire? Meu pai? Será que um dos dois, ou ambos, tinha algo a ver com o telefonema? Eles se conheciam? E *como* se conheceram? Tinham vindo até aqui separadamente, ou juntos? Mamãe sabia que eu dissera à minha mulher, e também aos meus parentes, que ela e papai estavam mortos? O sr. Mirabelli sabia agora que eles não estavam? Ela e o sr. Mirabelli estariam falando nesse exato momento sobre a mulher que eu beijara e a esposa que eu traíra? Por que eles me seguiriam até o bar e iriam embora sem falar comigo? E o que esse bilhete significaria? Por que minha mãe *achava* que me conhecia? Eu era seu filho, não era? Por que ela precisaria *achar isso*?

    Eram essas as perguntas que eu não conseguia, ou pelo menos não queria, responder, e como detetive a gente aprende, mais cedo ou mais tarde, a parar de se fazer essa espécie de perguntas e a começar a fazer perguntas que *é capaz* realmente de responder. Então perguntei a mim mesmo: *Que horas são?* Olhei o relógio de pulso, que marcava meia-noite e vinte. Isso queria dizer que eu já estava atrasado.

19

Eu podia estar atrasado, mas não era totalmente idiota. Não segui direto para a Casa Robert Frost, e não parei o carro no estacionamento como havia feito mais cedo. Como um autêntico detetive, estacionei na rua mesmo, a uns quatrocentos metros da casa, numa vaga improvisada junto a um banco de neve que as máquinas de limpeza devem ter usado como refúgio, e fui me aproximando a pé da casa. Isso me custou um tempo extra, é claro, e quando cheguei lá os analistas financeiros já haviam ateado fogo à Casa Robert Frost e se encontravam no estacionamento assistindo ao incêndio, com o motor do Saab ligado. O terreno do estacionamento era rodeado por pinheiros-brancos, e eu me escondi atrás de um deles, perto o bastante para ouvir o que os analistas financeiros falavam.

– Será que ele não vai aparecer? – disse um dos Ryans, referindo-se, eu tinha quase certeza, a mim. Era a primeira vez que eu o ouvia falar. – E se ele não der as caras?

– Vai perder um baita de um incêndio – disse Morgan, e então eu entendi por que eles tinham me ligado: para me mostrar que eram capazes de tocar fogo numa casa de escritor na Nova Inglaterra sem a minha ajuda. Queriam que eu fosse testemunha. Os analistas financeiros sempre foram assim: na prisão, durante as sessões de redação de suas memórias, cada um estava sempre ávido para mostrar aos demais como descrevia maravilhosamente bem as coisas ruins que tinha feito. – Um baita de um incêndio – repetiu Morgan.

– Que importa se o incêndio é maravilhoso se ele não está aqui para ver? – disse o outro Ryan. Tigue e G-off estavam encostados no Saab olhando em silêncio para o fogo, como se ele tivesse tirado a fala deles para dá-la aos Ryans.

– Cala a boca – disse Morgan. – Pode crer, ele vai lamentar isso. – Morgan então pegou um envelope e o deixou no meio do estacionamento, que fora varrido e se achava quase todo livre da neve. Em seguida eles se amontoaram dentro do carro e foram embora dali. Assim que deixaram o estacionamento, o segundo andar da Casa Robert Frost desabou em cima do primeiro. Eu me perguntei na hora se o escritor-residente ainda se acharia lá dentro, bebendo uísque, mas não havia mais nenhum carro no estacionamento, e não ouvi gritos. Mais tarde fiquei sabendo que o escritor-residente não residia de fato lá, e que estava hospedado numa pousada próxima. O escritor-residente tinha tido muita sorte, ao contrário dos coitados dos pais de Thomas Coleman.

Tive um pouco de sorte naquela noite, ou foi o que pensei. Caminhei até o ponto em que Morgan deixara o envelope na neve. Era sem dúvida a carta de Peter para mim, escrita seis anos antes, pedindo que eu fizesse o que os próprios analistas financeiros haviam acabado de fazer. Li a carta ali mesmo, à luz do fogaréu, e entendi exatamente por que Peter tanto queria que eu fizesse o que os analistas financeiros tinham feito por conta própria. Morgan na certa deixara a carta ali para ser achada pela polícia ou pelo corpo de bombeiros e, dessa forma, me incriminar, quando poderia ter se livrado do problema e simplesmente confiado em que eu mesmo acabaria me incriminando. Enfiei a carta no bolso.

Isso feito, fiquei por ali um pouco mais, observando o incêndio. Era lindo – imenso e crepitante, e com mais faíscas e explosões que o Quatro de Julho, o que é a prova maior de que o fogo é o mais impressionante dos quatro elementos – bem mais bonito do que a própria casa havia sido. Apesar de que a casa e o fogo tinham muito em comum: um incêndio é algo que se cria e se admira, da mesma maneira que a pessoa que construiu a casa deve tê-la admirado, também. Porém, independentemente do quanto era bonito, o fogo não era especialmente útil e isso me entristecia: eu agora sabia que tinham sido os analistas financeiros que me telefonaram (ou pelo menos um deles o fizera), e também sabia que eles é que haviam incendiado a Casa Robert Frost, e isso respondia essas perguntas. Mas tais respostas não me aproximavam mais de saber quem havia tentado atear fogo às casas de Edward Bellamy e de Mark Twain. De que vale responder uma pergunta quando você não é capaz de achar resposta para as demais?

Ao ouvir o barulho dos pneus esmagando a neve eu tratei de ir me afastando do incêndio e me refugiar na van. Mas antes que pudesse chegar a ela, ouvi um motor funcionando, vi faróis perturbando a noite e ricocheteando de encontro à neve, e então me esgueirei para trás de outro pinheiro-branco, que eram tão abundantes na Nova Inglaterra como os Volvos em Amherst. Era outra Lumina, e inicialmente eu pensei que fosse minha mãe, mas quando passou, consegui ver o detetive Wilson, debruçado ao volante, em desabalada carreira rumo à casa em chamas de Robert Frost, sem dúvida à procura de respostas próprias para suas próprias perguntas. Quando ele sumiu de vista, corri para minha van e voltei para Amherst. Porque às vezes um detetive não deve tentar responder perguntas difíceis, quando ele próprio não é um sujeito lá muito durão. Às vezes é melhor deixar que outra pessoa as responda por você.

20

Eu me lembro do dia em que papai nos deixou. Era um sábado. Lembro bem porque não tive aula e assim pude testemunhar o que se seguiu. Mamãe e eu vimos, lado a lado, da janela da sala, papai saindo de ré da garagem com seu Chevy Monte Carlo. Estávamos no final de outubro e as árvores iam perdendo as folhas, com seus galhos esqueléticos dando adeus a papai e seu carro. As árvores também sabiam que ele estava indo embora e, quando ele se foi, pareceu arrastar consigo o rosto de mamãe. O rosto da mulher bonita e recatada que eu conhecia como "Mãe" se esticou todo para ver papai se afastando do meio-fio, e quando ele desapareceu de vista, retornou rapidamente ao lugar. Agora o rosto dela era mais duro, seus olhos azuis mais aguçados, a boca mais apertada, com um sorriso sem graça nos cantos. Essa minha nova mãe era menos bonita, porém mais bela do que a antiga, o que, imagino eu, significa que o bonito é algo para se gostar, enquanto o belo é algo para se temer, e eu estava sentindo medo dela. Minha mãe andava pela casa pegando revistas, discos, descansos de copos, almofadas e porta-retratos com fotos da família, olhando as coisas como se não acreditasse que fossem mesmo suas, e em seguida pondo-as de lado. Isso também me deixava assustado.

– Você deve estar com fome – disse ela afinal, virando-se para mim de repente, como se só então se desse conta de que papai fora embora, mas eu não. Ela estava certa: era hora do almoço, e eu estava faminto. – Vou preparar alguma coisa – acrescentou ela, retirando-se para a cozinha. Eu permaneci na sala, recolhendo as coisas que ela espalhara e no geral para guardar distância dela, até que senti o cheiro de alguma coisa queimando e fui à cozinha ver o que era.

O cheiro vinha dos sanduíches abertos de queijo gratinado com tomate, a coisa que eu mais gostava de comer no almoço. Minha mãe os tinha transformado em carvão com formato de pão. Quando ela resgatou os sanduíches da grelha já era tarde demais, e enquanto abanava um pano de prato em cima daquela massa carbonizada ria alto e histericamente, o que me deixou igualmente assustado. Ela não parava de cantar "Ela adorava cozinhar, mas não desse jeito", como se fosse a letra de uma canção popular que eu deveria conhecer, mas não conhecia. "Não conheço essa música", disse eu a ela, e em seguida, por algum motivo, talvez achando que a deixara triste por não conhecer a canção, falei: "Desculpe", e comecei a chorar.

Isso acalmou minha mãe, pois a histeria alheia é uma cura bem conhecida para a própria histeria. Ela parou de cantar, preparou outro sanduíche de queijo gratinado com tomate, prestando atenção para não deixar queimar dessa vez. Enquanto eu comia, mamãe me contou a primeira de suas histórias sobre a Casa Emily Dickinson, que, como todos sabem, eu incendiei por acidente, assim como minha mãe queimara acidentalmente o sanduíche.

Por falar no sanduíche, quando por fim cheguei a Amherst vindo de New Hampshire, já eram nove da manhã e eu não comia nada há quase 24 horas. Estava tão faminto que teria comido até aquele sanduíche de queijo gratinado com tomate que mamãe deixara queimar fazia agora trinta anos. Então dei uma passada na casa dos meus pais para tomar um café da manhã rápido antes de seguir para o apartamento de mamãe em Belchertown. O carro de papai estava estacionado na entrada de garagem, e eu pensei em lhe fazer algumas perguntas enquanto preparava algo para comer. Os analistas financeiros haviam evidentemente roubado do meu pai a carta da Casa Robert Frost e, provavelmente também, as quatro cartas das quais ele não conseguia se lembrar. Mas como podiam saber onde achar as cartas, ou mesmo que elas existiam? Papai conhecia os analistas financeiros? E mamãe, como soube que eu estava indo para a Casa Robert Frost? Foi papai quem contou a ela? E por que o faria? Teria sido ele também quem contou ao meu sogro? E por que eles tinham me seguido?

Abri a porta e ouvi de imediato o som dos pingos e respingos do chuveiro, o que significava que meu pai estava tomando banho. Fui à cozinha, na intenção de comer o que encontrasse, e rápido. Havia latas de cerveja por todo lado, como de hábito; sobre a mesa da cozinha, vi o que me pareceu ser uma lista de supermercado em que se lia: "Leite, cereais, cerveja, vinho, flores, queijo, pão" e assim por diante. Nada de anormal ali, necessariamente, e na minha fome quase ia esquecendo daquela lista até atentar melhor para a letra: era absolutamente desconhecida, absolutamente diferente das outras mensagens, dos bilhetes que diziam "Beba-me" ou do outro que dizia "Acho que conheço você", e, agora me ocorria, diferente também da letra dos cartões-postais de papai. Tirei do bolso o bilhete da noite passada, que mamãe deixara sob meu limpador de para-brisa em New Hampshire. A lista do supermercado e o bilhete haviam sido claramente escritos por duas pessoas distintas: uma colocava pingos nos *is*, a outra não; uma tinha letra bem compactada, a letra da outra era espaçosa. Eram dois autores distintos. A pessoa que escrevera os bilhetes não era a mesma que escrevera a lista de compras. Eu sabia que mamãe havia escrito o bilhete do meu para-brisa, o que queria dizer que fora papai quem escrevera a lista do supermercado. Mas e os cartões-postais? Quem os teria escrito?

Pus a lista de compras no lugar, fui correndo escada acima até meu quarto e puxei uma cadeira para perto do armário. Subi na cadeira, e pela segunda vez em dois dias peguei o envelope da prateleira de cima, tirei os cartões-postais do envelope e os li, não pelo conteúdo, mas por causa da caligrafia, e aí pude comparar a letra que escrevera os cartões com a letra do bilhete de mamãe. Os dois foram escritos pela mesma pessoa. Depois os comparei com a lista de compras. E depois atentei para os próprios cartões-postais. O da Flórida trazia dois seios grandes e cobertos por um biquíni com a indefectível piada dos cocos embaixo; o de Wyoming era um cavalo selvagem com as patas traseiras escoiceando na direção da margem norte do cartão – porém, os selos nos cartões não eram de Boca Raton ou Cheyenne, e sim de Amherst, Massachusetts. É claro que aquilo fazia todo sentido: não tinha sido papai quem os enviara (razão pela qual ele não se reconhecera na biografia de Morgan Taylor), e sim minha mãe, que os tinha enviado de Amherst, porque era lá que ela morava, comigo. Mas por que fizera isso? Por que minha mãe havia fingido ser meu pai, enviando cartões-postais de lugares que ele sequer visitara e onde muito menos havia morado? E se meu pai não fez todas aquelas coisas em lugares tão distantes, onde, afinal, ele estivera aquele tempo todo? Naquele dia de outubro em que ele nos deixou, e em que mamãe cantou sua letra misteriosa e deixou queimar meu sanduíche e me fez chorar, para onde tinha ido meu pai? E o que ele fingira ser uma vez lá?

– Pai! – gritei, arremetendo escada abaixo armado com os cartões-postais. – Pai! – Logo depois do meu grito, eu ouvi o som do chuveiro e tomei posição do lado de fora da porta do banheiro, com a cabeça cheia de perguntas e à espera de que papai me desse as respostas.

– Sam? – escutei a voz atrás de mim, vinda da cozinha e não do banheiro. Sabia que era a voz de meu pai sem precisar me virar, assim como sabia que os bilhetes e os cartões-postais tinham sido escritos por uma única pessoa, e a lista de compras por outra. Se eu fosse um detetive de verdade, poderia recorrer a um perito em voz e caligrafia para me orientar com mais segurança a respeito. Mas esta é outra coisa que vou incluir no meu guia do incendiário: às vezes você tem que ser seu próprio perito, mas após adquirir a especialização pode ser que não queira possuí-la.

– Sam, olhe para mim – disse papai. Não o que sofrera um derrame, nem o bêbado, mas o pai assustado de sempre, o pai que queria poupar o filho de ver o que nenhum filho deveria ver. – Sam, vire-se imediatamente!

Eu não me virei. Mantive os olhos fixos na porta do banheiro, que se abriu devagar, rangendo como rangem as portas nos filmes e nas casas antigas, e a voz de meu pai também rangeu um pouco quando ele gritou: – Deirdre, não abra essa porta!

Mas era tarde demais: Deirdre já abrira a porta e se encontrava ali, de pé, à minha frente, com uma toalha cobrindo suas partes relevantes, uma mulher loura mais ou menos da idade de papai e, evidentemente, da idade de mamãe, e, evidentemente, cobrindo-se com uma toalha que muito provavelmente fora comprada por mamãe, muito tempo atrás, numa época em que mamãe comprava coisas bonitas para a casa e em que morava nela também.

– Oi, Sam – disse Deirdre, me estendendo a mão direita e segurando a toalha daquele jeito que só as mulheres fazem, numa combinação meio complicada que envolvia a parte interna do braço, a axila, a caixa torácica e o seio. Sem saber o que fazer, eu a apertei. A mão, entenda-se.

– HÁ QUANTO TEMPO? – perguntei a papai. Estávamos sentados à mesa da sala de jantar, tomando cerveja. Deirdre desaparecera no quarto de papai. Eu podia ouvir o zunido constante de um secador de cabelo vindo de lá.

– Quanto tempo o quê? – repetiu papai. Seu rosto era uma máscara de indiferença, embora eu pudesse sentir suas pernas batendo feito uma britadeira no chão embaixo da mesa.

– Há quanto tempo você está com Deirdre?

– Faz uns trinta anos – disse ele. – Num vai e volta.

– Trinta anos – repeti, fazendo as contas. Não era difícil de calcular. Trinta anos. Eu estava com 38. Isso significava que papai já estava com Deirdre desde que eu tinha oito anos, o que, não por acaso, coincidia com o ano em que ele saíra de casa...

– Pai, para onde você foi quando nos deixou?

– Para a casa de Deirdre. – Fiquei olhando para ele durante algum tempo, e a expressão do meu rosto deve ter continuado interrogativa, querendo saber não *o que* nem *por que* ou *quando*, mas *onde*, pois, em seguida, ele acrescentou: – Em Northampton, uma localidade que não fica muito distante, talvez a uns vinte minutos de Amherst. Meu pai havia morado a vinte minutos de nós durante três anos.

– Durante três anos?

– É – respondeu ele. – Para onde você pensou que eu fui?

Em vez de responder, me limitei a estender para ele os cartões-postais. Que alívio foi fazer isso: é um prazer poder usar as palavras escritas, sólidas, inequívocas de outra pessoa em vez de ter que recorrer às nossas, muito menos confiáveis.

– Não fui eu que escrevi isso – disse papai depois de olhar os cartões. Ele os enfiou de volta no envelope pardo e o empurrou para o outro lado da mesa, a meio caminho entre nós, como se fosse uma cerca separando vizinhos. Papai continuava com sua máscara de indiferença, mas agora eu via os pequenos pontos, alinhavos e todas as coisas de que era feita.

– Não pode ser – disse eu a ele.

– Essa letra é da sua mãe – falou ele.

– Não pode ser.

– E por que ela fez isso? – perguntou ele, de forma aparentemente retórica, não fosse ter ficado olhando para mim como quem espera uma resposta, que infelizmente eu era capaz de dar.

– Porque ela não quis que eu ficasse com ódio de você – respondi. – Porque quis que eu achasse que você foi embora para *encontrar a si mesmo* e não para ir morar em Northampton com Deirdre.

– Ela é uma boa mulher – disse meu pai.

– Eu sei que é.

– E como você sabe? – perguntou meu pai.

– Porque ela é minha mãe – disse eu, sabendo agora que a "boa mulher" a quem ele estava se referindo era Deirdre e não minha mãe. Dei um longo gole na minha cerveja, depois repassei em silêncio todas as coisas que queria dizer.

– Oh – disse papai, e nesse momento a indiferença se esboroou por completo, substituída pela vergonha e pelo remorso. Sua cabeça tombou e deu a impressão de ter sido puxada em direção à mesa, como se a mesa fosse um polo magnético e a cabeça do meu pai um objeto recém-magnetizado. – Sua mãe também é uma boa mulher – disse ele.

– Sabe – embora meus dentes estivessem trincados, as palavras conseguiram abrir caminho entre eles, como costuma acontecer com as palavras que não deveriam ser ditas –, a coisa funcionou durante muito, muito tempo...

– O que funcionou?

– Mamãe me mandou os cartões-postais porque não queria que eu o odiasse. E funcionou: eu não odiei você. Nunca odiei você até este exato momento.

Minhas palavras tiveram o efeito pretendido: os olhos de papai ficaram marejados e em seguida todo o restante dele pareceu ficar molhado também, seu corpo inteiro se liquidificando, menos sua mão direita, que continuava firmemente agarrada à lata de cerveja. Ali também estava eu, seu filho, ali, do outro lado da mesa: na mesma hora em que eu disse essa coisa terrível, perversa, também virei líquido, menos a *minha* mão direita, agarrada firmemente à lata de cerveja. O que diria mamãe se entrasse em casa naquele momento e visse seus dois Pulsifer machos com apenas trinta anos separando suas imagens no espelho? O que ela pensaria se nos visse ali, tal como me vira na noite anterior dançando, beijando, me esfregando com uma mulher que não era a minha? De repente entendi exatamente por que mamãe havia achado que me conhecia – eu traíra minha mulher assim como papai a havia traído –, e também entendi que nós odiamos nossos pais apenas como um exercício para odiarmos a nós mesmos. Se mamãe estivesse ali na cozinha, eu teria pedido desculpas, e depois pediria desculpas também a papai, por ser como ele.

– Pai – falei –, você contou à mamãe que eu estava indo para New Hampshire?

– Contei – disse ele. Ele olhava para baixo, recusando-se a me encarar nos olhos. Sua voz era como a de uma criança, chorosa e alta. – Eu contei ontem de manhã, quando ela veio até aqui. Queria saber onde você estava, e eu contei. E aí ela foi atrás de você.

– Por quê?

– Porque estava preocupada com você. Porque não queria que você fizesse alguma bobagem.
– Tarde demais.
– Geralmente é – admitiu papai.
– Você contou a alguém mais? – perguntei.
– Contei – respondeu ele, erguendo lentamente a cabeça, parecendo aflito, mas esperançoso, como se ao me dar algo que eu desejava, ele pudesse ser capaz de me dar ainda mais.
– Deixe-me adivinhar – falei. – Era alto, magro, louro...
Papai fez que sim com a cabeça. – Ele é um dos meus convidados habituais. Há uns quinze anos, semana sim, semana não, à exceção da semana passada. Ele veio aqui ontem, assim que sua mãe saiu. Ela quase o atropelou ao sair da garagem. Ele me perguntou onde ela estava indo com tanta pressa...
– E você contou...
– Contei – disse ele. – É esse o cara sobre quem você estava me perguntando?
– Thomas Coleman – disse eu. – Você não sabia o nome dele?
– Provavelmente ele me falou alguma vez, mas eu esqueci – disse papai, balançando a cabeça. – Nunca achei que fosse importante.
Eu era capaz de ver Thomas dizendo a papai: *Eu sou Thomas Coleman*, e esperando que ele reconhecesse o nome e dissesse: *Desculpe o que meu filho fez, lamento pelos seus pais, lamento por tudo*. Finalmente, porém, Thomas se deu conta de que não obteria satisfação do meu pai, e por isso tentou obtê-la de mim. Eu fiquei pensando comigo mesmo se as coisas teriam sido diferentes caso papai tivesse reconhecido o nome de Thomas e pedido desculpas, se um pedido de desculpas realmente poderia ter feito tanta diferença assim.
– E os analistas financeiros? – perguntei. – Você também os conhece?
– Quem? – perguntou papai, e então descrevi os cinco para ele. Quando terminei, papai fez que sim com a cabeça e disse: – Parece o escritor e seus assistentes.

— O escritor e seus assistentes — repeti.
— Cinco sujeitos apareceram por aqui faz uns dois dias, mas só um falou. Disse que estava escrevendo um livro sobre você; perguntou se eu podia contar alguma coisa a seu respeito que ele não soubesse.
— Aí você mostrou as cartas a eles — disse eu, já sabendo a resposta. — Não acredito que você mostrou as cartas a eles!
— Ele falou que ia retratar você de forma simpática — disse-me papai. — Disse que estava do seu lado.
— Você não achou meio suspeito que fossem cinco e não apenas um? — eu quis saber.
— São necessárias muitas pessoas para publicar um livro — respondeu ele. — Disso eu sei.
— Pai — falei —, você ainda trabalha na editora?
— Não — confessou ele —, me aposentei. — Era capaz de ser a mesma espécie de aposentadoria da mamãe, mas não me abalei a perguntar, assim como eu também não tinha nada que perguntar onde ele ia durante o dia, todos os dias, inclusive aos sábados. Papai estivera na casa de Deirdre durante três anos, e eu calculava que ele ainda ia lá.
— Mamãe sabe a respeito de Deirdre?
— Sabe e não sabe — respondeu papai. — É difícil de explicar.
— Experimente — disse eu.
— Bradley, precisamos ir. — Era Deirdre, bem às minhas costas. Ela devia estar ali o tempo todo, nos escutando. Mas eu não me virei para encará-la, nem olhei para meu pai. Conservei os olhos fixos na mesa da cozinha enquanto ele se arrastava para fora da cadeira e da cozinha. Quando passou por mim, papai pôs a mão no meu ombro e a deixou sobre ele por alguns segundos. Ao fazer isso, eu já não sentia mais ódio por ele, de fato não sentia, e talvez por isso é que as pessoas façam tantas coisas odiosas com quem as ama: porque é muito fácil deixar de odiar uma pessoa quando já começamos a amá-la.

Papai, então, tirou a mão do meu ombro e saiu arrastando os pés. Sua mão foi substituída pelo rosto de Deirdre: ela se inclinou sobre mim, com o queixo praticamente sobre meu ombro esquerdo. Estava próxima demais para me ver de fato, me focalizar, e fiquei pensando se os antropólogos e os habitantes de outros planetas sabiam que é melhor olhar para mundos e culturas alienígenas a distância, pois, quando se chega perto demais, só se veem os poros e a maquiagem que as pessoas usam para tentar cobri-los, e os únicos cheiros que se sente são o de cabelo quente e do creme dental, exatamente o que Deirdre era para mim naquela manhã, quando sussurrou: "Seu pai e eu somos felizes há muito tempo. E agora você voltou. Você nunca deveria ter voltado. Não se atreva a nos julgar."

E aí ela se foi também. Escutei o barulho da porta da frente fechando à sua saída. Esperei uns bons minutos para não ter que ver papai e Deirdre do lado de fora da casa, no carro dele, brigando, pedindo desculpas ou se consolando mutuamente. Acabei minha cerveja bem devagar, depois fui à cozinha e coloquei a lata vazia em cima da geladeira, onde papai coloca suas latas de cerveja quando é conscienscioso o suficiente para deixá-las em algum outro lugar que não onde acabou de tomá-las. Aí abri outra cerveja. Havia algo roendo meu estômago, que eu fingi ser fome. A única coisa para comer na casa era uma fatia solitária de pão de forma: eu a tirei do saco plástico e a mastiguei lenta e pensativamente, como uma vaca meditabunda. Após terminar de comer o pão, após ter dado a papai e a Deirdre tempo mais do que necessário para já terem ido embora, pus minha lata de cerveja aberta num saco de papel e peguei mais cerveja na geladeira. Eu precisaria de toda coragem que a cerveja pudesse me dar, e mais um pouco. Porque, agora que vira papai com sua Deirdre, eu teria que ir falar com as pessoas que tinham me visto com a minha.

21

Nevava em Camelot quando eu cheguei. Era uma neve diferente da neve de New Hampshire: menos intensa, letal e bela, apenas grandes flocos esparsos que vinham flutuando rumo ao chão como papéis picados separados do resto do desfile. Não havia sinal de vento: fazia frio, não um frio de doer, mas sim aquele do tipo revigorante, luminoso, energético, que faz a gente achar que frio não é uma coisa assim tão ruim. O sol continuava espiando por detrás das nuvens, fazendo as nuvens e a neve parecerem mais brilhantes do que o seriam sozinhas. Não havia carros na frente das casas, nenhuma criança nos brinquedos de madeira tratada, ninguém limpando os degraus das portas das casas. Era a hora do almoço de um dia de semana. Não há espaço nem tempo mais tranquilo do que a hora do almoço de um dia útil em Camelot, mas esta parecia ainda mais tranquila que o normal. Eu me sentia anos à frente no futuro, como se tivesse sido atraído para dentro de alguma área de preservação, não um local hoje habitado por gente, mas um ambiente projetado para mostrar a crianças de colégio numa excursão ao campo como e onde as pessoas viveram *um dia* antes de se mudar para outro lugar.

Eu disse que não havia carros, mas isso não era totalmente verdade. Havia o meu, claro, e na minha entrada de garagem estavam o carro do meu sogro e a minivan de Anne Marie. O jipe de Thomas Coleman não estava à vista. Katherine devia estar na escola, e Christian almoçando. O garoto era do tipo que comia bem, de modo que não seria capaz de prestar atenção a outra coisa que não os sanduíches e o leite que devia terminar. Era a minha hora: se o sr. Mirabelli tivesse contado a Anne Marie o que tinha visto, então eu poderia me explicar, explicaria tudo; se ele não tivesse falado, então eu mesmo o faria. Tomei o resto da minha cerveja, atirei a lata no banco de trás do carro, saí e avancei em direção à porta da frente. Era minha última oportunidade: eu sabia que era a última porque meu rosto não estava em brasa e sim parecendo gelo de tão frio, como se estivesse se preparando para ser outro tipo de rosto para outro tipo de vida.

Bati na porta e esperei. A neve parara momentaneamente de cair, como se estivesse na expectativa; o sol brilhava sobre mim como jamais o fizera antes, tal como na Bíblia, quando o tempo serve para realçar o drama humano e não só para o cultivo e a colheita da lavoura.

A porta então se abriu e Thomas Coleman se pôs à entrada. Calçava chinelos de couro e vestia uma calça larga de xadrez preto e branco do tipo que os halterofilistas usam por cima das sungas de lycra nos concursos de Mister Universo em San Diego. Estava de peito nu, o tórax ossudo e murcho parecendo uma versão superior da barriga. Tinha mamilos surpreendentemente grandes e recobertos por impressionantes tufos de cabelos castanho-escuros. Usava uma toalha branca amarrada à cabeça por um cordão grosso. Thomas sorriu e deu um passo à frente em minha direção, e eu dei-lhe um murro na mandíbula, o mais forte que pude, o que, devo admitir, não significava nada muito especial: meu punho batendo em sua mandíbula fez um ruído surdo e não de estalo. Thomas caiu de costas (e de bunda) na soleira da porta; ficou ali sentado esfregando a mandíbula, mas sem parar de sorrir para mim. Era a primeira vez que eu batia em alguém e a sensação foi a mais desagradável do mundo, e percebi de imediato que é melhor apanhar do que bater, o que é mais uma verdade que vou incluir no meu guia do incendiário. Gandhi também sabia disso, até que alguém o feriu de morte, o que serve para demonstrar que sempre há uma exceção à regra, o que, por sua vez, nos faz perguntar por que existem regras afinal.

Thomas se pôs de pé aos trancos e barrancos, sempre sorrindo, os braços cruzados sobre o peito nu, e eu finalmente atentei para seus trajes estranhos.
– Por que você está vestido desse jeito? – perguntei.
– Boola, boola, boola – disse ele.
– Oh, não – disse eu.
– Boola, boola, boola – repetiu ele, como se fosse um muçulmano chamando outro muçulmano para orar.

O que era exatamente o que ele devia ser, tenho que dizer isso agora que sei exatamente o que se passava. Os Mirabelli são um clã sentimental, retrógrado, o que não vale dizer apenas que eles encontram conforto no passado, mas que recriam essas condições confortáveis em qualquer lugar em que possam necessitar delas no presente. Por exemplo, Anne Marie passou um tempo considerável da infância indo a toda parte com seu tutu de bailarina, do qual era inseparável. Quando nos mudamos para Camelot, e Anne Marie estava tendo problemas sérios com relação à espessura mínima das paredes, seus pais apareceram lá uma noite vestidos com tutus, o que de certa forma fez Anne Marie se sentir melhor, como se a finura das paredes pudesse ser redimida pela dimensão do passado. Como se não bastasse simplesmente relembrar o passado, como se fosse necessário recriá-lo para que ele fizesse o bem. Houve ainda uma vez, pouco antes de Katherine nascer, quando Anne Marie teve complicações na gravidez, uma anomalia nos batimentos cardíacos do nosso bebezinho, e Anne Marie precisou ser internada por alguns dias. Para levantar o ânimo da filha, para quem Benjamin Franklin sempre fora de longe o pai da pátria preferido nos tempos de escola primária, o sr. Mirabelli foi visitá-la no hospital vestido a caráter, com os óculos bifocais, as ceroulas, a pipa e o almanaque de Ben Franklin, e a sra. Mirabelli fantasiada ora de sra. Franklin, ora de dama francesa impudica. Havia muitas histórias de infância como essas para contar, e uma delas era sobre a única viagem dos Mirabelli ao exterior, ao Marrocos, onde eles ouviram muçulmanos chamando muçulmanos para orar, o que nos remete de volta à hora do almoço em Camelot.

Eu sempre fora incluído nesses eventos – tinha usado tutu e me vestido de Tio Sam, e outra vez de presidente John Adams, o gorducho – até agora.

– Saia da minha frente – falei, investindo sobre Thomas e pela minha casa adentro, atravessando a sala de estar até chegar à sala de jantar. A mesa era muito mais baixa que o normal, e se equilibrava sobre quatro blocos de armar de Christian. As pernas da mesa tinham sido removidas e estavam jogadas a um canto da sala, como lenha para a lareira. A toalha de mesa do dia a dia – branca, rendada – fora substituída por uma outra com motivos que remetiam ao Oriente Médio. Havia travessas tampadas contendo o que supus ser algo quase comestível (os Mirabelli não eram conhecidos pelos dotes culinários). A sra. Mirabelli era a única pessoa na sala além de mim; apesar da artrite, estava sentada no chão com as pernas cruzadas e vestia uma burca branca improvisada, que não passava de um lençol com um buraco aberto de modo a permitir que os cabelos e as orelhas ficassem cobertos e que depois se prolongava para baixo. Ela havia descosturado e depois costurado novamente um guardanapo ou um lenço grande de renda para servir de véu; quando me ouviu chegar, ergueu o véu improvisado, olhou para mim daquele jeito que as sogras devem olhar para o genro obstinado – um olhar entre penalizado e venenoso – e depois o baixou novamente.

– Ora, ora, olhem só quem está aqui – disse meu sogro entrando na sala. O sr. Mirabelli estava vestido como o líder clandestino de alguma facção islâmica radical: jaqueta verde do exército, camisola branca comprida que ele deve ter roubado de algum hospital, e um pano quadriculado vermelho e branco enrolado na cabeça que lhe descia pelas costas. Só faltava a metralhadora russa, cuja ausência, dadas as circunstâncias, eu só tinha a agradecer. Meu sogro apoiava a mão esquerda no ombro de Christian. Christian estava vestido como Thomas – de calça de moletom e sem camisa –, com a diferença de que levava a toalha na mão esquerda e não na cabeça, como se ele se recusasse a aderir totalmente aos costumes. Ou talvez o garoto tivesse simplesmente derramado alguma coisa, como costumava acontecer, e estivesse usando a toalha para enxugar.

— Ei, garoto — disse eu. Christian sorriu para mim meio desconfiado; ergueu a mão na altura dos quadris, me deu um aceno tímido, sub-reptício, e foi se sentar perto da avó.

— Olá, sr. Mirabelli — cumprimentei meu sogro, como se estivesse me apresentando pela primeira vez. E no que dizia respeito ao meu sogro, estava mesmo.

— Coleslaw! — disse o sr. Mirabelli, sentando-se ao lado de Christian. Christian me olhava meio em pânico, como fazem as crianças quando não sabem se uma coisa deve ser considerada engraçada ou ameaçadora.

— Quem? — disse eu. — O quê?

— Por favor, sente-se conosco, Coleslaw — disse meu sogro. — Está na hora do jantar.

— Boola, boola, boola — disse Thomas entrando na sala e sentando-se à cabeceira da mesa, onde eu normalmente me sentava. Era difícil esquecer o simbolismo, e eu não esqueci; mas desde então não consegui mais concentrar toda minha atenção, e também minha indignação, nisso.

— Você me chamou de Coleslaw? — perguntei ao meu sogro. Se aquele era o meu apelido, eu nunca ouvira antes. Os Mirabelli nunca foram muito chegados a apelidos, nem mesmo a versões abreviadas dos nomes próprios, talvez porque Anne não soava lá muito bem sem o Marie, porque o primeiro nome da sra. Mirabelli — Louisa — ficaria parecendo de homem se encurtado, e porque o primeiro nome do sr. Mirabelli era Christian, e abreviá-lo poderia parecer falta de respeito com o Salvador.

— E do que mais eu poderia chamá-lo senão de Coleslaw, Coleslaw? — disse o sr. Mirabelli. Ele me deu um sorriso largo e tristonho e, em seguida, fez um gesto na direção de um lugar do outro lado da mesa, já guarnecido com prato, talheres e guardanapo. Tive a impressão de que o lugar estava reservado para Anne Marie e não para mim.

— Onde está Anne Marie? — perguntei, resvalando para o chão com um rangido de joelhos e uma pancada do traseiro. Assim que me sentei, a lareira a gás da sala deu sinal de vida, como se eu fosse Moisés, e ela a sarça. O sr. Mirabelli pegou o controle remoto da lareira, enfiou-o dentro da jaqueta verde do exército como se fosse um revólver e disse: – Passe o cuscuz, por favor, Coleslaw. – O cuscuz – que na verdade não passava de arroz, do tipo Uncle Ben's – estava mais perto de Thomas do que de mim, mas eu fiz o que me era pedido: me ergui nos joelhos, pus a mão esquerda sobre a mesa para me equilibrar e tentei alcançar a travessa com a direita. Mas meu peso foi demais para aquela mesa quadruplamente amputada, e antes que eu pudesse pegar o cuscuz, meu lado da mesa escapuliu do bloco de armar que o sustentava para o assoalho, fazendo com que os pratos, as travessas, os copos, tudo, *menos* o cuscuz, investissem sobre mim como se eu fosse o castelo e os objetos sobre a mesa os guerreiros que o sitiavam.

– Desculpem – disse eu, tateando à procura do bloco de armar até encontrá-lo, recolocá-lo sob a quina da mesa e arrumar as travessas, copos etc. nos lugares de onde haviam sido desalojados.

– Nenhum problema – disse o sr. Mirabelli. – É assim mesmo a vida na Casbá!

Ao que Thomas acrescentou mais alguns *boola, boola*, e a sra. Mirabelli fez soar seus címbalos de dedo e em seguida relembrou ternamente o ocorrido no Marrocos, quando o sr. Mirabelli pagou muito dinheiro para que cada membro da família, um a um, andasse no que fora apregoado como um camelo, mas que aparentemente não era.

– Desculpem-me por *tudo* – falei, tão logo as risadas diminuíram um pouco, dirigindo-me ao sr. Mirabelli, mas alto o bastante para que todos escutassem, caso o sr. Mirabelli lhes tivesse contado o que me vira fazer em New Hampshire. E ao me desculpar por tudo, eu também estava me desculpando com todos, exceto Thomas, que estava sentado à cabeceira da mesa, levando à boca uma colherada de arroz com um ar de satisfação no rosto. Agora eu estava desejando ter feito algumas perguntas a ele – a respeito do que havia contado aos Mirabelli, do que eles sabiam e não sabiam sobre o meu passado e o meu presente – antes de ter invadido a casa daquela forma.

— Não estou entendendo do que você está falando, Coleslaw — disse com elegância o sr. Mirabelli.
— Do que aconteceu em New Hampshire — falei. Porque eu achava que isso era parte do plano: ele queria que eu confessasse as coisas ruins que fizera em vez de ele dizê-las por mim. Era uma tática típica dos pais: sempre que Katherine e Christian faziam algo errado, nós sempre os levávamos a identificar por si mesmos os malfeitos, o que servia então como entrada para o prato principal do castigo que nós lhes dávamos.
— New Hampshire — disse o sr. Mirabelli. — Curioso você falar nisso, Coleslaw. Uma vez eu segui um sujeito até New Hampshire.
— Thomas lhe contou onde eu estava indo — falei, lançando o que eu esperava que fosse um olhar zangado para Thomas, que, por sua vez, parecia não ligar para o que se passava à sua volta. Continuava mantendo um olhar de absoluta satisfação, obviamente feliz por lhe permitirem ficar ali sentado à cabeceira da mesa e dizer "Boola, boola, boola" no momento adequado e agir como se fosse da família.
— Eu não preciso que ninguém me diga como seguir uma pessoa — disse o sr. Mirabelli. Agora eu me lembrava de que meu sogro tinha trabalhado na área de seguros como investigador durante mais de trinta anos e que seu ganha-pão era justamente seguir as pessoas. Não, o sr. Mirabelli não teria precisado que Thomas o ajudasse a me seguir até New Hampshire, mas aposto que o detetive Wilson sim. E aposto como Thomas lhe dera essa ajuda.
— Fazia muito frio em New Hampshire — disse o sr. Mirabelli. — Não gostei muito.
— Eu sei — disse eu.
— Sabe? — disse ele. — E como sabe, Coleslaw?
— Eu sei que foi lá que você me viu beijar aquela mulher.
— Você beijou uma *mulher*, Coleslaw?
— Nem sabia o nome dela — admiti.
— Pouco me importa quem você beijou, Coleslaw. — O sr. Mirabelli falou isso de um jeito tão indiferente que possivelmente nada tinha de indiferente, como se tivesse ensaiado diante do es-

pelho antes de eu chegar. – Alguém aqui se importa com quem o Coleslaw beija ou deixa de beijar?

Todos, inclusive Christian, balançaram a cabeça para mostrar que não davam a mínima, o que, dadas as circunstâncias, podia ser simpático da parte deles, revelava desprendimento. Thomas se serviu de outra colher cheia de arroz. A sra. Mirabelli ergueu o véu, esticou a mão para uma travessa do que parecia ser ensopado de grão-de-bico, tirou com a concha três grãos e em seguida, quem sabe pensando na silhueta, devolveu dois à travessa e pôs um na boca, que mastigou delicadamente, como se fosse goma de mascar. Christian continuava sentado, com o maxilar frouxo, a toalha na mão como se prestes a enxugar a baba que poderia escorrer dele.

– Por nós – disse o sr. Mirabelli – você pode beijar quem bem entender, Coleslaw.

– Menos nós – completou a sra. Mirabelli.

– Você pode beijar qualquer um, menos nós, Coleslaw – disse o sr. Mirabelli. – Parece que há *certos* limites em relação a quem você pode beijar...

– *Por que* você continua me chamando por *esse nome*? – perguntei. Dei uma nova olhada para Christian: sua toalha agora se achava fora de vista, e ele ainda conservava aquele ar ligeiramente perplexo, como se as coisas estivessem ocorrendo num lugar em que ele podia vê-las e ouvi-las, mas não compreendê-las.

– Não sei do que mais eu poderia chamá-lo, Coleslaw – disse o sr. Mirabelli.

– Pelo meu nome – disse eu. – Sam!

– Quem? – perguntou o sr. Mirabelli, e em seguida olhou para Thomas, para sua esposa, para seu neto, e cada um por seu turno perguntou "Quem? Quem? Quem?", como corujas inquisidoras, até Christian, embora eu não pudesse culpá-lo, pois qual o menino que não adora imitar sons de animais? Quando todos na mesa acabaram de perguntar quem era "Sam", eu próprio estava começando a me perguntar. Agora estava entendendo qual era a questão – para eles, eu não era mais um genro, mas um mero estranho com um nome estranho – e tal como todas as questões, eu me vi

pensando com carinho naquele momento, pouco antes, em que não entendi o nome.
— Onde está Anne Marie? — perguntei. — Preciso falar com Anne Marie.
— Estávamos falando dela pouco antes de você chegar, Coleslaw — disse meu sogro.
— O que estavam falando dela?
— Que é forte — disse o sr. Mirabelli.
— É mesmo — disse eu, concordando com o que ele dissera, mas sem gostar nem um pouco de como aquilo soara.
— Ela teve más notícias hoje, Coleslaw — disse ele, e é claro que eu sabia exatamente que más notícias eram essas e quem as dera.
— Notícias bem ruins. Mas é forte, e vai superar. Ela vai se mudar. Na verdade, já se mudou.
— Eu volto já — falei. Fui à cozinha, gritando: — Anne Marie! Anne Marie! Anne Marie! —, mas não havia nada lá além das lajotas de cerâmica do piso, as janelas com dobradiças, o fogão industrial e o refrigerador de titânio. Passei de novo pela sala de jantar em direção à escada. — Anne Marie — gritei subindo os degraus, e gritei novamente enquanto vagava pelo nosso quarto, pelos quartos das crianças, pelo banheiro do corredor, pelo quarto de hóspedes onde jamais ficara um único hóspede, de novo pelo banheiro do corredor e pelo nosso quarto. Cheguei a puxar para baixo a porta que levava ao sótão e gritei lá para dentro: — Anne Marie! —, mas a resposta foi um banho de poeira de isolamento cor-de-rosa, que eu suponho era a forma pela qual a casa me dizia *Ela não está. Sua mulher não está aqui.*
— Cadê ela? — perguntei aos meus sogros enquanto descia desabalado pela escada, de regresso à sala de jantar. — Ela tem que estar aqui. O carro dela está aí na frente. Cadê Anne Marie?
— Cadê quem? — perguntou meu sogro. E então, antes que eu pudesse esclarecer, sua indiferença desapareceu por um instante, e ele falou: — Isso não é mais da sua conta, droga nenhuma! — Aí se recobrou, deu uma ajeitada no lenço da cabeça e acrescentou:
— Coleslaw.

– Cadê a Anne Marie, Thomas? – perguntei, virando-me para ele. Thomas não estava mais sorrindo, não falava mais *boola boola*, e também não parecia satisfeito; ao contrário, estava nervoso, como se seu lugar à mesa estivesse ameaçado. Thomas balançou a cabeça com gravidade, os lábios cerrados, dando a entender que uma das maiores diferenças entre ele e eu era que eu falava enquanto ele era suficientemente esperto para não fazê-lo.

– Sra. Mirabelli, por favor – disse eu. Como ela fazia caridade para a maioria das instituições católicas locais, eu tive esperança de que tivesse piedade e me incluísse no rol de suas boas ações. A sra. Mirabelli inspirava, expirava, seu véu tremulava a cada movimento respiratório, mas não deixou escapar uma palavra.

Então apelei para Christian. Ele era tudo o que eu havia deixado naquela sala, naquela casa. A toalha agora estava em sua cabeça, descendo pelo pescoço e por cima das orelhas. Parecia tão nervoso, pequeno e assustado ali sentado entre os avós, sem saber se olhava ou não para mim, sem saber por que não sabia se olhava ou não para mim, mas sabendo o tempo todo onde estava sua mãe.

– Ela foi ver minha avó – disse-me ele.

– Vovó está aqui – disse eu.

– Minha outra avó – disse ele. – Eu não tenho outra avó?

Como descrever a maneira como Christian disse isso? Como descrever um garoto de cinco anos que descobre que tem dois pares de avós e não um só? Como descrever um garoto que descobre que seu pai vem mentindo há anos e anos dizendo que os próprios pais estão mortos? E como descrever um pai que sequer pensa que, ao matar os pais, matara os avós dos seus filhos junto?

– Oh, Christian – disse eu. – Desculpe, filho. – E em seguida, pois, como todos nós sabemos, não basta pedir desculpas, comecei a chorar só para mostrar como de fato lamentava, chorei, chorei, chorei enquanto procurava um lenço, que não tinha. Então Christian tirou a toalha da cabeça e me deu para enxugar o rosto.

– Obrigado – disse eu a ele.

– Posso ir ver televisão? – perguntou-me ele, com as boas maneiras que os avós ou, quem sabe?, a própria TV lhe haviam ensinado, porque eu é que não fui.

— Pode — disse eu, e aí ele se foi da sala deixando apenas a toalha para eu me lembrar dele, o que me fez chorar ainda mais forte. Toda essa choradeira deve ter amolecido o coração dos Mirabelli nem que apenas um pouquinho, embora talvez tivesse sido melhor não tê-lo feito: seria mais fácil para mim lembrar deles agora somente como os lunáticos sem coração que pareciam ser, e não como meus sogros, que deixavam seus corações duros serem amolecidos pelo homem que os havia endurecido e que logo seria tão somente outra parte do passado, com a diferença de que eu seria uma parte do passado que eles não *iriam* querer reviver.

— Coleslaw, por que você não senta e come? — disse meu sogro com doçura. — As coisas sempre parecem um pouco melhores quando a gente está de barriga cheia.

— Talvez você tenha razão — falei, começando a me dirigir ao outro lado da mesa, quando o sr. Mirabelli falou: — Você fica muito longe aí. Por que não se senta aqui? — E indicou o lugar que Christian ocupava até pouco antes. Os dois abriram espaço para mim.

— Vocês têm certeza?

— Temos — disse o sr. Mirabelli. — Mas ponha a toalha do seu filho na cabeça.

Eu pus a toalha do meu filho na cabeça e me sentei entre meus sogros, e todos comemos bem devagar, em silêncio, como convém à última ceia. Eu queria lhes fazer muitas perguntas. Por que Anne Marie não se achava aqui, se eles estavam vestidos daquela maneira em função dela? O que exatamente Thomas lhes dissera, e quando? Ele lhes havia contado sobre meus pais, ou essa era outra coisa que o sr. Mirabelli descobriu sozinho? Mas esse era o tipo de silêncio preferível às palavras que o romperiam. Além disso, eu tinha a sensação de que uma vez rompido o silêncio, a refeição estaria encerrada e eles me pediriam para ir embora. Aquela era minha casa, e mais uma vez alguém me pediria para deixá-la, e mais uma vez eu o faria. Certos homens se recusariam a deixar suas próprias casas, mas eu não era um deles. Eu abdicara do meu direito de me recusar, assim como alguns criminosos abdicam do seu direito de permanecer em silêncio.

Porém, não importa quanto tempo ficamos em silêncio, a comida acabou sendo consumida e a refeição terminou. A sra. Mirabelli se levantou para lavar os pratos, e Thomas foi ajudá-la, deixando o sr. Mirabelli e eu sozinhos na sala.

– Sr. Mirabelli, posso lhe fazer uma pergunta?

– Pode, Coleslaw.

– Por que vocês estão vestidos assim se Anne Marie nem está aqui?

– Ela estava, mas aí, antes mesmo de nos sentarmos à mesa para comer, ela falou que estava se mudando para a casa da sua mãe. E que isso tudo – e aqui ele correu a mão sobre a fantasia para demonstrar – era ridículo.

– Ela disse isso?

– "Eu não sou mais *criança*", essas foram exatamente as palavras dela. – Eu diria que essa era a coisa mais triste que já acontecera, no que toca ao sr. Mirabelli. Seus olhos ficaram nublados e úmidos; ele os fechou, tirou os óculos e ficou esfregando a ponte do nariz durante alguns segundos. Quando recolocou os óculos e abriu os olhos, eles estavam novamente limpos. – Lamento que você precise ir, Coleslaw – disse ele. – Sinto que estávamos apenas nos conhecendo, e olha só, já é hora de você ir embora.

– Eu também lamento – disse eu.

– Todos lamentam – disse ele, pondo a mão no meu ombro. – Você devia se despedir do seu filho.

– Devia – disse eu, levantando-me sem dar uma palavra e indo até a sala de televisão. Christian estava deitado no sofá diante da máquina de fazer doido. Estava dormindo, a cabeça meio escondida pela curva do braço, e eu podia ouvir a respiração suave que vinha de seus lábios. Eu o amava. Eu o amava demais, e tinha medo de dizer adeus. Nunca se deve dizer adeus aos filhos, não pelo que isso causará neles, mas pelo que causará em você. Por isso não disse adeus. Em vez disso, tirei a toalha da cabeça, a estendi sobre ele como um cobertor, depois beijei-o suavemente na testa. Ele se remexeu e resmungou, e então me virei e saí da sala antes que ele despertasse do sono. A caminho da porta de saída, passei pela sala de jantar. Thomas não se encontrava lá, mas o sr. e a sra.

Mirabelli estavam sentados à mesa tomando café e conversando sobre uma ocasião no Marrocos em que o guia turístico lhes perguntou se já haviam experimentado narguilé, e eles pensaram que ele dissera "capilé". Mais risos, do tipo que está há muitos e muitos anos sendo preparado. O sr. Mirabelli chegou a tirar a toalha para esconder o rosto, de tanto que ria, e eu me aproveitei dessa cegueira momentânea para abrir a porta e deixar para trás a casa dos Mirabelli (e minha) em Camelot.

THOMAS ESTAVA lá fora me esperando, encostado na minha van, braços cruzados sobre o peito nu. Devia estar com frio: nevava mais forte agora, e os bordos raquíticos ao longo da Hyannisport Way se curvavam à força dos ventos uivantes. Lá dentro, vestido como estava, Thomas dava a impressão de ser da casa; do lado de fora, porém, parecia um homem sem noção, a ponto de não vestir uma camisa em plena tempestade de neve. Lá dentro, era quase mudo; aqui fora, assim eu esperava, ele iria responder umas perguntas.

– Foi você quem incendiou a Casa Mark Twain? – perguntei.

– Não – respondeu ele.

– Não acredito em você. – E essa queimadura aí na sua mão? Thomas tirou as mãos de sob os braços e me mostrou. Na mão direita havia uma marca de queimadura: era mais ou menos do tamanho de uma moeda, vermelha nas beiradas e já começando a criar uma casquinha. – Isso aqui foi no queimador do seu fogão – disse ele. – Você precisa consertar logo aquela coisa.

– Já consertei – disse eu. Eu sabia do que ele estava falando. Um ou dois anos atrás, o queimador esquerdo da parte da frente do nosso fogão não estava esquentando como seus três pares. Anne Marie me disse que não tinha nenhuma importância e que eu deixasse pra lá. Mas resolvi consertar, achando que seria fácil. Deduzi que podia ser um fio solto, e então soltei e em seguida reconectei o fio ao seu encaixe, ou achei que tinha feito. Na realidade eu acabei refazendo a instalação elétrica do fogão de um jeito que o bico esquerdo da parte de trás não funcionava mais, e desse modo, quando você girava o botão correspondente a ele, acendia na verdade o queimador esquerdo *da frente*. Quem não sabia disso podia facilmente se queimar, poderia acontecer. Prometi a Anne Marie que consertaria de novo, mas nunca mais voltei lá. – Então realmente não foi você que tentou atear fogo à Casa Mark Twain? – perguntei.

– Não. Foi isso também o que eu disse ao seu detetive Wilson.

– Isso foi antes de você contar a ele que eu estava indo para New Hampshire, correto?

– Correto – disse Thomas, com os dentes começando a bater. Ele pôs as mãos novamente sob as axilas, onde elas tinham estado hibernando.

– O detetive Wilson acreditou em você?

– Eu tinha um álibi – disse Thomas, apontando para a minha casa. – Eu estava aqui naquela noite.

– A noite inteira? – perguntei, mas sem muito interesse na resposta. Meu coração estava a ponto de saltar do peito. Quase tirei a camisa, achando que talvez o frio entorpecesse a dor e convencesse meu coração a permanecer em sua cavidade.

– A noite inteira – disse Thomas.

– Não acredito – falei. – Você contou a Anne Marie que tinha mentido sobre eu tê-la traído e *mesmo assim* ela deixou você passar a noite toda aqui? Por que ela faria isso? Ela não iria querer primeiro saber por que você mentiu?

– Claro que sim – disse Thomas. – Ela perguntou por que diabos eu mentiria a seu respeito, entre tanta gente no mundo.

– Oh, não – disse eu.

– Era uma ótima pergunta – admitiu Thomas. – E merecia uma ótima resposta...

– Oh, não – repeti.

– Então contei que tinha feito isso para me vingar de você por ter matado meus pais.

– Você contou a verdade – disse eu.

– Contei – disse Thomas. Ele parecia orgulhoso, como se a verdade fosse aquilo que ele próprio jamais pensara ser capaz de

contar. – Mas ela não acreditou em mim, pelo menos de início. Mesmo quando dei detalhes sobre a Casa Emily Dickinson e o incêndio, e sobre você indo para a prisão...
– Ela não acreditou?
– Não, estava convicta de que você não seria capaz de esconder essas coisas dela. "Sam não faria isso comigo", foi o que ela falou. – Aqui ele fez uma pausa, e eu vi seu orgulho se transformar em confusão, como às vezes ocorre. – Eu não entendo. Ela deu a impressão de que realmente amava você.
– E ainda ama! – disse eu. – Ainda ama!
Thomas não deu atenção a isso, já que o pensamento veleitário é o tipo de pensamento mais fácil de se ignorar. – Então eu falei que se ela não acreditava em mim, deveria ir perguntar aos seus pais.
– Oh, não – disse eu, porque se nossa vida nada mais é que uma canção sem-fim falando em esperança e remorso, o "oh, não" parece ser o refrão dessa música, as palavras a que sempre retornamos.
– E foi aí que ela me disse o que você disse a ela: que seus pais morreram num incêndio em casa.
– Deixe-me explicar – disse eu. Eu podia jurar que a raiva moderada que ele sentia estava prestes a se transformar no mais puro ódio e furor, assim como é possível perceber quando a chuva está a ponto de virar uma das mais frias formas de precipitação.
– Seus pais *morreram num incêndio em casa* – repetiu ele. – Isso era para ser engraçado? – perguntou Thomas, dando um passo à frente, retirando a mão direita de sob a axila e cerrando o punho, e por um momento eu pensei que ele fosse me bater, mas não. Talvez Thomas tivesse aprendido com o meu erro de antes, quando bati nele. Quando a gente bate em alguém, quer que isso seja a última palavra. Mas nunca é. E se um soco na cara não é a última palavra, o que seria então? É errado querer ter a última palavra? Existe, afinal, essa coisa de última palavra? E onde, oh, onde se pode encontrar quem a possa dar?
– Não bastou você ter matado meus pais? – disse Thomas. – Tinha também que matar seus próprios pais, e do mesmo modo?

– Eu não matei meus pais de verdade – disse eu. – Thomas, foi só uma *história*.

– Cala a porra dessa boca – disse ele. – Na história você matou seus pais *do mesmo modo* como matou os meus na vida real...

– Está bem, já sei onde você quer chegar – disse eu. O ponto onde ele queria chegar era que, uma vez que algo ruim se passa com você, uma vez que você se torna vítima da tragédia, tem direitos sobre essa tragédia, ela se torna propriedade sua – não só a tragédia, como também a história dessa tragédia – e aí você, e somente você, pode fazer o que quiser com ela. Pode, por exemplo, escrever as memórias dela. Sim, eu havia plagiado a dor de Thomas, assim como os analistas financeiros pensaram ter plagiado a minha. – Desculpe – falei.

– Você está sempre pedindo desculpas, porra – disse ele.

Isso era uma verdade tão óbvia que eu não achei necessário confirmá-la. – Sou capaz de adivinhar que Anne Marie contou aos pais dela o que você me contou – eu disse. – E é aí que o sr. Mirabelli começa a me seguir.

– E aí você beija uma mulher que não era a sua com seu sogro vendo tudo – disse Thomas. – Eu nem precisei entrar em ação...

– Minha mãe também me viu fazer isso – confessei.

– Pobre mulher – disse ele.

– Eu sei que você conhece meu pai – falei. – Também conhece minha mãe?

– Eu conheço os dois há muito tempo, Sam – disse ele. Agora sua raiva havia se transformado em tristeza, o que quer dizer não que a raiva está passando, mas sim que quando a raiva some, a tristeza sempre está no meio.

– Das festinhas do meu pai – disse eu.

– Não – disse Thomas. – Que eu saiba, sua mãe nunca frequentou as festas.

– Papai falou que ela não gostava dos convidados dele.

– Na verdade, só de uma convidada – disse Thomas, e finalmente eu estava começando a entender. Meus pais tinham uma espécie de acordo: toda terça-feira papai dava uma festa na casa com Deirdre entre os convidados, e mamãe sabia que devia ficar longe. Na medida em que papai se lembrava de qual era o dia da semana, minha mãe não precisava encontrar com Deirdre, e como não a via, não precisava admitir sua existência. Nessas noites ela ia para o seu apartamento, enquanto Deirdre ia para casa; quando mamãe voltava no dia seguinte, Deirdre já fora embora. Ela sabia e não sabia de Deirdre; agora eu entendia o que papai queria dizer quando falava que as coisas eram complicadas.

– Então você sabe de papai e Deirdre.

Thomas fez que sim com a cabeça. – É complicado – disse ele.

– Papai vem enganando mamãe há trinta anos – disse eu. – Isso não tem nada de complicado.

– Eles não são más pessoas, Sam, nenhum deles. – Eu reconheci imediatamente o que ele disse e a forma como disse: era uma racionalização que todo filho precisa fazer em relação aos pais. Tive a impressão de que papai e mamãe tinham se tornado pais dele tanto quanto meus. Ou será que ele considerava meu pai e Deirdre como seus pais? Quantos pais uma pessoa pode ter nessa vida? Haveria um estoque infinito? E, supondo-se que sim, o estoque infinito de pais implicava um estoque infinito de conforto, ou de desgosto?

– Como é que você conhece minha mãe se ela não ia às festas?

– Sua mãe foi me ver depois que meus pais morreram – disse ele. – Ela queria dizer o quanto lamentava tudo aquilo. Ela é a única da sua família a dizer isso. Eu ia vê-la no apartamento de vez em quando, mas tinha a sensação de que ela não me queria lá.

– Por quê?

– Acho que não gosta muito de mim – admitiu Thomas. Eu sabia por quê: minha mãe provavelmente sentia pena demais de Thomas para gostar dele. Eu me lembrava de que havia livros que ela não lera, nem me deixara ler, porque eram muito cheios de piedade. Na minha turma de inglês de oitava série eu fiquei encarregado de ler *A cabana do Pai Tomás* e *O sol é para todos*, e mamãe proibiu que eu entrasse em casa com eles. Tive que ler os dois romances na varanda, mesmo que fosse inverno e fizesse um frio desagradável por mais vestido que eu estivesse, o que não era o caso de Thomas agora. A neve estava começando a se acumular

em seu cabelo e em seus ombros. Ele saltitava ora num pé, ora noutro, para se manter aquecido. Estava tão gelado que até seu esterno ia ficando azulado. O único motivo que eu podia imaginar para Thomas não entrar em casa era o prazer que ele sentia em me mostrar o quanto sabia sobre a minha família que eu não sabia.
– Fale-me do apartamento da minha mãe – disse eu. – Há quanto tempo ela tem esse apartamento?
– Muito tempo. Praticamente desde que eu a conheci.
– Mas quando eu saí da prisão ela estava morando na nossa casa – disse eu. – Meu pai também não dava festas na época. Eu morei lá um mês inteiro.
– Eles tentaram durante um mês, por sua causa – disse Thomas.
– E aí você foi embora.
– Mas eles *queriam* que eu fosse embora.
– É complicado – disse Thomas novamente, com ar cansado, de sabichão, como se apenas ele pudesse saber o que é saber demais.
– Você parece que sabe tudo – disse eu. – Se não foi você quem tentou atear fogo na Casa Mark Twain, quem foi então?
– Não tenho ideia – disse Thomas. Foi exatamente o que papai respondeu quando eu perguntei por que mamãe não gostava das festas. Mas ele fazia ideia, sim; papai sabia muito bem por que mamãe não gostava das festas, por mais que fingisse que não.
– E a Casa Edward Bellamy? – perguntei a Thomas, já sabendo o que ele diria.
– Não tenho ideia – disse Thomas. *Agora* ele se mostrava meio nostálgico em relação à casa, uma *casa* sendo não só um refúgio para as intempéries, mas também um local onde você podia tentar se esconder de todas as coisas que desconhecia ou das quais não queria saber.
– Acho que foi uma mulher – disse eu, para testá-lo. – É a minha teoria. Você conhece alguma mulher que possa ter tentado incendiar essas casas?
– Não tenho ideia – disse Thomas.
– Acho que tem, sim – disse eu. E me lembrei do que o detetive Wilson dissera no dia anterior, quando se mostrou tão confiante,

e então tentei imitá-lo: – Eu ainda não sei quem é – falei –, mas aposto que você sabe. E aposto que vou descobrir. – Dei um tapinha no ombro congelado de Thomas, em seguida fui para o lado do motorista da minha van, com Thomas me seguindo.
– Aonde você pensa que vai? – perguntou ele.
– Vou ao apartamento de mamãe para conversar com ela e com Anne Marie.
– Meu Deus, Sam – disse Thomas, balançando a cabeça. – É tarde demais.
Mas algo me dizia que não era tarde demais. – Por que Anne Marie foi à casa da minha mãe no seu jipe e não no carro dela? – eu quis saber. – Só por curiosidade.
– Meu jipe estava bloqueando o carro dela – respondeu ele. – Era mais fácil pegar o meu.
– E por que você não foi com ela?
– Ela falou que queria ir sozinha – disse Thomas, sem conseguir disfarçar um certo ressentimento na voz. Naquele momento eu percebi que ele quis ir com ela, mas ela não deixou, e que ele se sentiu meio perdido e abandonado por causa disso, na medida em que a relação homem/mulher é como a do homem ao mar x o bote salva-vidas.
– *Não* é tarde demais – disse eu.
– É – disse Thomas. – Você devia desistir, só isso. – Subitamente ele se afastou e saiu correndo para casa, tirando neve da cabeça e dos ombros enquanto corria.
Thomas tinha razão: eu devia desistir, simplesmente, e eis aqui mais uma coisa que vou incluir no meu guia do incendiário. Diferentemente desses outros guias – que nos recomendam não desistir disso ou daquilo, nunca desistir, coisas boas acontecerão caso você não desista –, vou recomendar que você desista, imediatamente e sem lutar, sendo a rendição nossa mais subestimada reação às dificuldades.
Mas na época eu não sabia disso, e por essa razão não dei ouvidos a Thomas. Não desisti.

22

Como parte do meu guia do incendiário de casas de escritores na Nova Inglaterra, devo incluir um capítulo sobre como você se sente ao ver sua mãe de pé na rua, na frente do prédio dela, conversando com a sua mulher, sua mulher que, até este momento e durante tantos anos, acreditara que sua mãe estava morta, morta e enterrada, enterrada e por isso mesmo incapaz de contar à sua mulher tudo a respeito do marido, ou seja, você, coisas que nunca, jamais você quis que ela, sua mulher, soubesse.

Mal, muito mal. A visão das duas juntas me tirou a respiração, e tive que parar a van a um quarteirão de onde elas se achavam, só para tê-la de volta (minha respiração, entenda-se). Mamãe e Anne Marie estavam ao lado do carro de minha mãe se despedindo, isso era claro: abraçaram-se várias vezes só no minuto em que fiquei ali sentado, observando-as. Anne Marie agarrou com as duas mãos a mão de mamãe, ficou segurando-a e disse alguma coisa: em seguida as duas se dobraram de tanto rir. Quando pararam de rir, abraçaram-se de novo. Eu contei até dez, e elas continuavam abraçadas. Nevava forte agora, e o ar era tão denso que os faróis dos carros estavam acesos, embora não passasse das três da tarde. A rua ainda não fora varrida e a neve que a cobria era do tipo que fazia a gente querer ter um trenó, um daqueles trenós antigos, de patins de metal, e a neve também era daquele tipo que também faz a gente se esquecer de que é o tipo de pessoa que jamais daria importância aos patins e que eles enferrujariam e logo o trenó estaria inutilizado, o que é outra maneira de dizer que era o tipo de neve que levava você a achar que tudo era melhor do que na verdade era. Porque nesse momento mamãe e Anne Marie tinham parado de se abraçar, e mamãe percebeu minha van parada no meio do quarteirão. Eu acenei para ela pelo para-brisa. Ela balançou a cabeça, disse alguma coisa a Anne Marie e em seguida entrou em seu carro e saiu na direção oposta. Anne Marie se virou, viu minha van e veio ao meu encontro. Eu saltei e caminhei na direção dela. Estava ainda com as roupas que Peter Le Clair me dera um dia antes; Anne Marie usava um desses coletes de lã bem macios, mas de certo modo também à prova d'água, o tipo de colete que é tão confortável que deixa o seu peito dormente e seus braços invejando o peito, e totalmente consciente e irado por causa disso, o que é uma forma de explicar por que, quando se aproximou o bastante, Anne Marie me bateu, do jeito que eu bati em Thomas poucas horas antes. Ela estava de luvas, e sua experiência como lutadora de boxe era nenhuma, por isso o soco não teve muita força e não me machucou, mas mesmo assim me jogou ao chão, que era o lugar onde eu certamente merecia estar.

– É melhor apanhar do que bater – disse eu a ela.

– Vá para o inferno – disse ela. – Levante-se.

Eu fiz o que ela mandou. Estava com as roupas de Peter há quase um dia inteiro, e com as minhas por muito mais tempo: cheiravam a madeira queimada, fumaça de bar, cerveja, suor, medo e às várias camadas de roupas úmidas que ajudam a conservar os odores.

– Papai falou que você beijou uma mulher em New Hampshire – disse Anne Marie, com voz contida. Talvez ela também andasse treinando diante do espelho. – É verdade?

Eu confessei que sim e fui logo contando a história toda. Não omiti nada, nenhum detalhe importante, nem mesmo os amassos. Em seguida voltei ainda mais no tempo e contei tudo que não havia contado sobre o meu passado, todas as coisas que ela agora sabia, embora não por mim. Eu deixara muita coisa por contar durante tempo demais. A expressão facial de Anne Marie não se alterou uma vez sequer ao longo de todo o relato. Não se franziu, não se contraiu, não fez uma careta, nem quando eu disse que a amava e que o beijo que eu dei naquela mulher foi a primeira vez que havia acontecido e que jamais voltaria a acontecer. Ao final da minha história eu falei "É isso" e ela meneou a cabeça. E só. Era a maior proeza de força e autocontrole que eu já havia testemunhado, ouvir a história – a história de como eu mentira para ela durante dez anos – e não ter outra reação além de menear a cabeça. Se ouvir com estoicismo a história da própria traição do marido fosse uma competição olímpica, Anne Marie teria obtido a medalha de ouro. Eu tive a sensação de que não a merecia – e tenho certeza de que esse pensamento também ocorreu a ela – e Thomas também não.

– Thomas falou que passou a noite inteira na nossa casa – disse eu. – É verdade?

– É – disse Anne Marie. – Mais de uma.

– No sofá? – eu quis saber.

Anne Marie não respondeu. Tirou do bolso do colete um maço de cigarros, pegou um cigarro e um isqueiro do maço e acendeu o cigarro, tudo sem tirar as luvas. Eu me dei conta nessa hora de que Anne Marie era uma mulher capaz. Eu nunca pensara nela dessa forma antes. Havia muitas outras perguntas que queria fazer – por exemplo, do que ela e minha mãe falaram? –, mas não fiz, porque agora sabia que ela era uma mulher capaz, e mulheres capazes não respondem perguntas de gente que não tem o direito de fazê-las. Isso também vai para o meu guia do incendiário.

– Para onde minha mãe foi agora? – finalmente perguntei, escolhendo o que esperava ser uma pergunta inócua que Anne Marie estaria disposta a responder. Ela o fez:

– Trabalhar.

– Trabalhar? – disse eu. – Onde?

Aqui aconteceu algo estranho: a fumaça jorrou da boca de Anne Marie e ela sorriu para mim, como um dragão de bom coração. – Você não imagina onde ela trabalha – disse Anne Marie.

– Provavelmente não – admiti.
– No Student Prince – disse ela. O Student Prince era o restaurante alemão em Springfield em cima do qual Anne Marie e eu moramos no início do nosso casamento. Agora eu sabia por que ela sorria para mim: estava se lembrando daqueles tempos felizes, do nosso primeiro filho, nosso primeiro lar, as fases iniciais, as melhores, do nosso amor. Isso não significa que o amor perdura, mas que a lembrança dele sim, mesmo – ou sobretudo – quando não o desejamos.
– Que coincidência.
– Não é coincidência – disse Anne Marie, e antes que eu pudesse perguntar o que ela queria dizer com isso, ela jogou o cigarro aceso na neve e acescentou: – Você mesmo terá que perguntar a ela.
– Está bem.
– Sua mãe é uma boa mulher, Sam – disse-me ela. – Merece coisa melhor do que seu pai.
– Eu sei.
– E merece também coisa melhor do que você.
– Sei disso – disse eu. Pela primeira vez eu pensava no que tinha feito pela minha mãe e não no que achava que ela havia feito por mim. Ela merecia um filho melhor do que eu, uma *pessoa* melhor do que eu. Essa é outra forma que temos de saber que nos tornamos adultos, quando entendemos – tarde demais – que não somos merecedores da mulher que nos fez adultos. Das *mulheres* que nos fizeram adultos.
– Sua mãe tem medo de que você tenha incendiado as casas dos escritores – disse Anne Marie, nomeando-as: as casas de Bellamy e de Twain. Não mencionou a de Robert Frost. Isso provavelmente significava que minha mãe tinha parado de me seguir depois que me viu beijando a tal mulher no bar, o que era bem ruim: se ela tivesse me seguido até a Casa Robert Frost, saberia que não fui eu que a incendiou, e também saberia quem foi. – Ela está preocupada com você.
– Eu não incendiei casa de escritor nenhum – disse eu.

– Só uma – disse Anne Marie.
– E aquilo foi um acidente.
– Não quero mais ouvir isso.
– Foi uma mulher que ateou fogo às casas de Bellamy e Twain – prossegui.
– Que mulher?
– Ainda não sei. Mas tenho quase certeza de que Thomas faz uma ideia.
– Sam... – disse Anne Marie. Dava para perceber a exasperação na voz dela, tão linda e familiar, mas também triste, como o som de sinos de igreja pouco antes de um funeral. Eu devia ter parado de falar naquele momento mesmo, mas não o fiz, e minhas palavras eram como a neve, que continuava a cair e a cair ainda que a maior parte dela já tivesse caído.
– E aí os analistas financeiros incendiaram a Casa Robert Frost.
– Os *quem*? – disse Anne Marie, e em seguida, antes que eu pudesse responder: – Esquece. Não quero saber de droga nenhuma de *analistas financeiros*. Não quero ouvir mais nada.
– Mas, Anne Marie, é verdade.
– Oh, Sam. Por que você não assume a responsabilidade por alguma coisa ao menos uma vez na vida?
– Pelo incêndio das casas?
– Por *tudo* – disse ela. Depois se virou e foi andando pela neve de volta ao jipe de Thomas. Eu não fui atrás dela, não a chamei, não pedi que voltasse. Falar só me trouxera problemas. Talvez o melhor modo de fazer com que Anne Marie voltasse fosse simplesmente ficar ali parado sob a neve, sem dizer nada, à sua espera. Funcionou. Ela girou as rodas sobre a neve, fez a volta em três movimentos e apontou o jipe na minha direção. *Volta pra mim*, eu disse na minha cabeça. *Volta pra mim*. E ela voltou. Anne Marie parou o carro bem ao meu lado, se inclinou no banco dianteiro, abriu a janela do lado do carona e falou: – Você vai ver sua mãe, não vai?
Eu admiti que talvez fosse.

– Então devia ir em casa e trocar de roupa – disse ela. – E tomar um banho, primeiro. Você está horrível, Sam. Está fedendo. – Em seguida levantou o vidro e partiu.

23

Como todo mundo sabe, não se pode voltar para casa. Há um famoso livro que nos mostra isso, embora leve páginas demais para fazê-lo. Mas o que *esse* livro não nos diz, e o meu dirá, é que você não pode voltar para casa nem para trocar de roupa e tomar um banho antes de ir ver sua mãe no Student Prince, pois, se o fizer, encontrará o detetive Wilson à sua espera, sentado à mesa da sala de jantar. Ele estava com umas olheiras enormes e armado com outra xícara grande de café, assim como eu estava com umas olheiras enormes e armado com outra lata grande de cerveja, o que é apenas a prova definitiva de que os homens não passam de breves variações sobre o mesmíssimo tema.

– Você não parece surpreso em me ver – disse ele.

– E não estou – disse eu. Porque não estava mesmo: afinal, tantos não Pulsifer apareceram na minha casa nos últimos dias que eu precisaria ampliar a definição de *casa* de modo a incluir gente que não morava ali, além dos que deveriam morar e não moravam. – Não estou nem um pouco surpreso – falei. Ergui minha cerveja para fazer um brinde e fui me sentar do outro lado da mesa. Entre nós havia um envelope pardo volumoso que imaginei ser alguma correspondência para meu pai ou minha mãe.

– Você tem andado muito ocupado, Sam – disse o detetive Wilson. Ele pegou vários envelopes do bolso do paletó, tirou papéis de cada um e os espalhou sobre a mesa de jantar, cobrindo o envelope pardo. Os papéis e o envelope pareciam sujos, rasgados, amassados, e eu tinha quase certeza de saber do que se tratava mesmo sem lê-los, muito embora o tenha feito, quanto mais não seja para ganhar algum tempo. Era o restante das cartas perdidas de papai, as cartas das pessoas que queriam que eu pusesse fogo nas casas dos escritores Edith Wharton, Henry Wadsworth Longfellow e Nathaniel Hawthorne, além da réplica da cabana de Henry David Thoreau no lago Walden. Os autores das cartas tinham conseguido o que queriam: alguém havia incendiado todas essas casas na noite passada, uma após outra, e deixara a carta correspondente próxima à área onde ficava a casa. O detetive Wilson ia me contando isso enquanto eu fingia ler as cartas. É claro que eu sabia quem eram os responsáveis pelo incêndio – podia ver a trilha de fogo dos analistas financeiros, de New Hampshire no sul, em direção a Boston, no leste, podia ouvir Morgan dizendo *Ele vai lamentar* enquanto "plantava" as cartas. Eu devia ter falado com o detetive Wilson sobre os analistas financeiros; devia ter mostrado a ele o livro de Morgan e os cartões-postais e depois explicado seus motivos para queimar essas casas e me incriminar. E mais: devia ter confessado ao detetive Wilson que não sabia o sobrenome de nenhum dos analistas financeiros, a não ser o de Morgan, e que também não sabia em que parte de Boston exatamente eles moravam. Mas Anne Marie não quis nem ouvir falar nos analistas financeiros, e eu podia imaginar o detetive Wilson reagindo da mesma forma, era capaz até de vê-lo concordando com o escritor-residente: evidentemente que pensaria que tudo não passava de um truque barato, e que os analistas financeiros não pareciam gente da vida real. Por isso, em vez de contar toda a verdade, contei a parte mais simples – "Não fui eu" – e empurrei as cartas de volta para ele.

– Foi você sim – disse o detetive Wilson, repondo as cartas dentro dos envelopes e devolvendo-os ao bolso do paletó. Eu olhei para a mesa onde as cartas não estavam mais. O envelope pardo continuava lá. Olhei pare ele e não para o detetive Wilson, e notei o que não tinha percebido antes: no canto superior esquerdo, em timbre oficial, lia-se "Wesley Mincher, Departamento de Inglês, Heiden College, Hartford, CT 06106". Não havia carimbo nem endereço postal, mas no meio do envelope, em letras maiúsculas garrafais, para não haver erro, via-se o meu nome: "S.A.M." Voltei os olhos para o detetive Wilson, e enquanto o olhava, estendi a mão e virei o envelope de modo que meu nome ficasse voltado para a mesa e não para ele.

– Não – disse eu. – Não fui eu.

– Claro que foi, Sam – disse ele, batendo com a mão sobre o bolso do paletó onde estavam os envelopes, com as cartas que me incriminavam dentro.

– Se fosse, por que eu deixaria as cartas lá?

Ficou claro que o detetive Wilson não havia pensado nisso, não havia pensado na evidência, a não ser que ela existia e que provava o que ele queria que ela provasse, evidência entendida – como vou colocar no meu guia do incendiário – apenas como uma forma mais concreta de pensamento veleitário. – Porque você queria ser apanhado – disse ele de maneira não muito convincente. Bateu novamente no bolso do paletó, dessa vez, porém, com mais força, como se estivesse castigando as cartas por tê-lo deixado mal.

– E por que eu iria querer ser apanhado?

– Talvez tenha deixado as cartas por acidente – disse ele.

Eu me senti tão bem ouvindo outra pessoa dizer "acidente" que quase me esqueci do meu, razão pela qual tive outro. Acidente, entenda-se. – Ora, você pode fazer melhor do que isso. Quer dizer então que eu incendiei cinco casas e depois, *acidentalmente*, deixei cartas em cada uma delas?!

– Eu só mencionei quatro casas – rapidamente corrigiu o detetive Wilson.

– Oh – disse eu.

– Mas você tem razão. Uma *quinta* casa foi incendiada ontem à noite. – Eu sabia qual tinha sido e por isso nem me preocupei em ouvi-lo dizer. No entanto, eu estava pensando na carta de Peter Le Clair no meu bolso, podia ouvi-la chamando as irmãzinhas que se achavam no bolso do detetive Wilson do outro lado da mesa. – Não encontrei carta nenhuma lá. Mas sei que foi você que botou fogo naquela casa também. Quer saber como eu sei?

– Não – disse eu. Afinal, eu já sabia de tudo o que o detetive Wilson ia me dizer, sabia o que Thomas Coleman lhe dissera, sabia que ele fora de carro a New Hampshire para me achar. O que eu não sabia era o que havia no envelope pardo, e como ele fora parar em cima da minha mesa, e se o detetive Wilson já olhara dentro dele.

– Você está me ouvindo? – perguntou o detetive Wilson.

– Não – disse eu. – Deveria estar?

– Deveria – prosseguiu o detetive Wilson. – Eu estava contando como esse seu Thomas Coleman me telefonou para dizer que você ia incendiar a Casa Robert Frost em Franconia, New Hampshire.

– E como ele sabia disso? – perguntei.

– Isso não tem importância – disse o detetive Wilson, e quando ele falou isso, eu tive certeza de que ele não sabia a resposta, uma vez que "não tem importância" é uma das maneiras de nos referimos àquilo que não sabemos. – Do que você está rindo?

– Não estou rindo – disse eu, embora estivesse. Evidentemente o detetive Wilson não havia me seguido até New Hampshire, o que era meu maior medo; evidentemente ele não me vira na Casa Robert Frost, no bar, no incêndio. E como ele não estava com a carta, evidentemente não sabia que fora Peter quem a escrevera para mim, sendo Peter uma das outras pessoas que haviam assegurado que eu é que pusera fogo na Casa Robert Frost. Era por isso que eu estava rindo, apesar de ter dito ao detetive Wilson que não estava.

– Desde que você voltou para a casa dos seus pais algum problema acontece.

– É verdade.

– Você nunca deveria ter voltado – disse ele. O detetive Wilson falou outras coisas depois dessa, porém mais uma vez eu não estava escutando. Estava pensando no que ele acabara de dizer – *Você nunca deveria ter voltado* – e em como mais cedo no mesmo dia Deirdre dissera exatamente a mesma coisa. Como todo detetive sabe, a retórica do crime é a mesma retórica da solução do crime, e o fato de o detetive Wilson estar tentando solucionar os crimes significava que Deirdre cometera um deles? Teria sido ela quem incendiara a Casa Edward Bellamy, ou tentara, ou a Casa Mark Twain, ou tentara, ou ambas, quem sabe? Seria ela a outra mulher que papai disse que eu devia ir procurar? Seria ela a outra mulher, duas vezes? De repente tive um pressentimento e me vi repentinamente sentado com a coluna ereta, numa postura militar perfeita, sem me encolher.

— Que foi? — disse o detetive Wilson. — Por que você está sentado desse jeito?

— Não se preocupe — falei. — Há mais alguma coisa que precise me dizer?

— Seria melhor confessar tudo logo de uma vez, Sam — disse ele, consumido por um suspiro que vinha de alguma parte bem profunda dentro dele e lhe alargava as narinas. — Seria muito, mas muito melhor.

— Para quem?

— Para *todos* — disse ele, agora erguendo a voz, entendendo-se erguer a voz como aquilo que se faz quando não se sabe mais o que fazer com ela. — Apenas conte a *verdade*.

— Isso vai fazer você se sentir melhor, meu camarada — disse eu.

— O quê?

— Nada — falei. Estava me lembrando, claro, dos analistas financeiros e suas teorias a respeito das biografias que nunca escreveram e de como a única que haviam escrito não fizera com que eles se sentissem melhor e nada tinha a ver com a verdade, a deles e a da minha mãe também, e de como a busca da verdade talvez fosse tão inútil quanto procurá-la para fazer alguém se sentir melhor. — Preciso tomar um banho — disse eu a ele. — Já terminou?

— Quer dizer que você não vai confessar — disse o detetive Wilson. — Quer dizer que vai tornar tudo mais difícil. De que *porra* você tanto ri? — Mas aí ele se levantou e saiu furioso da casa antes que eu pudesse explicar que estava rindo da minha mãe. Quando eu era garoto, ela me obrigava a ler todos aqueles livros e depois me fazia perguntas, aquelas perguntas difíceis sobre o que o livro queria ou não queria dizer, e eu sempre dizia "Você está tornando isso difícil", e ela sempre me dizia o que eu teria dito ao detetive Wilson caso ele ainda estivesse ali: — *Já* é difícil.

Restava ainda a questão do envelope. Eu o virei e abri. Estava bem pesado e tive quase certeza de que encontraria lá dentro os três mil dólares de Wesley Mincher. Encontrei – três maços de notas de cem amarrados com elásticos. Mas havia mais alguma coisa no envelope: um bilhete escrito a mão dizendo "Encontre-me na Casa Emily Dickinson à meia-noite". A letra não me era familiar. Não era a da lista de compras de papai, e também não a dos cartões-postais de mamãe. Consultei meu relógio: eram cinco e meia, tempo suficiente para que eu tomasse um banho, mudasse de roupa e pegasse o carro para ir ao Student Prince e me encontrar com alguém – tive aquele pressentimento de quem podia ser – à meia-noite na Casa Emily Dickinson, ou pelo menos onde ela ficava. Pus o dinheiro e o bilhete de volta no envelope, terminei minha cerveja, subi a escada e tratei de me transformar num Sam Pulsifer mais apresentável. Em seguida desci, peguei outra lata de cerveja na geladeira, atravessei a porta da frente, entrei na minha van e parti na direção do Student Prince e de minha mãe, sem saber que veria a casa dos meus pais somente mais uma vez, a última vez que alguém a veria.

PARTE CINCO

24

Uma das coisas que mostram que você está ficando velho é quando começa a apresentar cada cena da sua história de vida assim: "Aqui estou eu, outra vez em ___, pela primeira vez em ___ anos." O que é mais um motivo para você ficar em casa, ou no mínimo mais um motivo para que as pessoas que estejam ouvindo a sua história *desejem* que você tivesse ficado em casa. Mas eu não tinha ficado em casa, e aqui estou eu outra vez em Springfield, pela primeira vez em cinco anos. O local era muito mais sombrio do que eu me lembrava. A rua principal absolutamente deserta; as lojas de desconto de cheques, que haviam substituído os restaurantes italianos e as confeitarias, de portas arriadas. Talvez não houvesse mais cheques a descontar na cidade. Metade das lâmpadas do teatro Paramount estava queimada, o que não fazia a menor importância porque a fachada não tinha nenhum espetáculo para anunciar. O prédio cinzento do centro cívico – onde eu assistira a partidas do campeonato local de hóquei e levara Anne Marie e as crianças para ver O Maior Espetáculo da Terra – estava fechado para reforma, isolado por um tapume de três metros de altura, com placas que pediam DESCULPE O TRANSTORNO! Os grandes prédios antigos da Court Square – o tribunal, o Symphony Hall, a igreja protestante unitarista – ainda eram imponentes e estavam iluminados por potentes refletores que ofuscavam a vista, talvez para desencorajar eventuais saqueadores. A barbearia próxima ao tribunal parecia fechada temporariamente

– o mastro continuava lá, com suas cores vermelha e azul já meio apagadas –, muito embora um cartaz na janela insistisse em dizer que fora inaugurada em 1892. Na diagonal da barbearia, no lado leste da Court Square, uma velha vitrine exibia dezenas de aquecedores imprestáveis, organizados em fileiras como se estivessem à mostra, como se quisessem ensinar a quem passasse alguma coisa sobre as deficiências do sistema de aquecimento a vapor. Eu nunca vira nada mais ermo; nem a neve ajudava a disfarçar. Evidentemente, até ela havia concluído que aquele lugar era um caso perdido. A entrada do Student Prince ficava numa viela, logo à saída da Court Square. A porta, de madeira maciça, não deixava ver se o interior estava escuro ou iluminado. Nenhum barulho vinha lá de dentro, nem de música, nem de vozes humanas, nem mesmo de pratos ou copos batendo. Olhei para cima e vi o apartamento que fora meu e de Anne Marie, onde mudamos os móveis de lugar e demos de comer aos nossos filhos. As janelas eram escuras, como as de todos os outros apartamentos do edifício. O vento estava presente e gelado, mas também ele se mostrava absoluta e sinistramente calmo, como se Springfield não merecesse seu *sopro* e seu *bramido*. Era um daqueles momentos em que o mundo inteiro se sente vazio, como se você fosse o único nele e desejasse não sê-lo, como se você desejasse estar em qualquer outro mundo ou antimundo para o qual todas as pessoas haviam fugido. Tive a impressão de que Anne Marie mentira para mim sobre o fato de minha mãe trabalhar ali. Eu não conseguia imaginar por que ela mentiria para mim sobre *isso*; só se fosse, talvez, para que eu abrisse a porta e visse que o Student Prince estava vazio, e que isso seria uma metáfora para o resto da minha vida.

Mas o Student Prince não estava vazio. Estava cheio, a ponto de violar as normas de segurança anti-incêndio. Mesmo possuindo três salões em estilo de cavernas com prateleiras altas abarrotadas de canecas de cerveja alemã, brasões de armas e bugigangas de uma Baviera de tempos idos – ainda assim o Student Prince estava lotado. Todas as mesas estavam ocupadas e uma fila de gente aguardava lugar para sentar. Parecia que toda Springfield, seus habitantes do passado e do presente, estavam ali, tomando cerveja preta e aguardando seus escalopes à vienense. O incrível bramido das vozes animadas soava como a personificação do vento, e, pela primeira vez, eu me dei conta do que mamãe queria dizer quando falava a respeito disso nos livros que me fazia ler.

A princípio não vi minha mãe. Passei pelos três salões; o do bar, para o qual voltarei logo; o salão maior, repleto de famílias enormes comendo pratos enormes em mesas enormes; e o mais novo dos três salões, ladeado por espelhos e povoado por homens fingindo apreciar os charutos que fumavam e usando bonés dos Red Sox – esse símbolo típico de amor e de ódio a si mesmo e da calvície padrão masculina – e falando alto sobre como seus negócios iam bem ou não, e olhando de rabo de olho para alguma coisa na TV. Em cada salão havia batalhões de garçonetes, de vestidos brancos sem forma, modelo saco. Elas já usavam esse mesmo tipo de vestido cinco anos atrás, e na época eu não sabia dizer, como agora também não sei, se eram trajes autênticos de garçonetes alemãs ou apenas uma nova ideia de imigrantes alemãs daquilo que os americanos querem considerar como sendo trajes autênticos de garçonetes alemãs. Seja como for, elas continuavam usando esses trajes. Mas minha mãe não se encontrava entre elas, pelo menos eu não a via, e assim me retirei para o salão do bar, onde sempre se refugiam os homens que estão atrás de mulher. Achei um lugar vago, sentei e esperei que algum barman notasse minha presença para pedir uma cerveja, grande, mesmo já tendo bebido tanta cerveja que elas não causavam mais nenhum efeito em mim, a não ser o de me fazer querer continuar bebendo. Tinha tanta gente, porém, que eu levei pelo menos dez minutos para ser servido, por um rapaz – mais jovem que eu – de cabeça raspada e com um bigode duro de pontas viradas. Ele demorou tanto tempo para me atender que eu pedi logo duas bock grandes para economizar tempo, o dele e o meu.

– Está com alguém, amigo? – perguntou ele, quando me serviu as duas canecas pesadas de vidro.

– Não – disse eu. O rapaz olhou para mim, para as canecas, depois de novo para mim, como quem diz, como mamãe no bilhete,

Acho que eu conheço você. E, quem sabe: talvez como a minha mãe, ele me conhecesse.

Fiquei ali sentado algum tempo, tomei uma das canecas rapidamente e a outra em velocidade regular. Os ruídos do bar e quem os fazia avançavam e recuavam, avançavam e recuavam, mas de forma agradável, não como um exército e sim como uma maré indo e voltando, um vaivém de maré que não deixa ninguém molhado enquanto ouve seus sons sonhadores. Após alguns minutos, ou quem sabe uma hora, vi o sr. Goerman, o proprietário, correndo as mesas, apertando mãos e distribuindo tapinhas nas costas. Estava mais velho, com o rosto um pouco mais amarrotado, a coluna um pouco mais curvada, mas ainda reconhecível. Assim como o barman, o sr. Goerman tinha também um bigode retorcido e duro, e eu imaginei que os dois talvez fossem feitos para usar aquele tipo de bigode, da mesma maneira como as garçonetes eram feitas para usar seus vestidos-sacos brancos. De qualquer modo, era bom vê-lo. Eu capturei seu olhar e ergui minha caneca quase vazia na direção dele, que acenou de volta, e aí uma sensação gostosa de calor me invadiu, aquela espécie de calor que as pessoas costumam sentir quando são reconhecidas, lembradas e identificadas como um igual. Mas aí vi o sr. Goerman acenar para praticamente todo mundo no Student Prince naquela noite, e é claro que ele não podia conhecer todas as pessoas para as quais acenava. Então continuei tomando a minha cerveja, o que me ajudou a conservar a sensação de calor que de outro modo teria desaparecido, e que é, claro, mais uma razão pela qual as pessoas bebem – na verdade, a razão principal.

O barman notou que eu havia terminado a segunda caneca e deve ter notado também que eu não fizera nada suspeito enquanto bebia e nem depois. Ele deve ter me rotulado como o tipo de sujeito que gosta de pedir e de tomar em paz duas cervejas grandes ao mesmo tempo, porque me trouxe mais duas.

– E que tal alguma coisa para comer? – perguntou ele, revirando caprichosamente as pontas afiadas do bigode.

– Boa ideia – disse eu. Logo que eu falei isso – não custa lembrar que tempo de bêbado é tempo de bêbado – já se achava à minha frente uma travessa com cinco tipos diferentes de salsichas acompanhadas de mostarda apimentada, e uma outra com peixe ao molho, servido com torradas. As duas travessas surgiram por trás de mim, uma pela esquerda, a outra pela direita, o garçom permanecendo às minhas costas. Aquela não era exatamente a forma adequada de se servir comida num restaurante, a menos que você esteja sendo servido durante um sonho bom por alguém muito atraente que o deseje sexualmente, ou então se quem serve conhece você muito bem.

A garçonete me conhecia muito bem. Era minha mãe. Eu me virei para encará-la; estava de vestido-saco branco. Eu o reconheci também – não por causa das outras garçonetes, mas por aquela noite, uma semana antes, quando cheguei em casa e minha mãe estava parecendo a Senhora do Lago. Não era, era uma garçonete do Student Prince. Eu passei para ela silenciosamente uma das minhas canecas de cerveja, que ela pegou e bebeu de um gole, em seguida me devolvendo a caneca vazia. Continuava sem dizer nada. Eu não *queria* que ela dissesse algo porque estava com medo de que, como os Mirabelli, ela me chamasse por um nome que não seria Sam, mas Coleslaw ou algum outro pelo qual pudesse dizer que não me conhecia mais ou que não queria mais me conhecer.

– Sam – finalmente ela começou, mas antes que pudesse prosseguir, eu pulei da banqueta e a abracei por usar meu nome correto. Ela deixou que eu a abraçasse e retribuiu. Mamãe cheirava a purê de maçã, que deve ter servido em boa quantidade nessa noite; quando eu era criança, ela costumava ter esse mesmo cheiro, porque também deve ter me servido muito purê de maçã na época.

– O que é que você está fazendo aqui? – perguntei, sempre abraçado a ela e alisando seu cabelo.

– Eu trabalho aqui – disse ela, afastando-se um pouco.

– Sei disso – falei. – Mas por que aqui? Você não sabia que Anne Marie e eu moramos aí em cima?

– Sabia – disse ela. – É por isso que trabalho aqui. E é também por isso que eu bebia aqui antes de vir trabalhar.

– Não entendi.

– Eu só queria estar perto de você, Sam, saber onde você estava.

– Mas por que simplesmente não subia as escadas e me deixava ver que estava tão perto?

– Não sei – disse ela. – Não queria ficar longe demais, mas também não queria ficar muito próxima.

– Claro que não – falei. Papai nos abandonou, mas se mudou para apenas vinte minutos de distância; mamãe queria estar no mesmo prédio que eu, mas não no mesmo apartamento. Eu me mudei para Amherst, mas não para muito perto dos meus pais; e depois me mudei de volta para a casa dos meus pais, que não era tão perto da minha família em Camelot. *Não muito perto* era a maldição da nossa família, assim como foi o incesto para certas famílias reais e a arrogância para outras. – Mas espere – disse eu.

– Nós nos mudamos para Camelot cinco anos atrás.

– Eu sei.

– Mas você ainda está aqui. Por quê?

– Ei – disse uma garçonete para mamãe ao passar apressada com a bandeja cheia de pratos e canecas. – Beth, pode me dar uma ajudinha? Mesa seis.

– Eu já volto – disse-me mamãe, e saiu em direção, ao que presumo, da mesa seis.

– Beth! – chamei. – Eu sabia que agora você estava parecendo uma Beth!

– Você conhece a Beth? – perguntou o barman. Eu voltei a me sentar no tamborete e girei o corpo para ficar de frente para ele. Duas canecas de cerveja recém-servidas estavam entre nós no balcão.

– Não tenho muita certeza – disse eu.

– Ela é um doce – falou ele.

– É? – De todas as muitas palavras que eu já escutara para descrever minha mãe, "doce" nunca foi uma delas. Eu jamais ouvira meu pai chamá-la assim. Fiquei me perguntando se ele alguma vez dissera que a Deirdre era um doce. Fiquei me perguntando se mamãe ficaria se perguntando se ele alguma vez chamou a Deirdre assim. – A Beth é um doce?

– Claro que é – disse o barman. – É só olhar para ela.

Eu me virei e olhei. Minha mãe estava de pé diante de uma mesa no salão do bar, conversando com um homem e seu filho. O homem era um intelectual ianque legítimo, de cabelos precocemente grisalhos, todo vestido de veludo cotelê e lã pretos e botas impermeáveis. O filho não era nem um pouquinho ianque ou intelectual. Era um garoto de calças baggy e tênis de marca com fones de ouvido que seria o mesmo garoto caso tivesse sido criado em Nova Jersey ou na Califórnia. Era o tipo de garoto que cresceria, se mudaria para Phoenix e seria corretor de seguros trabalhando numa torre de vidro horrenda e regaria seu gramado no deserto. Eu podia ouvir o pai dele dando uma aula à minha mãe sobre alguma coisa, porque era aquele tipo de intelectual que se sente obrigado a dar uma aula sobre algum tema importante. Era sem dúvida por isso que o filho usava fones de ouvido. Minha mãe *Elizabeth* não ficaria dez segundos sendo doutrinada. Teria arrancado os fones do garoto e dito ao intelectual onde enfiá-los. Mas a *Beth* não. Ela permaneceu ali com uma expressão cordial no rosto, ouvindo tudo até o homem terminar, e só então despenteou os cabelos do garoto ao se virar em direção à cozinha. Minha mãe era uma Beth, tudo bem, e a Beth era obviamente um doce.

– Tem razão – falei. – A Beth é um doce. – Devo ter dito isso de um modo que deu a impressão de que estava apaixonado, pois o barman fez uma expressão solidária e disse:

– Desculpe, amigo, ela é casada.

– Casada – disse eu, fazendo com a mão um movimento que queria dizer *Quem não é?*.

– É, mas ela é casada *mesmo* – falou o rapaz.

– Você já viu o cara? – eu quis saber.

– Não, mas a Beth *só* fala nele.

– E o que ela diz sobre ele?

– Que é um crânio – disse o barman, e, talvez achando que eu não tivesse um, ele bateu com o dedo indicador na testa.

– Aposto que o sujeito lê livros – disse eu.

– Ele é *pago* para ler livros – disse o barman, balançando a cabeça, como se estivesse imaginando quem seria capaz de pagar alguém para fazer tal coisa, que, afinal de contas, ele provavelmente

faria. O rapaz se serviu uma cerveja de graça, em seguida começou a beber, sempre balançando a cabeça para a boa fortuna de certos homens. – E ainda arranjou uma mulher feito a Beth.
– Eles têm filhos? – perguntei.
– Só um. É cientista.
– Cientista de embalagens – disse eu.
– Você conhece o cara? – perguntou o barman. – Ela vive falando *nele*, também. Diz que é brilhante. Um bom filho, em resumo. Nunca vi uma mulher amar dois sujeitos mais do que ela ama o filho e o marido.
– Que caras sortudos – disse eu.
– São mesmo – concordou o rapaz, dirigindo-se em seguida à outra ponta do balcão. Agora eu sabia por que minha mãe ficara no Student Prince depois que me mudei para Camelot. No Student Prince ela podia ser Beth, um doce de mulher com um marido e um filho maravilhosos. Mas em Amherst ela era Elizabeth, uma ex-professora bêbada que morava sozinha num apartamento em Belchertown enquanto o marido bêbado voltava para a casa deles, onde se encontrava com outra mulher durante trinta anos, e seu filho ex-presidiário estava sendo expulso de casa, deixando o emprego, beijando outra mulher e possivelmente (minha mãe achava) incendiando mais algumas casas de escritores na Nova Inglaterra. Agora eu entendia tudo: se eu fosse minha mãe, também teria preferido ser a Beth do Student Prince.

Naquele exato instante alguém bateu na minha nuca, com força, e nem se desculpou como qualquer estranho faria. Eu me virei e lá estava minha mãe, segurando sua bandeja. Havia um tamborete vago ao lado do meu, mas mamãe não se sentou nele, preferindo, acho eu, ficar de frente para mim e ter a visão total do homem inteiro.

– Então me fala – disse ela. – Quem era aquela mulher de New Hampshire?

– Não sei – confessei.

– Deixe-me adivinhar – disse mamãe. – Você estava bêbado. Não significou nada.

– Eu *estava* bêbado – disse eu, mas não acrescentei que não tinha significado nada, porque é claro que tinha. – Você escreveu naquele guardanapo que achava que me conhecia. O que quis dizer com isso? – E antes que ela respondesse ou não a pergunta, eu próprio respondi: – Eu sei tudo sobre o papai. Sei que não foi ele quem mandou os cartões-postais daqueles lugares. Sei que foi você quem escreveu e os mandou de Amherst. Sei que você foi demitida do emprego de professora por causa do alcoolismo. Eu *sei* de muitas coisas, mãe.

Minha mãe deu um suspiro, depois se sentou no tamborete ao meu lado. Toda a doçura pareceu abandoná-la, assim como toda a agressividade. Não lembrava mais nem a Beth e nem a Elizabeth, era tão somente uma mulher triste e cansada que não encontrara ainda um nome que combinasse com ela.

– O que você quer de mim, Sam? – perguntou ela, fechando os olhos e encostando-se ao balcão.

– Quero que me conte o que aconteceu com papai trinta anos atrás.

Minha mãe estava cansada demais para *não* me contar mais as coisas. Por isso falou sobre o que aconteceu há trinta estranhos anos. Ela fora escalada para passar a noite em Boston participando de uma reunião obrigatória de professores da escola pública, porém, como os compromissos do dia se encerraram mais cedo, resolveu voltar para casa naquela noite mesmo e não na manhã seguinte. Pensou que papai ficaria agradavelmente surpreso – e era exatamente isso que pensava ao entrar na cozinha e ver uma mulher sentada em cima do fogão, uma linda loura com o vestido puxado, as pernas brancas levantadas, em posição – como descreviam alguns dos livros de mamãe – flexionada. Meu pai estava de pé entre as pernas da mulher. Suas calças ainda não estavam arriadas até os tornozelos, mas logo estariam. Não era preciso ser nenhum gênio para saber que isso ia acontecer.

– Ela adora cozinhar, mas não desse jeito – dizia meu pai à mulher, e os dois soltavam risadas idênticas, baixinhas e guturais. A "ela" que adorava cozinhar, mas não desse jeito, era mamãe. Não era preciso ser nenhum gênio para saber disso também.

– Onde é que eu estava enquanto tudo isso acontecia? – perguntei.

– Lá em cima, no quarto, dormindo. Eu me lembro que não queria que você acordasse. Lembro de ter dito à mulher para sair da minha casa, mas em voz baixa, para não acordar você. E ela foi.

– Você falou a mesma coisa quando eu era garoto, no dia em que papai nos deixou.

– O quê?

– "Ela adorava cozinhar, mas não desse jeito." Foi o que você falou.

– Eu falei isso? – disse ela, abrindo os olhos pela primeira vez desde o início da história.

– Depois que deixou queimar o meu sanduíche.

– Engraçado, não me lembro disso. Lembro de tantas coisas, mas disso, não.

– E o que foi que papai disse?

– Que estava bêbado, que não tinha significado nada, que ele me amava e que aquela tinha sido a primeira vez que aconteceu e que nunca mais voltaria a acontecer.

Reconheci a maioria das palavras dele como minhas e me senti envergonhado pelas coisas ruins que havia feito e pelas palavras emprestadas a que recorrera para me desculpar por elas. Por que será que nós não conseguimos achar palavras próprias para as coisas ruins que fazemos? Será que isso faz parte do que as torna tão ruins? – E o que você fez depois?

– Expulsei seu pai para fora de casa.

– Eu pensei que você expulsou papai de casa porque ele não conseguia se decidir quanto ao que queria fazer para ganhar a vida e porque ele era uma figura deplorável que estava levando você à loucura.

– Isso era justamente o que eu queria que você pensasse. Eu na verdade pus seu pai para fora porque ele estava me traindo.

– Você o amava?

– Amava – respondeu ela de pronto, assim como fez papai quando eu perguntei se ele amava mamãe. Meus pais tinham certeza de que se amavam, e mesmo assim olha só o que viraram... Talvez tivesse sido melhor não ter tanta certeza. Talvez o amor, o casamento, a vida, e quem sabe todas as coisas que valem a pena, funcionassem melhor se nós não tivéssemos tanta certeza a respeito delas.

– Mãe... por que o papai voltou?

– Porque eu deixei. Porque ele disse que havia cometido um erro terrível. Porque sentia nossa falta. Porque disse que me amava, e não a mulher do fogão. Porque ele disse que nunca, nunca mais voltaria a vê-la.

– E você acreditou nele – disse eu.

– Acreditei – disse ela, e eu era capaz de ouvir a voz que o barman sem dúvida ouviu quando minha mãe falou do meu pai, a voz que queria que a história que ela contou sobre o marido fosse a verdade, e que a verdade fosse somente uma história. – E ainda acredito.

– Mãe – falei, com a maior delicadeza possível –, você mora em outro apartamento em outra cidade. Vem em casa para beber, mas quando chega a hora de ir para a cama, volta para o seu apartamento. Nas noites de terça-feira você não vem. Deve haver um bom motivo.

– Deve. – Ela concordou com a cabeça.

– E qual é?

Ela fechou os olhos novamente, como se tentasse se lembrar das mentiras que tinha contado a si mesma durante tantos anos e que agora queria me contar. Dessa vez manteve os olhos fechados por tanto tempo que eu achei que ela havia pegado no sono. Então, de repente, ela os abriu e disse: – O apartamento é um lugar para eu fugir, só isso.

– Fugir de quê? – perguntei, porque não ia deixar passar aquilo. Porque, como Sócrates e seu método, eu não ia deixar mamãe escapar dessa conversa sem me dar a resposta que eu queria.

– Da vida – respondeu ela.

– E para que serve a nossa casa, então?

– É um lugar para onde se volta – disse ela. – Você, inclusive.
– Mamãe se levantou, colocou a bandeja debaixo do braço e falou: – Está na minha hora de voltar ao trabalho.
– Eu sei tudo sobre a Deirdre – disse eu, porque queria tudo às claras, onde nós pudéssemos ver as coisas, onde não pudéssemos mais ignorá-las, e, como direi no meu guia do incendiário, depois que você deixa tudo às claras, fica se perguntando por que, oh, por que haveria de querer *isso* um dia.
– Como você sabe dela? – Minha mãe procurava permanecer calma, mas era uma batalha perdida. Seus olhos se tornaram ferozes e distantes, como se tivesse acabado de localizar o inimigo a uma grande distância. Ergueu a bandeja e a segurou de encontro ao peito como um escudo. – Como é que você sabe até o nome dela?
– Encontrei com ela na nossa casa – disse eu.
– Nossa casa – repetiu mamãe, como se estivesse em transe. – Quando?
– Esta manhã – disse eu. – Sei que você acha que fui eu quem incendiou as casas. Mas não fui eu. Acho que foi Deirdre. – Não estou certo se minha mãe chegou a escutar essa última parte, porque a mente humana funciona, ou não funciona, assim: quando entende que a pior coisa já aconteceu, ela não consegue mais pensar na segunda coisa pior – ou na terceira, ou quarta – enquanto não der conta da primeira, ou tornando-a melhor, ou piorando-a mais ainda.
– Você sequer deveria saber da existência dela – disse minha mãe. – Ele me prometeu.
– Foi por isso que você me mandou para a faculdade, não foi? – eu quis saber. – Você sabia que o papai iria voltar para ela e não queria que eu descobrisse.
– Ele me *prometeu* – repetia mamãe.
– Não entendo por que você simplesmente não se divorciou dele – falei. – Por que simplesmente não pôs fim a tudo e se mudou?
– Por que você simplesmente não contou à Anne Marie sobre o incêndio que provocou? – contra-atacou mamãe. – Por que não contou a ela sobre os Coleman, sobre mim e sobre seu pai?

Eu não respondi, nem precisava. Porque nós dois sabíamos que às vezes as mentiras que contamos são menos assustadoras do que a solidão que podemos sentir caso deixemos de contá-las. Minha mãe tinha medo demais para pedir o divórcio, e eu medo demais para contar a verdade a Anne Marie. Simples, tudo muito simples. Às vezes as respostas simples *existem*. Às vezes as coisas nada têm de complicadas.

Após algum tempo ela depositou a bandeja sobre o balcão vazio do bar, tirou o avental e o pôs na bandeja. – Semana passada você me perguntou por que eu dei sumiço nos meus livros – falou ela, olhando-me nos olhos. Era novamente Elizabeth, a minha mãe de sempre, a não ser por um ar de selvagem desespero nos olhos, e isso me deixou mais apavorado que nunca. – Quer mesmo saber por quê?

– Quero.

– Porque eles estavam sempre cheios de gente como eu, e ela, e ele, e você, e ela.

– Ela? – estranhei.

– A casa – disse mamãe. – A porra da *nossa* casa. – Ela falou isso tal como Ahab pode ter dito a Ismael, "A porra da *nossa* baleia", e agora eu entendia, pela primeira vez, por que Melville o fez falar da baleia tantas vezes, ao longo de tantas páginas, e por que minha mãe tinha me obrigado a ler esse livro, tantas vezes, ao longo de tantos anos. Para minha mãe, a *nossa* casa era mais do que o mero teto e as paredes e a mobília que havia dentro dela, assim como Moby Dick era mais do que sua mera gordura para Ahab.

– Beth – disse o barman. – Quer levar essas bebidas para a mesa doze?

– Não – respondeu ela, afastando-se de nós e caminhando em direção à porta. Havia um blazer azul jogado sobre uma cadeira vazia, que ela pegou e vestiu, embora eu tivesse quase certeza de que não era dela. Mamãe abriu a porta e o vento desmanchou seus cabelos.

– Aonde você vai? – gritei.

– Ver seu pai – berrou ela de volta, sem se virar, e antes de fechar a porta.

– O que é que você fez com a Beth? – quis saber o barman ao vê-la sair, e em seguida, antes mesmo que eu pudesse pensar numa resposta concisa, disse: – Você já bebeu bastante. – E arrebatou minha última cerveja, ainda pela metade. Ele tinha razão. Eu bebera bastante; todo mundo bebera bastante, isso era evidente. Talvez por isso é que Deirdre quis se encontrar comigo na Casa Emily Dickinson: talvez ela também tivesse bebido bastante.

25

Faltavam vinte minutos para a meia-noite quando eu cheguei ao local onde ficava a Casa Emily Dickinson. À noite o lugar parecia muito diferente em relação ao que era, dias antes, à luz do dia. O chão acumulava bem uns quinze centímetros de neve, que parara de cair havia algum tempo, e o céu tinha clareado de tal maneira que dava até para identificar as estrelas, desde que, é claro, você soubesse o nome delas. Ventava, entretanto, mais forte do que antes, as nuvens esparsas apostavam corrida pelo céu enquanto as bétulas altas balançavam ao vento, confundindo seus galhos com os dos pinheiros-brancos e os bordos, seus vizinhos. Um sinal de trânsito irradiava suas luzes intermitentes em meio às árvores, e eu só esperava ouvir um órgão e ver Vincent Price emergir das sombras. E mais: de algum ponto nas imediações chegava um *huuu-huuu* de dar calafrios, o clássico som de assombração, embora pudesse ser apenas os irmãos da maçonaria realizando seus pactos ritualísticos. Fosse quem fosse o responsável, o som era sinistro.

Fui seguindo por entre as árvores até que me deparei com Deirdre de pé ao lado de um banco de madeira, banco que sem dúvida representava uma homenagem à Casa Emily Dickinson. Ela também chegara mais cedo. Estava de casaco vermelho, luvas, cachecol e gorro vermelhos, tudo evidentemente combinando. Deirdre era a coisa menos sinistra daquele lugar.

– Sam, como é voltar aqui mais uma vez? – disse ela.

– É ótimo – respondi. – Fantástico. Mas, por que estou aqui?
Deirdre parecia confusa. Franziu o rosto, assumindo uma expressão que poderia ser considerada atraente caso você estivesse querendo ser atraído. Eu podia imaginar meu pai achando aquele rosto atraente. Os cabelos dela eram compridos e louros, exatamente como minha mãe se lembrava deles, quase batendo nos ombros, e Deirdre os remexia nervosamente com uma das mãos enluvadas.
– Você veio porque eu pedi que viesse se encontrar aqui comigo.
– Isso eu sei, mas *por que* me pediu para vir me encontrar com você aqui?
Nesse momento as bétulas começaram a balançar e a ranger com tamanho estrépito, devido ao aumento do vento, que Deirdre e eu esquecemos momentaneamente o que estávamos dizendo para olhar para as árvores. Eram prateadas, totalmente diferente das outras espécies ao redor. Os pinheiros e os bordos se agrupavam, sólidos, mas as bétulas eram delgadas e solitárias, cada uma bem longe da outra, como uma filha única no meio de proles maiores e mais felizes. Eu sabia, pelo sr. Frost, que a bétula era considerada a árvore mais característica da Nova Inglaterra, e, se isso era verdade, não podia deixar de achar a Nova Inglaterra uma péssima ideia.
Então o vento esmoreceu, as bétulas pararam de fazer barulho e nós pudemos retomar a conversa, cujo tema era, basicamente, por que eu estava ali.
– Porque era aqui que ficava a Casa Emily Dickinson, Sam – falou Deirdre bem devagar, como se eu estivesse com dificuldade de acompanhar seu raciocínio. – Você incendiou a casa dela. Não é *irônico*?
– Tem razão, é irônico – falei, só que não me referia à casa: estava falando dela, de Deirdre, que era claramente meu duplo, uma espécie de duplicata de mim em matéria de falta de jeito. Ela e eu combinávamos perfeitamente. Fiquei me perguntando se papai se apaixonara por Deirdre por ela ser como eu, e se havia deixado de amar mamãe porque ela não era, e se o próprio amor não seria algo que nós, os frutos do amor, tornamos impossível para nossos

pais na medida em que só podemos ser verdadeiramente como um deles. Talvez seja por isso que as pessoas têm mais de um filho: para que nenhum dos pais sinta ciúme e solidão.

– Papai sabe que você me pediu para vir me encontrar com você aqui?

– Ele não sabe nada de nada – falou Deirdre. – Seu pai não quer mais me ver.

– Por que não?

– Por sua causa – disse Deirdre. A voz dela mudou quando disse isso, eu podia jurar que o ódio por mim era a única coisa que a impedia de chorar. – Porque, depois do que se passou na casa, ele sentiu vergonha, e falou que não podia mais fazer isso. Disse que nunca mais poderia voltar a me ver, e não importa o quanto nós nos amávamos, estava tudo acabado.

– Talvez vocês não estivessem assim tão apaixonados...

– Nós estávamos apaixonados – disse Deirdre. – As coisas iam muito bem.

– Não para a minha mãe.

– As coisas iam muito bem – insistiu ela – até você voltar para casa e estragar tudo.

– Deirdre, você tentou botar fogo na Casa Edward Bellamy?

Como já disse, eu me tornara um leitor e tinha lido uma quantidade considerável de romances policiais e até mesmo alguns ensaios sobre como escrever romances policiais, e por isso agora sei que isso não iria funcionar: nunca se deve perguntar a uma suspeita se ela é culpada, e nunca se deve esperar que ela confesse; é preciso flagrar a suspeita no ato, com as mãos na massa. Agora eu sei disso, e da próxima vez, se houver uma próxima vez, farei tudo de maneira diferente e conforme o manual. Mas, convém lembrar: eu era um trapalhão, e não sabia que não poderia fazer esse tipo de pergunta, e Deirdre também era uma trapalhona, e não sabia que não deveria responder.

– Eu tentei – disse ela, escondendo o rosto entre as mãos de luvas vermelhas.

– E a Casa Mark Twain?

– Eu tentei – repetiu ela, com a voz abafada pelas luvas. – Só que não consigo fazer nada direito.

– Por que você fez isso?

– Porque sabia que isso ia acontecer – disse ela, erguendo a cabeça e olhando diretamente para mim. – Eu sabia que, quando você voltasse para casa, Bradley se sentiria culpado e iria querer se livrar de mim e voltar para sua mãe, e eu tinha que fazer alguma coisa.

– E aí tentou botar fogo nas casas, achando que iriam jogar a culpa em mim – adivinhei.

– Não consigo fazer nada direito – repetiu ela, choramingando.

Nesse ponto Deirdre estava enganada, é claro; o detetive Wilson andava fazendo de tudo para me incriminar pelos incêndios e provar exatamente o quanto Deirdre estava enganada. Eu agora sentia ódio de Deirdre por ter feito o que fez comigo e com minha mãe e meu pai, e também com aquelas casas. Mas também me solidarizava com ela, porque tentara fazer todas essas coisas por amor, e porque fora desajeitada na tentativa, e suponho que isso – essa capacidade de nos solidarizarmos com aqueles que odiamos – é precisamente a qualidade que faz de nós seres humanos, aquilo que nos leva a perguntar por que alguém iria querer ser um. Ser humano, entenda-se.

– Sam – disse Deirdre, e eu já era capaz de ouvir sua súplica desesperada pelo modo como falou meu nome, pelo tom de sua voz espremida entre muita esperança e muita tristeza. Eu sabia o que Deirdre ia me pedir, e estava feliz porque sabia como ia responder, sabia que responderia com essa palavrinha dura feito um martelo, essa palavra que dá a quem a diz a sensação da mais pura satisfação, sempre acompanhada de perto pela sensação do mais puro arrependimento.

– Não – disse eu, por minha mãe.

– Seu pai está em casa neste momento.

– Não – disse eu, por mim.

– Quero que você vá para casa e peça a seu pai para me aceitar de volta. Você sabe que ele me ama. Você pode nos salvar. Ele não teria feito isso durante esses anos todos se não me amasse tanto, se eu não fosse a única mulher que ele amou de verdade.

– Não – disse eu, por meu pai, mesmo sabendo – ou por isso mesmo – que Deirdre tinha razão.

– Pode ficar com os três mil dólares, o dinheiro do envelope – disse ela. Eu podia ouvir o último suspiro de sua voz, seu triste gemido. – Por favor, Sam.

– Não, não e não – disse a ela, resposta que de fato significava *Vingança, vingança, vingança*.

Quando eu disse meu último não, Deirdre pareceu cansada, muito cansada. Seus braços caíram de lado e os ombros desmoronaram. – Não – repetiu ela, desconsoladamente, em seguida pegou atrás do banco um galão de plástico vermelho com gasolina e o segurou à sua frente, pescoço erguido, como se fosse alguma espécie de oferenda. Eu imediatamente quis retirar tudo o que acabara de dizer, quis retirar cada um dos nãos, quis transformá-los em sins, tal como Jesus supostamente transformara água em vinho e um pedaço de pão em comida para uma multidão. E por que ele fez aquilo? Por se preocupar com seu povo, ou com ele próprio? Porque não sabia se seu povo poderia viver só a pão e água, ou porque não sabia se seria capaz de conviver consigo mesmo caso o abandonasse?

– Deirdre – falei, tentando me manter bem calmo –, eu realmente não quis dizer isso.

– Talvez sim.

– Talvez não – disse eu. – Por favor, abaixe esse galão.

– Eu não quero viver sem seu pai, Sam – disse Deirdre. – Eu me sinto morta sem ele.

– Talvez você encontre alguém – disse eu.

– Talvez eu não queira encontrar mais ninguém – disse ela, e de imediato levantou o galão e o virou, derramando o conteúdo sobre a cabeça e deixando a gasolina escorrer por trás e pela frente do corpo. Tudo aconteceu tão rápido que eu nem tive tempo de fazer ou de dizer alguma coisa. Ou é isso pelo menos o que digo a mim mesmo. Pois, afinal, eu tinha visto o galão de gasolina, e o que é que eu podia pensar que ela faria com ele? O que aconteceu em seguida foi por causa do que Deirdre fez, ou por causa daquilo que eu não fiz? Nós somos definidos pelo que fazemos, ou pelo que não fazemos? Não seria melhor não ser definido por coisa alguma?

– Adeus, Sam – disse ela. – Por favor, perdoe seu pai. Aquele pobre homem ama você demais. – Em seguida pegou um isqueiro, acendeu e agarrou uma mecha do cabelo. Deirdre estava se fazendo em chamas, a começar não pelos pés, tal como fez o povo de Salem com suas supostas bruxas, mas pelo cabelo. O próprio cabelo. Até hoje, sete anos passados, é a lembrança de Deirdre pegando o cabelo e pondo fogo nele – o clique seco e metálico do isqueiro; a forma como ela puxava o cabelo, como se fosse uma criança cujos cabelos estivessem sendo puxados por uma professora ou uma colega de classe especialmente má; o modo como cabelo queimando faz do cheiro de gasolina algo quase bem-vindo, como perfume; a expressão terrível, triste, paciente do rosto de Deirdre enquanto esperava o fogo passar do cabelo para a cabeça e daí para o rosto; a maneira como seu rosto chiou e depois desapareceu em meio ao fogo; a forma como eu fiquei ali, de pé, vendo-a fazer aquilo – é essa lembrança que me desperta de um sono profundo gritando e chorando, ou que me impede de cair num. Se eu pudesse escolher um momento, um detalhe de que gostaria de não me lembrar, é este, e eis aqui mais uma coisa que vou incluir no meu guia do incendiário: o detalhe existe não só para nos fazer lembrar de coisas das quais não queremos lembrar, como também para nos recordar de que há certas coisas que não merecemos esquecer.

– Deirdre, não! – gritei, mas quem sabe se ela chegou a me escutar? Àquela altura as chamas já se haviam alastrado para a mecha do cabelo, e o gorro entrara em combustão. Em seguida sua cabeça pegou fogo, sua cabeça *era* o fogo, uma bola de fogo, e por um instante era a única parte de Deirdre em chamas. O restante do corpo permanecia intacto, e sua cabeça, em chamas, caiu para um lado como se Deirdre estivesse escutando sua própria voz interior, com a diferença de que sua voz interior não estava perguntando *Fazer o quê? O quê?*, mas sim dizendo *Nada, nada.*

– Sam, faça alguma coisa! – ouvi uma voz dizer, mas não era a minha voz, não era a voz dentro de mim, e sim a do detetive Wilson, que de repente se encontrava bem ao meu lado. Como fiquei sabendo mais tarde, ele afinal lera o bilhete no envelope e resolvera aparecer à meia-noite. Mas eu apareci mais cedo, Deirdre idem, e por causa disso é que ela estava em chamas. Juntos, o detetive Wilson e eu socorremos Deirdre. O detetive Wilson jogou-a ao chão, e ela desabou chiando sobre a neve. "Ei, me dá seu casaco!", gritou ele (que vestia apenas seu blusão com capuz). Eu lhe passei meu casaco, e o detetive Wilson tratou de bater com ele em Deirdre, enquanto lhe ia dizendo coisas doces e tranquilizadoras.

– Isso é culpa sua, Sam, porra! – disse-me ele por sobre o ombro. Observei Deirdre ali deitada: seu casaco vermelho virara preto, e seu rosto também. A única coisa nela que não ficara preta e chamuscada eram os olhos: estavam brancos e vazios, fitando o céu, as bétulas, as estrelas, ou o nada. Olhei em torno e depois me fixei no galão de gasolina ao lado do corpo. Eu seria capaz de jurar, mesmo naquela escuridão, que era um que eu ajudara a projetar quando ainda era uma pessoa que projetava coisas. E então afastei também os olhos do galão e os fechei. Eles começaram imediatamente a lacrimejar, as lágrimas sendo a maneira que têm os olhos de nos proibir de desviar o olhar, de nos obrigar a olhar o mundo que construímos ou desconstruímos.

– Não fui eu – falei, saindo de costas, como fazemos quando não reunimos força suficiente para fazer mais nada. – Foi ela quem botou fogo nela própria.

– Vá se foder assim mesmo – disse o detetive Wilson, ainda batendo furiosamente nela com o meu casaco. – Eu *vi* que foi ela. E daí? Você não fez porra nenhuma para impedir.

– Ela pediu para eu vir me encontrar com ela aqui – disse eu. – Queria que eu a salvasse, e salvasse meu pai.

– Você podia tê-la salvo – disse ele, e eu percebi então que ele tinha começado a chorar, entendendo-se chorar como aquilo que a gente faz quando já fez tudo, e aí *eu* é que comecei a chorar, entendendo-se chorar também como aquilo que a gente faz quando não fez o bastante e tem medo de que seja tarde demais para começar.

– Ela morreu? – perguntei.

– Você podia tê-la salvo – repetiu o detetive Wilson – e não salvou.

Nessa hora eu me virei e saí correndo a toda velocidade. Deirdre quis que eu a salvasse, e eu, mesmo chegando cedo demais ao nosso encontro, não a salvei. Mas Deirdre queria também que eu salvasse meu pai. Mamãe estava a apenas alguns quarteirões dali, na nossa casa, com ele. Eu corri o mais rapidamente que podia, mas mesmo assim, quando cheguei lá, era tarde demais.

26

Tem razão quem não vê qualquer semelhança entre uma casa em chamas e uma mulher em chamas. Nada tem de bonito uma mulher pegando fogo, enquanto há muito de beleza em uma casa que arde em chamas altas em meio à noite escura e fria: o modo como as chamas irrompem pela chaminé como uma vela romana; o modo como as telhas crepitam e estalam; o modo como a fumaça transborda e transborda e transborda rumo aos céus como uma mensagem para o além-casa. Existe algo de festivo no incêndio de uma casa, razão pela qual sempre junta muita gente para assistir, da mesma forma como muita gente se juntou para ver a casa dos meus pais pegando fogo naquela noite. Precisei abrir caminho aos empurrões para conseguir chegar à primeira fileira de curiosos, ao lado de minha mãe, que estava lá, com uma lata de cerveja, olhando pensativa para o fogo, como se ele fosse um enigma especialmente difícil que ela estava *muito* perto de solucionar.

– Você está aí – disse ela, me oferecendo um gole de cerveja. Eu tomei, e tomei mais um, antes de devolver-lhe a lata. O vento mudou, a fumaça passou a soprar em nossa direção e a multidão se curvou até que ele mudou novamente de direção e todos retornamos à posição vertical de observação do incêndio. Agora havia bombeiros por todo lado, parecendo ridículos com seus machados e mangueiras caídas. Até o vermelho de seus capacetes parecia uma paródia do vermelho real do fogo. A casa dava a impressão de ser muito maior, como se as chamas fossem seus quarto e quinto andares.

– Estou aqui – disse eu. Estávamos rodeados pelas pessoas, no mínimo dez no nosso raio de audição, mas a audição e todos os demais sentidos daquela gente achavam-se totalmente voltados para o fogo. Algo explodiu na casa – talvez a caldeira – e ouviu-se um terrível chiado, como se alguma coisa metálica estivesse deixando de sê-lo. As pessoas à nossa volta chiaram em resposta, e a casa chiou outra vez, com o calor amplificando o estrondo. Eu não estava preocupado que alguém pudesse estar prestando atenção em nós em vez de prestar atenção na casa. – Cadê o papai?

– Foi tão fácil – disse minha mãe. Ela falava calma e equilibradamente, e eu teria considerado isso terrível e repulsivo caso eu próprio não estivesse escutando calma e equilibradamente. E como eu podia estar assim tão calmo?, alguém poderia querer saber. Não tenho uma boa resposta para isso, nem mesmo agora, sete anos após o fato. Seria devido ao que acabara de acontecer com Deirdre? Estaria eu achando que nada podia ser pior do que Deirdre ateando fogo a si mesma? Estaria eu achando que, não importa o que tenha acontecido com meu pai, não podia ser tão ruim quanto o que acontecera com Deirdre? Quando o pior ocorre, nos deixa calmos, à espera de coisas melhores, ou apenas nos prepara para a próxima coisa pior? – Eu derramei gasolina no sofá e pus fogo – falou minha mãe. – Era o que eu precisava fazer.

– Mãe – disse eu. – Cadê o papai?

– Pus fogo também numas cortinas da sala de jantar, só para garantir. Mas nem precisava, de tão fácil que foi. Eu não esperava que fosse ser tão fácil...

– Mãe, cadê meu pai?

– Por que não foi mais difícil? – perguntou minha mãe, ainda calma. – Certas coisas não deveriam ser difíceis?

Essa era a coisa mais assustadora que minha mãe dissera até aqui. Ela incendiara nossa casa, eu sabia. Isso não era tão assustador. Mas falou com tanta facilidade, com a mesma facilidade com que lia um livro, punha uma mesa, tomava uma cerveja ou fingia ter uma família feliz – e essa era a parte assustadora. Minha mãe é a pessoa mais capaz que eu já conheci na vida, mais até do que Anne Marie. Era capaz de fazer qualquer coisa que quisesse, razão por que sempre me assustou e ainda me assusta.

– Mãe – disse eu, bem devagar para que ela entendesse, para não haver confusão. – O papai deixou a Deirdre para ficar com a gente. Ele ama a Deirdre, mas optou por você e por mim.

– Eu sei – disse minha mãe, tirando os olhos do incêndio e virando-os para mim. O fogo iluminou o lado esquerdo de seu rosto, deixando-o fulgurante, enquanto o lado direito parecia comparativamente frio e pálido. – Ele me falou a mesmíssima coisa. Disse que queria que eu voltasse para casa. Disse que dessa vez era pra valer. Disse que eu podia acreditar nele. – Em seguida ela se voltou novamente para o fogo, seu rosto inteiro brilhando com o calor e a luz, e eu fiquei contente por ela parecer linda. Eu queria que ela parecesse linda, e possivelmente é isso o que toda criança deseja: que seus pais pareçam lindos. E para que eles pareçam lindos, você precisa descobrir maneiras de ignorar a feiúra de ambos. É mais fácil você ser feio do que admitir a feiúra daqueles que o fizeram; é mais fácil você amar as pessoas que o fizeram se for feio e elas não. E é mais fácil você viver nesta terra se amar as pessoas que o fizeram, mesmo que isso signifique pôr em risco o amor das pessoas que você próprio fez. Mesmo que.

– Sam – disse dentro de mim uma voz familiar. Não precisei me virar para descobrir quem era ou para saber o que devia lhe dizer. Porque eu podia também ouvir outra voz, não a minha voz interior, não a voz que dizia *O quê?* e não a voz de Deirdre, a que lhe dizia *Nada*, mas a voz de Anne Marie, me dizendo que era hora de assumir responsabilidade por alguma coisa, por *tudo*.

– Fui – falei, sem olhar para o detetive Wilson, sempre olhando para minha mãe – que olhava para a sua casa e para o seu incêndio – ainda pensando em Deirdre pondo fogo em si mesma até morrer e em mim que nada fiz para salvá-la. – Fui eu. – Mamãe não dizia palavra; continuava de olhos fixos no incêndio, como se soubesse que o fogo a deixava linda, como se o fogo fosse a melhor maquiagem.

— Você incendiou a casa de seus pais antes de ir se encontrar com Deirdre — disse o detetive Wilson, adiantando a minha fala. — Antes de ver Deirdre arder em chamas até a morte, você pôs fogo na sua casa. — Eu ainda estava olhando para minha mãe quando ele disse isso. Ela fechou os olhos por um, dois, três segundos e então abriu-os de novo. Durante anos, minha mãe deve ter odiado Deirdre; durante anos, deve ter desejado sua morte. E agora que Deirdre estava morta, minha mãe não parecia diferente do que quando pensava que Deirdre estava viva — nem culpada, nem aliviada, nem feliz. Como era possível? Como mamãe poderia saber que Deirdre estava morta e ainda olhar o mundo como se fosse o mesmo mundo, olhar o fogo como se fosse o mesmo fogo? Mas talvez seja isso o que acontece quando você odeia alguém durante muito tempo: a pessoa odiada morre, mas o ódio permanece com você, para lhe fazer companhia. Talvez se eu tivesse odiado Deirdre por mais tempo, não estivesse me sentindo tão mal por não tê-la salvo.

— Isso mesmo — disse eu ao detetive Wilson. — Fui eu quem incendiou a casa dos meus pais. Fui eu.

— Você foi quem tentou incendiar a Casa Edward Bellamy. E no dia seguinte deixou a carta com aquele velho.

— O sr. Frazier — disse eu. — Sim, fui eu.

— E depois tentou atear fogo à Casa de Mark Twain. Todo aquele dinheiro do envelope veio daí. E você deixou sua carteira de motorista com a pessoa que lhe pagou para fazer isso.

— Sim — disse eu —, fui eu.

— Você foi visto na Casa Robert Frost no dia em que a queimou. Dizem que você armou um escândalo.

— Eu contei a minha história — disse. — É verdade. E deixei as cartas nos outros quatro incêndios. Eu queria ser apanhado. Você tinha razão sobre isso.

— É você o responsável pelos incêndios — disse o detetive Wilson. — Por este e todos os demais.

— Todos — disse eu.

— Sam — falou ele delicadamente —, seu pai está dentro da casa?

– Está – disse eu rápido, sem pensar no que estava admitindo, e está aí mais uma coisa que vou incluir no meu guia do incendiário: a boca se mexe rápido porque a mente não o fará.

– Imagino que você vai me dizer que não sabia que ele estava lá dentro quando pôs fogo na casa. Que foi um acidente.

Respirei fundo. Minha palavra favorita me veio à boca: eu a mantive ali por um segundo, saboreando-a, sabendo que sentiria sua falta quando ela se fosse, assim como sentiria falta do meu pai, assim como já sentia agora, assim como ainda sinto, assim como sempre hei de sentir.

– Não foi um acidente – disse eu, finalmente.

– Obrigado – disse o detetive Wilson, com uma sensação de alívio na voz. Eu estava feliz por ele, feliz por lhe dar a ilusão de ter feito alguma coisa certa e de não ser mais um trapalhão. E agora que havia assumido uma responsabilidade, eu também não me sentia mais um trapalhão. Era como se a atrapalhação fosse uma doença para a qual eu houvesse descoberto a cura.

– Não há de quê – disse eu.

– Finalmente você contou a verdade – disse ele.

– Contei mesmo.

– Não se sente melhor contando a verdade? – quis saber o detetive Wilson, mas em seguida levou minhas mãos para trás e as algemou antes que eu pudesse me decidir a respeito. Se me sentia melhor ou não, entenda-se.

27

Assim, eis-me aqui de novo, na prisão, de segurança média dessa vez. Dessa vez não estou dividindo a cela com criminosos de colarinho-branco, nem de colarinho-azul, já que nenhum dos meus colegas internos parece ter tido uma experiência de trabalho lá fora que exigisse o uso de camisas de colarinho azul. Mas vocês já devem ter ouvido essa história do bom moço em maus lençóis, e por isso não vou aborrecê-los contando-a aqui. Além do mais, já cumpri quase um terço dos meus vinte anos (o resto da sentença fala em "perpétua", mas quem é capaz de pensar nisso e ainda ligar para a vida?) e até agora minha pena não tem sido tão dura assim. Os outros internos sabem que estou escrevendo um livro, que estou contando minha história, respeitam isso e me deixam em paz a maior parte do tempo. Afinal, eles também não conseguem parar de contar suas próprias histórias: uns para os outros, para os guardas, para suas famílias, seus advogados, para o pessoal da liberdade condicional. Mesmo que nunca tenham lido uma história antes, eles não conseguem parar de contar suas próprias histórias. Quem sabe, talvez essa falta de leitura possa ajudá-los da mesma forma como aparentemente toda a minha leitura e a de mamãe não nos ajudaram. Desejo-lhes tudo de bom.

Mas é dureza escrever aqui, muito mais do que se imagina. Por um lado, recebo cartas aos montes. Wesley e Lees Mincher (os dois agora estão casados e ela adotou o nome do marido) me escrevem quase todo mês, sempre em papel timbrado do Departamento de Inglês, e sempre cobrando seus três mil dólares. Eu respondo dizendo que compreendo o testemunho que deram contra mim em troca de imunidade no processo, e que, para azar deles, os três mil dólares se foram junto com a casa dos meus pais. Eles não parecem acreditar; parecem pensar que, como n'*As aventuras de Tom Sawyer*, eu escondi o tesouro deles em alguma caverna. Pelo menos é isso o que eu acho que eles pensam. É difícil afirmar pelas cartas. Quando é Wesley quem escreve, as cartas têm tanta verborragia que é preciso nota de rodapé até para entender seus meros "Meu caro" e "Sinceramente". E quando é a Lees quem escreve, me chama tantas vezes de boceta que estou começando a achar que esse é o apelido que ela me deu, tal como Coleslaw era para os Mirabelli. Entretanto, fora a falta que sentem dos três mil dólares perdidos, eles parecem felizes.

De vez em quando recebo cartas de Peter Le Clair. Ele também testemunhou contra mim em troca de imunidade e se sente tremendamente culpado. Sei disso porque suas cartas só dizem "Desculpe", nada mais. Eu respondo com longas cartas sobre nenhum assunto em especial, apenas para que ele tenha o que ler além dos livros da biblioteca, e algo para queimar no fogão a lenha depois de lê-las. Ocasionalmente, após enviar uma dessas cartas, recebo dele uma de volta dizendo "Obrigado", o que me deixa satisfeito.

O sr. Frazier não testemunhou no meu julgamento – talvez porque não tivesse feito nada de errado e não precisasse da imunidade que lhe era oferecida –, mas não ouvi mais falar dele, nem uma só vez, e como parecia se sentir muito orgulhoso em escrever cartas longas e formais com sua velha caneta-tinteiro, algo me diz que ele morreu e que sua casa em Chicopee já virou prédio de apartamentos. Talvez ele esteja com o irmão, em algum lugar mais agradável. No ano passado eu li finalmente o tal livro de que o irmão dele tanto gostava – *Daqui a cem anos*, de Edward Bellamy – e o sr. Frazier tinha razão: é sobre uma utopia, uma Boston do futuro, igualitária, perfeita, tão perfeita que eu a achei muito presunçosa, sem graça e mais do que chata. Mas se era lá que o sr. Frazier e o irmão queriam morar, quem sou eu para dar o contra?

Isso não é tudo: todo dia recebo cartas e mais cartas, não apenas de gente zangada com as casas que confessei ter incendiado, mas também com as que eu *não* incendiei. Por exemplo, continuo recebendo cartas de uma mulher furiosa por eu ter tentado pôr fogo na Casa Mark Twain e não na Casa Harriet Beecher Stowe, que fica bem ao lado. Eu não sabia disso, como expliquei repetidamente em minhas cartas, mas ela não quer ouvir. Insiste em que eu não considero Stowe uma escritora merecedora de ter a casa incendiada, que isso era típico e representava mais uma bofetada na cara de Stowe e na de todas as mulheres leitoras e escritoras, outro exemplo de como o mundo subestima Stowe e seu romance *A cabana do Pai Tomás* enquanto supervaloriza Twain e sua obra. Se houvesse um mínimo de justiça no mundo, escreve ela, eu teria incendiado a casa de Stowe e não a de Twain. Concordo com ela, toda vez, mas isso não faz com que pare de escrever cartas iradas, que assina sempre como "Professora Sorriso", que só posso considerar um pseudônimo.

Assim, as cartas me mantêm ocupado, bem como as muitas visitas. Os analistas financeiros vêm me ver uma vez por semana, porque se sentem muito mal por eu ter assumido a culpa por eles, que haviam me incriminado, com sucesso, pelos incêndios que provocaram, o que não os deixa nem um pouco felizes. Não compreendem que eu assumi a culpa intencionalmente, de bom grado, que foi um sacrifício e não um erro. Não compreendem porque, para eles, sacrifício é um conceito estranho, já que eles próprios tinham feito apenas um sacrifício.

– Fique com a nossa história – dizem-me eles. – Você já assumiu mesmo a culpa pelos nossos incêndios; então agora vá em frente e fique com o crédito pela coisa. Escreva um livro a respeito. Nós lhe devemos uma, cara; você tem nossa permissão.

– Mas... e a verdade? – pergunto a eles. – "Fale somente a verdade, que depois vai se sentir melhor." Ou não se lembram?

Eles sempre riem disso; os analistas financeiros descobriram que contar a verdade era tão insatisfatório quanto incendiar casas ou escrever um livro, e agora estavam de volta à ativa no mercado financeiro, seja lá o que isso signifique. Uma vez por semana, porém, reservam um espaço na agenda para vir me visitar e me ajudar a escrever meu guia do incendiário. Eles me revelam a melhor forma de atear fogo a uma casa de escritor, quando derramar gasolina pela chaminé e quando simplesmente jogar um coquetel molotov pela janela, e que lições de vida os leitores podem tirar de cada método. Eles me relembram, ainda, que o meu guia do incendiário é também uma biografia e que não se pode escrever uma biografia sem uma infância problemática. Só que não consideram a minha infância, mesmo atribulada como foi, suficientemente problemática. Querem que eu invente uma. Basicamente eles querem que eu ponha a culpa no meu pai, que não está mais aqui para se defender ou para dar sua versão da história. Eu digo aos analistas financeiros que amo meu pai, que sinto saudades dele e que não quero falar nada sobre ele que seja mentiroso e ofensivo. Eles acham ridículo e rejeitam tudo isso. Por essa razão, para que me deixem em paz, escrevo frases como essa: "Meu pai abusava de mim quando criança, e não tenho dúvida de que esses abusos contribuíram para o meu desejo, nos anos posteriores, de incendiar." Isso agradava a eles, mas também a mim: porque se eu fosse contar a verdade sobre meu pai, se tivesse que dizer *Meu pai fez muita coisa ruim, mas eu ainda o amo, ainda sinto muito sua falta*, e se fosse contar a verdade sobre Deirdre, se escrevesse *Meu pai amava outra mulher e eu a odeio por isso, e por isso a deixei morrer*, começaria a chorar sem parar. Se você conta a verdade, começa a chorar sem parar, e que bem isso pode fazer, a você ou a qualquer outra pessoa? Além disso, quem iria querer ler uma história verdadeira que faz a pessoa chorar sem parar? *Você* gostaria de ler uma história dessas? Você a leria porque era verdade, ou porque fez você chorar? Ou ela faria você chorar porque você pensou que era verdade? E o que você faria, como se sentiria, em quem jogaria a culpa se descobrisse que não era verdade? A história, entenda-se.

Talvez algum dia eu saiba a resposta a essas perguntas, mas por ora conto mentiras a respeito do meu pai e as faço passar como a verdade, e isso deixa felizes os analistas financeiros. Mas também os deixa nostálgicos: quando leio para eles trechos do meu guia do incendiário, noto que ficam com o olhar perdido na distância, como se a minha biografia fosse um barco ao mar e os investimentos deles fossem a praia.

Contudo, para ser franco, eu não estou escrevendo somente *um* livro, estou escrevendo dois. Ambos começam assim: "Eu, Sam Pulsifer..." e depois um deles conta a história que agora você conhece, e o outro é o meu guia do incendiário; um é a história da única casa que eu realmente incendiei e das que não incendiei, e o outro é sobre como eu *de fato* queimei essas casas e os detalhes e as lições disso. Planejo chamar a história que você conhece de romance, e o guia do incendiário de biografia. Por que escrevê-los? Talvez eu queira somente o melhor dos dois mundos, o que é exatamente aquilo que os dois mundos geralmente *não* querem que você tenha, e os analistas financeiros também não estão totalmente seguros de querer que eu o tenha, razão pela qual insistem que eu chame a história que os inclui de romance e a história em que eles não aparecem de biografia. Eles dizem: "Você tem que proteger os inocentes, cara", que vem a ser o que os culpados sempre dizem quando precisam ser protegidos.

E tem o Thomas Coleman, que agora está morando com Anne Marie e as crianças. Mas quando ele vem me visitar, nós nunca falamos sobre eles. Thomas vem sozinho, semana sim, semana não. Engordou um pouco: dá para ver os botões da camisa a ponto de estourar devido à nova barriga, a gola da camisa avançando por cima da papada. Ele sempre vem às segundas-feiras, sempre com o rosto vermelho, sempre com aquele bronzeado de fim-de-semana-no-quintal típico de homem suburbano, e posso imaginá-lo no meu cortador de grama automático; com certeza fica de camisa, e os demais moradores de Camelot sem dúvida gostam dele por causa disso. Mas também não falamos sobre nenhum desses assuntos. Não falamos sobre se ele sabia, ou desconfiava, que Deirdre era a responsável por aqueles incêndios. Na verdade, nós não falamos sobre rigorosamente nada quando Thomas vem de visita: ficamos sentados em silêncio, simplesmente, como dois homens comuns com incêndios e pais mortos no passado, uma família em comum no presente, e sabe-se lá o que no futuro, e corações com buracos, buracos em fases variadas de escavação e preenchimento. Eu não entendo por que ele me visita; quando vem, lamento vê-lo chegar, e depois lamento vê-lo partir. Também não entendo isso.

E há Anne Marie e as crianças. Às vezes Anne Marie traz as crianças com ela e outras vezes vem sozinha. Quando estão os três, eu converso com Katherine e Christian sobre o que fazem no dia a dia. Katherine está agora com quinze anos, linda e alta, morena como a mãe e também com um jeitinho de cidadã-modelo. Na semana passada, quando vieram me visitar, eu soube que ela acabara de ser selecionada para o Garota do Estado.

– Estou tão orgulhoso de você – falei.

– Obrigada – falou ela.

– Qual a diferença entre Garota do Estado e Garoto do Estado? – perguntei.

– Você deve estar brincando, não está? – perguntou ela por sua vez, e eu respondi que sim, porque devia estar mesmo.

Christian tem doze anos, aquela idade em que só se pensa em bola e besteira. Não fica bem claro se ele é capaz de conversar sobre qualquer outro tema, e como é muito pouco o tempo que temos para curtir juntos, não peço para que ele o faça. Atualmente Christian anda obcecado pelas últimas inovações dos tênis de alta performance. Para o basquete, segundo me ensinou na semana passada, os solados são cheios com ar; para o beisebol e o futebol, as chuteiras têm travas feitas de algum material que não é metal nem plástico.

– Então de que eles são feitos? – eu quis saber.

Christian pensou um instante, concentrado. Ele tem uma cabeça igual à minha, grande demais para o corpo e meio quadrada, e eu podia vê-la começando a desparafusar com o esforço de tanto pensar. Finalmente desistiu e disse: – Algo *seguro*.

– Espero que seja mesmo – disse eu, e aí, pressentindo o guarda às minhas costas pronto para nos lembrar do tempo e do quanto já o havíamos ultrapassado, disse aos dois, como sempre faço, "Eu amo vocês", e eles balançaram a cabeça, como sempre fazem. Balançar a cabeça significa *Nós também te amamos, pai* para as crianças que são excessivamente tímidas para dizer ao pai que o amam, por mais que tenham razões de sobra para não amá-lo. Todo mundo sabe que balançar a cabeça é o mesmo que um "também te amo". É uma das formas mais comuns de comunicação. Não é? Quando as crianças estão por perto, Anne Marie e eu quase não conversamos. Mas quando ela vem sozinha, como ontem, temos muito o que dizer. Há aquelas coisas que já dissemos, muitas e muitas vezes, embora as perguntas não pareçam ter perdido o interesse devido à repetição. Pergunto se ela está bem, se tem dinheiro suficiente, e ela me responde sim, sim, está tudo bem com ela. Sei que foi promovida a gerente em tempo integral na superloja de artigos domésticos, por isso pergunto-lhe a respeito, e ela me fala da madeira que deveria ser tratada sob pressão e que não era, ou que não deveria ser e era. Pergunto de Thomas, se está morando na casa, e ela me responde que sim, e eu pergunto por que, e ela me fala a verdade: – Porque nós temos muita coisa em comum.

– Por exemplo?

– Você magoou muito nós dois. – Eu não digo mais uma palavra, porque sei que não há nada que uma mulher vitimizada goste mais do que de um homem vitimizado, e porque sei também que o que ela diz é verdade. Anne Marie não me pergunta sobre os incêndios ou as pessoas que morreram neles, por que eu fiz o que fiz ou por que fiz o que ela pensa que eu fiz – talvez por delicadeza, talvez por tristeza, ou talvez por não suportar pensar nisso tudo mais do que já pensou e segue pensando. Eu nunca direi a ela a verdade sobre esses incêndios, porque significaria que eu estaria admitindo que menti para ela de novo, e eu sei o quanto isso a magoaria, e talvez assumir a responsabilidade por alguma coisa queira dizer exatamente isso: não dizer a verdade, mas deixar claro que você escolhe uma mentira por um bom motivo e depois se agarra a ele. Seja como for, não falamos a respeito de nada disso. É mais seguro falar de Thomas, e é o que fazemos.

– Ele é muito bom para as crianças, Sam – diz Anne Marie.

– Fico feliz.

– Para mim também.
– Bom – digo.
– Desculpe – sempre diz ela, e eu sempre pergunto a ela o que perguntei à minha mãe naquela primeira noite em que voltei para casa, sete anos atrás: "O que acontece com o amor?" Perguntei a minha mãe, e agora pergunto a Anne Marie.
– Não sei – responde ela, dizendo apenas a verdade, o que é só mais uma das muitas qualidades duradouras que me faz amar, ainda, ainda, Anne Marie.
– Eu ainda amo você – digo a ela.
– Bem, eu também – diz ela, com o que quer dizer, acho eu, que o amor permanece, mas que não é tudo, nem mesmo o que nós queremos que ele seja, o que provavelmente era o que aqueles livros que mamãe me fazia ler e nos quais depois deu sumiço estavam tentando dizer, a mim e a nós, o que era apenas uma das razões pelas quais ela se livrara deles.
Por falar em mamãe, ela não vem me visitar muito. A prisão fica a umas duas horas a nordeste de Springfield e é difícil vir até aqui sem carro, que mamãe não tem. Nem carteira de motorista ela tem mais. Perdeu ambos num acidente em que dirigia bêbada, duas semanas após eu chegar aqui. Ela se mudou do apartamento de Belchertown para o meu antigo apartamento em cima do Student Prince, e assim pode ir andando para o trabalho sem precisar dirigir e ainda continuar bebendo.
Por isso mamãe não costuma me visitar, mas pega o ônibus pelo menos uma vez ao ano, no meu aniversário. Acabei de fazer 45 na semana passada, e ela me trouxe um presente: um exemplar usado, amassado e esgotado d'*O romance de Blithedale*, de Hawthorne.
– Feliz aniversário – diz ela para mim.
– Obrigado – disse eu. – Como é que esse livro ficou assim tão maltratado?
– Não faço ideia – respondeu ela, mas fazia ideia, sim, e eu também. Minha mãe anda lendo de novo, da mesma forma como alguém sempre retorna a algo que deixara de fazer, como beber, coisa que mamãe não fez. Não deixou de fazer, entenda-se. Eu

também percebo: consigo sentir o cheiro de cerveja em seu hálito, em suas roupas, saindo-lhe pelos poros. Mas não digo a ela o que sei, e não digo a ela que já li e reli o livro várias vezes desde que estou na prisão. É sobre uma comunidade utópica, sobre como um grupo de pessoas em Massachusetts tenta se transformar numa família grande e feliz e fracassa completamente.

– Muito obrigado – digo a ela. O guarda se aproximou para verificar se eu não estava recebendo algum contrabando, viu que se tratava somente de um livro, e então nos deixou a sós. Quando ele se foi, eu perguntei à minha mãe: – Pareço ter 45 anos?

– De jeito nenhum – disse ela. – E eu, pareço estar com 66?

Não respondi. Para dizer a verdade, ela dá a impressão de ter mais de 66. Ainda é magra, mas parece curvada e encarquilhada, totalmente fora de forma. Seus cabelos estão quase que totalmente grisalhos, e seu rosto parece ainda mais pálido, todo sulcado por rugas profundas, que nenhum tipo de creme consegue disfarçar. Ela parece uma mulher velha que já foi linda. Talvez a bebida a tenha envelhecido tanto. Ou talvez tenha sido meu pai: não necessariamente pelo fato de ela tê-lo matado, mas por ter alimentado a esperança de que, uma vez ele morto, as coisas iriam mudar e ela deixaria de amá-lo tanto, deixaria de odiá-lo tanto, deixaria de sentir a falta dele, deixaria de se sentir tão só, e nada disso aconteceu. Mas mamãe nunca fala de meu pai, e eu também não pergunto sobre ele. Mamãe jamais me perguntou sobre Deirdre. Ela sabe que Deirdre se matou. Mas nunca me pediu detalhes, nunca me perguntou por que eu estava com Deirdre naquela noite. Nunca quis saber como eu me sentia por Deirdre ter morrido sem que eu tentasse salvá-la. Você nunca pergunta ao seu filho como ele se sente em relação ao suicídio da amante do seu pai, da mesma forma como nunca pergunta à sua mãe como ela se sente por ter matado seu pai, da mesma forma como nunca responde à sua mãe quando ela pergunta se parece ter a idade que tem.

– A gente nunca responde à própria mãe quando ela pergunta se parece ter a idade que tem – disse eu a ela.

– Imagino que essa também vai entrar no guia do incendiário
– disse ela.
Porque mamãe sabe a respeito do guia do incendiário, e do outro livro também. Eu contei a ela sobre ambos, deixei-a ler os rascunhos de alguns capítulos e ela já está me dando conselhos: sobre o que parece água com açúcar e meio boboca nos livros; sobre se eu sou um trapalhão tão grande assim como digo ou se sou ainda mais trapalhão do que isso. Mas no geral ela não dá a impressão de saber *o que* dizer sobre os livros. Talvez por isso tenha recomeçado a ler livros em geral, para dessa maneira saber o que dizer sobre os meus.

– Tenho que ir – disse ela, levantando-se da cadeira. – Meu ônibus parte daqui a meia hora.

– Está bem.

– Você está se comportando?

– Estou.

– Por favor, comporte-se, Sam – disse ela. – Quero que você volte para casa e para mim. – Em seguida me beijou no rosto e saiu deixando-me sentado na sala de visitação até, quem sabe, meu próximo aniversário.

Porque é isso o que mamãe dá a impressão de querer acima de qualquer outra coisa: que eu volte para casa e para ela. Minha mãe sabe que se eu me comportar sairei em pouco mais de treze anos. E quando chegar o momento, quer que eu me mude com ela para seu novo (e meu velho) apartamento. Há um emprego à minha espera no Student Prince – ela já acertou tudo com o sr. Goerman e o filho dele, que aparentemente era o barman careca e bigodudo. Posso lavar pratos e arrumar mesas, se quiser. Minha mãe diz que posso beber de graça, o que devo admitir, após vinte anos sem beber, seria um algo a mais. Não prometi nada a ela, mas... quem sabe? Terei acabado de escrever meus livros quando sair da prisão, e talvez então terei acabado de contar essa história para todo o sempre. E quando você acaba de contar a própria história para todo o sempre, quem sabe o que pode vir depois? Talvez eu faça o que mamãe quer: talvez me mude para junto dela e aceite o emprego no Student Prince. Quem sabe então nós sejamos felizes. Quem sabe viveremos nossas vidas tranquilamente, e quem sabe talvez nunca tenhamos que falar do passado, dos amores que perdemos ou das pessoas que matamos ou dos incêndios que causamos. Quem sabe seremos pessoas normais, gente que, após um longo dia de trabalho, não quer nada mais, a não ser beber alguma coisa e ler um livro. E quem sabe então eu serei capaz de contar essa história.

AGRADECIMENTOS

Agradeço às seguintes pessoas, lugares e coisas:
Ao Guide to Writers' Homes in New England, de Miriam Levine – obra muito útil e de título esplêndido.

O excelente restaurante Student Prince, na Fort Street, em Springfield, Massachusetts.

Os Giustina de Springfield e os Clarke de Mashapaug, onde quer que estejam e sob que pseudônimos andem viajando por aí.

O Fundo Taft, o Conselho de Artes de Ohio e a Universidade de Cincinnatti, pelo apoio financeiro.

Os editores da e na *New England Review*, *Vermont Literary Review*, *failbetter.com* e Sarabande Books, que publicaram pela primeira vez partes deste romance, muitas vezes num formato totalmente diferente.

Rupert Chisholm, ex-analista financeiro.

Chuck Adams, Brunson Hoole, Michael Taeckens, Craig Popelars e toda a gente boa da Algonquin, e minha agente, Elizabeth Sheinkman.

E, finalmente, todos os que habitualmente me ajudam e me encorajam: vocês sabem quem são.

Este livro foi impresso na Editora JPA Ltda.,
Av. Brasil, 10.600 – Rio de Janeiro – RJ,
para a Editora Rocco Ltda.